Colleen Hoover

Was pe   war

COLLEEN HOOVER

WAS PERFEKT WAR

Roman

Aus dem amerikanischen Englisch
von Katarina Ganslandt

bold

Ausführliche Informationen über
unsere Autoren und Bücher
www.readbold.de

Von Colleen Hoover sind bei dtv lieferbar:

Weil ich Layken liebe / Weil ich Will liebe / Weil wir uns lieben
Hope Forever / Looking for Hope / Finding Cinderella
Love and Confess
Zurück ins Leben geliebt
Nächstes Jahr am selben Tag
Nur noch ein einziges Mal
Never Never (zusammen mit Tarryn Fisher)
Maybe Someday / Maybe not
Die tausend Teile meines Herzens
Maybe now
Too late

MIX
Papier aus verantwor-
tungsvollen Quellen
FSC
www.fsc.org
FSC® C083411

Deutsche Erstausgabe
2019 bold, ein Imprint der
dtv Verlagsgesellschaft mbH & Co. KG, München
© 2018 by Colleen Hoover
Titel der amerikanischen Originalausgabe: ›All your perfects‹
2018 erschienen bei Atria Books, an imprint of Simon & Schuster, Inc, New York
All rights reserved including the right of reproduction
in whole or in part in any form.
This edition published by arrangement with the original publisher,
Atria Books, a division of Simon & Schuster, Inc, New York.
© der deutschsprachigen Ausgabe:
2019 bold, ein Imprint der dtv Verlagsgesellschaft mbH & Co. KG, München
Umschlaggestaltung: Ruth Botzenhardt/buxdesign.de
unter Verwendung eines Fotos von Getty Images
Gesetzt aus der DTL Dorian
Satz: Gaby Michel, Hamburg
Druck und Bindung: CPI books GmbH, Leck
Gedruckt auf säurefreiem, chlorfrei gebleichtem Papier
Printed in Germany · ISBN 978-3-423-23001-8

Für Heath

Ich liebe dich jeden Tag
noch ein bisschen mehr
als am Tag davor.
Danke, dass du einer von den Guten bist.

Eins

DAMALS

Der Portier hat mich nicht angelächelt.

Die ganze Aufzugfahrt nach oben lässt mir das keine Ruhe. Vincent ist von allen Portiers, die ich hier seit Ethans Einzug kennengelernt habe, mein absoluter Liebling. Normalerweise strahlt er mich an und plaudert ein paar Worte mit mir. Heute nicht. Heute hat er nur mit versteinerter Miene die Tür geöffnet und noch nicht mal ein »Hallo, Quinn. Wie war der Urlaub?« über die Lippen gebracht.

Na ja, wir haben alle mal einen schlechten Tag.

Ich werfe einen Blick auf mein Handy. Schon nach sieben. Aber vor acht kommt Ethan normalerweise sowieso nicht nach Hause, ich habe also genügend Zeit, ihn zu überraschen: mit einem selbst gekochten Essen – und mit *mir*. Er weiß nicht, dass ich schon wieder da bin. Ich bin einen Tag früher zurückgekommen und habe beschlossen, für einen richtig schönen Abend zu zweit zu sorgen. Wir sind die ganzen letzten Wochen so sehr mit den Planungen für unsere Hochzeit beschäftigt gewesen, dass wir schon ewig nicht mehr gemütlich zu Hause gegessen haben … geschweige denn Sex hatten.

Als ich aus dem Lift komme, bemerke ich einen Typen, der unruhig im Gang vor Ethans Apartment auf und ab geht. Er macht drei Schritte, bleibt stehen, starrt auf Ethans Tür, dreht sich um, macht drei Schritte in die andere Richtung und bleibt wieder stehen. Ich kann mich nicht erinnern, ihn schon mal irgendwo gesehen zu haben, deswegen glaube ich nicht, dass es einer von Ethans Freunden ist.

Nach kurzem Zögern gehe ich entschlossen auf das Apartment zu und räuspere mich. Der Typ wirft einen Blick über die Schulter und geht zur Seite. Ich vermeide jeden Augenkontakt mit ihm, während ich in meiner Handtasche nach dem Schlüssel krame. Als ich ihn gefunden habe und mich vorbeuge, um aufzuschließen, legt er von hinten die Handfläche auf die Tür.

»Warte mal, wohnst du etwa hier?«

Ich schaue zwischen ihm und der Tür hin und her. *Was soll die Frage?* Mein Herzschlag beschleunigt sich, als mir klar wird, dass ich mit diesem wildfremden Mann ganz allein im Hausflur stehe. *Weiß er, dass Ethan nicht da ist?*

Ich räuspere mich noch mal und hoffe, dass er mir meine Angst nicht anmerkt. Eigentlich sieht er ganz nett aus, aber das muss nichts heißen. »Äh … mein Verlobter wohnt hier … und er ist übrigens da«, lüge ich.

»Stimmt. Ist er.« Der Typ nickt. Er holt tief Luft und schlägt mit der Faust gegen die Wand neben der Tür. »Er fickt da drin nämlich gerade meine Freundin.«

Ich habe mal einen Selbstverteidigungskurs gemacht. Der Kursleiter hat uns gezeigt, wie man sich einen Schlüssel so zwischen Zeige- und Mittelfinger klemmt, dass man ihn einem potenziellen Angreifer ins Auge rammen kann. Ich umklammere den Wohnungsschlüssel und bereite mich innerlich darauf vor, genau das zu tun, falls dieser Irre vorhat, sich auf mich zu stürzen.

Er atmet schwer und ich nehme einen Hauch von Zimt wahr. Völlig absurd, in einer solchen Situation auf so ein nebensächliches Detail zu achten. Ich stelle mir vor, wie ich nachher bei der Polizei zu Protokoll gebe: »Das Aussehen des Angreifers kann ich leider nicht beschreiben, Officer, aber sein Atem hat nach Zimt-Kaugummi gerochen.«

»Du stehst vor der falschen Tür«, sage ich in der Hoffnung, dass er seinen Irrtum einsieht und mich in Ruhe lässt.

Aber er schüttelt den Kopf. Und zwar so heftig und so entschieden, als könnte kein Zweifel daran bestehen, dass er recht hat und ich mich irre. »Nein. Ich stehe hundertprozentig vor der richtigen Tür. Fährt dein Verlobter einen blauen Volvo?«

Okay … was ist hier los? Stalkt er Ethan etwa? Mein Mund ist plötzlich staubtrocken. Wasser wäre jetzt gut.

»Ist dein Verlobter ungefähr eins fünfundachtzig groß, hat schwarze Haare und trägt eine Jacke von North Face, die ihm zu weit ist?«

Ich presse mir eine Hand auf den Magen. *Wodka wäre jetzt gut.*

»Arbeitet dein Verlobter für Dr. Van Kemp?«

Ich sehe ihn stumm an. Ethan arbeitet nicht nur für Dr. Van Kemp – er ist sein Sohn. *Woher weiß dieser Typ so viel über Ethan?*

»Meine Freundin arbeitet auch für Dr. Van Kemp.« Er schaut angewidert in Richtung Wohnungstür. »Aber die beiden sind anscheinend mehr als nur Kollegen.«

»Ethan würde nie …«

Ich werde von Lauten unterbrochen, die mich erstarren lassen. *Lustlauten.*

»Oh … Ethan«, stöhnt eine Frauenstimme leise. Zumindest ist sie von dieser Seite der Tür aus leise. Ethans Schlafzimmer liegt aber im hinteren Teil der Wohnung, was bedeutet, dass die Frau seinen Namen in Wirklichkeit alles andere als leise stöhnt. Sie *schreit* ihn.

Während die beiden Sex haben.

Ich weiche unwillkürlich ein paar Schritte zurück. Mir wird schwindelig, als ich begreife, was dort drin gerade passiert. Als von einer Sekunde auf die andere meine ganze Welt zusammenbricht. Alles, was war. Alles, was ist. Alles, was noch kommen sollte. Alles in Trümmern. Es zieht mir den Boden unter den Füßen weg. Der Typ greift nach meinem Arm, als meine Knie unter mir nachgeben.

»Hey … bist du okay?« Er stützt mich. »Tut mir leid. Ich hätte dich nicht so krass mit den Tatsachen konfrontieren sollen.«

Ich öffne den Mund, aber es kommt bloß ungläubiges Gestammel heraus. »Bist ... bist du sicher, dass ... Aber vielleicht ... vielleicht ist das gar nicht ... Vielleicht ist es das Paar nebenan ...«

»Ach, sag bloß, Ethans Nachbar heißt auch Ethan?«

Ich sehe ihm an, dass ihm sein sarkastischer Tonfall sofort leidtut. Es spricht für ihn, dass er imstande ist, Mitgefühl für mich aufzubringen, obwohl er offensichtlich genauso erschüttert ist wie ich. »Ich bin den beiden hinterhergefahren«, sagt er. »Sie sind da drin. Meine Freundin und dein ... Freund.«

»Verlobter«, korrigiere ich ihn.

Wie betäubt gehe ich ein paar Schritte rückwärts, lehne mich an die Wand und lasse mich zu Boden rutschen, was vermutlich keine so gute Idee ist, weil ich einen ziemlich kurzen Rock anhabe. Ethan steht auf Röcke. Ich habe ihn extra für ihn angezogen. Jetzt würde ich ihn mir am liebsten vom Leib reißen, ihn um seinen Hals schlingen und ihn damit erwürgen. Ich starre auf meine Schuhe und nehme erst wahr, dass sich der Typ neben mich gesetzt hat, als er fragt: »Erwartet er dich?«

Ich schüttle den Kopf. »Ich wollte ihn überraschen. Ich war ein paar Tage weg. Mit meiner Schwester.«

Der nächste Lustschrei dringt durch die Tür. Der Typ verzieht gequält das Gesicht und presst sich die Hände auf die Ohren. Ich mache es ihm nach. So sitzen wir eine ganze Weile da und schützen uns, bis es vorbei ist. Lange kann es nicht mehr dauern. Ethan hält nie besonders lange durch.

Zwei Minuten später lasse ich die Hände langsam sinken. »Ich glaube, das war's.« Der Typ nimmt die Hände ebenfalls von den Ohren. Ich umschlinge meine angezogenen Beine und stütze das Kinn auf die Knie. »Soll ich aufschließen? Sollen wir rein und sie zur Rede stellen?«

»Das schaffe ich jetzt nicht«, sagt er. »Ich muss erst mal runterkommen.«

Auf mich macht er eigentlich einen ziemlich gefassten Eindruck. Die meisten Männer, die ich kenne, hätten wahrscheinlich schon längst die Tür eingetreten.

Ich frage mich, ob ich Ethan überhaupt zur Rede stellen will. Muss ich es denn? Ich könnte auch einfach gehen und vor ihm und mir selbst so tun, als hätte ich das hier nie mitgekriegt. Ich könnte ihm eine Nachricht aufs Handy schicken, dass ich schon früher nach Hause gekommen bin, er könnte antworten, dass er heute Überstunden machen muss, und wir könnten in vorgetäuschter Ahnungslosigkeit glücklich und zufrieden weitermachen wie bisher.

Natürlich könnte ich auch nach Hause fahren, alle seine Sachen verbrennen, mein Hochzeitskleid bei eBay verkaufen und seine Nummer blockieren.

Meine Mutter würde einen Anfall bekommen.

Gott. Meine Mutter.

Als ich stöhne, setzt sich der Typ sofort auf. »Ist dir schlecht?« »Nein, nein. Schon okay.« Ich lasse den Kopf nach hinten fallen. »Ich hab nur gerade daran gedacht, dass meine Mutter komplett ausrasten wird.«

Er entspannt sich wieder, nachdem klar ist, dass ich nicht kotzen muss, sondern nur Angst vor meiner Mutter habe, wenn sie erfährt, dass die Hochzeit abgeblasen wird. Denn das wird sie. Eigentlich sollte Mom froh sein. Schließlich jammert sie schon seit Wochen über die Riesensumme, die sie anzahlen musste, um den Saal für die Hochzeitsfeier zu reservieren. »Ist dir klar, wie viele Leute alles dafür geben würden – *alles* –, wenn sie im Douglas Whimberly Plaza heiraten könnten? Evelyn Bradbury hat dort geheiratet, Quinn. *Evelyn Bradbury!*«

Meine Mutter liebt es, mich mit Evelyn Bradbury zu vergleichen. Die Bradburys sind eine der wenigen Familien in Greenwich, die noch einflussreicher sind als die meines Stiefvaters. Deswegen führt meine Mutter Evelyn Bradbury bei jeder sich bietenden Gelegenheit als leuchtendes Beispiel für »wahre

Klasse« an. Mir ist Evelyn Bradbury egal. Ich hätte gute Lust, meiner Mutter jetzt und hier eine Nachricht zu schicken: **Die Hochzeit fällt aus und Evelyn Bradbury kann mich mal.**

»Wie heißt du eigentlich?«, fragt der Typ plötzlich.

Ich schaue ihn zum ersten Mal richtig an. Dafür, dass er gerade den womöglich schlimmsten Moment seines Lebens durchmacht, sieht er verdammt gut aus. Er hat ausdrucksstarke braune Augen, die zu seinen dunklen Haaren passen, einen männlich markanten Kiefer, dessen leichtes Zucken erkennen lässt, welche Wut in ihm gärt, und volle Lippen, die er fest aufeinanderpresst, als er jetzt wieder zur Tür schaut. Ich frage mich, ob seine Gesichtszüge etwas weicher aussehen würden, wenn seine Freundin da drin nicht gerade mit Ethan zugange wäre.

Mir fällt auf, dass er etwas Trauriges an sich hat. Aber ich glaube auch zu spüren, dass diese Traurigkeit nichts mit der momentanen Situation zu tun hat, sondern tiefer liegt. Manche Menschen können mit den Augen lächeln – er kann düster blicken, ohne die Stirn runzeln zu müssen.

»Du siehst besser aus als Ethan«, sage ich. Er schaut mich verwirrt an. Wahrscheinlich hält er meine Bemerkung für einen geschmacklosen Flirtversuch. Dabei ist sie alles andere als das. »Das war kein Kompliment, bloß eine ganz sachliche Feststellung.«

Er zuckt mit den Schultern, als wäre ihm alles egal.

»Ich glaube, ich wollte damit nur ausdrücken, dass … Na ja, wenn du besser aussiehst als Ethan, dann sieht deine Freundin wahrscheinlich auch besser aus als ich. Nicht dass mir das was ausmachen würde. Oder … vielleicht macht es mir doch was aus. Es *sollte* mir nichts ausmachen, aber ich kann gar nicht anders, als … Anscheinend findet Ethan sie attraktiver als mich. Betrügt er mich deswegen mit ihr? Tja. Wahrscheinlich. Tut mir leid. Normalerweise hab ich nicht solche Selbstzweifel, aber … aber ich bin gerade so … so wütend und, keine Ahnung, … aus irgendeinem Grund kann ich nicht aufhören zu reden.«

Er sieht mich einen Augenblick stumm an und scheint über mein wirres Gerede nachzudenken. »Keine Sorge«, sagt er dann. »Sasha ist potthässlich.«

»Sasha?«, wiederhole ich fassungslos ihren Namen. »Sasha. Okay. Wenn sie Sasha heißt, konnte er natürlich nicht widerstehen.«

Er lacht, worauf ich auch lachen muss, was total absurd ist. Wieso lache ich, obwohl ich eigentlich weinen sollte?

»Hallo. Ich bin Graham.« Er streckt mir die Hand hin.

»Quinn.« Selbst sein Lächeln hat etwas Trauriges. Ich frage mich, wie es unter anderen Umständen aussehen würde.

»Ich würde gern sagen, dass ich mich freue, dich kennenzulernen, Quinn, aber das ist gerade der schlimmste Moment meines Lebens.«

Das ist traurig. »Geht mir genauso«, sage ich dumpf. »Wobei ich froh bin, dass es jetzt passiert und nicht in einem Monat. Nach unserer Hochzeit. Wenigstens muss ich kein Ehegelübde ablegen, das ich irgendwann bereut hätte.«

»Ihr wolltet in einem Monat heiraten?« Graham wendet kopfschüttelnd den Blick ab. »Was für ein Scheißkerl«, sagt er leise.

»Richtig erkannt«, sage ich. Eigentlich habe ich von Anfang an gewusst, dass er ein Scheißkerl ist. Ein selbstverliebter Scheißkerl. Aber nicht mir gegenüber. Dachte ich jedenfalls. Ich lasse den Kopf wieder nach vorn fallen und fahre mir durch die Haare. »Was für eine gottverdammte Scheiße.«

Mein Handy vibriert. Das ist garantiert meine Mutter. Sie hat ein Händchen für den perfekten Moment. Ich ziehe es aus der Tasche. Bingo.

Der Termin in der Tortenmanufaktur am Samstag ist auf zwei Uhr verschoben. Lass das Mittagessen bitte ausfallen. Kommt Ethan mit?

Ich seufze mit meinem gesamten Körper. Das Cake Tasting war der Teil der Hochzeitsvorbereitungen, auf den ich mich am meisten gefreut hatte. Hey, warum warte ich nicht einfach bis Sonntag und verkünde dann erst, dass die Hochzeit ins Wasser fällt?

Pling. Mein Blick wandert zum Aufzug, dessen Türen sich gerade öffnen. Der Griff meiner Finger um das Handy verfestigt sich, und ich spüre einen Kloß im Hals, weil ich den Mann, der aussteigt, sofort erkenne. Das ist der Fahrer vom Lieferservice des Chinarestaurants. Mein Herz schlägt im Takt seiner Schritte, als er in unsere Richtung kommt. *Super, Ethan. Genau. Streu ruhig noch ein bisschen mehr Salz in meine Wunden.*

Ich springe auf. »Das ist jetzt nicht wahr, oder?« Ich sehe auf Graham hinunter, der immer noch auf dem Boden sitzt, dann zeige ich auf die Tüten, die der Fahrer trägt. »Das ist *mein* Ding, nicht seins!«, sage ich empört zu Graham. »*Ich* bin diejenige, die nach dem Sex immer Lust auf Essen vom Chinesen hat!« Ich drehe mich wieder zu dem Liefertypen, der peinlich berührt dasteht und offensichtlich nicht weiß, ob er an uns vorbei zur Tür gehen soll oder nicht. »Geben Sie her!« Ich reiße ihm die Tüten aus der Hand. Er wagt es nicht zu protestieren. Ich setze mich mit den Tüten wieder auf den Boden und werfe einen Blick hinein. »Das wird ja immer besser!« Ich bin stinksauer. »Das ist genau das, was ich immer bestelle! Er füttert Sasha mit *meinem* Essen!«

Graham steht auf, zieht seinen Geldbeutel aus der Jeans und bezahlt die Bestellung. Der arme Typ hat es so eilig, von uns wegzukommen, dass er noch nicht mal auf den Aufzug wartet, sondern zu Fuß durchs Treppenhaus flüchtet.

»Das riecht gut.« Graham setzt sich wieder neben mich und greift nach dem Behälter mit gebratenen Nudeln, Hähnchen und Brokkoli. *Meinem* Lieblingsessen. Aber ich überlasse es ihm großzügig und reiche ihm eine Gabel. In so einem Moment darf man nicht egoistisch sein. Ich klappe den anderen Behälter auf. Mir ist der Appetit zwar gefühlt für immer vergangen, aber lieber stopfe ich die ganze Portion Mongolian Beef in mich rein, bevor ich Sasha und Ethan auch nur einen Krümel gönne. »Schlampen«, murmle ich. »Alle beide.«

»Schlampen, die nichts zu essen kriegen«, sagt Graham. »Vielleicht verhungern sie ja.«

Ich grinse.

Während ich mir Reis und Rindfleisch in den Mund schaufle, frage ich mich, wie lange ich noch hier mit diesem Typen im Flur sitzen bleiben soll. Am liebsten wäre ich weg, wenn womöglich gleich die Tür aufgeht, weil ich gar nicht wissen will, wie diese Sasha aussieht. Andererseits würde es mich schon interessieren, wie sie reagiert, wenn sie rauskommt und ihren Freund hier sitzen sieht, der sich ihr Hühnchen schmecken lässt. Also warte ich. Und esse weiter. Genau wie Graham.

Nach ein paar Minuten stellt er seinen Behälter neben sich, schaut in die Tüten, holt zwei Glückskekse heraus und gibt mir einen davon. Er reißt die Hülle von seinem auf, bricht den Keks auseinander und zieht den Papierstreifen raus. »*Was deine Arbeit betrifft, wirst du heute eine von Erfolg gekrönte Entscheidung treffen.*« Er sieht mich an. »Tja, dumm gelaufen. Ich hab mir heute freigenommen.«

»Doppeltes Pech«, murmle ich.

Graham zerknüllt den Zettel und schnippt ihn gegen Ethans Apartmenttür. Ich breche meinen Keks auf und lese, was auf dem Streifen steht. »*Wenn du das Licht immer nur auf deine Makel richtest, liegen all deine Perfektheiten im Schatten.*«

»Guter Spruch«, sagt Graham.

Ich knülle das Papier zusammen und schnippe es ebenfalls gegen die Tür. »Ich bin von der Sprachpolizei. *Perfektheiten* ist kein Wort, wenn überhaupt, müsste es *Perfektionen* heißen.«

»Genau das gefällt mir daran. Ich meine, das eine Wort, das sie falsch benutzen, ist ausgerechnet *Perfektheiten*? Ist doch großartig!« Er krabbelt zu Ethans Apartment, holt den zerknüllten

Zettel, rutscht wieder zu mir zurück und hält ihn mir hin. »Du solltest ihn aufheben.«

Ich schiebe seine Hand weg. »Ich will nichts behalten, was mich an diesen Moment erinnert.«

Er sieht mich nachdenklich an. »Klar. Ich auch nicht.«

Der Gedanke, dass die beiden jede Sekunde rauskommen könnten, macht uns beide nervös. Schweigend sitzen wir da und lauschen auf die gedämpften Stimmen hinter der Tür. Graham zupft aus einer abgewetzten Stelle am rechten Knie seiner Jeans lose Fäden und sammelt sie neben sich am Boden zu einem Häuflein, bis sein nacktes Knie sichtbar wird. Ich nehme mir einen Faden und zwirble ihn zwischen den Fingern.

»Wir haben abends oft an unseren Laptops gesessen und so eine Art Online-Scrabble gespielt«, beginnt er unvermittelt zu erzählen. »Eigentlich war das erst nur mein Ding, aber dann hat Sasha auch damit angefangen. Ich war ziemlich gut, trotzdem habe ich immer haushoch gegen sie verloren. Jeden verdammten Abend.« Er streckt die Beine aus. Sie sind viel länger als meine. »Ich war echt beeindruckt, bis ich irgendwann zufällig auf einem ihrer Kontoauszüge eine Zahlung über achthundert Dollar an den App-Store gesehen habe. Sie hat sich jeden Abend für fünf Dollar Extrabuchstaben dazugekauft, bloß um zu gewinnen.«

Ich versuche mir vorzustellen, wie dieser gut aussehende Typ Abend für Abend zockend an seinem Laptop hockt, aber es gelingt mir nicht. Er wirkt so … perfekt. Wie jemand, der in seiner Freizeit viel liest, täglich die Wohnung saugt, seine Socken ordentlich zusammenlegt und jeden Morgen joggen geht.

»Ethan kann keinen Reifen wechseln. Seit wir zusammen sind, hatten wir zweimal einen Platten und mussten beide Male den Abschleppdienst rufen.«

Graham schüttelt lächelnd den Kopf. »Ich will das Arschloch nicht verteidigen, aber so schlimm finde ich das nicht. Es gibt ziemlich viele Männer, die keinen Reifen wechseln können.«

»Ich weiß. Das ist ja auch nicht das Schlimme. Das Schlimme ist, dass *ich* einen Reifen wechseln kann. Aber er hat sich geweigert, es mich machen zu lassen, weil er es nicht ertragen hätte, neben einer Frau zu stehen, die ihm den Reifen wechselt.«

Grahams Miene ändert sich. Da ist auf einmal ein Ausdruck in seinem Gesicht, der da vorher nicht war. Besorgnis vielleicht. »Quinn?« Er sieht mich ernst an. »Du darfst ihm das hier niemals verzeihen.«

Es schnürt mir den Brustkorb zusammen. »Das werde ich ganz bestimmt nicht«, sage ich mit Nachdruck. »Ich will ihn gar nicht mehr zurückhaben. Ich frage mich die ganze Zeit, warum ich nicht weine. Vielleicht ist das ja ein Zeichen.«

Graham nickt, aber dann wird sein Blick wieder grimmig. »Du wirst heute Nacht weinen. Wenn du im Bett liegst. Dann tut es am meisten weh. Wenn du allein bist.«

Das reicht, um mich plötzlich begreifen zu lassen. Ich will nicht weinen, aber das ändert nichts daran, dass mich die Tragweite dessen, was hier gerade passiert, wahrscheinlich wirklich erst später mit voller Wucht treffen wird. Ich habe Ethan in meinen ersten Wochen am College kennengelernt. Wir waren vier Jahre lang zusammen. Ich habe gerade verdammt viel auf einmal verloren. Und obwohl ich weiß, dass es vorbei ist, will ich mich jetzt nicht mit Ethan auseinandersetzen. Ich will einfach nur weg von hier und ihn hinter mir lassen. Ich will kein abschließendes Gespräch und auch keine Erklärung, aber ich habe Angst, dass es vielleicht genau das ist, was ich brauche, wenn ich nachher allein im Bett liege.

Grahams Worte und die Angst, die mich plötzlich gepackt hat, rücken in den Hintergrund, als gedämpft Ethans Stimme zu uns in den Flur dringt.

Gleich wird er rauskommen. Als ich mich zur Tür drehen will, nimmt Graham mein Gesicht fest in beide Hände und bringt mich dazu, meine Aufmerksamkeit wieder auf ihn zu richten.

»Wir dürfen jetzt keine Gefühle zeigen, okay? Das wäre das Schlimmste. Du darfst nicht ausrasten, Quinn. Du darfst nicht weinen.«

Ich beiße mir auf die Unterlippe und versuche, die in mir angestaute Wut und den Hass zurückzudrängen, die darauf warten, hinausgebrüllt zu werden. »Okay«, flüstere ich. »Okay.«

Die Tür geht auf.

Ich gebe alles, um die Fassung zu wahren, aber bei dem Gedanken, dass Ethan gleich im Gang steht, wird mir übel. Weder Graham noch ich schauen zur Tür. Er hält meinen Blick fest und atmet tief und gleichmäßig. Was Ethan wohl denkt, wenn er uns gleich sieht? Wahrscheinlich erkennt er mich zuerst gar nicht, sondern glaubt, dass da bloß irgendwelche Leute im Flur herumsitzen.

»Quinn?«

Als er meinen Namen sagt, schließe ich die Augen. Ich wende mich der Stimme nicht zu. Mein Herzschlag dröhnt durch meinen gesamten Körper, aber am stärksten spüre ich ihn in den Wangen, auf die Graham seine Hände presst. Ethan sagt noch mal meinen Namen, nur dass es diesmal mehr wie ein Befehl klingt, ihn anzusehen. Ich öffne die Augen, halte den Blick aber weiter auf Graham gerichtet.

Ethan macht die Tür weiter auf, und jetzt höre ich, wie eine Frau scharf die Luft einzieht. Sasha. Graham blinzelt und schließt kurz die Augen, während er Luft holt. Als er sie wieder öffnet, sagt Sasha: »Graham?«

»Scheiße«, murmelt Ethan.

Graham sieht sie nicht an. Er versenkt seinen Blick weiter in meinen. Und dann – als würde um uns herum nicht gerade unser Leben in Stücke brechen – sagt er ganz ruhig: »Möchtest du, dass ich dich nach unten bringe?«

Ich nicke.

»Graham!« Sashas Stimme klingt so, als hätte sie das Recht dazu, wütend zu sein, weil er hier ist.

Wir stehen beide gleichzeitig auf, ohne Ethan oder Sasha anzusehen. Graham greift nach meiner Hand und führt mich zum Aufzug.

Sasha läuft hinter uns her. Als wir am Aufzug stehen bleiben, zieht sie Graham am Arm und will ihn zwingen, sich zu ihr umzudrehen. Er drückt meine Hand noch fester. Ich erwidere den Druck und lasse ihn wissen, dass wir es schaffen zu gehen, ohne eine Szene zu machen. Dass wir einfach in den Aufzug steigen und nach unten fahren. Weg von hier.

Als der Aufzug kommt, wartet Graham, bis ich eingestiegen bin, und stellt sich dann so rein, dass er Sasha den Weg versperrt. Wir stehen mit dem Gesicht zur Tür. Zu Sasha. Er drückt auf den Knopf für das Erdgeschoss, und erst als sich die Türen schließen, hebe ich den Kopf und sehe sie an.

Ich bemerke zwei Dinge:

1. Ethan ist verschwunden. Die Tür zu seiner Wohnung ist zu.
2. Sasha ist sogar mit verheultem Gesicht hübscher als ich.

Der Aufzug setzt sich in Bewegung. Es ist eine lange, stille Fahrt nach unten. Graham hält die ganze Zeit meine Hand in seiner und wir reden kein Wort. Wir weinen nicht. Schweigend treten wir aus dem Aufzug und durchqueren die Eingangshalle. Als wir bei der Tür sind, hält Vincent sie für uns auf. In seinem Blick liegt Bedauern. Graham holt seinen Geldbeutel heraus und drückt ihm ein paar Scheine in die Hand. »Danke für die Auskunft.«

Vincent nickt stumm und steckt das Geld ein. Als er sich mir zuwendet, sehe ich das Mitgefühl in seinen Augen. Ich umarme ihn zum Abschied.

Und dann stehen Graham und ich draußen auf der Straße und keiner von uns beiden rührt sich. Ich frage mich, ob die Welt für ihn plötzlich auch so verändert aussieht wie für mich. Der Himmel, die Bäume, die Menschen, die an uns vorbeigehen. Vor einer halben Stunde, als ich auf das Haus zugeschlendert bin, war alles noch so hoffnungsfroh.

»Soll ich dir ein Taxi rufen?«, fragt Graham.

»Ich bin mit dem Auto da.« Ich zeige zur gegenüberliegenden Straßenseite. »Da drüben steht es.«

Er dreht sich noch einmal zum Apartmentgebäude. »Ich will hier weg sein, bevor sie runterkommt.« Er klingt gehetzt, als wüsste er, dass er es nicht ertragen würde, ihr noch einmal gegenüberzustehen.

Sasha hat es wenigstens versucht. Sie ist ihm zum Aufzug hinterhergelaufen, während Ethan einfach nur in seine Wohnung zurückgegangen ist und die Tür zugemacht hat.

Graham steht vor mir. Er schiebt die Hände in die Taschen, ich ziehe meine Jacke enger um mich. Jetzt bleibt uns nicht mehr viel übrig, als uns zu verabschieden.

»Tja, dann … Mach's gut, Graham.«

Sein Blick ist ausdruckslos, als wäre er in Gedanken schon ganz woanders. Er geht einen Schritt rückwärts. Zwei Schritte. Dann dreht er sich um und stürzt in die entgegengesetzte Richtung davon.

Ich schaue genau in dem Moment zum Haus zurück, in dem Sasha herausgerannt kommt. Vincent, der ihr die Tür aufgehalten hat, sieht zu mir rüber. Er hebt die Hand zu einem letzten Gruß und ich erwidere die Geste. Wir wissen beide, dass ich nie mehr einen Fuß in dieses Haus setzen werde. Noch nicht mal, um die Sachen zu holen, die Ethan noch von mir hat. Soll er sie wegwerfen. Das ist mir lieber, als ihm noch mal in die Augen sehen zu müssen.

Sasha schaut hektisch nach links und rechts, aber Graham ist schon weg. Nur ich bin da. Weiß sie überhaupt, wer ich bin? Hat Ethan ihr gesagt, dass er verlobt ist und wir in einem Monat heiraten wollten? Hat er ihr erzählt, dass wir heute Morgen noch telefoniert haben und er mir gesagt hat, dass er die Sekunden zählt, bis er mich endlich »meine Frau« nennen darf? Weiß sie, dass er sich immer weigert, allein zu duschen, wenn ich bei ihm bin? Hat er ihr erzählt, dass die Bettwäsche, in der sie gerade Sex hatten, ein Verlobungsgeschenk meiner Schwester war?

Weiß sie, dass Ethan Tränen in den Augen hatte, als er mir den Antrag gemacht hat und ich Ja gesagt habe?

Nein. Das kann sie nicht wissen, sonst hätte sie niemals so leichtfertig die Beziehung zu einem Mann aufs Spiel gesetzt, der es innerhalb einer halben Stunde geschafft hat, mich tiefer zu beeindrucken als Ethan in vier Jahren.

Zwei

JETZT

Unsere Ehe ist nicht plötzlich zerbrochen. Das Ende kam nicht abrupt.

Es ist ganz allmählich passiert.

Man könnte sagen, dass sie langsam *zerbröckelt* ist.

Ich weiß nicht mal, wer von uns daran den größeren Anteil hat. Dabei haben wir so stark angefangen. Stärker als die meisten Paare. Davon bin ich überzeugt. Aber im Laufe der letzten Jahre ist uns die Kraft ausgegangen. Am meisten verstört mich daran, wie gut es uns gelingt, so zu tun, als hätte sich nichts verändert. Wir reden einfach nicht darüber. Anscheinend sind wir uns sehr ähnlich in unserer Neigung, vor dem zurückzuscheuen, was am dringendsten ausgesprochen werden müsste.

Zu unserer Verteidigung möchte ich sagen, dass es schwierig ist, sich einzugestehen, dass eine Ehe am Ende ist, wenn die Liebe noch da ist. Die Leute denken immer, eine Beziehung wäre erst dann vorbei, wenn die Liebe verloren gegangen ist; wenn aus Glücklichsein Hass geworden ist und anstelle von Verliebtheit nur noch Verachtung zu spüren ist. Aber Graham und ich hassen uns nicht. Wir sind nur nicht mehr die, die wir einmal waren.

Manchmal merken Paare gar nicht, wie sehr sie sich mit den Jahren verändern, weil die Veränderung bei beiden in die gleiche Richtung verläuft. Aber oft entwickeln sich Menschen auch auseinander.

Graham und ich haben uns mittlerweile schon so weit voneinander entfernt, dass ich mich nicht mal mehr daran erinnere, wie seine Augen aussehen, wenn er in mir ist. Dafür kennt er sicher jedes einzelne Haar auf meinem Hinterkopf – so oft, wie ich ihm abends im Bett den Rücken zukehre.

Man hat nicht unbedingt Einfluss auf das, wozu man durch äußere Umstände gemacht wird.

Nachdenklich drehe ich meinen Ehering zwischen Daumen und Zeigefinger. Graham hat mir erzählt, der Juwelier, bei dem er ihn gekauft hat, hätte ihm gesagt, der Ehering sei das Symbol ewiger Liebe. Zwei Anfänge zu einem Kreis verbunden, der eine einzige Mitte bildet. Ein Ende ist nicht vorgesehen.

Aber der Juwelier hat nie behauptet, dass der Ring ewiges *Glück* symbolisiert. Nur ewige Liebe. Das Problem ist, dass Liebe und Glück nicht notwendigerweise zusammenhängen. Das eine kann auch ohne das andere existieren.

Meine Hand liegt auf der Holzschatulle, als Graham wie aus dem Nichts sagt: »Was hast du damit vor?«

Obwohl er mich erschreckt hat, weil ich noch nicht mit ihm gerechnet habe, bleibe ich äußerlich gelassen und hebe sehr langsam den Kopf. Er hat schon die Krawatte abgenommen und die obersten drei Knöpfe seines Hemds geöffnet. Mit fragend hochgezogenen Augenbrauen lehnt er am Türrahmen und erfüllt den Raum mit seiner körperlichen Präsenz.

Ich fülle ihn nur mit meiner inneren Abwesenheit.

So lange und gut ich Graham auch kenne, hat er für mich doch nach wie vor etwas Rätselhaftes. Ein Glimmen in seinen dunklen Augen, das Gedanken in der Tiefe erahnen lässt, die er nicht ausspricht. Diese Tiefe war es, die mich vom Tag unserer ersten Begegnung an zu ihm hingezogen hat. Ich habe sie als unendlich beruhigend empfunden.

Schon verrückt, dass genau diese Tiefe mir jetzt Unbehagen bereitet.

Ich versuche noch nicht einmal, die Schatulle zu verstecken. Es ist sowieso zu spät. Er hat sie schon gesehen. Ich senke den Blick und streiche über den Deckel. Ich habe sie auf dem Dachboden gefunden. Unberührt. Fast vergessen. Als ich heute mein Brautkleid gesucht habe, bin ich darauf gestoßen. Eigentlich wollte ich bloß ausprobieren, ob mir das Kleid noch passt. Es passte zwar, aber ich sah anders darin aus als vor sieben Jahren.

Einsamer.

Graham kommt ins Schlafzimmer. Ich sehe die unterdrückte Sorge in seiner Miene, als er von der Schatulle zu mir schaut und darauf wartet, dass ich seine Frage beantworte. Warum ich mit der Schatulle hier im Schlafzimmer sitze. Warum ich sie überhaupt mit runtergenommen habe.

Ich weiß es ja selbst nicht so genau. Aber dass ich jetzt hier sitze und sie im Schoß halte, ist auf jeden Fall eine bewusste Entscheidung gewesen, deswegen kann ich nicht mit einem unverfänglichen »Ich? Wieso? Nur so« antworten.

Als Graham näher kommt, nehme ich einen leichten Biergeruch wahr. Eigentlich trinkt er kaum Alkohol, aber donnerstags geht er mit Kollegen abends immer noch etwas essen, und dann gönnt er sich ein paar Bier. Eigentlich mag ich diesen Donnerstagsgeruch, nur wenn er jeden Tag trinken würde, fände ich ihn auf Dauer vielleicht eklig. Aber Graham lässt sich in dieser Beziehung nie gehen. Deswegen habe ich es im Gegenteil immer irgendwie sexy gefunden, wenn er an Donnerstagen leicht angeheitert nach Hause kam. Manchmal habe ich dann extra etwas Verführerisches angezogen, ihn im Bett erwartet und mich auf den herb-süßen Geschmack seines Kusses gefreut.

Es ist bezeichnend, dass ich heute vergessen habe, mich darauf zu freuen.

»Quinn …?«

Ich höre, wie sich seine schlimmsten Befürchtungen stumm um die Buchstaben meines Namens legen, und sehe zu ihm auf. Er wirkt verunsichert, voller Sorge. Wann hat er angefangen, mich so anzusehen? Früher war da immer Begeisterung in seinem Blick, Faszination. Jetzt lese ich in seinen Augen nur Mitgefühl.

Ich bin es leid, so angesehen zu werden und nicht zu wissen, was ich auf seine Fragen antworten soll. Ich habe verlernt, mit ihm zu kommunizieren. Manchmal öffne ich den Mund, und es fühlt sich an, als würde der Wind mir die Wörter direkt wieder in die Kehle zurückwehen.

Ich vermisse die Zeiten, als ich noch das Bedürfnis hatte, ihm alles zu erzählen, was in mir vorging, weil ich Angst hatte, sonst platzen zu müssen. Ich vermisse die Zeiten, als es uns vorkam, als würden wir um etwas betrogen werden, nur weil wir zwischendurch auch mal schlafen mussten. Morgens habe ich ihn oft dabei ertappt, wie er mich angeschaut hat, wenn ich die Augen aufmachte. Er hat dann immer gelächelt und geflüstert: »Was habe ich verpasst, während du geschlafen hast?« Und ich habe mich ihm zugedreht und ihm in allen Einzelheiten erzählt, was ich geträumt hatte. Manchmal hat er so darüber gelacht, dass er Tränen in den Augen hatte. Die guten Träume hat er analysiert und von den Albträumen behauptet, sie hätten keinerlei Bedeutung. Irgendwie hat er es immer geschafft, mir das Gefühl zu geben, meine Träume wären besser als die von anderen.

Jetzt fragt er nicht mehr, was er verpasst hat, während ich geschlafen habe. Ich weiß nicht, ob das daran liegt, dass es ihn nicht mehr interessiert oder dass ich nichts mehr träume, das es wert wäre, erzählt zu werden.

Ich habe gar nicht gemerkt, dass ich immer noch an meinem Ehering drehe, bis Graham die Hand ausstreckt und sie auf meine legt. Vorsichtig zieht er sie von der Schatulle, als würde es sich dabei um eine Bombe handeln, die jeden Moment hochgehen könnte. Vielleicht fühlt es sich für ihn ja wirklich so an.

Er beugt sich vor und will mir einen Kuss geben.

Ich schließe die Augen, und seine Lippen rutschen über meine Stirn, weil ich im selben Moment vom Bett aufstehe, als hätte ich das sowieso vorgehabt. Er richtet sich auf und macht schnell einen Schritt zurück.

Ich nenne das für mich insgeheim den »Trennungstanz«. Partner A nähert sich Partner B in der Kussposition, Partner B tut so, als würde er es nicht mitbekommen, worauf Partner A sich zurückzieht, als wäre nichts passiert. So umtanzen wir uns jetzt schon eine ganze Weile.

Ich räuspere mich und gehe mit der Schatulle zum Bücherregal. »Ich hab sie vorhin auf dem Dachboden wiedergefunden«, sage ich, als ich mich bücke und sie zwischen ein paar Bücher auf das unterste Brett schiebe.

Das Regal hat Graham mir zu unserem ersten Hochzeitstag geschenkt. Er hat es selbst gebaut. Ich war voller Bewunderung, dass er so etwas kann. Als er es damals in unser Schlafzimmer getragen hat, hat er sich einen Splitter in die Hand gerammt. Ich habe die Lippen auf seinen Handballen gepresst und den Splitter herausgesaugt. Danach habe ich Graham sanft gegen das Regal geschoben, habe mich vor ihn hingekniet und mich noch einmal auf meine Weise für das Geschenk bedankt.

Das war zu einer Zeit, als zärtliche Berührungen noch Hoffnung in sich trugen. Mittlerweile erinnern mich seine Berührungen vor allem an das, was ich für ihn nie sein kann.

Als ich höre, wie er auf mich zukommt, richte ich mich schnell wieder auf und stütze mich mit einer Hand am Regal ab.

»Warum hast du die Schatulle mit runtergebracht?«, fragt er, als er hinter mir steht.

Ich sehe ihn nicht an, weil ich nicht weiß, wie ich darauf antworten soll.

Er ist mir jetzt so nahe. Sein Atem streicht durch meine Haare und weht über meinen Nacken, als er seufzt. Er legt seine Hand auf meine und senkt zu einem stummen Kuss die Lippen auf meine Schulter.

Die Intensität meines Verlangens nach ihm versetzt mir einen schmerzlichen Stich. Ich würde mich so gern zu ihm umdrehen und meine Zunge zwischen seine Lippen gleiten lassen, seinen

Mund ausfüllen. Ich vermisse, wie er schmeckt, wie er riecht, die lustvollen Laute, die er ausstößt. Ich vermisse es, sein Gewicht auf mir zu spüren, vermisse es, dass er mir so nah sein will, als würde er in mich hinabtauchen, um sich an mein Herz schmiegen zu können, während wir uns lieben. Seltsam, wie sehr einem ein Mensch fehlen kann, der doch gar nicht weg ist. Seltsam, dass ich es vermisse, einen Menschen zu lieben, mit dem ich doch immer noch schlafe.

Aber bei aller Trauer um das, was wir verloren haben, muss ich mir ehrlicherweise eingestehen, dass es wahrscheinlich schon ich bin, die zu einem großen Teil – wenn nicht sogar hauptsächlich – für das verantwortlich ist, worin sich unsere Ehe verwandelt hat. Die Erkenntnis beschämt mich so sehr, dass ich kurz die Augen schließe. Ich bin eine Meisterin in der Kunst des Ausweichens geworden und bewege mich so geschickt haarscharf an Graham vorbei, dass ich mich manchmal frage, ob er es überhaupt bemerkt. Ich tue so, als wäre ich schon eingeschlafen, wenn er ins Bett kommt. Ich gebe vor, ihn nicht zu hören, wenn er im Dunkeln meinen Namen raunt. Ich schütze Geschäftigkeit vor, wenn er auf mich zugeht. Ich berufe mich auf Schmerzen, wenn ich keine habe. Ich schließe wie aus Versehen die Tür, wenn ich dusche. Ich gebe vor, glücklich zu sein, obwohl ich doch nur noch existiere.

Es fällt mir zunehmend schwerer, ihm vorzuspielen, ich würde seine Berührungen genießen. Ich genieße sie nicht … ich brauche sie nur. Das ist ein Unterschied. Manchmal frage ich mich, ob er mir womöglich genauso etwas vormacht wie ich ihm. Will er mich so sehr, wie er es vorgibt? Wünscht er sich wirklich, ich würde mich ihm nicht entziehen? Oder ist er womöglich dankbar, wenn ich es tue?

Jetzt legt er einen Arm um mich und ich spüre seine warme Hand an meinem Bauch. Einem Bauch, der nach sieben Jahren Ehe immer noch mühelos in mein Hochzeitskleid passt. Einem Bauch, der von den Spuren einer Schwangerschaft unberührt geblieben ist.

Zumindest das habe ich. Einen Bauch, um den mich die meisten Mütter beneiden würden.

»Hast du …« Seine Stimme ist leise und liebevoll und voller Angst vor der Frage, die er mir stellen wird. »Hast du schon mal daran gedacht, sie aufzumachen?«

Graham stellt nur dann Fragen, wenn er unbedingt Antworten braucht. Das ist eine Eigenschaft, die ich an ihm immer geliebt habe. Er füllt Leerräume nicht mit unnötigem Gerede. Entweder hat er etwas zu sagen oder nicht. Entweder will er die Antwort auf eine Frage wissen oder nicht. Er würde mich niemals fragen, ob ich daran gedacht habe, die Schatulle zu öffnen, wenn ihm meine Antwort nicht so wichtig wäre, dass er sie hören müsste.

Aber jetzt in diesem Moment ist genau das die Eigenschaft, die ich an ihm am wenigsten mag. Ich will diese Frage nicht hören, weil ich selbst nicht weiß, wie ich sie beantworten soll.

Statt zu riskieren, dass der Wind mir meine Wörter wieder in die Kehle zurückweht, zucke ich nur mit den Schultern. Nach all den Jahren, in denen wir die Ausweichbewegungen perfektioniert haben, hält er plötzlich in unserem Trennungstanz inne, um eine ernst gemeinte Frage zu stellen. Eine Frage, von der ich schon seit einer Weile erwartet habe, dass sie irgendwann kommen wird. Und was mache ich?

Ich zucke mit den Schultern.

Der Moment, der meinem Schulterzucken folgt, ist wahrscheinlich der Grund, warum er so lang gebraucht hat, mir diese Frage zu stellen. Es ist der Moment, in dem ich spüre, wie sein Herz kurz stehen bleibt. Der Moment, in dem er seine Lippen in meine Haare presst und einen Seufzer tut, der für immer verloren ist. Der Moment, in dem er begreift, dass er mich zwar mit seinen Armen umschlingen, mich aber nicht halten kann. Das kann er schon seit einer ganzen Weile nicht mehr. Es ist schwer, jemanden zu halten, der längst entglitten ist.

Ich erwidere seine Umarmung nicht. Er lässt mich los. Ich atme aus. Er geht aus dem Schlafzimmer.

Wir tanzen weiter.

Drei

Urplötzlich schlägt das Wetter um und alles ist anders.

Genau wie mein Leben.

Eben war ich noch mit einem Mann verlobt, in den ich vier Jahre lang verliebt war. Jetzt nicht mehr. Ich setze mich in den Wagen, schalte die Scheibenwischer an und starre durch die Windschutzscheibe nach draußen. Ein paar Leute flüchten sich in das Apartmentgebäude, in dem Ethan wohnt. Auch Sasha.

Der Platzregen kam wie aus dem Nichts. Kein Nieseln hat ihn angekündigt. Es ist, als hätte im Himmel jemand einen riesigen Eimer Wasser umgekippt. Dicke Tropfen klatschen aufs Glas.

Was Graham wohl macht? Wohnt er hier in der Nähe oder läuft er jetzt durch den Regen? Ich setze den Blinker, lenke den Wagen zum letzten Mal aus der Parkbucht vor Ethans Haus und fahre in die Richtung, in die Graham eben verschwunden ist. Als ich nach links abbiege, sehe ich, wie er gerade vor dem Regen in einem Restaurant Schutz sucht.

Es ist das *Conquistadors*. Ein Mexikaner. Ich finde ihn nicht so toll, aber da er gleich um die Ecke von Ethans Apartment liegt, waren wir mindestens einmal im Monat dort essen.

Gerade steigen vor dem Gebäude Leute in einen Wagen. Ich warte, bis sie weggefahren sind, und parke dann schnell ein. Als ich kurz darauf zum Eingang haste, wird mir klar, dass ich keine Ahnung habe, was ich überhaupt zu Graham sagen soll.

»Kann ich dich nach Hause fahren?«

»Brauchst du jemanden, der dir Gesellschaft leistet?«

»Lust auf ein bisschen Rachesex?«

Ach was, das ist Blödsinn. Rachesex ist das Allerletzte, was ich jetzt will. Hoffentlich denkt er nicht, ich wäre ihm deswegen gefolgt. Ich weiß ja selbst nicht, warum ich ihm hinterher bin. Vielleicht will ich einfach nur noch nicht allein sein. Er hatte schon recht damit, dass die Tränen später fließen werden, wenn es um mich herum still geworden ist.

Die Tür klappt hinter mir zu, und es dauert einen Moment, bis sich meine Augen an das Dämmerlicht im Restaurant gewöhnt haben. Graham steht an der Theke. Er hängt gerade seine nasse Jacke über einen Barhocker. Als er mich sieht, wirkt er kein bisschen erstaunt, sondern zieht einen zweiten Hocker hervor, als wäre es selbstverständlich, dass ich mich zu ihm setze.

Und genau das tue ich. Ich setze mich neben ihn und wir sitzen wortlos in geteiltem Leid nebeneinander.

»Was darf ich Ihnen bringen?«, fragt der Barmann.

»Zwei Shots«, sagt Graham. »Egal, was. Hauptsache, es hilft uns, die letzte Stunde unseres Lebens zu vergessen.«

Der Mann lacht, aber als wir keine Miene verziehen, begreift er den Ernst der Lage. »Moment.« Er hebt den Zeigefinger. »Da hab ich genau das Richtige.« Er geht zum anderen Ende der Theke.

Ich spüre Grahams Blick, schaue aber nicht auf, weil ich seine traurigen Augen jetzt lieber nicht sehen will. Irgendwie tut es mir für ihn fast mehr leid als für mich. Ich ziehe die Schale mit dem Knabberzeug zu mir und lege aus den kurzen Salzstangen ein Gitter aus drei mal drei Kästchen auf die Theke. Dann suche ich die kleinen Cracker heraus, lege sie als Häufchen vor mich und schiebe die Schüssel, in der jetzt nur noch Minibrezeln sind, Graham hin.

Einen Cracker lege ich in die Mitte des Rasters und sehe Graham abwartend an. Er betrachtet die Schale und um seine Mundwinkel spielt ein leises Lächeln. Er nimmt eine Brezel und legt sie in das Feld direkt über meinem Cracker. Ich lege einen zweiten Cracker in das Kästchen links von der Mitte.

Der Barmann stellt zwei Shotgläser vor uns hin. Wir greifen

gleichzeitig danach und drehen uns auf unseren Hockern so, dass wir uns ansehen.

Stumm warten wir darauf, dass einer von uns beiden irgendeinen Trinkspruch sagt. Graham räuspert sich. »Mir fällt absolut nichts ein, worauf ich heute gern anstoßen würde. Scheiß auf diesen Tag.«

»Scheiß auf diesen Tag«, stimme ich ihm zu. Wir stoßen an, legen den Kopf in den Nacken. Graham leert sein Glas auf Ex. Er knallt es auf die Theke, nimmt eine weitere Brezel aus der Schale und legt sie neben meine Cracker ins Gitter.

Während ich über meinen nächsten Zug nachdenke, vibriert in der Jackentasche mein Handy. Ich ziehe es heraus. Auf dem Display leuchtet Ethans Name.

Graham holt im gleichen Moment sein Handy raus und zeigt mir das Display, auf dem Sashas Name blinkt. Wäre alles nicht so furchtbar traurig, wäre es fast zum Lachen.

Ich muss an die Szene vorhin denken, bevor die beiden aus dem Apartment kamen und Graham und ich im Hausflur auf dem Boden saßen und ihr Essen in uns reinstopften. Total absurd.

Graham legt sein Handy auf die Theke. Er betrachtet es einen Moment und schnippt dann mit dem Zeigefinger dagegen, sodass es über die Theke schlittert und mit einem splitternden Geräusch auf den Steinboden fällt. Er zuckt nicht mal mit der Wimper.

»Du hast dein Handy geschrottet.«

Er greift nach einer Brezel und wirft sie sich in den Mund. »Sind sowieso zu viele Fotos und Nachrichten von Sasha drauf. Morgen hole ich mir ein neues.«

Ich lege mein Handy vor mich auf die Theke. Einen Moment liegt es still da, dann fängt es wieder an zu vibrieren. Noch mal Ethan. Als sein Name auf dem Display aufleuchtet, überkommt mich das Bedürfnis, dasselbe zu machen wie Graham. Ich brauche sowieso mal wieder ein neues. Als der Summton verstummt und kurz darauf eine Nachricht von Ethan eingeht, versetze ich dem

Handy einen Schubs, und wir sehen zu, wie es über die Theke segelt und zu Boden knallt.

Danach spielen wir weiter Tic-Tac-Toe. Die erste Runde gewinne ich. Die zweite Graham. Die dritte geht unentschieden aus.

Graham nimmt sich eine Salzstange aus dem Raster, schiebt sie sich zwischen die Lippen und sieht mich an. Ich weiß nicht, ob es der Alkohol ist oder die Tatsache, dass mich die Ereignisse dieses Tages einfach komplett überfordern, aber jedes Mal, wenn er mich anschaut, spüre ich seinen Blick als Prickeln auf der Haut. Und zwar überall. Ich bin verwirrt. Liegt das an ihm oder an dem, was heute passiert ist? Ich weiß es nicht, aber eigentlich ist es mir auch egal. Diese nervöse Verwirrung ist auf jeden Fall besser als die totale Traurigkeit, die mich überkommen würde, wenn ich jetzt alleine zu Hause säße.

Ich ersetze die Salzstange, die Graham gerade aufgegessen hat. »Ich muss dir übrigens was beichten.«

»Nach dem, was heute passiert ist, kann mich nichts mehr erschüttern. Beichte ruhig.«

Einen Ellbogen auf die Theke gestützt, lege ich den Kopf in meine Hand und sehe ihn von der Seite an. »Nachdem du vorhin weggegangen bist, ist Sasha aus dem Haus gekommen und hat mich angesprochen«, sage ich zögernd. »Na ja, und ich …«

Graham zieht eine Braue hoch. »Was hast du getan, Quinn?«

»Sie wollte wissen, in welche Richtung du gegangen bist, aber ich habe es ihr nicht verraten.« Jetzt setze ich mich auf und drehe mich ihm zu. »Ich habe mich in meinen Wagen gesetzt, aber vorher hab ich gesagt: ›Achthundert Dollar für *Online-Scrabble*? Echt jetzt, Sasha?‹«

Graham sieht mich an. Sein Blick ist durchdringend, aber undurchschaubar. Findet er, dass ich zu weit gegangen bin? Klar, ich hätte das nicht sagen sollen, aber verdammt … ich war wahnsinnig sauer. Und es tut mir nicht leid.

»Was hat sie gesagt?«

Ich schüttle den Kopf. »Nichts. Sie hat mich bloß mit offenem Mund angestarrt. Und dann hat es angefangen zu regnen und sie ist in Ethans Haus zurückgerannt.«

Graham sieht mich weiter unverwandt an und zeigt keinerlei Regung. Ich fühle mich unbehaglich, weil ich nicht weiß, was er denkt. Es wäre mir lieber, er würde lachen oder wäre sauer, weil ich mich in seine Angelegenheiten eingemischt habe. Irgendwas.

Aber er sieht mich einfach nur an.

Irgendwann senkt er den Blick. Wir sitzen uns gegenüber, ohne dass sich unsere Beine berühren. Graham schiebt die Hand, die auf seinem Knie liegt, ein winziges Stück vor, sodass seine Fingerspitzen sanft gegen mein Knie stoßen.

Die Berührung ist so subtil, dass man meinen könnte, sie wäre unabsichtlich, aber das ist sie nicht. Ich halte die Luft an. Nicht weil mir die Berührung unangenehm wäre, sondern weil ich mich nicht erinnern kann, wann eine Berührung von Ethan in mir so eine Hitze erzeugt hätte.

Graham zeichnet mit dem Finger einen Kreis auf mein Knie.

Als er mich wieder ansieht, weiß ich genau, was er denkt. Es ist offensichtlich.

»Sollen wir gehen?« Sein Flüstern ist fast ein Flehen.

Ich nicke.

Er steht auf, legt ein paar Scheine auf die Theke und zieht seine Jacke an. Dann greift er nach meiner Hand und führt mich durchs Lokal zur Tür hinaus. Ich kann nur hoffen, dass er mich irgendwohin bringt, wo der Tag so zu Ende geht, dass ich es nicht bereue, heute aufgewacht zu sein.

Vier

Irgendwann hat Graham mich einmal gefragt, was ich immer so lang unter der Dusche mache. Ich weiß nicht mehr, welche Ausrede ich hatte. Wahrscheinlich habe ich behauptet, ich würde entspannen oder das heiße Wasser wäre gut für die Haut. In Wirklichkeit brauche ich so lang, weil die Dusche der einzige Ort ist, an dem ich mir erlaube zu trauern.

Ich schäme mich dafür, dass ich das Bedürfnis danach habe, obwohl doch niemand gestorben ist. Warum weine ich um etwas, das nie existiert hat?

Jetzt stehe ich bestimmt auch schon wieder eine halbe Stunde unter der Dusche. Als ich heute morgen aufgewacht bin, dachte ich noch, es würde ein unkomplizierter, schmerzloser Tag werden. Aber dann bin ich zur Toilette, habe das Blut gesehen und wusste, dass ich mich geirrt hatte. Ich hasse mich selbst dafür, dass mir das jedes Mal so den Boden unter den Füßen wegzieht. Dabei erlebe ich es doch jeden Monat, seit ich zwölf bin. Ich sollte daran gewöhnt sein.

Den Rücken an die gekachelte Wand gepresst, halte ich mein Gesicht dem Wasser entgegen. Wenn es sich mit meinen Tränen mischt, fühle ich mich ein bisschen weniger erbärmlich, weil der größte Teil von dem, was mir über die Wangen strömt, ja bloß Duschwasser ist.

Und auf einmal sehe ich mich im Spiegel und bin dabei, mich zu schminken.

Das passiert mir öfter. In der einen Sekunde stehe ich noch unter der Dusche, in der nächsten bin ich ganz woanders. Ich versinke in meiner Trauer. Versinke so tief darin, dass ich mich verliere und in dem Moment, in dem ich aus der Dunkelheit wieder emporsteige, manchmal schon wieder an einem anderen Ort bin. So wie jetzt: nackt, vor dem Badezimmerspiegel.

Mit dem Lippenstift zeichne ich sorgfältig meine Lippen nach. Meine Augen sind vom Weinen gerötet, aber mein Make-up sitzt, meine Haare sind glatt zurückgebunden, die Sachen, die ich heute anziehen werde, liegen ordentlich gefaltet auf dem Waschtisch. Ich betrachte meinen Körper im Spiegel. Umfasse meine Brüste mit beiden Händen. Äußerlich ist alles in Ordnung. Breites Becken, flacher Bauch, straffer Busen. Wenn Männer mich ansehen, ruhen ihre Blicke manchmal ein bisschen länger auf mir.

Nur innerlich ist bei mir nichts in Ordnung. Jedenfalls nicht an den Idealen von Mutter Natur gemessen. Die Organe, die dazu gedacht sind, Leben hervorzubringen, erfüllen ihre Aufgabe nicht. Dabei ist doch genau das der Sinn und Zweck unserer Existenz. Indem wir uns fortpflanzen, schließen wir den Kreis des Lebens. Wir werden geboren, bringen Kinder zur Welt, ziehen sie auf, sterben, unsere Kinder zeugen wieder Kinder, ziehen sie auf und sterben ... Generation folgt auf Generation auf Generation. Geburt, Leben, Tod. Ein wunderbarer ewiger Kreislauf.

Aber es gibt Bruchstellen. Ich bin eine.

Ich bin geboren worden, und wenn ich irgendwann sterbe, wird meine einzige Leistung darin bestanden haben, gelebt zu haben. Ich stehe außerhalb des Kreises. Während sich die Welt um mich herum immer weiterdreht, bin ich zum Stillstand verdammt.

Und weil ich Grahams Frau bin, verdamme ich auch ihn dazu.

Ich ziehe mich an und verhülle den Körper, der Graham und mich – wieder einmal – im Stich gelassen hat.

Als ich in die Küche komme, steht Graham vor der Kaffeemaschine und dreht sich zu mir um. Er soll nicht wissen, dass ich meine Tage bekommen und unter der Dusche geweint habe, deswegen lächle ich ihn an. Das ist ein Fehler. Zwar wische ich mir das Lächeln schnell wieder aus dem Gesicht, aber es ist zu spät. Er glaubt, heute wäre ein guter Tag. Mein Lächeln macht ihm Hoffnung. Er geht auf mich zu, weil ich mich nicht rechtzeitig gewappnet habe. Normalerweise sorge ich dafür, um diese Zeit immer irgendetwas in der Hand zu haben: meine Tasche, ein Getränk, den Regenschirm oder meine Jacke. Manchmal sichere ich mich sogar gleich mehrfach ab. Heute habe ich nichts, um mich vor seiner Liebe zu schützen, deswegen bleibt mir nichts anderes übrig, als seine Guten-Morgen-Umarmung zu erdulden und sogar zu erwidern.

Mein Gesicht schmiegt sich perfekt in die Mulde zwischen seinem Hals und seiner Schulter. Seine Arme passen perfekt um meine Taille. Ich würde so gern meinen Mund an seine Haut pressen und mit der Zunge seine Gänsehaut spüren. Aber ich weiß, wozu das führen würde.

Seine Finger würden meine Taille umfassen.

Sein Mund, heiß und feucht, würde meinen Mund finden.

Seine Hände würden mich von meiner Kleidung befreien.

Bald wäre er in mir.

Wir würden uns lieben.

Danach wäre ich von neuer Hoffnung erfüllt.

Und all die Hoffnung würde in ein paar Wochen zusammen mit dem Blut unweigerlich wieder aus mir herausfließen.

Ich würde weinend unter der Dusche stehen.

Graham würde mich fragen: »Warum duschst du eigentlich immer so lang?«

Und ich würde antworten: »Weil es mich entspannt. Außerdem ist das heiße Wasser gut für meine Haut.«

Ich schließe die Augen, stemme die Handflächen gegen seine Brust und winde mich aus der Umarmung. In letzter Zeit tue ich das so oft, dass ich manchmal fast denke, man müsste langsam Abdrücke auf seiner Haut sehen.

»Wann sollen wir heute noch mal zu deiner Schwester zum Abendessen kommen?«, frage ich in der Hoffnung, dass er meine

Abfuhr weniger persönlich nimmt, wenn ich ganz beiläufig Organisatorisches bespreche, als wäre ich einfach nur zu beschäftigt für Zärtlichkeiten.

Graham greift nach seinem gefüllten Becher. Er zuckt mit den Schultern. »Gegen fünf kommt sie von der Arbeit. Sieben wäre wahrscheinlich eine gute Zeit.«

Ich rüste mich mit meiner Handtasche, dem Thermobecher und meiner Jacke. »Schön. Dann sehen wir uns heute Abend. Bis dann. Ich liebe dich.« Ich hauche ihm einen Kuss auf die Wange und halte ihn mit meinen Schilden auf Abstand.

»Ich liebe dich auch.«

Das sagt er zu meinem Hinterkopf. Ich gebe ihm selten Gelegenheit, es mir ins Gesicht zu sagen.

Als ich im Wagen sitze, tippe ich eine Nachricht an Ava ins Handy.

Diesen Monat wieder nicht.

Meine Schwester ist die Einzige, die ich immer noch auf dem Laufenden halte. Irgendwann letztes Jahr habe ich entschieden, mit Graham nicht mehr über meinen Zyklus zu sprechen.

Seit wir vor Jahren beschlossen haben, Eltern werden zu wollen, hat Graham mich Monat für Monat getröstet, sobald klar war, dass es wieder nicht geklappt hat. Am Anfang fand ich das schön und habe mich sogar danach gesehnt. Aber je mehr Monate vergingen, ohne dass ich schwanger wurde, desto mehr graute mir davor, ihm immer wieder sagen zu müssen, wie niedergeschmettert ich war. Wenn ich mich schon davor fürchte, mich von ihm trösten lassen zu müssen, dann hat er diese frustrierende Routine garantiert mehr als satt. Deswegen habe ich letztes Frühjahr entschieden, erst wieder mit ihm darüber zu reden, wenn es etwas Gutes zu erzählen gibt.

Aber dieser Fall ist bis jetzt nicht eingetreten.

Das tut mir so leid, Süße, schreibt Ava zurück. **Hast du gerade Zeit? Ich hab Neuigkeiten.**

Ich stelle das Handy auf Bluetooth und fahre rückwärts aus der Einfahrt, bevor ich sie anrufe. »Ich weiß, dass du nicht darüber sprechen willst«, sagt sie, als sie sich meldet. »Deswegen schlage ich vor, wir reden gleich über mich.«

Ich bin dankbar, dass sie mich versteht. »Was gibt es denn für Neuigkeiten?«

»Er hat den Job!«

Ich verstärke den Griff ums Lenkrad und zwinge mich dazu, begeistert zu klingen. »Im Ernst? Ava! Das ist ja großartig!« Sie seufzt, und ich weiß, dass sie sich umgekehrt dazu zwingt, traurig zu klingen. »Das heißt, dass wir schon in zwei Wochen von hier wegmüssen.«

Es sticht hinter meinen Lidern, aber für heute habe ich genug geweint. Außerdem freue ich mich ja wirklich für die beiden. Aber ich habe nun mal keine anderen Geschwister als Ava, und sie wird mir wahnsinnig fehlen, wenn sie am anderen Ende der Welt wohnt. Wobei ich gewusst habe, dass das eines Tages passieren wird. Die Familie von ihrem Mann Reid lebt in Frankreich, und Ava hat immer schon davon gesprochen, dass sie wahrscheinlich irgendwann in Europa wohnen würden. Vor ein paar Wochen hat sie mir erzählt, dass Reid sich bei einigen Firmen beworben hat, ich muss aber gestehen, dass ich tief in mir gehofft hatte, dass nichts daraus werden würde.

»Dann zieht ihr nach Monaco?«

»Nein, nach Imperia. Aber das liegt nur eine Stunde von Monaco entfernt. Die Länder in Europa sind echt so winzig, das ist verrückt. Wenn man von hier aus eine Stunde lang mit dem Auto fährt, kommt man gerade mal nach New York, aber dort drüben ist man gleich in einem anderen Land, in dem eine völlig andere Sprache gesprochen wird.«

Ich weiß zwar nicht, in welchem Land Imperia liegt, aber irgendwie habe ich schon jetzt das Gefühl, als würde meine Schwester dort mehr hingehören als nach Connecticut. »Hast du es Mom schon gesagt?«

»Nein.« Sie seufzt wieder. »Ich weiß ja, was für ein Drama sie machen wird, deswegen bringe ich es ihr lieber persönlich bei. Ich bin gerade auf dem Weg zu ihr.«

»Dann viel Glück.«

»Danke. Ich ruf dich hinterher an, damit du mich aufmuntern kannst, weil sie mir garantiert ein total schlechtes Gewissen macht. Sehen wir uns morgen beim Mittagessen?«

»Na klar. Dann hat sie auch einen ganzen Tag Zeit gehabt, um sich wieder zu beruhigen.«

Als ich das Handy weglege, stelle ich fest, dass ich durch eine menschenleere Straße fahre, an deren Ende eine rote Ampel leuchtet. Irgendwie eine sehr passende Metapher für mein Leben.

* * *

Als mein Vater gestorben ist, war ich erst vierzehn. Meine Mutter hat ziemlich bald danach wieder geheiratet, aber das hat mich weder überrascht noch erschüttert. Meine Eltern haben nicht die beste Ehe geführt. Sie hat bestimmt schön begonnen, aber als ich alt genug war, um zu verstehen, was Liebe ist, habe ich begriffen, dass es sicher nicht das war, was die beiden miteinander verband.

Ob meine Mutter überhaupt je aus Liebe geheiratet hat? Ich könnte mir vorstellen, dass sie schon immer eher nach einem Versorger gesucht hat als nach einem Seelenverwandten. Auch mein Stiefvater hat ihr Herz nicht mit seinem gewinnenden Wesen erobert, sondern mit seinem Strandhaus in Cape Cod.

Angesichts ihres stilsicheren Auftretens würde man es zwar niemals vermuten, aber meine Mutter kommt ursprünglich aus bescheidenen Verhältnissen. Sie ist als zweites von sieben Kindern in einer Kleinstadt in Vermont aufgewachsen. Mein Vater war beruflich schon recht erfolgreich, als sie ihn geheiratet hat. Als Ava und ich auf der Welt waren, hat sie ihn dazu gebracht, uns ein Haus in Old Greenwich, Connecticut, zu kaufen. Dass er doppelt so hart arbeiten musste, um uns ein Leben in dieser noblen Gegend zu finanzieren, fand sie nicht so schlimm. Wobei ich mir vorstellen könnte, dass Dad sich im Büro sowieso wohler gefühlt hat als zu Hause.

Das Erbe, das ihr nach seinem Tod zufiel, hätte gereicht, um unser Überleben zu sichern, aber es reichte definitiv nicht, um ihr auf Dauer den Lebensstil zu ermöglichen, an den sie sich gewöhnt hatte. Allerdings musste sie sich auch nur acht Monate einschränken, danach übernahm unser Stiefvater.

Auch wenn meine Schwester und ich dank ihres Mannes in sehr wohlhabenden Verhältnissen aufgewachsen sind, waren wir selbst nie reich. Unsere Mutter hat das Vermögen unseres Vaters bis auf den letzten Cent durchgebracht, sodass für uns nichts übrig geblieben ist. Und unser Stiefvater hat eigene Kinder aus seiner ersten Ehe, die ihn irgendwann beerben.

Um ihm nicht unnötig lang auf der Tasche zu liegen, haben Ava und ich nach dem Studium sofort angefangen zu arbeiten. Ich bitte meine Mutter grundsätzlich auch nie um Geld. Einerseits bin ich der Meinung, dass ein erwachsener Mensch, der einen Job hat, finanzielle Unterstützung der Eltern nur in absoluten Notfällen in Anspruch nehmen sollte, andererseits ist unsere Mutter von Natur aus auch nicht gerade großzügig. Bei ihr ist alles immer mit Bedingungen verknüpft.

Was nicht heißt, dass sie Ava und mir nicht auch schon teure Geschenke gemacht hätte. Letztes Weihnachten hat sie die Leasingraten für unsere Wagen abbezahlt. Und nach dem College hat sie mir geholfen, eine Wohnung zu finden, und die erste Miete übernommen. Aber sie unterstützt uns hauptsächlich auf Gebieten, die ihr selbst irgendwie zugutekommen. Sie kauft uns Kleidung, weil die Sachen, die wir uns selbst kaufen, nicht ihrem Geschmack entsprechen. Zum Geburtstag schenkt sie uns Wellness-Gutscheine, die wir nur einlösen können, wenn sie auch mitkommt. Sie besucht uns zu Hause, jammert über die unbequeme Couch, und zwei Tage später hält ein Lieferwagen vor dem Haus, der ein neues Sofa bringt, das *sie* ausgesucht hat.

Als das passiert ist, hat Graham fast einen Anfall gekriegt. Ein Geschenk ist eine nette Geste, sagt er, aber ein neues Sofa ist eine Beleidigung.

Ich will nicht ungerecht sein, sie tut wirklich viel für mich. Aber ich weiß einfach, dass ich selbst für mich sorgen können muss, weil das Geld, von dem sie lebt, nicht uns gehört.

Eine wirklich schöne Tradition, die sie eingeführt hat, ist unser wöchentliches Mittagessen im Restaurant des Country Clubs in ihrer Nachbarschaft. Zwar hasse ich diesen elitären Club, aber es ist toll, dass Ava und ich uns auf diese Weise regelmäßig sehen. Und so schlimm finden wir unsere Mutter auch nicht, dass ihre Anwesenheit uns die Freude an diesen kleinen Familientreffen nehmen würde.

Aber das wird sich ändern, wenn Ava nach Europa geht. Ich sehe sie an und seufze. Nächste Woche ist es so weit, was bedeutet, dass das heute unser letzter gemeinsamer Lunch ist. Dadurch dass bei ihr plötzlich so viel passiert, kommt mir mein eigenes Leben umso leerer vor.

»Kannst du nicht einfach ein Mal pro Woche zum Mittagessen nach Hause fliegen?«, frage ich sie. »Wie soll ich es ganz allein schaffen, deine Mutter zu bespaßen?« Wir bezeichnen Mom meistens als »deine Mutter«, wenn wir über sie reden. Das Ganze fing in der Highschool als Gag an, aber mittlerweile haben wir uns so daran gewöhnt, dass wir aufpassen müssen, dass es uns nicht irgendwann mal in ihrer Gegenwart rausrutscht.

»Bring dein iPad mit und stell es an meinen Platz, dann bin ich per Skype beim Essen dabei«, schlägt Ava vor.

Ich lache. »Das mache ich glatt.«

Ihr Handy summt. Sie greift danach und strahlt, als sie die Nachricht liest. »Hey. Ich hab ein Bewerbungsgespräch!«

»Das ging ja schnell. Was für ein Job?«

»Tutorin für Englisch an einer Schule. Wahrscheinlich werde ich kaum was verdienen, aber dafür kann ich von den Jugendlichen coole italienische Slangausdrücke lernen.«

Reid verdient so gut, dass Ava nicht arbeiten müsste, aber sie hat trotzdem immer einen Job gehabt. Sie würde sich sonst langweilen, sagt sie, und ich glaube, dass Reid genau dieses Umtriebige so toll an ihr findet. Die beiden haben schon früh beschlossen, dass sie keine Kinder wollen, und sind beide zufrieden damit.

Ich beneide meine Schwester darum, dass sie keinen Kinderwunsch hat. Wenn es mir nicht so schwerfallen würde, mir eine Zukunft ohne Kind vorzustellen, wäre ich mit meiner Beziehung und meinem Leben viel glücklicher.

»Ich werde lange brauchen, mich daran zu gewöhnen, dass du bald nicht mehr hier sitzt, Ava«, sagt meine Mutter, die etwas verspätet kommt, zur Begrüßung. Ich habe ihr vorsorglich schon mal ihren obligatorischen Aperitif bestellt. Einen Martini mit extra Oliven. Sie setzt sich, legt ihre Tasche auf den Stuhl neben sich und zieht eine Olive vom Zahnstocher. »Ich hätte nicht gedacht, dass es mich so mitnehmen wird, dass du bald nicht mehr hier bist. Wann plant ihr euren ersten Heimatbesuch?«

»Ich bin doch noch nicht mal weg!«, ruft Ava.

Meine Mutter greift seufzend nach der Speisekarte. »Ich kann nicht glauben, dass du uns tatsächlich allein lässt. Wenigstens hast du keine Kinder. Ich möchte mir gar nicht vorstellen, wie ich mich fühlen würde, wenn du mir auch noch meine Enkel wegnehmen würdest.«

Ich unterdrücke ein Lachen. Meine Mutter ist die größte Dramaqueen, die ich kenne. Sie hat die Mutterrolle nie wirklich genossen, als Ava und ich klein waren, und ich weiß mit Sicherheit, dass sie es nicht eilig hat, Großmutter zu werden. In dieser Hinsicht habe ich Glück. Im Gegensatz zu anderen Müttern liegt sie mir nicht ständig damit in den Ohren, dass sie endlich Enkel will.

Als Ava vor zwei Jahren bei einem unserer gemeinsamen Mittagessen das Thema Adoption aufgebracht hat, schnaubte meine Mutter nur. »Bitte erzähl mir nicht, dass du ernsthaft darüber nachdenkst, das Kind anderer Leute aufzuziehen, Quinn«, sagte sie. »Es könnte durch die Eltern ... *vorbelastet* sein.«

Ava verdrehte die Augen und schickte mir eine heimlich unter dem Tisch getippte Nachricht.

Ja, genau. Weil leibliche Kinder ja nie durch ihre Eltern vorbelastet sind. Deine Mutter sollte mal in den Spiegel schauen.

Ava wird mir so fehlen.

Ich greife nach meinem Handy und tippe: **Du fehlst mir jetzt schon.**

Noch bin ich hier.

»Also bitte, Mädchen. Das muss ja wohl bei Tisch wirklich nicht sein!«

Ich sehe in das entrüstete Gesicht meiner Mutter, schalte das Handy aus und schiebe es in meine Tasche.

»Wie geht es Graham?«, erkundigt sie sich. Ich weiß, dass sie das nur aus Höflichkeit fragt. Obwohl wir inzwischen seit sieben Jahren verheiratet sind, wünscht sie sich immer noch, er wäre ein anderer. In ihren Augen war er nie gut genug für mich. Nicht weil ihr mein Glück so sehr am Herzen läge. Nein, wenn es nach meiner Mutter ginge, wäre ich mit Ethan verheiratet, und wir würden in einem Haus residieren, das so groß wäre wie ihres. Damit sie vor ihren Freundinnen damit angeben könnte, ihre Tochter hätte eine bessere Partie gemacht als Evelyn Bradbury.

»Dem geht es blendend«, behaupte ich, ohne ins Detail zu gehen. Was daran liegt, dass ich keine Ahnung habe. Ich weiß in der letzten Zeit nicht viel über ihn oder darüber, was er wirklich denkt, ob es ihm blendend geht oder wenigstens halbwegs gut oder ob er womöglich todunglücklich ist.

»Und dir? Ist alles in Ordnung?«

»Alles gut. Warum?«

»Ich weiß nicht.« Sie mustert mich scharf. »Du siehst etwas … erschöpft aus. Bekommst du genug Schlaf?»

»Gott«, murmelt Ava.

Ich verdrehe die Augen und greife nach der Speisekarte. Meine Mutter hat die Begabung, anderen Menschen mit einer einzigen Bemerkung komplett die Stimmung zu verderben.

Aber ich bin abgehärtet. Vielleicht trifft es mich auch nicht so, weil Ava so etwas von ihr genauso oft zu hören bekommt wie ich, was wahrscheinlich daran liegt, dass wir uns so ähnlich sehen. Ava ist nur zwei Jahre älter und hat die gleichen schulterlangen braunen Haare und braunen Augen wie ich.

Nachdem wir unsere Bestellung aufgegeben haben, reden wir über konfliktfreie Themen. Fast hätten wir es geschafft, das Essen ohne Zwischenfälle hinter uns zu bringen, als eine überraschte Stimme ertönt.

»Avril?«

Ich sehe auf. An unserem Tisch steht Eleanor Watts, eine alte Bekannte von Mom, die ihre himmelblaue Hermès-Tasche betont unauffällig von einer Schulter zur anderen wechselt, was ungefähr denselben Effekt hat, als würde sie sie uns um die Ohren schlagen und brüllen: »Seht her! Ich kann mir eine Handtasche für fünfzehntausend Dollar leisten!«

»Eleanor!« Meine Mutter steht auf, beide hauchen Küsschen in die Luft und ich zwinge mir ein Lächeln ins Gesicht.

»Quinn! Ava!«, ruft Eleanor. »Ihr seid ja sogar noch hübscher geworden!« Ich verkneife mir die Frage, ob sie nicht findet, dass ich ein bisschen erschöpft aussehe.

Eleanor setzt sich auf einen freien Stuhl und schlingt die Arme um ihre Tasche. »Wir haben uns schon eine Ewigkeit nicht mehr gesehen, Avril. Das letzte Mal war …« Sie zögert.

»… auf Quinns Verlobungsfeier mit Ethan Van Kemp«, beendet meine Mutter den Satz für sie.

Eleanor schüttelt den Kopf. »Unfassbar, dass das schon so lang her ist. Und jetzt schau dir uns an. Wir sind Großmütter! Wie konnte das nur passieren!«

Meine Mutter nimmt einen Schluck von ihrem Martini. »Ich bin noch keine Großmutter«, sagt sie, als wäre das ein Verdienst. »Ava zieht mit ihrem Mann erst mal nach Europa. Kinder sind mit ihrem Fernweh nicht vereinbar.«

Eleanor dreht sich zu mir und lässt ihren Blick zu meinem Ehering wandern, bevor sie mir ins Gesicht sieht. »Und was ist mit dir, Quinn? Du bist ja jetzt auch schon eine ganze Weile verheiratet.« Sie lacht dümmlich.

Meine Wangen brennen, obwohl ich an solche Bemerkungen mittlerweile gewöhnt sein müsste. Natürlich weiß ich, dass niemand mich absichtlich verletzen will, aber deswegen tut es nicht weniger weh.

»Wann ist es bei dir und Graham eigentlich so weit?«

»Wollt ihr keinen Nachwuchs?«

»Immer fleißig üben, dann klappt es schon irgendwann!«

Ich räuspere mich und greife nach meinem Wasserglas. »Wir arbeiten daran.« Ich trinke einen Schluck und hoffe, dass das Thema damit abgehakt ist.

Aber meine Mutter vereitelt meinen Plan, indem sie sich verschwörerisch zu Eleanor beugt. »Quinn ist wahrscheinlich unfruchtbar«, raunt sie ihr zu, als würde das außer mir und Graham irgendjemanden etwas angehen.

Eleanor sieht mich mitleidig an. »Ach je, du Arme.« Sie legt ihre Hand auf meine. »Das tut mir leid. Habt ihr schon an künstliche Befruchtung gedacht? Meine Nichte und ihr Mann konnten auf dem natürlichen Weg auch keine Kinder bekommen und jetzt erwarten sie in ein paar Tagen Zwillinge!«

Ob wir schon an künstliche Befruchtung *gedacht* haben? Meint sie das ernst? Wahrscheinlich sollte ich einfach lächeln und ihr sagen, was für ein toller Vorschlag das ist, aber ich spüre gerade sehr deutlich, dass ich nicht unendlich belastbar bin und meine Geduldskapazitäten erschöpft sind. »Ja, Eleanor, stell dir vor«, sage ich und ziehe meine Hand unter ihrer weg. »Wir haben daran gedacht und sogar drei Versuche hinter uns, die aber alle erfolglos waren. Jetzt ist unser Konto leer und wir mussten eine zweite Hypothek auf unser Haus aufnehmen.«

Eleanor wird rot, und ich schäme mich sofort, weil ich ahne, dass meine Mutter gerade am liebsten im Boden versinken würde. Ich schaue zu Ava, die von ihrem Wasser trinkt und versucht, ihr Lachen zu unterdrücken.

»Oh …«, stammelt Eleanor. »Das … das tut mir leid.«

»Muss es nicht«, mischt sich meine Mutter ein. »Alles hat seinen Grund, auch wenn wir ihn nicht gleich erkennen. Selbst die tiefen Täler, die wir durchschreiten müssen.«

Eleanor nickt erleichtert. »Oh ja, daran glaube ich auch ganz fest«, sagt sie. »Alles ist Teil von Gottes Plan.«

Ich schnaube leise, weil ich gar nicht mehr zählen kann, wie oft meine Mutter das schon zu mir gesagt hat. Sie selbst würde natürlich vehement protestieren, aber Avril Donnelly ist in dieser Beziehung die Unsensibelste von allen.

Graham und ich haben schon ziemlich bald nach unserer Hochzeit beschlossen, möglichst bald eine Familie zu gründen. In meiner Naivität hatte ich mir vorgestellt, das würde ganz schnell gehen, aber nach ein paar Monaten bin ich unruhig geworden und habe mich Ava anvertraut … und meiner *Mutter*. Sogar noch bevor ich mit Graham darüber geredet hatte. Meine Mutter hatte den Nerv zu sagen, Gott sei vielleicht der Meinung, ich wäre noch nicht reif für ein Kind.

Falls Gottes Plan vorsieht, dass Menschen, die noch nicht reif dafür sind, keine Kinder bekommen, läuft in der Ausführung einiges schief. Es gibt nämlich eine ganze Reihe von Müttern, die Kinder bekommen, obwohl ihre Eignung äußerst fragwürdig ist. Meine eigene Mutter gehört auch dazu.

In all den Jahren, in denen wir erfolglos alles ausprobiert haben, stand Graham unerschütterlich an meiner Seite, aber manchmal frage ich mich, ob er die ständigen Nachfragen der anderen nicht genauso satt hat wie ich. Es fällt mir zunehmend schwerer, darauf zu antworten. Wenn Graham dabei ist, nimmt er die Schuld manchmal auf sich und behauptet, er wäre zeugungsunfähig.

Dabei ist er weit davon entfernt, zeugungsunfähig zu sein. Graham hat seine Spermien schon ganz zu Anfang testen lassen und alles war super. Sogar mehr als super. Der Arzt hat sich in seiner Begeisterung dazu hinreißen lassen, das Wort *verschwenderisch* zu verwenden. »Sie produzieren eine geradezu verschwenderische Menge von Spermien, Mr Wells.«

Der Satz wurde zwischen Graham und mir zu einem Privatwitz. Aber obwohl wir versucht haben, das Ganze mit Humor zu nehmen, bedeutet es im Klartext nichts anderes, als dass *ich* das Problem bin. Ganz egal, welche verschwenderischen Mengen an Spermien Graham produziert – in meinem Eileiter können sie nichts ausrichten. Wir haben dann begonnen, nach einem strengen Eisprungkalender Sex zu haben. Gleich nach dem Aufwachen habe ich meine Temperatur gemessen, strikt auf meine Ernährung geachtet und keinen Schluck Alkohol getrunken. Zwecklos. Wir haben unser ganzes Geld zusammengekratzt und es erst mit intrauteriner Insemination und dann mit IVF probiert. Ich wurde nicht schwanger.

Wir haben sogar darüber gesprochen, eine Leihmutter zu engagieren, aber das ist noch teurer als In Vitro und die Erfolgschancen sind gering, weil meine Eizellen laut meiner Frauenärztin aufgrund der Endometriose, die bei mir mit fünfundzwanzig diagnostiziert wurde, von »sehr schlechter Qualität« sind.

Bis jetzt hat nichts Erfolg gebracht, und wir können es uns nicht leisten, so weiterzumachen oder sogar irgendwelche neuen Methoden auszuprobieren. Unser Konto ist leer. Ich beginne mich damit auseinanderzusetzen, dass es durchaus sein kann, dass ich niemals Mutter werde.

Das letzte Jahr war das bisher härteste. Ich verliere den Glauben. Ich verliere das Interesse. Ich verliere die Hoffnung.

Ich verliere, verliere, verliere.

»Käme für euch denn eine Adoption infrage?«, erkundigt sich Eleanor jetzt. Ich versuche, mir nicht anmerken zu lassen, wie wütend es mich macht, dass sie immer weiter in der Wunde stochert. Als ich gerade den Mund öffne, um zu antworten, beugt sich meine Mutter vor. »Ihr Mann ist dagegen.«

»*Mutter!*«, zischt Ava.

Unsere Mutter wedelt wegwerfend mit der Hand. »Was denn? Es ist nicht so, als würde ich es in die Zeitung setzen. Eleanor ist eine meiner besten Freundinnen.«

»Ihr habt euch seit fast zehn Jahren nicht gesehen«, sage ich.

Meine Mutter drückt Eleanors Hand. »So fühlt es sich aber gar nicht an. Wie geht es Peter?«

Eleanor, die über den Themawechsel genauso erleichtert zu sein scheint wie ich, beginnt von Peters sündhaft teurem neuen Auto zu erzählen und von seiner Midlife-Crisis. Ihr Mann ist zwar schon weit über sechzig, weshalb es kaum eine Midlife-Crisis sein kann, aber das sage ich nicht laut. Stattdessen gehe ich zur Toilette, um mich davon zu erholen, dass ich wieder einmal schmerzhaft an meine Unfruchtbarkeit erinnert worden bin.

Ich habe nicht widersprochen, als meine Mutter behauptet hat,

Graham wäre gegen eine Adoption, obwohl das nicht stimmt. Allerdings hat es tatsächlich etwas mit ihm zu tun, dass wir von den Agenturen bislang nie als Adoptiveltern akzeptiert wurden. Er ist als Jugendlicher wegen einer Sache verurteilt worden, die er zutiefst bereut. Ich begreife nicht, warum die Mitarbeiter in den Agenturen nicht anerkennen, dass er sich seit damals nie mehr irgendetwas hat zuschulden kommen lassen. Noch nicht mal einen Strafzettel wegen Falschparken. Aber wenn man eines von Tausenden adoptionswilligen Paaren ist, reicht schon eine einzige aktenkundige Verfehlung und man fliegt aus dem Auswahlverfahren.

Wir würden beide sofort adoptieren, wenn man uns ließe, aber wir kommen für die Agenturen nun mal nicht in Frage.

Die Leute denken immer, wir hätten nur noch nicht alle Möglichkeiten ausgeschöpft, aber das stimmt nicht. Wir haben wirklich alles tausendmal durchgespielt.

Vor drei Jahren hat Ava uns sogar ein Fruchtbarkeitspüppchen aus Mexiko mitgebracht, das ich neben unser Bett gelegt habe. Aber nichts – noch nicht einmal Zauberkraft – hat geholfen. Letztes Frühjahr haben Graham und ich beschlossen, es dem Schicksal zu überlassen und darauf zu hoffen, dass ich vielleicht doch noch auf natürlichem Weg schwanger werde. Das ist nicht passiert. Ich spüre, wie ich langsam mürbe werde. Es strengt mich unendlich an, ständig gegen die Strömung anschwimmen zu müssen.

Das Einzige, was mich davon abhält, mich endgültig damit abzufinden, kinderlos zu bleiben, ist Graham. In dem Moment, in dem ich den Traum aufgebe, irgendwann Kinder zu haben, werde ich auch Graham aufgeben müssen. Ich will ihm auf keinen Fall die Chance nehmen, Vater zu werden.

Ich bin diejenige, die unfruchtbar ist. Nicht er. Soll er dafür bestraft werden, dass er sich in mich verliebt und mich geheiratet hat? Er behauptet zwar, ihm wären Kinder nicht so wichtig wie mir, aber das sagt er nur, weil er mich nicht verletzen will. Und weil er die Hoffnung wahrscheinlich noch nicht ganz aufgegeben hat. Aber in zehn oder zwanzig Jahren würde er es mir übel nehmen, dass er meinetwegen kinderlos geblieben ist. Da bin ich mir sicher. Graham ist auch nur ein Mensch.

Ich komme mir egoistisch vor, wenn ich so etwas denke. Ich komme mir egoistisch vor, wenn ich mit ihm schlafe, weil ich mich immer noch an einen allerletzten Rest Hoffnung klammere, obwohl ich tief in mir weiß, dass es sinnlos ist. Weil ich ihn zwinge, diese Ehe mit mir fortzuführen, obwohl sie früher oder später zum Scheitern verurteilt ist. Ich suche immer wieder stundenlang im Netz nach einer Möglichkeit, die wir vielleicht übersehen haben. Egal, was. Ich bin in diversen Online-Selbsthilfegruppen, lese alle Beiträge und kenne natürlich auch sämtliche Berichte über »Wunderschwangerschaften«, an die niemand mehr geglaubt hat. Ich bin in privaten Adoptionsgruppen und sogar in mehreren Elternforen unterwegs, nur für den Fall, dass ich vielleicht irgendwann doch ein Kind bekommen sollte. Wenigstens werde ich bestens vorbereitet sein.

Die einzigen Orte, die ich im Internet meide, sind die üblichen Plattformen, auf denen sonst jeder zu finden ist. Meine Social-Media-Accounts habe ich vor einem Jahr alle gelöscht, weil ich die unsensiblen Beiträge in meiner Timeline nicht mehr ertragen habe. Am 1. April war es immer am schlimmsten. Unfassbar, wie viele meiner Freundinnen es witzig finden, Fake-Schwangerschaften zu verkünden.

Warum gibt es so viele Leute, die überhaupt nicht an die Menschen denken, denen es geht wie mir? Wenn ihnen bewusst wäre, wie viele Frauen jahrelang vergeblich von einem positiven Schwangerschaftstest träumen, würden sie hoffentlich niemals solche Scherze darüber machen.

Und dann die Leute, die sich online über ihre Kinder auslassen. *»Evie hat mich mit ihrem Dauergebrüll mal wieder die ganze Nacht wach gehalten. Argh! Kann sie nicht ein einziges Mal durchschlafen?!?!«* oder

»Wann sind die Ferien endlich vorbei? Die Jungs treiben mich in den Wahnsinn!«

Diese Eltern sind so selbstgerecht.

Wenn ich das Glück hätte, ein Kind haben zu dürfen, wäre ich dankbar für jede Sekunde, in der es brüllen oder quengeln oder kotzen oder mir widersprechen würde. Ich würde jede Sekunde der Sommerferien feiern, die ich mit ihm verbringen könnte, und es jede Sekunde vermissen, wenn es in der Schule wäre.

Irgendwann hat es mir gereicht, und ich habe meine Profile gelöscht, weil ich mit jeder neuen Statusmeldung in meiner Timeline immer nur noch verbitterter wurde. Natürlich weiß ich, dass diese Mütter ihre Kinder über alles lieben und dankbar sind, sie zu haben. Sie können einfach nicht nachfühlen, wie es ist, wenn man gar nicht erst die Chance bekommt, all die Dinge zu erleben, die sie als anstrengend empfinden. Ich will nicht anfangen, die Menschen zu hassen, mit denen ich online befreundet bin, deswegen habe ich beschlossen, mir ihre Posts nicht mehr anzutun. Ich dachte, das würde mir etwas mehr Gelassenheit bringen. Aber das war ein Irrtum.

Auch ohne Facebook und Instagram vergeht kein einziger Tag, an dem ich nicht daran erinnert werde, dass ich wahrscheinlich nie Mutter sein werde. Jedes Mal wenn ich ein Kind sehe. Jedes Mal wenn ich eine Schwangere sehe. Immer wenn ich jemandem wie Eleanor begegne. Wenn ich Filme schaue, Bücher lese oder Musik höre.

Und seit einiger Zeit leider auch, wenn mein Mann mich zärtlich berührt.

Fünf

Es ist seltsam, mit einem anderen Mann nach Hause zu kommen als mit Ethan. Wobei er gar nicht so oft bei mir war, weil seine Wohnung schöner und vor allem größer ist, weshalb wir uns meistens bei ihm getroffen haben.

Aber jetzt bin ich hier, mit einem komplett Fremden, und es sieht ganz so aus, als würde ich gleich Rachesex mit ihm haben! Wenn Ethan mit jemand anderem ins Bett gehen kann, werde ich das wohl auch schaffen, oder? Vor allem, wenn dieser Jemand so attraktiv ist wie Graham. Dieser Tag war so bizarr, dass er ruhig auch bizarr enden kann.

Als ich die Wohnungstür aufschließe, überlege ich leicht panisch, ob es vielleicht irgendetwas gibt, das ich lieber wegräumen sollte (alles?), aber dazu ist es sowieso zu spät, weil Graham direkt hinter mir steht.

»Komm rein«, sage ich.

Graham tritt in mein Zwei-Zimmer-Apartment und sieht sich um. Eigentlich finde ich es ganz gemütlich, aber jetzt wirkt es plötzlich fast erstickend klein, weil es voller Erinnerungen an Ethan ist.

Auf dem Esstisch liegt ein Stapel überzähliger Hochzeitseinladungen, und das Hochzeitskleid, das ich vor zwei Wochen gekauft habe, hängt in einer Kleiderhülle an der Schlafzimmertür. Ich nehme es mit zusammengebissenen Zähnen runter, falte es zusammen und stopfe es ganz unten in die Kommode. Soll das blöde Kleid doch zerknittern.

Graham schlendert zur Küchentheke und greift nach einem gerahmten Foto von mir und Ethan, das dort steht. Es ist an dem

Tag aufgenommen worden, an dem er mir den Antrag gemacht hat. Stolz halte ich meinen Ring in die Kamera. Graham streicht mit dem Daumen über das Glas.

»Du siehst glücklich darauf aus.«

Ich sage nichts dazu, aber er hat recht. Ich sehe glücklich aus, weil ich glücklich war. Wahnsinnig glücklich. Und wahnsinnig ahnungslos. Wie oft Ethan mich wohl betrogen hat? Lief das mit Sasha schon, als er mir den Antrag gemacht hat? Ich hätte so viele Fragen, aber ich glaube, ich verzichte darauf, Antworten zu bekommen, weil ich keine Lust habe, Ethan jemals noch mal gegenüberzutreten.

Graham legt den Rahmen umgedreht auf die Theke, wirft mir einen kurzen Blick zu und schnippt dann – wie bei seinem Handy vorhin – so dagegen, dass er über die Kante rutscht und auf dem Küchenboden zerbricht.

Eigentlich eine Frechheit. Aber ich finde es großartig.

Auf der Theke stehen noch zwei Bilder. Ich versetze dem anderen von Ethan und mir einen Schubs und lächle, als es klirrend zerspringt. Graham grinst. Jetzt steht nur noch ein Bild dort. Es zeigt meinen Vater und mich und wurde zwei Wochen vor seinem Tod aufgenommen. Graham nimmt es in die Hand und betrachtet es.

»Dein Vater?«

»Ja.«

Er stellt es wieder zurück. »Er darf bleiben.«

Er geht zum Tisch, wo die Hochzeitseinladungen liegen. Meine Mutter hat die Karte zusammen mit Ethans Mutter ausgesucht, den Text formuliert und die Einladungen sogar für uns verschickt. Die übrig gebliebenen Karten hat sie mir vor zwei Wochen vorbeigebracht, weil sie meinte, vielleicht könnte man daraus noch etwas Originelles basteln. Aber bisher hatte ich keine Lust dazu.

Jetzt ist klar, dass ich sie wegwerfen werde, so wie jede andere Erinnerung an diese desaströse Beziehung.

Ich folge Graham, bleibe einen Moment unschlüssig neben ihm stehen und setze mich dann auf die Tischplatte.

Graham liest laut vor: »*Anlässlich der Vermählung von Quinn Dianne Whitley, Tochter von Avril Donnelly und dem verstorbenen Kevin Whitley aus Old Greenwich, Connecticut, mit Ethan Samson Van Kemp, Sohn von Dr. Van Kemp und seiner Gemahlin Mrs Samson Van Kemp, ebenfalls aus Old Greenwich, bitten wir Sie um die Ehre Ihrer Anwesenheit bei den Hochzeitsfeierlichkeiten im Douglas Whimberly Plaza am ...*«

Er sieht mich an. »Anlässlich der *Vermählung*. Wow.«

Meine Wangen brennen.

Ich hasse diese Einladungen. Als ich sie zum ersten Mal gesehen habe, bin ich fast ausgerastet, weil ich das alles so unfassbar prätentiös fand. Aber so ist sie eben. Hauptsache Eindruck schinden.

»Der Text geht aufs Konto meiner Mutter. Manchmal ist es einfacher, sie ihr Ding machen zu lassen, als einen Streit zu riskieren.«

Graham zieht eine Augenbraue hoch und legt die Einladung wieder auf den Stapel. »Du kommst aus Greenwich?«

Seine Stimme verrät, was er denkt, aber das nehme ich ihm nicht übel. Old Greenwich ist kürzlich im Ranking der wohlhabendsten Gemeinden der USA auf einem der ersten Plätze gelandet. Wer dort wohnt, hält sich in der Regel automatisch für etwas Besseres. Und alle, die nicht dort wohnen, haben in der Regel Vorurteile gegenüber denen, die es tun. Wobei ich grundsätzlich etwas gegen Vorurteile habe und lieber die Ausnahme der Regel bin.

»Du wirkst gar nicht so, als kämst du aus Old Greenwich«, sagt Graham.

Meine Mutter würde jetzt beleidigt schnauben, aber ich lächle, weil ich es als Kompliment auffasse.

»Danke. Ich gebe mir Mühe, nicht den Eindruck zu vermitteln, als wäre ich mit einem goldenen Löffel im Mund zur Welt gekommen.«

»Das gelingt dir absolut überzeugend – und das meine ich definitiv positiv.«

Noch so eine Bemerkung, die meine Mutter als Affront auffassen würde. Graham wird mir immer sympathischer.

»Hast du Hunger?« Ich werfe einen Blick zur Küchenzeile und frage mich, ob ich überhaupt irgendwas dahabe, das ich ihm anbieten könnte. Zu meinem Glück schüttelt er den Kopf.

»Nein, mir ist immer noch ein bisschen schlecht vom chinesischen Essen und Betrogenwerden.«

Ich lache leise. »Ja, mir auch.«

Graham schaut sich in meinem Apartment um, vom Wohnzimmer mit angeschlossener Küche über den Flur zum Schlafzimmer, dann sieht er mich an, und ich muss leise Luft holen, weil der Blick, den er über meine Beine und den Rest meines Körpers wandern lässt, so intensiv ist. Es ist ungewohnt, von jemandem so angesehen zu werden, der nicht Ethan ist. Ich bin überrascht, dass ich es genieße.

Was Graham wohl gerade durch den Kopf geht? Ist er genauso geschockt wie ich, dass er hier ist und mich anschaut, statt bei sich zu Hause Sasha anzuschauen?

Er steckt eine Hand in seine Jackentasche, zieht ein kleines Kästchen hervor, klappt es auf und hält es mir wortlos hin. In schwarzem Samt steckt ein Ring – offensichtlich ein Verlobungsring. Viel schlichter als der, den Ethan mir geschenkt hat, und viel schöner. Ethan hat den teuersten Ring genommen, den er für das Geld seines Vaters bekommen konnte.

»Den schleppe ich schon seit zwei Wochen mit mir rum.« Graham lehnt sich neben mich gegen den Tisch und blickt auf den Ring. »Irgendwie hat sich nie ein guter Moment ergeben, um ihr den Antrag zu machen. Ich hatte schon seit einer Weile so ein komisches Gefühl. Aber sie ist echt eine verdammt gute Lügnerin.«

Das klingt fast beeindruckt.

»Der ist wunderschön.« Ich ziehe ihn heraus und streife ihn mir über den rechten Ringfinger.

»Du kannst ihn behalten. Ich brauche ihn jetzt ja nicht mehr.«

»Du solltest ihn zurückbringen. Er war sicher teuer.«

»Ich habe ihn bei eBay gekauft. Der Händler hat Retouren ausgeschlossen.«

Ich strecke meine beiden Hände aus und vergleiche die Ringe. Warum habe ich Ethan nicht gesagt, dass ich auf gar keinen Fall einen protzigen Ring haben möchte? Es ist, als wäre ich so darauf fixiert gewesen, ihn zu heiraten, dass ich meine Stimme verloren habe. Meine Meinung. Mich selbst.

Ich ziehe seinen Ring ab, stecke ihn in Grahams Kästchen und streife dafür den, den er Sasha gekauft hat, über meinen linken Ringfinger. Als ich ihm das Kästchen hinhalte, wehrt er ab.

»Bitte nimm ihn. Wir tauschen«, sage ich und schiebe es ihm über den Tisch zu.

»Auf keinen Fall.« Er schüttelt den Kopf. »Der ist garantiert wahnsinnig wertvoll. Wahrscheinlich würdest du ein Auto dafür kriegen.«

»Ich hab schon eins.«

»Dann gib ihn Ethan zurück. Er kann ihn Sasha schenken. Sie würde ihn sicher schöner finden als den, den ich besorgt habe.«

Ich seufze. »Dann schicke ich ihn Ethans Mutter. Soll sie entscheiden, was sie damit machen.«

Graham schiebt die Hände in die Jackentaschen. Er sieht wirklich besser aus als Ethan, das habe ich vorhin nicht gesagt, um ihm zu schmeicheln. Ethans Wirkung beruht hauptsächlich auf Selbstvertrauen und Geld. Er ist immer gepflegt, immer teuer gekleidet und immer auch ein bisschen großspurig. Ist ein Mensch selbst davon überzeugt, gut auszusehen, glaubt es auch der Rest der Welt.

Grahams gutes Aussehen ist ehrlicher. Seine Attraktivität lässt sich nicht an Details festmachen. Nicht an seinen dunklen Haaren. Nicht an seinen Augen, die nicht meerblau oder smaragdgrün sind, sondern braun, was die leichte Melancholie, die er ausstrahlt, wahrscheinlich noch verstärkt. Nicht an seinen Lippen, die zwar schön geschnitten und voll sind, aber nicht ungewöhnlich. Er ist groß, aber nicht extrem groß. Ich schätze, so um die eins fünfundachtzig.

Es ist die Summe der Einzelteile, die seine Attraktivität ausmacht. In der Kombination haben sie eine Gesamtwirkung, die in meinem Inneren ein sehnsüchtiges Ziehen hervorruft. Mir imponiert, mit welcher Gelassenheit er die Welt betrachtet, während sein Leben im Chaos versinkt. Ich finde das leise Lächeln um seine Mundwinkel unwiderstehlich. Manchmal legt er mitten im Satz eine Pause ein und streicht sich mit dem Daumen über die Unterlippe. Vermutlich weiß er gar nicht, wie sexy das ist. Ich kann mich nicht erinnern, dass ich mich schon jemals von einem Unbekannten körperlich so angezogen gefühlt hätte.

Als er zur Wohnungstür schaut, frage ich mich, ob er es bereut, mit mir hergekommen zu sein. Findet er mich überhaupt attraktiv? Denkt er an Sasha? Er stößt sich vom Tisch ab, und ich erwarte, dass er mir sagt, warum er doch leider wieder gehen muss. Jetzt schiebt er die Hände in die Taschen seiner Jeans, als wüsste er nicht, wohin damit. Gleich wird er sich verabschieden. Sein Blick fällt auf meinen Hals, bevor er wieder zu meinem Gesicht wandert. Das Braun seiner Augen ist mit einem Mal unglaublich intensiv. »Okay. Wo geht es zum Schlafzimmer?«

Seine Direktheit schockiert mich etwas.

Ich versuche, mir nicht anmerken zu lassen, wie zerrissen ich innerlich bin. Einerseits hätte ich wirklich gute Lust, mich an Ethan zu rächen, indem ich mit dem gut aussehenden Freund seiner Affäre ins Bett gehe. Genau aus diesem Grund ist Graham hier. Andererseits frage ich mich, ob ich Lust habe, als Objekt für den Rachesex von jemand anderem herzuhalten.

Aber hey … immer noch besser, als allein im Bett zu heulen, oder?

Ich gleite vom Tisch. Graham bleibt, wo er ist, sodass sich unsere Körper berühren, als ich mich an ihm vorbeischiebe. Ich spüre ihn in jeder Faser und kurz stockt mir der Atem. »Hier lang.«

Ich bin immer noch nervös, aber nicht annähernd so nervös wie vorhin, als ich die Wohnungstür aufgeschlossen habe. Grahams Stimme beruhigt mich. Seine ganze Präsenz beruhigt mich. Vielleicht auch seine Traurigkeit.

»Ich mache nie mein Bett«, warne ich ihn, als ich die Tür öffne, das Licht anschalte und mich zu ihm umdrehe.

Graham steht im Türrahmen. »Warum nicht?« Er geht ein paar Schritte ins Zimmer, und jetzt wird mir doch wieder mulmig, als ich diesen fremden Mann betrachte, der vor meinem Bett steht, in dem ich jetzt eigentlich liegen und mir die Augen aus dem Kopf heulen müsste.

Wie ist das für ihn? Er hat vorhin selbst gesagt, dass er an seiner Beziehung zu Sasha gezweifelt hat, sonst wäre er ihr wohl auch niemals bis zu Ethan gefolgt, während der Verlobungsring ein Loch in seine Jackentasche brannte.

Ist er insgeheim erleichtert, dass er ihn ihr nie gegeben hat? Bin ich womöglich erleichtert, Ethan nicht heiraten zu müssen? Wie sonst wäre meine nervöse Vorfreude und mein Herzflattern zu erklären, obwohl ich doch komplett am Boden zerstört sein müsste?

Ich sehe Graham gedankenverloren an und merke erst mit Verzögerung, dass ich seine Frage noch nicht beantwortet habe. »Ach so … ja.« Ich räuspere mich. »Es dauert durchschnittlich zwei Minuten, ein Bett zu machen, in das man sich spätestens zwölf Stunden später sowieso wieder reinlegt. Wozu soll man zusammengerechnet ganze achtunddreißig Tage seines Lebens für etwas total Unnötiges verschwenden?«

Graham betrachtet mein zerwühltes Bett, und um seine Mundwinkel spielt das kleine Lächeln, das ich so unwiderstehlich finde. Ich merke, dass ich keine Ahnung habe, wie es jetzt weitergehen soll. Ich hatte mich darauf eingestellt, heute Abend Ethan wiederzusehen, und nicht, mit einem vollkommen fremden Mann Sex zu haben. Soll ich das Licht ausmachen? Sollte ich mich vielleicht umziehen? Graham soll mir nicht die Kleidungsstücke ausziehen, die ich für einen anderen angezogen habe. Gott. Ich glaube, ich brauche einen Moment, um mich innerlich zu sortieren. Es ist so viel in so kurzer Zeit passiert, und ich bin noch gar nicht dazu gekommen, durchzuatmen.

»Wartest du kurz?« Ich zeige zur Badezimmertür. »Bin gleich wieder bei dir.«

Grahams Lächeln wird breiter, und als mir klar wird, dass ich diesen schönen Mund gleich küssen werde, überkommt mich Unsicherheit. Ein ungewohntes Gefühl. Eigentlich bin ich ziemlich selbstbewusst. Aber Graham strahlt eine so natürlich wirkende Gelassenheit aus, die mich irgendwie noch nervöser macht.

Ich schließe mich im Bad ein und starre auf die Tür. Einen Moment vergesse ich, warum ich hier bin, dann fällt es mir wieder ein: Ich werde gleich zum ersten Mal seit vier Jahren mit einem Mann schlafen, der nicht Ethan ist. Okay, los! Ich öffne den Schrank und entscheide mich für ein blassrosa Nachthemd mit Spaghettiträgern. Es ist nicht durchsichtig, aber trotzdem so dünn, dass Graham sofort sehen wird, dass ich keinen BH trage. Ich ziehe es an, schlinge meine Haare zu einem losen Knoten und putze mir gründlich die Zähne und sogar die Zunge, bis ich sicher bin, dass nichts mehr an das chinesische Essen vorhin im Hausflur erinnert.

Ich schaue ein bisschen zu lang in den Spiegel. Unfassbar, dass dieser Tag so endet. Dass ich gleich mit einem Mann schlafen werde, der ... nicht mein Verlobter ist. Zur Beruhigung atme ich ein paarmal tief durch und öffne dann die Tür.

Ich weiß nicht genau, was ich erwartet habe, aber nicht das.

Graham steht immer noch in Jeans, T-Shirt und Jacke im Zimmer. Mein Blick fällt auf seine Schuhe, die er auch immer noch anhat, als er flüstert: »Wow!«

Ich hebe den Blick. Er kommt auf mich zu und sein Gesicht ist mir plötzlich ganz nah. Ich muss mich zusammenreißen, um ihm nicht darüber zu streicheln, weil der traurige Zug um seinen Mund und die dunklen Bartstoppeln auf seinem markanten Kiefer in mir den Reflex auslösen, ihn zu berühren.

»Bitte schön.« Er tritt einen Schritt zurück und zeigt mit großer Geste auf mein Bett. Alle Kissen sind ordentlich am Kopfende aufgereiht, die Decke ist glatt gestrichen und an einer Ecke einladend aufgeschlagen.

»Du hast mein Bett gemacht?« Ich schüttle ungläubig den Kopf. So hatte ich mir den Verlauf des Abends nicht vorgestellt, aber nach vier Jahren mit Ethan habe ich keine Ahnung mehr, *wie* solche Abende verlaufen.

Graham hebt die Decke an, damit ich mich hineinlegen kann, und ich rutsche zur Seite, sodass er auch Platz hat. Aber statt sich zu mir zu legen, breitet Graham die Decke über mich, setzt sich auf die Bettkante und sieht mich an. »Ist doch schön so, oder?«

Ich knuffe mein Kopfkissen zurecht und drehe mich auf die Seite. Er hat das Fußende der Decke unter die Matratze gesteckt, sodass sie sich eng um meine Beine und Füße schmiegt. Es ist wirklich schön. Fast ein bisschen so, als würde die Decke mit mir kuscheln.

»Ich bin beeindruckt.«

Graham beugt sich vor und streicht mir eine Haarsträhne hinters Ohr. Die Geste ist süß. Ohne ihn zu kennen, kann ich jetzt schon sagen, dass er einer von den Guten ist. Ich wusste es in der Sekunde, in der Ethan aus dem Apartment kam und Graham nicht aufgesprungen ist und sich auf ihn gestürzt hat. Man braucht jede Menge Selbstbeherrschung, um in so einer Situation Würde zu bewahren.

Er lässt die Hand auf meine Schulter sinken. Ich kann nicht genau sagen, was sich verändert hat, seit wir das Restaurant verlassen haben und zu mir gefahren sind, aber die Stimmung ist nicht mehr dieselbe. Seine Hand gleitet die Decke hinab und bleibt auf Höhe meiner Taille liegen. Ich sehe ihn an und verstehe. Es ist offensichtlich, dass er nicht weiß, wie er es mir beibringen soll, weshalb ich beschließe, es ihm nicht unnötig schwer zu machen.

»Ist schon okay«, flüstere ich. »Du darfst gehen.«

Er kann seine Erleichterung nicht verbergen. »Ich dachte, ich könnte das ... ich und du. Heute Nacht.«

»Dachte ich auch, aber es ist noch viel zu früh für ... Trostsex.«

Ich spüre die Hitze seiner Hand durch die Decke. Ihr Druck verstärkt sich, als er sich vorbeugt und mir einen sanften Kuss auf die Wange gibt. Ich schließe die Augen und schlucke trocken, als sich sein Mund meinem Ohr nähert. »Selbst wenn es nicht zu früh wäre, würde ich keinen Trostsex mit dir haben wollen.« Er löst sich von mir. »Gute Nacht, Quinn.«

Ich halte die Augen geschlossen, als er aufsteht, und öffne sie auch dann nicht, als er das Licht ausmacht und die Tür schließt.

Er würde keinen Trostsex mit mir haben wollen?

War das ein Kompliment oder seine Art, mir zu sagen, dass er nicht auf mich steht?

Ich denke noch eine Weile darüber nach, schiebe dann aber jeden Gedanken an Graham beiseite. Mit ihm kann ich mich morgen wieder beschäftigen. Im Moment geht es um das, was ich in den letzten Stunden verloren habe.

Mit einem Schlag hat sich mein gesamter Lebensplan geändert. Bis vorhin bin ich davon ausgegangen, dass Ethan für immer der Mann an meiner Seite sein würde. Jetzt hat sich alles, was ich über meine Zukunft zu wissen geglaubt habe, als Trugschluss entpuppt. Und alles, was ich über Ethan zu wissen geglaubt habe, als Lüge.

Ich hasse ihn. Ich hasse ihn, weil ich – ganz egal, wie es von jetzt an weitergeht – nie mehr in der Lage sein werde, jemandem so zu vertrauen, wie ich ihm vertraut habe.

Ich rolle mich auf den Rücken und starre an die Decke. »Fick dich, Ethan Van Kemp.«

Was ist das überhaupt für ein absolut bescheuerter Nachname? Ich spreche laut den Namen aus, den ich nach meiner *Vermählung* mit ihm getragen hätte. »Quinn Dianne Van Kemp.«

Gott, bin ich froh, dass ich nie so heißen muss.

Ich bin froh, dass ich ihn in flagranti erwischt habe.

Ich bin froh, dass Graham da war und mir geholfen hat, die Situation durchzustehen.

Und ich bin froh, dass er sich vorhin entschieden hat zu gehen.

Im Restaurant, als alles noch ganz frisch war, habe ich mich in meiner Wut nach Rache gesehnt. Ich dachte, wenn ich mit Graham Sex hätte, würde das den Schmerz lindern, den Ethan mir zugefügt hat. Aber jetzt, wo Graham gegangen ist, spüre ich, dass es keine Linderung gibt. In mir klafft eine riesige brennende Wunde. Am liebsten würde ich mich hier einschließen und für immer verkriechen und nur rausgehen, um mir Eiscreme zu besorgen. Morgen hole ich mir gleich ein paar Becher, bunkere mich damit ein und komme nie mehr raus. Außer um Eiscreme-vorräte aufzustocken.

Ich schleudere die Decke weg, gehe zur Wohnungstür und schließe ab. Als ich die Kette vorlege, entdecke ich an der Wand eine gelbe Haftnotiz.

Eine Telefonnummer und darunter eine kurze Nachricht.

Ruf mich irgendwann an. Nachdem du Trostsex gehabt hast. Graham.

Ich bin hin und her gerissen. Graham scheint wirklich total nett zu sein, und ich spüre definitiv eine Anziehung zwischen uns, aber im Moment kann ich mir überhaupt nicht vorstellen, mich jemals wieder auf einen Mann einzulassen. Meine Beziehung zu Ethan ist erst seit ein paar Stunden vorbei. Selbst wenn ich irgendwann wieder Lust hätte, mich mit jemandem zu treffen, wäre der letzte Mensch, den ich mir dafür aussuchen würde, der Exfreund der Frau, die alles Gute in meinem Leben in Scherben geschlagen hat.

Ich will so wenig mit Ethan und Sasha zu tun haben, wie es nur geht. Und leider würde Graham mich immer an die beiden erinnern.

Trotzdem muss ich lächeln, als ich seine Nachricht lese. Aber nur kurz.

Danach schleppe ich mich wieder ins Schlafzimmer, krieche ins Bett und ziehe mir die Decke über den Kopf. Und dann beginnen die Tränen zu fließen. »Du wirst heute Nacht weinen. Wenn du im Bett liegst. Dann tut es am meisten weh. Wenn du allein bist.«

Graham hatte so recht.

Sechs

JETZT

Ava hat mir vor ihrem Abflug nach Europa ein Abschiedsge-schenk gemacht – eine Großpackung eines exotischen Tees, der angeblich gegen Unfruchtbarkeit hilft. Dummerweise schmeckt er, als würde ich mir die trockenen Teeblätter direkt aus der Tüte auf die Zunge streuen und mit Kaffeesatz nachspülen.

Der Fruchtbarkeitstrunk wird also nicht zum Einsatz kommen. Aber vielleicht ist mir das Glück ja doch noch hold. Ich habe be-schlossen, es in diesem und vielleicht auch im nächsten Zyklus noch ein letztes Mal zu probieren, möglicherweise passiert das lang erwartete Wunder. Wenn nicht ... gebe ich endgültig auf.

Noch zwei Monate, dann werde ich Graham sagen, dass es meiner Meinung nach Zeit ist, die Schatulle zu öffnen, die im un-tersten Fach des Bücherregals steht.

Als er abends die Haustür aufschließt, erwarte ich ihn schon, sitze in einem von seinen T-Shirts auf der Küchentheke und lasse die nackten Beine baumeln. Er bemerkt mich nicht sofort, aber als er mich dann sieht, hat er nur noch Augen für mich. Ich umfasse die Kante der Arbeitsplatte zwischen meinen Beinen und öffne die Schenkel gerade weit genug, um ihm eine Ahnung von dem zu geben, was ich für heute Abend geplant habe. Sein Blick ist fest auf meine Hände gerichtet, als er die Krawatte abzieht und zu Boden fallen lässt.

Ich fand es immer gut, dass er später von der Arbeit kommt als ich, weil ich dadurch jeden Tag erleben kann, wie er seine Kra-watte löst. Auch nach all den Jahren jagt mir diese Geste immer noch ein Prickeln über den Rücken.

»Besonderer Anlass?« Er zieht sein Jackett aus, während er

lächelnd auf mich zugeht. Ich lächle auch, um ihm zu zeigen, dass ich heute allen Druck und alle Traurigkeit beiseiteschieben und mich nur auf ihn und mich konzentrieren will. Dass ich so tun will, als wäre zwischen uns beiden alles gut, als wären wir glücklich, als würden wir genau das Leben führen, das wir hätten, wenn wir es uns aussuchen könnten.

Als er bei mir ist, hat er schon die obersten Knöpfe seines Hemds geöffnet und streift sich im selben Moment die Schuhe ab, in dem er mit beiden Händen meine nackten Oberschenkel aufwärts streicht. Ich schlinge die Arme um seinen Hals, und er presst sich voller Verlangen an mich, küsst mich auf die Kehle und dann weiter nach oben, bis sich unsere Lippen zu einem Kuss verbinden.

»Wo willst du von mir genommen werden?« Er hebt mich hoch.

»Was hältst du von unserem … Bett?«, flüstere ich heiser und schlinge die Beine um seine Hüften.

Obwohl ich den Glauben daran, noch jemals schwanger zu werden, fast schon aufgegeben habe, klammere ich mich trotzdem Monat für Monat an das letzte kleine Häufchen Resthoffnung. Bedeutet das, dass ich stark bin, oder bin ich erbärmlich? Manchmal denke ich, ich bin beides.

Als Graham mich kurz darauf rücklings aufs Bett sinken lässt, bin ich vollkommen nackt. Unsere Sachen liegen zwischen Küche und Schlafzimmer auf dem Boden verstreut und zeigen den Weg, den er mit mir gegangen ist. Er beugt sich über mich und dringt sofort mit leisem Stöhnen in mich ein. Ich nehme ihn stumm auf.

Graham ist in fast jeder Beziehung der verlässlichste Mensch, den ich kenne. Außer beim Sex. Von Anfang an wusste ich bei ihm nie, mit wem ich es gleich zu tun bekommen würde. Mal ist er der sanfte Liebhaber, der sich alle Zeit der Welt nimmt, damit ich auf meine Kosten komme, dann wieder fällt er über mich her und nimmt sich beinahe schon egoistisch, was er braucht. Manchmal schweigt er, dann wieder flüstert er süße Liebeschwüre, die mein Herz weit werden lassen, wenn er in mir ist; manchmal ist er aber auch roh in seiner Lust und sagt Dinge, die mich rot werden lassen.

Früher fand ich es wahnsinnig erregend, nie vorausahnen zu können, welche Seite Graham mir von sich zeigen würde. Aber in letzter Zeit ist es mir lieber, er nimmt sich, was er will, als dass er zu sehr auf mich eingeht. Dann habe ich nicht so ein schlechtes Gewissen, weil ich nur von einem einzigen Gedanken beherrscht werde, wenn wir miteinander schlafen: *Vielleicht klappt es diesmal*.

Heute gibt er mir leider nicht, was ich brauche. Er bedeckt meine Brüste und meine Kehle mit zarten Küssen, während er sich lustvoll in mir bewegt, um mich zum Höhepunkt zu treiben. Aber es hilft nichts. Weil meine Gedanken nur um das immer gleiche Thema kreisen, fällt es mir so unendlich schwer, Lust zu empfinden. Ich schließe die Augen, presse meine Lippen auf seine Schulter und wühle mit beiden Händen in seinen dichten Haaren, aber ich schaffe es einfach nicht, mich fallen zu lassen. Mein schlechtes Gewissen wächst und mit ihm mein Wunsch, es einfach hinter mich zu bringen. Ich drehe den Kopf zur Seite und warte und hoffe.

Als Grahams Bewegungen in mir endlich schneller werden und ich in Erwartung seines Höhepunktes die Muskeln anspanne, löst er sich mit einem Mal von mir, rutscht ein Stück an mir herunter, nimmt eine Brustwarze zwischen die Lippen und umkreist sie zärtlich mit der Zunge. Ich weiß, was jetzt kommt. Er wird jeden Zentimeter meines Körpers küssen, bis seine Zunge schließlich zwischen meine Beine gleiten wird, wo er mich minutenlang liebkosen und vergeblich versuchen wird, mir Gefühle zu entlocken, während ich doch nur an eins denken kann: ob ich meinen Eisprung korrekt berechnet habe, ob die Uhrzeit die richtige ist, wie ich ihm das Testergebnis präsentieren werde, falls es diesmal positiv sein sollte, und wie lange ich unter der Dusche weinen werde, wenn nicht.

Dabei will ich nicht denken. Ich will nur, dass er schnell macht. Ich umfasse seine Schultern und ziehe ihn wieder nach oben, bis sein Mund auf meinem liegt. »Es ist okay«, flüstere ich. »Du kannst ruhig kommen.« Ich öffne die Beine, damit er wieder in mich hineingleiten kann, aber er stützt sich auf die Ellbogen, richtet sich auf und schaut auf mich hinunter. Das ist das erste Mal seit vorhin in der Küche, dass ich ihm wirklich in die Augen sehe.

»Hey.« Er streicht mir sanft die Haare aus der Stirn. »Was ist los? Keine Lust mehr?«

Wie könnte ich ihm sagen, dass ich von Anfang an keine Lust hatte, ohne seine Gefühle zu verletzen?

»Alles gut. Ich habe heute meinen Eisprung.«

Ich will ihn wieder küssen, aber da hat er sich schon von mir heruntergewälzt.

Ist er sauer? Ich starre an die Decke. Wie kann er deswegen sauer sein? Wir versuchen es jetzt schon so lange. Er kennt das doch.

Die Matratze bebt. Er steigt aus dem Bett. Als ich mich zu ihm umdrehe, hat er mir den Rücken zugewandt und zieht seine Boxershorts an.

»Bist du deswegen jetzt etwa sauer?«, frage ich und setze mich auf. »Bis eben ging es doch auch, obwohl ich nicht so wirklich mitgemacht habe.«

Graham fährt herum. Dann atmet er kurz ein und aus und streicht sich durch die Haare. Daran, wie er die Lippen zusammenpresst, erkenne ich, wie sehr es in ihm brodelt, aber seine Stimme ist ganz ruhig, als er sagt: »Ich habe es satt, für die Fortpflanzung zu ficken, Quinn. Es wäre schön, wenn ich zur Abwechslung auch mal in dir sein dürfte, weil du dich danach sehnst, mich zu spüren, und nicht, weil es die verdammte Voraussetzung dafür ist, dass du schwanger wirst.«

Ich zucke getroffen zusammen. Mein erster Impuls ist, ihm etwas entgegenzuschleudern, ihn genauso zu verletzen, doch dafür verstehe ich seine Frustration zu gut. Ich vermisse unseren sorglosen Spontansex genauso wie er, aber nach all den missglückten Versuchen, schwanger zu werden, kam für mich irgendwann der Punkt, an dem es nicht mehr schön war, sondern nur noch wehtat. So weh, dass ich seitdem davor zurückscheue, mit Graham zu schlafen. Irgendwann habe ich unseren Sex so weit zurückgeschraubt, dass ich nur noch an den Eisprungtagen mit ihm schlafe.

Ich wünschte, er könnte mich verstehen. Ich wünschte, er wüsste, dass mich die vielen Male, die wir immer wieder unser Glück versuchen, manchmal sogar noch mehr schmerzen als der Moment, in dem ich feststellen muss, dass es wieder nicht geklappt hat. Ich gebe mir doch auch Mühe, seine Gefühle zu respektieren. Es macht mich traurig, dass er offenbar nicht nachvollziehen kann, wie es mir geht. Aber wie könnte er auch? Er ist nicht derjenige, der immer wieder versagt.

Egal. Selbstmitleid kann ich mir auch noch für später aufheben. Im Moment ist es wichtiger, dass wir diese Chance nicht ungenutzt verstreichen lassen, weil er mit dem, was er gesagt hat, absolut recht hat. Sex ist die Voraussetzung, um schwanger zu werden. Und heute ist der beste Tag.

Ich sehe ihn bittend an und ziehe die Decke ein Stück zur Seite, um ihm zu zeigen, was er sich entgehen lässt. »Es tut mir leid«, flüstere ich. »Ich will dich spüren, Graham. Bitte komm wieder ins Bett.«

Er presst die Kiefer zusammen, aber ich sehe auch das Verlangen in seinem Blick. Eigentlich würde er gern aus dem Zimmer stürmen, gleichzeitig zieht es ihn zu mir zurück. Ich lege mich auf den Bauch und sehe ihn über die Schulter an. »Bitte … Graham?« Ich weiß, dass der Anblick meines Pos eine unwiderstehliche Wirkung auf ihn hat. »Ich will dich richtig tief in mir spüren, Graham. Ich will *dich*.«

Ich bin erleichtert, als er aufstöhnt. »Verdammt, Quinn.« Im nächsten Moment kniet er wieder auf dem Bett, die Hände um meine Schenkel geschlossen, die Lippen auf meinem Po. Er schiebt eine Hand unter mich, drückt sie gegen meinen Bauch und hebt mich leicht an, sodass er in mich hineingleiten kann. Stöhnend kralle ich die Finger ins Laken.

Graham umfasst meine Hüften und zieht mich an sich, sodass er ganz in mir ist.

Jetzt ist er nicht mehr der sanfte, liebevolle Graham, im Gegenteil, er stößt wild und fast grimmig in mich hinein. Er konzentriert sich nicht mehr auf meine Lust, sondern nur noch auf seine. Genau das will ich.

Wimmernd dränge ich mich seinem Becken entgegen und hoffe, dass er nicht mitbekommt, dass ich von dem, was passiert, innerlich vollkommen abgekoppelt bin. Er beschleunigt den Rhythmus und presst mich mit seinem ganzen Gewicht in die Matratze. Als er laut aufstöhnt und seine Hände um meine legt, halte ich die Luft an und warte darauf, dass er mich mit neuer Hoffnung erfüllt.

Er zieht sich mit einem schnellen Ruck aus mir heraus, drückt sich an meinen Rücken und stöhnt ein letztes Mal an meinem Nacken auf, während es heiß an meiner Hüfte hinabrinnt.

Ist er etwa …?

Ja. Ja, ist er.

Tränen schießen mir in die Augen, als ich begreife, dass er mit voller Absicht nicht in mir gekommen ist. Ich will mich unter ihm hervorwinden, aber er ist zu schwer.

Als ich spüre, wie er sich zu entspannen beginnt, bäume ich mich auf, und er rollt sich auf den Rücken. Ich rutsche von ihm weg und reibe mich mit der Decke sauber. Über mein Gesicht laufen Tränen, die ich wütend wegwische. Ich bin so voller Wut, dass ich kein Wort herausbringe. Graham sieht mich stumm an, während ich alles tue, um mir nicht anmerken zu lassen, wie wütend ich bin. Und wie sehr ich mich schäme.

Graham ist mein Mann, aber heute war er für mich nur Mittel

zum Zweck. Obwohl ich versucht habe, ihn vom Gegenteil zu überzeugen, hat er selbst eben bewiesen, dass er recht hatte, indem er mir das Einzige, was ich wirklich von ihm wollte, vorenthalten hat.

Ich will nicht weinen, aber die Tränen kommen trotzdem. Als ich die Decke bis zu den Augen hochziehe, steht Graham auf und greift nach seiner Hose. Jetzt schluchze ich und meine Schultern beben. Das ist total untypisch für mich. Normalerweise hebe ich mir meine Tränen für die Dusche auf.

Als Graham sich vorbeugt, um sein Kopfkissen vom Bett zu nehmen, sieht er einen Moment lang aus, als wüsste er nicht, ob er mich trösten oder anbrüllen soll. Schließlich wendet er sich ab und geht zur Tür.

»Graham ...«, flüstere ich.

Er bleibt stehen, dann dreht er sich um. Er sieht so unendlich traurig aus, dass es mir die Sprache verschlägt. Ich würde ihm so gern sagen, wie leid es mir tut, dass meine Sehnsucht nach einem Kind größer ist als die Lust auf ihn. Aber das würde nicht helfen, weil es gelogen wäre. Es tut mir nicht leid. Warum versteht er nicht, wie sehr sich der Sex in den vergangenen Jahren für mich verändert hat? Ich soll ihn weiterhin wollen, aber wie soll das gehen, wenn Sex immer automatisch mit der Hoffnung verbunden ist, dass die Eins-zu-einer-Million-Chance wahr wird und ich doch noch schwanger werde? Wenn Sex unweigerlich immer erst für Hoffnung und dann für die totale Vernichtung von Hoffnung steht?

Im Laufe der Zeit haben sich die Routine und die vielen verschiedenen Gefühle, die für mich mit unserem Sex verbunden waren, zu einem dichten Gewebe verstrickt, wodurch ich nicht mehr in der Lage bin, den Sex von der Hoffnung zu trennen und damit von ihrer Vernichtung. Sex = Hoffnung = Vernichtung.

SexHoffnungVernichtung. Vernichtung. Vernichtung.

Mittlerweile fühlt sich *alles* vernichtend an.

Aber das wird er nie verstehen. Er wird nie verstehen, dass nicht *er* es ist, den ich nicht will. Es ist dieses Gefühl, das ich nicht will.

Graham sieht mich an und wartet darauf, dass ich außer seinem Namen noch etwas sage. Aber ich sage nichts. Ich kann nicht.

Er nickt knapp, dann wendet er sich von mir ab. Ich sehe, wie sich die Muskeln in seinem Rücken anspannen. Ich sehe, wie er die Faust ballt und wieder lockert. Ich sehe, wie er einen schweren Seufzer ausstößt, auch wenn er unhörbar ist. Er öffnet leise die Schlafzimmertür und knallt sie dann mit aller Kraft hinter sich zu.

Von draußen höre ich einen krachenden Fausthieb gegen die Tür. Ich schließe die Augen. Mein Körper versteift sich in Erwartung des nächsten Schlags, der auch kommt. Und dann kommt noch einer.

Fünfmal schlägt er gegen die Tür, lässt seinen Schmerz über meine Zurückweisung am Holz aus. Und als es wieder still ist … zerbreche ich.

Sieben

Es hat gedauert, bis ich über Ethan hinweg war. Vielleicht ging es nicht einmal um ihn als Person, sondern um das, wofür er stand. Die Beziehung zu verlieren war schlimmer, als Ethan zu verlieren. Wenn man sich über einen derart langen Zeitraum mit einem anderen Menschen identifiziert und sich als Teil eines Paars betrachtet, ist es nicht so einfach, wieder zum Individuum zu werden. Es hat ein paar Monate gebraucht, bis ich ihn vollständig aus meiner Wohnung entfernt hatte. Ich habe das Hochzeitskleid entsorgt, sämtliche Fotos von uns beiden und ihm, die Geschenke, die er mir im Laufe der Jahre gemacht hat, Kleidungsstücke, die mich an ihn erinnerten. Ich habe mir sogar ein neues Bett gekauft, wobei das vielleicht mehr damit zu tun hatte, dass ich einfach ein neues Bett wollte, als mit Ethan.

Jetzt ist die Trennung ein halbes Jahr her, und ich sitze einem Typen gegenüber, mit dem ich mich sogar schon zum zweiten Mal treffe. Das liegt allerdings nur daran, dass unser erstes Date kein komplettes Desaster war. Außerdem hat Ava mich dazu überredet.

Obwohl meine Mutter von Ethan hingerissen war und sich bestimmt wünscht, ich würde ihm alles verzeihen, könnte ich mir vorstellen, dass ihr dieser Jason sogar noch besser gefallen würde. Man könnte meinen, das würde für ihn sprechen, tut es aber nicht. Meine Mutter und ich haben einen komplett unterschiedlichen Männergeschmack. Eigentlich warte ich bloß darauf, dass Jason irgendetwas sagt oder tut, das meine Mutter schrecklich finden würde – dann wäre er mir etwas sympathischer.

Im Moment macht er sich bei mir gerade alles andere als beliebt, weil er mir lauter Fragen stellt, die ich schon beim letzten Treffen beantwortet habe. Zum Beispiel, wie alt ich bin. »Fünfundzwanzig – gleich alt wie vor einer Woche.« Auf die Frage, wann ich Geburtstag habe, bekam er zur Antwort: »Immer noch am 26. Juli.«

Ich gebe mir Mühe, nicht zickig zu werden, aber es ist echt nicht leicht, nett zu bleiben, wenn der andere mit jedem Satz erkennen lässt, dass er sich kein bisschen für irgendetwas von dem interessiert hat, was man letztes Mal gesagt hat.

»Ah, du bist Löwe, ja?«, fragt er.

Ich nicke.

»Ich bin Skorpion.«

Ich habe keine Ahnung, was mir das jetzt sagen soll. Astrologie hat mich noch nie interessiert.

Außerdem fällt es mir schwer, mich auf ihn zu konzentrieren, weil ich hinter ihm gerade etwas entdeckt habe. *Jemanden*, um genau zu sein. Zwei Tische weiter sitzt Graham und grinst in meine Richtung. Ich schaue schnell weg.

Während Jason mich darüber aufklärt, inwiefern Skorpione und Löwen zusammenpassen, bemühe ich mich, ihn anzusehen und interessiert zu tun. Hoffentlich merkt er mir nicht an, dass ich auf einmal total außer Fassung bin. Als ich über Jasons Schulter hinweg mitkriege, wie Graham aufsteht, sich bei seiner Begleiterin entschuldigt und auf uns zukommt, bleibt mir kurz das Herz stehen.

Ich knete meine Serviette im Schoß und begreife nicht, warum es beim Anblick von Graham mehr flattert als jemals in Jasons Gegenwart. Kurz bevor er an unserem Tisch vorbeikommt, sehe ich auf. Er nickt in die Richtung, in die er geht, und streift im Vorbeigehen wie versehentlich mit einem Finger meinen Oberarm. Ich schnappe nach Luft.

»Wie viele Geschwister hast du?«

»Immer noch nur eine Schwester.« Ich lege meine Serviette

entschlossen auf den Tisch. »Entschuldige mich bitte. Ich muss mal zur Toilette.« Jason rutscht zurück und erhebt sich ein Stück, als ich aufstehe. Ich lächle ihn an und gehe dann zu den Toiletten. Zu Graham.

Warum bin ich so aufgeregt?

Die Toiletten befinden sich im rückwärtigen Teil des Lokals hinter einer Trennwand in einem langen Flur. Graham ist schon um die Ecke gebogen. Ich bleibe kurz stehen, lege die rechte Hand auf meine Brust, um den Aufruhr in mir zu beruhigen, atme tief durch und folge ihm dann.

Er lehnt, eine Hand in der Tasche seiner Jacke, lässig an der Wand. Sein Anblick beruhigt mich, obwohl ich gleichzeitig auch aufgeregt bin. Plötzlich ist es mir ein bisschen peinlich, dass ich mich nie bei ihm gemeldet habe.

»Hey, Quinn.« Er schenkt mir sein träges Halblächeln, das wie schon beim letzten Mal mit diesem leichten Stirnrunzeln verbunden ist und das ich aus irgendeinem Grund sehr mag. Es lässt ihn aussehen, als würde er in seinem Innersten ständig gegen irgendetwas ankämpfen.

»Hey.« Ich bleibe in einiger Entfernung vor ihm stehen.

»Graham.« Er zeigt auf sich. »Falls du vergessen hast, wie ich heiße.«

Ich schüttle den Kopf. »Habe ich nicht. Die Details des schlimmsten Tages seines Lebens vergisst man nicht so schnell.«

Sein Lächeln wird breiter, er stößt sich von der Wand ab und macht einen Schritt auf mich zu. »Du hast nie angerufen.«

Ich zucke mit den Schultern, als hätte ich gar nicht mehr daran gedacht, dass ich seine Nummer habe. Dabei habe ich sie in Wirklichkeit jeden Tag vor Augen gehabt. Sie hängt immer noch an der Stelle an der Wand, wo er sie hingeklebt hat. »Du hast gesagt, ich soll dich anrufen, nachdem ich Trostsex gehabt habe. Ich bin gerade dabei, den Typen dafür klarzumachen.«

»Ist das der, mit dem du hier bist?«

Ich nicke. Graham macht noch einen Schritt auf mich zu, und ich merke, dass ich kaum noch Luft bekomme.

»Was ist mit dir?«, frage ich. »Bist du mit der Frau hier, mit der du Trostsex hast?«

»Mein Trostsex ist schon zwei Frauen her.«

Das passt mir nicht. Das passt mir so was von ganz und gar nicht, dass ich plötzlich überhaupt keine Lust mehr auf dieses Gespräch habe. »Tja, dann ... Herzlichen Glückwunsch. Sie ist hübsch.«

Graham verengt die Augen, als würde er versuchen, das Klein-gedruckte zwischen meinen Sätzen zu lesen. Ich drehe mich zur Damentoilette und lege die Hand an die Tür. »Es hat mich gefreut, dass wir uns mal wieder gesehen haben, Graham.«

Seine Augen sind immer noch verengt und er hält den Kopf leicht geneigt. Ich weiß nicht, was ich noch sagen soll, deswegen gehe ich in die Toilette und lasse die Tür hinter mir zufallen. Drin-nen lehne ich mich an die Wand, stoße einen tiefen Seufzer aus und merke erst jetzt, wie sehr mich die Begegnung mit Graham mitgenommen hat.

Warum eigentlich?

Ich stelle mich ans Waschbecken, drehe das Wasser auf und merke, dass meine Hände zittern. Vielleicht beruhigt es meine Nerven, sie mit warmem Wasser und Lavendelseife zu waschen. Nachdem ich sie abgetrocknet habe, halte ich sie vor mich, be-trachte mich im Spiegel und versuche mir zu sagen, dass Graham mir egal ist. Aber meine Hände zittern immer noch. Er ist mir nicht egal.

Seit sechs Monaten bin ich immer wieder kurz davor, ihn anzu-rufen, und halte mich seit sechs Monaten im letzten Moment da-von ab. Und jetzt höre ich, dass er längst über alles hinweg ist und schon eine neue Freundin hat? Dass ich meine Chance verpasst habe? Nicht, dass ich wirklich etwas von ihm gewollt hätte. Ich glaube nach wie vor, dass er mich zu sehr an das erinnern würde, was war. Wenn ich mich irgendwann wieder auf einen Mann einlasse, soll das jemand sein, den ich vorher noch nie gesehen habe. Jemand, der nichts mit dem schlimmsten Tag meines Lebens zu tun hat. Jemand wie ... Jason.

Jason! Ich sollte ihn nicht so lange warten lassen. Als ich die Tür aufstoße, steht Graham immer noch im Flur und sieht mich an. Verwirrt bleibe ich stehen, sodass mir die Tür beim Zurückschwingen in den Rücken knallt und ich einen Schritt vorwärtsstolpere.

Ich werfe einen Blick zum Ende des Flurs, dann frage ich: »War noch irgendwas?«

Graham holt tief Luft und kommt auf mich zu. Diesmal bleibt er, beide Hände in die Jackentaschen geschoben, dicht vor mir stehen.

»Wie geht es dir?« Seine Stimme ist leicht belegt. Der suchende Blick in seinen Augen sagt mir, dass sich seine Frage auf das bezieht, was ich seit dem Tag, an dem wir uns kennengelernt haben, durchgemacht habe. Dass ich die Hochzeit absagen musste.

Ich mag die Aufrichtigkeit in seiner Stimme. Und auf einmal bin ich innerlich genauso ruhig, wie ich mich vor sechs Monaten in seiner Gegenwart gefühlt habe.

»Gut«, sage ich und nicke bekräftigend. »Ich hab wahrscheinlich nicht mehr so ein Urvertrauen wie früher, aber ansonsten ist alles okay.«

Er sieht erleichtert aus. »Gut.«

»Und wie geht es dir?«

In seinem Blick entdecke ich nichts von dem, was ich zu sehen erwartet hatte. Stattdessen ist da: Bedauern. Als würde er immer noch an Sasha hängen. Zur Antwort zuckt er nur mit den Schultern.

Ich versuche, mir mein Mitleid nicht anmerken zu lassen, weiß aber nicht, ob mir das gelingt. »Deine neue Freundin hilft dir bestimmt, irgendwann über Sasha hinwegzukommen.«

»Sasha?« Graham lacht leise. »Der weine ich keine Träne nach. Ich bin mir ziemlich sicher, dass ich in dem Moment über sie hinweg war, in dem ich dich kennengelernt habe.« Er redet sofort weiter, weshalb ich keine Zeit habe, das zu verarbeiten, was ich gerade gehört habe. »Aber wir sollten jetzt lieber wieder zurück, Quinn. Wir werden ja beide erwartet.« Er wendet sich ab und schlendert davon.

Ich bleibe wie gelähmt stehen. *Ich bin mir ziemlich sicher, dass ich in dem Moment über sie hinweg war, in dem ich dich kennengelernt habe.*

Hat er das gerade wirklich gesagt? Er kann doch nicht so was sagen und dann einfach weggehen! Ich laufe ihm hinterher, aber er ist schon fast wieder an seinem Tisch. Jason lächelt mir entgegen und steht höflich auf. Ich gebe mir größte Mühe, normal zu wirken, aber es ist schwierig, ruhig zu bleiben, während ich zusehen muss, wie Graham sich zu seiner Freundin beugt und ihr einen Kuss auf die Schläfe gibt, bevor er sich ihr wieder gegenübersetzt.

Versucht er etwa, mich eifersüchtig zu machen? Falls das seine Absicht ist, muss ich ihn enttäuschen. Ich habe kein Interesse an manipulativen Männern. Ich habe ja noch nicht mal Interesse an langweiligen Männern wie dem, mit dem ich hier bin.

Jason kommt höflich um den Tisch herum, um mir den Stuhl zurechtzurücken. Bevor ich mich setze, sieht Graham zu mir rüber. Ich schwöre, dass um seine Mundwinkel ein kleines Lächeln spielt. Und ich – keine Ahnung, warum ich mich auf sein Niveau herunterbegebe – drehe mich zu Jason und drücke ihm einen kurzen Kuss auf den Mund.

Dann setze ich mich.

Ich habe Graham gut im Blick, als Jason wieder um den Tisch auf seine Seite geht. Jetzt grinst Graham nicht mehr.

Dafür grinse ich.

»Also, von mir aus können wir jetzt gehen«, sage ich.

Acht

JETZT

Als Ava noch in Connecticut gewohnt hat, haben wir uns regelmäßig gesehen und mehrmals pro Woche telefoniert, aber seit sie auf der anderen Seite der Welt ist, haben wir fast noch häufiger Kontakt. Manchmal telefonieren wir sogar zweimal täglich, trotz des Zeitunterschieds.

»Quinn … Ich muss dir was erzählen.«

Ihre Stimme klingt zögernd. Das Handy zwischen Ohr und Schulter geklemmt, stoße ich die Wohnungstür hinter mir zu und bringe meine Einkäufe in die Küche. »Alles okay bei dir?« Ich lege meine Tasche auf die Theke und nehme das Telefon wieder in die Hand.

»Ja, ja«, sagt sie. »Mir geht es gut. Das ist es nicht.«

»Aber … was ist denn los? Du machst mir Angst. Ist irgendwas Schlimmes passiert?«

»Nein, gar nicht. Es ist sogar was … Schönes.«

Ich lasse mich im Wohnzimmer auf die Couch sinken. Wenn sie gute Nachrichten hat, warum klingt sie dann so unglücklich?

Und dann macht es *klick*. Sie muss es nicht mal aussprechen. »Du bist schwanger.« Langes Schweigen. Es ist so still in der Leitung, dass ich kurz aufs Handy schaue, um zu sehen, ob wir überhaupt noch verbunden sind. »Ava?«

»Ich bin schwanger«, bestätigt sie.

Jetzt bin ich diejenige, die nichts sagt. Ich lege eine Hand auf meine Brust und spüre das Klopfen meines Herzens. Einen Moment lang habe ich das Schlimmste befürchtet, aber sie ist nicht todkrank, Gott sei Dank. Warum klingt sie so unglücklich?

»Und … geht es dir gut damit?«

»Ja«, sagt sie. »Natürlich kam das total unerwartet. Wir sind ja noch dabei, uns hier einzuleben. Aber wir hatten ein paar Tage Zeit, um uns an den Gedanken zu gewöhnen, und jetzt freuen wir uns.«

Mir steigen Tränen in die Augen, dabei gibt es keinen Grund zu weinen. Das ist eine gute Nachricht. Sie freut sich. »Ava«, flüstere ich. »Das ist ... Wow.«

»Ich weiß. Du wirst Tante. Ich meine, bist du natürlich längst, klar, weil Grahams Schwester ja Kinder hat. Aber ich hätte niemals gedacht, dass ich dich auch mal zur Tante machen würde.«

Ich ringe mir ein Lächeln ab, merke aber, dass das nicht reicht, und zwinge mich dazu, zu lachen. »Und deine Mutter wird Großmutter.«

»Ja, verrückt, oder?«, sagt Ava. »Sie stand erst mal unter Schock, als ich es ihr erzählt habe. Entweder ertränkt sie ihren Kummer gerade mit Martinis oder sie ist Babyklamotten kaufen.«

Ich schlucke trocken, weil es mich verletzt, dass unsere Mutter es vor mir erfahren hat. »Du ... du hast es ihr schon gesagt?«

Ava seufzt schuldbewusst. »Gestern. Ich hätte dich zuerst angerufen, aber ... Ich habe einfach nicht gewusst, wie ich es dir sagen soll.«

Ich lehne mich zurück. Sie hatte Angst, es mir zu sagen? Hält sie mich für so empfindlich? »Dachtest du, ich wäre neidisch auf dich?«

»Nein«, sagt sie schnell. »Ich weiß auch nicht, Quinn. Traurig vielleicht? Enttäuscht?«

Wieder rollt eine Träne meine Wange hinunter. Diesmal ist es eindeutig keine Freudenträne. Ich wische sie hastig weg. »Du solltest mich eigentlich besser kennen.« Ich stehe auf und versuche, Haltung zu bewahren, obwohl sie mich nicht sehen kann. »Ich muss jetzt Schluss machen. Herzlichen Glückwunsch.«

»Quinn ...«

Ich drücke sie weg und starre auf mein Handy. Wie kann meine eigene Schwester glauben, ich würde mich nicht für sie freuen? Sie ist meine beste Freundin. Natürlich freue ich mich für sie und Reid. Ich würde es ihr niemals missgönnen, dass sie Kinder haben kann. Das Einzige, worauf ich ein bisschen neidisch bin, ist, dass es bei ihr einfach so geklappt hat. Quasi aus Versehen.

Gott, ich bin ein furchtbarer Mensch.

Ganz egal, wie sehr ich mir einzureden versuche, ich wäre es nicht. Ich *bin* neidisch. Und ich habe sie eben am Telefon einfach weggedrückt. Ava macht gerade eine Erfahrung, die zu den schönsten ihres Lebens gehören sollte, und liebt mich zu sehr, als dass sie sich ganz unbeschwert freuen kann. Und ich bin zu egoistisch, ihr dieses Glück zu gönnen?

Ich rufe sofort zurück.

»Es tut mir leid«, platzt es aus mir heraus, sobald sie sich meldet.

»Ist schon okay.«

»Nein, ist es nicht. Du hast recht. Ich finde es total lieb von dir, dass du dir Gedanken darüber machst, was Graham und ich durchstehen und wie wir es aufnehmen, aber ich freue mich für dich und Reid, Ava. Ganz ehrlich! Und ich freue mich darauf, noch mal Tante zu werden.«

Ich höre die Erleichterung in ihrer Stimme, als sie sagt: »Danke, Quinn.«

»Aber eins nehme ich dir übel …«

»Was?«

»Dass du es deiner Mutter zuerst erzählt hast. Das werde ich dir nie verzeihen.«

Ava lacht. »Ich habe es auch sofort bereut. Weißt du, was das Allererste war, was sie gesagt hat? ›Aber ihr werdet das Kind doch wohl hoffentlich nicht in Italien großziehen? Es würde mit einem schrecklichen Akzent sprechen!‹«

»Gott steh uns bei. Das wäre natürlich grauenhaft!« Wir lachen beide.

»Ich muss mir einen Namen für einen *Menschen* ausdenken, Quinn«, sagt sie. »Hoffentlich hast du ein paar Ideen und kannst mir helfen. Reid und ich werden uns bestimmt nie auf einen einigen.«

Ich bin froh, dass wir uns jetzt ganz normal darüber unterhalten können, dass sie ein Baby bekommt, und stelle ihr die üblichen Fragen. Wie sie es herausgefunden hat? *Während einer Routineuntersuchung beim Arzt.* Wann der errechnete Termin ist? *Schon im April.* Wann sie erfahren, ob es ein Mädchen oder ein Junge wird? *Sie wollen sich überraschen lassen.*

Kurz bevor wir uns verabschieden, sagt Ava zögernd: »Sag mal, hast du eigentlich was von der Adoptionsagentur gehört, bei der ihr euch kürzlich beworben habt?«

Ich stehe auf und gehe in die Küche, weil ich plötzlich wahnsinnig durstig bin. »Habe ich, ja.« Ich nehme eine Flasche Wasser aus dem Kühlschrank, schraube den Deckel ab und setze sie an den Mund.

»Okay. Das klingt nicht gut.«

»Es ist, wie es ist«, seufze ich. »Ich kann nicht ändern, was in Grahams Vergangenheit passiert ist, und er kann nichts an dem ändern, was mit mir los ist. Es hat keinen Sinn, sich deswegen fertigzumachen.«

Einen Moment ist es still in der Leitung. »Und wie wäre es, wenn ihr es mit einer Privatadoption probiert?«

»Von welchem Geld denn?«

»Frag deine Mutter, ob sie dir hilft.«

»Ich lasse mir von deiner Mutter ganz bestimmt keinen *Menschen* schenken. Außerdem würde ich dann für alle Ewigkeit in ihrer Schuld stehen, und sie hätte das Gefühl, dass sie über alles bestimmen darf.« Ich höre einen Schlüssel im Schloss und schaue zur Tür. »Ava, jetzt muss ich leider wirklich Schluss machen. Ich freu mich wahnsinnig für euch. Herzlichen Glückwunsch. Ich liebe dich.«

»Danke«, sagt sie. »Ich liebe dich auch.«

Ich lege das Handy neben mich, als Graham reinkommt und mich auf die Wange küsst.

»Ava?« Er greift nach der Wasserflasche und nimmt einen Schluck.

Ich nicke. »Ja. Sie ist schwanger.«

Er verschluckt sich fast am Wasser, wischt sich über den Mund und lacht ein bisschen. »Ernsthaft? Ich dachte immer, sie wollen keine Kinder?«

Ich zucke mit den Schultern. »Sieht aus, als hätten sie sich da getäuscht.«

Graham lächelt, und ich finde es total schön, dass er sich wirklich freut. Weniger schön finde ich, dass sein Lächeln sofort erstirbt und er plötzlich besorgt aussieht. Er spricht es nicht aus, aber das muss er auch nicht. Ich weiß auch so, was er denkt. Weil ich nicht möchte, dass er mich fragt, wie es mir damit geht, lächle ich strahlend, um ihm zu zeigen, dass es völlig okay für mich ist.

Weil es das auch ist. Oder zumindest sein wird. Wenn ich es erst mal verarbeitet habe.

* * *

Graham hat darauf bestanden, für uns Spaghetti Carbonara zu machen. Normalerweise freue ich mich, wenn er kocht, aber ich habe den Verdacht, dass er es heute vor allem deshalb gemacht hat, weil er fürchtet, ich würde es nicht verkraften, dass meine Schwester mal eben so schwanger werden kann, während ich es schon seit sechs Jahren vergeblich versuche.

»Haben die von der Adoptionsstelle sich eigentlich schon gemeldet?«

Ich hebe den Blick von meinem Teller nicht bis zu seinen Augen, sondern nur zu seinem Mund. Dem Mund, der gerade diese

Frage gestellt hat. Ich atme tief durch, verfestige meinen Griff um die Gabel und schaue wieder auf den Teller.

Wir haben es geschafft, einen ganzen Monat nicht über das Thema zu reden. Auch nicht darüber, dass wir seit der Nacht, die er schließlich im Gästezimmer verbracht hat, nicht mehr miteinander geschlafen haben. Ich hatte gehofft, wir würden es noch einen weiteren Monat schaffen.

Ich nicke. »Ja. Die haben letzte Woche angerufen.«

Ich schaue wieder auf, sehe, wie er schluckt, den Blick abwendet und in seinen Nudeln stochert. »Okay ... und warum sagst du mir das nicht?«

»Ich sage es dir doch gerade.«

»Aber nur, weil ich gefragt habe.«

Diesmal antworte ich nicht. Er hat ja recht. Ich hätte es ihm sofort erzählen sollen, aber es tut einfach zu weh. Ich rede nicht gern über Dinge, die wehtun. In letzter Zeit tut alles weh. Und deswegen rede ich kaum noch.

Aber es gibt noch einen anderen Grund, warum ich nicht davon erzählt habe.

»Es tut mir leid«, sagt er.

Seine Entschuldigung versetzt mir einen schmerzhaften Stich, weil ich weiß, dass es dabei nicht um seine leichte Gereiztheit von eben geht. Er entschuldigt sich, weil seine frühere Verurteilung es uns unmöglich macht zu adoptieren.

Graham war gerade neunzehn geworden, als es passiert ist. Er spricht nicht oft darüber. Eigentlich fast nie. Schuld an dem Unfall war zwar ein anderer, aber weil Graham Alkohol getrunken hatte, wurde er ebenfalls angeklagt. Der Vorfall steht immer noch in seiner Akte und lässt uns keine Chance gegen Paare *ohne* Eintrag im Strafregister, die sich ebenfalls um ein Adoptivkind bemühen.

Das Ganze ist Jahre her. Er kann nichts daran ändern und ist mit den Folgen dieses tragischen Unfalls genug gestraft. Das

Letzte, was er braucht, ist eine Frau, die ihm zusätzlich noch ein schlechtes Gewissen macht.

»Du musst dich nicht dafür entschuldigen, Graham. Wenn du dich bei mir entschuldigst, dass wir als Adoptiveltern abgelehnt werden, müsste ich mich auch bei dir dafür entschuldigen, dass ich unfruchtbar bin. Es ist, wie es ist.«

Er sieht mich kurz an und lächelt dankbar. Dann wird er wieder ernst und streicht mit dem Zeigefinger über den Rand seines Glases. »Aber dass wir als Adoptiveltern nicht infrage kommen, ist die Folge einer verdammt dummen Entscheidung, die ich damals getroffen habe. Du hast keinen Einfluss darauf, ob du schwanger wirst oder nicht. Das ist schon ein Unterschied.«

Graham und ich führen vielleicht keine perfekte Ehe, aber wir gehören auch nicht zu den Paaren, die sich gegenseitig das Leben schwer machen.

»Falls es einen Unterschied gibt, ist er jedenfalls nicht groß. Lass uns einfach nicht mehr darüber reden, ja?« Ich bin diese Unterhaltung so leid. Wir haben sie so oft geführt, obwohl sie völlig sinnlos ist. Ich überlege krampfhaft, worüber wir uns unterhalten könnten, um das Thema zu wechseln, aber Graham lässt nicht locker.

»Wie wäre es …« Er schiebt seinen Teller von sich und beugt sich vor. »Wie wäre es, wenn nur du eine Adoption beantragen würdest? Ohne mich?«

Ich starre ihn verblüfft an. »Das kann ich nicht. Wir sind verheiratet.«

Graham schweigt, was bedeutet, dass er sich völlig darüber im Klaren ist, was sein Vorschlag in letzter Konsequenz bedeuten würde.

Ich lehne mich im Stuhl zurück. »Du willst … dass wir uns scheiden lassen, damit ich den Antrag allein stellen kann?«

Er greift über den Tisch nach meiner Hand. »An unserer Beziehung würde sich ja nichts verändern, Quinn. Wir wären immer noch zusammen. Aber du hättest eine größere Chance, wenn wir so tun würden, als … als gäbe es mich nicht. Als wärst du eine alleinstehende Frau. Dann würde meine Verurteilung keine Rolle spielen.«

Ich denke tatsächlich kurz darüber nach, aber die Vorstellung ist genauso absurd wie die Tatsache, dass wir immer weiter probieren, auf natürlichem Weg schwanger zu werden, obwohl mittlerweile klar ist, dass es nichts bringt. Welche Sachbearbeiterin würde lieber einer alleinstehenden geschiedenen Frau ein Kind anvertrauen als einem verheirateten Paar in einer stabilen Partnerschaft und mit gemeinsamem Einkommen, das einem Kind eine viel bessere Perspektive bieten kann? Es ist schon kompliziert genug, von einer Agentur überhaupt in die Kartei aufgenommen zu werden; ob man dann tatsächlich ausgewählt wird, ist noch mal eine ganze andere Frage. Schließlich muss auch die leibliche Mutter ihre Zustimmung geben. Und das Ganze kostet viel Geld. Graham verdient doppelt so viel wie ich, und trotzdem könnten wir eine Adoption im Moment nicht finanzieren, weil wir absolut keine Ersparnisse mehr haben.

»Das können wir uns gar nicht leisten.« Für mich ist das Thema damit beendet, aber ich sehe Graham an, dass es weiter in ihm arbeitet. Er zögert – und ich ahne, woran er denkt.

»Vergiss es! Auf gar keinen Fall.« Ich schüttle heftig den Kopf, nehme meinen Teller und stehe auf. »Wir werden meine Mutter nicht bitten, uns Geld zu leihen. Als ich das letzte Mal mit ihr über Adoption gesprochen habe, hat sie mir gesagt, dass Gott mir ein eigenes Kind schenken würde, sobald ich die nötige Reife dafür hätte. Ava ist vorhin übrigens mit dem gleichen Vorschlag gekommen, der habe ich genauso gesagt, dass ich ganz sicher nichts tun werde, was unserer Mutter das Gefühl geben würde, wir hätten ihr unser Kind zu verdanken.« Ich bringe den Teller zur Spüle. Graham rutscht mit seinem Stuhl zurück und steht auf.

»Es war ja nur eine Idee.« Er folgt mir in die Küche. »Übrigens hat mir ein Kollege erzählt, seine Schwester hätte sieben Jahre lang versucht, schwanger zu werden. Und jetzt – als sie schon aufgegeben hatte – hat sie plötzlich erfahren, dass sie ein Kind bekommt.«

Ja, Graham. In solchen Fällen spricht man von einem »Wunder«. Und das tut man, weil die Chance, dass so etwas passiert, sehr gering bis praktisch nicht existent ist.

Ich drehe den Hahn auf und lasse heißes Wasser über meinen Teller laufen. »Du sprichst auf der Arbeit darüber?«

Er stellt seinen Teller ins Spülbecken. »Na ja, manchmal«, sagt er leise. »Die Kollegen fragen, warum wir keine Kinder haben.«

Meine Kehle wird eng. Ich möchte dieses Gespräch jetzt nicht. Ich möchte, dass Graham weggeht, aber er lehnt sich an die Theke und sieht mich an.

»Hey.«

Ich schaue kurz auf, um ihm zu zeigen, dass ich zuhöre, wende meine Aufmerksamkeit aber dann sofort wieder dem Abwasch zu.

»Wir haben schon lange nicht mehr darüber gesprochen, Quinn. Ich weiß nicht, ob das ein gutes Zeichen ist oder ein schlechtes.«

»Weder noch. Ich habe bloß keine Lust mehr, ständig darüber zu reden. In unserer Beziehung dreht sich alles nur noch um dieses eine Thema.«

»Heißt das, du hast es akzeptiert?«

»Was akzeptiert?« Ich sehe ihn nicht an.

»Dass wir niemals Eltern sein werden?«

Der Teller rutscht mir aus der Hand und landet mit lautem Klirren im Becken. Aber er zerbricht nicht – im Gegensatz zu mir.

Dabei habe ich mich doch sonst immer so gut im Griff. Ich umklammere die Kante des Beckens und stehe mit hängendem Kopf da, während mir die Tränen in die Augen schießen. *Verdammt!* Manchmal hasse ich mich selbst.

Graham wartet ein paar Sekunden, bevor er zu mir kommt. Allerdings nimmt er mich nicht in den Arm, weil er weiß, dass mir seine Nähe in solchen Situationen nicht hilft. Ich möchte nicht in seiner Gegenwart weinen und lasse den Schmerz lieber raus, wenn ich allein bin. Deswegen streicht er mir nur sanft über die Haare, küsst meinen Nacken und führt mich vom Becken weg, um den Abwasch zu beenden. Ich mache, was ich am besten kann. Ich ziehe mich zurück, bis ich wieder stark genug bin, um so zu tun, als hätte dieses Gespräch nie stattgefunden. Und Graham macht, was er kann, indem er mich in meiner Trauer allein lässt, weil ich es ihm so schwer mache, mich zu trösten.

Wir wachsen immer perfekter in unsere Rollen hinein.

Neun

Ich liege auf meinem Bett. Und lasse mich von Jason küssen.

Alles nur wegen Graham.

Ich hätte Jason niemals mit nach Hause genommen, wenn Graham nicht vorhin im Restaurant gewesen wäre. Aber aus irgendeinem Grund hat mich das Wiedersehen mit ihm total … aufgewühlt. Als er seine Freundin auf die Schläfe geküsst hat, habe ich einen heißen Stich der Eifersucht gespürt. Und als Jason und ich auf dem Weg zum Ausgang an ihnen vorbeigegangen sind und Graham nach ihrer Hand griff, hat sich die Eifersucht in Bedauern verwandelt.

Warum habe ich ihn nie angerufen?

Ich hätte es tun sollen.

»Quinn.« Jason hat gerade noch meinen Hals geküsst, jetzt stützt er sich auf die Ellbogen und sieht mich auf eine Art an, die mir unangenehm ist. »Hast du ein Kondom da?«

»Tut mir leid«, lüge ich und schüttle den Kopf. »Ich … ich habe nicht damit gerechnet, dass du heute mit zu mir kommst.«

»Kein Problem.« Er senkt das Gesicht wieder zu meinem Hals. »Nächstes Mal bin ich vorbereitet.«

Ich fühle mich mies, weil es wohl kaum ein nächstes Mal geben wird. Das war heute Abend unser letztes Date. Ich bin mir sehr sicher, dass ich ihn gleich bitten werde zu gehen. Das Wiedersehen mit Graham hat mir klargemacht, was ich in Gegenwart eines anderen Mannes fühlen kann. Und was ich jetzt fühle, ist nichts im Vergleich zu dem, was ich beim Wiedersehen mit Graham gefühlt habe.

Jason raunt irgendwas in meine Haare, das ich nicht verstehe, und lässt seine Finger unter meinem Shirt zum BH gleiten, als es an der Tür klingelt. Zum Glück.

»Oh nein«, rufe ich und rutsche hastig vom Bett. »Das ist bestimmt meine Mutter.« Ich zupfe meine Klamotten zurecht. »Wartest du hier? Ich bin gleich wieder zurück.«

»Klar.« Jason rollt sich träge auf den Rücken und sieht mir hinterher. Auf dem Weg zur Tür kommt mir plötzlich der verrückte Gedanke, es könnte womöglich jemand ganz anderes sein. Als ich durch den Spion schaue, stockt mir kurz der Atem.

Es ist tatsächlich Graham, der vor der Tür steht und auf seine Füße schaut.

Ich drücke die Stirn gegen das Holz, schließe die Augen und atme tief durch. *Was macht er hier?* Bevor ich die Tür öffne, zupfe ich noch mal mein Top zurecht und streiche mir über die Haare. Als ich ihm dann gegenüberstehe, merke ich, dass ich sauer auf ihn bin. Warum löst er solche heftigen Gefühle in mir aus? Graham berührt mich nicht einmal und trotzdem spüre ich ihn überall. Jason hat mich überall berührt und ich habe rein gar nichts gespürt.

»Was …?« Es ist mehr ein heiseres Krächzen als meine Stimme. Ich räuspere mich und starte einen zweiten Versuch. »Was machst du hier?«

Graham grinst und stützt sich mit einer Hand am Türrahmen ab. Sein Grinsen in Kombination mit der Tatsache, dass er gleichzeitig Kaugummi kaut, ergibt so ungefähr den heißesten Auftritt, den ich bei einem Typen je gesehen habe. »Wieso? Ich dachte, das wäre der Plan.«

Ich bin verwirrt. »Der Plan?«

Er lacht etwas verlegen. Aber dann stutzt er. »Na ja, weil …« Er deutet hinter sich. »Dein Blick eben im Restaurant.«

Seine Stimme ist ganz schön laut. Ich schaue nervös über die Schulter zum Schlafzimmer und stelle mich ein Stückchen nach links, um Jason zu verdecken. »Was für ein Blick?«

Graham verengt die Augen. »Also … ich dachte, dein Blick würde ausdrücken, dass ich nachher bei dir vorbeikommen soll.«

Ich schüttle den Kopf. »Ganz sicher nicht. Ich wüsste nicht mal, wie ein Blick aussehen sollte, der sagt: ›Hey, *lass dein Date sitzen und komm heute Nacht zu mir.*‹«

»Ups.« Graham presst die Lippen zusammen und schaut peinlich berührt zu Boden. Dann sieht er mich an, ohne den Kopf zu heben, und sagt leiser: »Ist er etwa bei dir? Der Typ, mit dem du im Restaurant warst?«

Jetzt bin ich diejenige, die verlegen ist. Ich nicke.

Graham seufzt und lehnt sich gegen den Türrahmen. »Wow. Da hab ich deinen Blick wohl massiv missverstanden, oder?«

Als er mich jetzt wieder ansieht, fällt mir auf, dass seine linke Wange ziemlich gerötet ist. Ich zeige darauf. »Was ist passiert?«

Graham umfasst grinsend mein Handgelenk und zieht meinen Arm runter, lässt ihn aber nicht los. Ich will auch gar nicht, dass er loslässt. »Ich hab eine Ohrfeige bekommen. Das ist okay. Ich hatte sie verdient.«

Jetzt erkenne ich deutlich den Handabdruck auf seiner Wange. »Dein Date?«

Er hebt eine Schulter. »Nach der Sache mit Sasha ist mir klar geworden, wie wichtig Ehrlichkeit für mich ist. Jess … die Frau, mit der ich heute unterwegs war, hat das … eher nicht so zu schätzen gewusst.«

»Was hast du zu ihr gesagt?«

»Dass das mit uns nicht so weiterlaufen kann, weil es eine andere gibt, die mir wichtiger ist. Und dass ich jetzt zu ihr fahre.«

»Weil sie dich so angeschaut hat, als würde sie dich dazu auffordern?«

Er lächelt. »Zumindest habe ich mir das eingebildet.« Er streicht mit dem Daumen über meine Hand und lässt mich dann los. »Tja, Quinn. Ich hab mich getäuscht. Dann vielleicht ein andermal.«

Er macht einen Schritt zurück, und es ist, als würde er mir das Herz herausreißen, als er sich zum Gehen wendet.

»Graham!«, bricht es aus mir hervor und ich gehe ihm unwillkürlich hinterher. Er dreht sich um. Ich weiß nicht, ob ich bereuen werde, was ich gleich zu ihm sage, aber ich würde es unter Garantie noch mehr bereuen, es nicht zu sagen. »Gib mir eine Viertelstunde und komm dann noch mal. Ich sage ihm, dass er nicht bleiben kann.«

Graham strahlt, aber dann wandert sein Blick über meine Schulter hinweg in meine Wohnung. Ich drehe mich um. Jason steht in der Schlafzimmertür. Er sieht stinksauer aus. Zu Recht.

Er marschiert an mir vorbei in den Hausflur und rempelt Graham im Vorbeigehen mit der Schulter an. Graham steht nur stumm da und starrt auf den Boden.

Ich fühle mich supermies. Andererseits hätte ich mich auch mies gefühlt, wenn Jason das jetzt nicht so deutlich mitbekommen und ich ihm nur gesagt hätte, dass er nicht bleiben kann. Es ist immer hart, eine Abfuhr zu bekommen. Egal, wie sie verpackt wird.

Keiner von uns sagt ein Wort, während Jasons Schritte im Treppenhaus verklingen.

Als es wieder still ist, sieht Graham mich an. »Brauchst du die Viertelstunde noch?«

Ich schüttle den Kopf. »Nein.«

Ich gehe in die Wohnung zurück, Graham folgt mir. Nachdem ich die Tür hinter uns zugemacht habe, drehe ich mich zu ihm um. Er schaut lächelnd auf die Stelle an der Wand, wo immer noch seine Haftnotiz klebt.

»Du hast sie nicht weggeworfen.«

Ich lächle schief. »Irgendwann hätte ich dich noch angerufen. Glaube ich.«

Graham zieht den Zettel ab, faltet ihn zusammen und schiebt ihn in seine Jackentasche. »Den wirst du nicht mehr brauchen. Ich sorge dafür, dass du meine Nummer auswendig kannst, bevor ich morgen gehe.«

»Ach? Bist du dir so sicher, dass du über Nacht bleiben darfst?«

Graham dreht sich zu mir, stemmt neben meinem Kopf eine Hand an den Türrahmen und sieht mich nur an. Und in diesem Moment wird mir klar, warum ich ihn so anziehend finde.

Es liegt daran, dass er *mir* das Gefühl gibt, anziehend zu sein. Wie er mich ansieht. Wie er mit mir spricht. Ich weiß nicht, ob es schon jemals jemanden gab, der mir mit seinem Blick so sehr das Gefühl gegeben hat, schön zu sein. Der mich ansieht, als müsste er seine ganze Selbstbeherrschung aufbringen, um seinen Mund nicht auf meinen zu pressen. Wir stehen voreinander, sein Blick fällt auf meine Lippen, und er beugt sich so dicht zu mir, dass ich seinen Kaugummi riechen kann. *Spearmint.*

Ich will, dass er mich küsst. Ich wünsche mir sogar mehr, dass er mich küsst, als ich mir eben bei Jason gewünscht habe, dass er aufhört, mich zu küssen. Und dieser Wunsch war schon sehr stark. Aber weil mir Ehrlichkeit genauso wichtig ist wie ihm, will ich für absolute Transparenz und Offenheit sorgen, bevor irgendetwas – was auch immer – zwischen uns passiert.

»Bevor du gekommen bist, habe ich Jason geküsst …«

»Ja. Das habe ich mir schon gedacht.« Es scheint ihn nicht zu stören.

Ich lege beide Handflächen auf seine Brust. »Es ist nur … Jetzt würde ich dich gern küssen. Aber vorher muss ich mir die Zähne putzen, weil es sonst … irgendwie eklig wäre.«

Graham lacht leise. Wie kann es sein, dass ich sein Lachen so sexy finde? Er beugt sich zu mir und legt seine Stirn an meine Schläfe. Ich spüre seine Lippen direkt über meinem Ohr, und meine Knie werden weich, als er raunt: »Aber bitte beeil dich.«

Ich schlüpfe unter seinem Arm hindurch, renne zum Bad und greife nach Zahnbürste und Zahnpasta, als müsste ich irgendeinen Rekord brechen. Mit zitternden Händen drücke ich einen

Streifen Zahnpasta auf die Bürste und beginne hektisch, mir die Zähne zu putzen. Ich bin gerade dabei, mir sogar die Zunge zu schrubben, als ich im Spiegel sehe, wie Graham ins Bad kommt. Das alles ist so absurd, dass ich lachen muss.

Seit sechs Monaten habe ich niemanden mehr geküsst, und jetzt bürste ich mir die Spuren des Einen weg, während der Nächste schon wartet.

Graham lehnt grinsend neben mir, als ich mich vorbeuge und den Schaum ins Waschbecken spucke. Ich spüle die Bürste ab, fülle Wasser in den Becher und gurgle gründlich. Mein Mund soll so sauber sein, wie es nur geht. Irgendwann nimmt Graham mir den Becher aus der Hand und stellt ihn ab. Er holt seinen Kaugummi aus dem Mund, wirft ihn in den Mülleimer, zieht mich an sich und fragt noch nicht einmal, ob ich jetzt so weit bin. Stattdessen presst er seinen Mund so hungrig auf meinen, als wären die Minuten, in denen er warten musste, pure Folter für ihn gewesen.

In dem Moment, in dem sich unsere Lippen berühren, ist es, als würden aus einer Glut, die seit sechs Monaten unmerklich vor sich hin geglommen hat, explosionsartig Flammen schießen.

Graham hält sich nicht mit einem vorsichtigen Kennenlernkuss auf. Seine Zunge bewegt sich, als wäre sie schon viele Male in meinem Mund gewesen und wüsste genau, was sie zu tun hat, damit mir vor lauter Lust schwindelig wird. Nach einer Weile hebt er mich sanft hoch und setzt mich auf den Waschtisch. Er schiebt sich zwischen meine Schenkel, umfasst mit beiden Händen meinen Po und zieht mich mit einem Ruck an sich. Ich schlinge die Beine um seine Hüfte und die Arme um seinen Nacken. Wie kann es sein, dass ich mein Leben verbracht habe, ohne zu ahnen, dass solche Küsse überhaupt existieren?

Was er tut, fühlt sich so unbeschreiblich gut an, dass ich an der Kussfähigkeit jedes Mannes zweifle, den ich vor Graham jemals gehabt habe.

Als er seine Umarmung lockert, klammere ich mich an ihm fest, weil ich nicht will, dass dieser Kuss jemals endet. Aber er tut es.

Graham küsst mich zart auf beide Mundwinkel, bevor er sich endgültig von mir löst.

»Wow«, flüstere ich. Als ich die Augen öffne, sieht er mich an. Aber sein Blick ist nicht voll ungläubigem Staunen wie meiner, sondern ... wütend. Ja, er sieht wirklich sauer aus.

»Ich kann nicht glauben, dass du mich nie angerufen hast«, sagt er kopfschüttelnd. »Wir hätten uns schon seit Monaten so küssen können.«

Ich bin immer noch so hin und weg, dass ich nur stammeln kann. »Ich ... ich hab gedacht, du würdest mich zu sehr an Ethan erinnern. An das, was an dem Abend passiert ist ...«

»Klar.« Er nickt. »Wie oft hast du an Ethan gedacht, seit wir uns vorhin im Restaurant wiedergesehen haben?«

»Nur ein Mal«, sage ich. »Gerade eben.«

»Gut. Weil ich nämlich nicht Ethan bin.« Er hebt mich hoch und trägt mich nach nebenan, wo er mich aufs Bett legt und sich sein T-Shirt auszieht. Ich weiß nicht, ob ich schon jemals Haut berührt habe, die so glatt ist und so straff, die sich so seidig anfühlt und so gebräunt ist. Graham ohne Shirt ist fleischgewordene Perfektion.

»Du hast einen ...«, ich deute auf seine Brust und male einen Kreis in die Luft, »... tollen Körper. Er ist echt schön.«

»Vielen Dank.« Graham lacht und legt sich neben mich. »Das freut mich. Aber du wirst dich leider noch gedulden müssen, bevor du diesen Körper haben kannst.« Er schiebt sich ein Kissen in den Nacken und macht es sich bequem.

Ich stütze mich auf einen Ellbogen und sehe ihn entgeistert an. »Warum?«

»Wieso hast du es so eilig? Ich bin noch die ganze Nacht hier.«

Er will mich nur ärgern, oder? Das kann er nicht ernst meinen.

Nicht nach diesem Kuss. »Okay. Und was machen wir in der Zwischenzeit? Uns unterhalten?«

Graham lächelt. »Das hört sich an, als wäre es die schlimmste Vorstellung der Welt für dich.«

»Wenn wir zu viel reden, bevor wir Sex haben, erfahre ich womöglich Dinge über dich, die mir nicht gefallen. Und dann macht der Sex nicht mehr so viel Spaß.«

Er streicht mir eine Strähne hinters Ohr und grinst. »Ja, kann sein … Aber vielleicht findest du auch heraus, dass wir Seelenverwandte sind, und danach wird der Sex umso überwältigender.«

Könnte natürlich auch sein. Ich drehe mich auf den Bauch, schlinge die Arme um mein Kissen und lege den Kopf darauf. »Na gut, dann unterhalten wir uns eben erst mal. Du fängst an.«

Graham streicht über meinen Arm und umkreist die Narbe an meinem Ellbogen. »Woher hast du die?«

»Als ich vierzehn war, sind meine Schwester und ich um die Wette in den Garten gerannt. Ich war schneller, habe aber dummerweise nicht gesehen, dass die Terrassentür zu war, und bin mit Vollkaracho durch die Scheibe gestürmt. Sie ist in tausend Stücke zersprungen und ich hatte zehn Schnittwunden. Aber das ist die einzige Narbe, die geblieben ist.«

»Krass.«

»Hast du irgendwelche Narben?«

Graham richtet sich ein Stück auf und zeigt auf eine etwa zehn Zentimeter lange Narbe am Schlüsselbein, die nach einer ziemlich gravierenden Verletzung aussieht. »Autounfall.« Er rutscht etwas näher an mich heran und legt sein linkes Bein über meines. »Hast du einen Lieblingsfilm?«

»Alle Filme von den Coen Brothers, aber mein Lieblingsfilm von ihnen ist ›Oh Brother, Where Art Thou?‹.«

Graham sieht mich an, als hätte er keine Ahnung, von welchem Film ich spreche. Dann sagt er, ohne eine Miene zu verziehen: »Wir dachten, du wärst 'ne Kröte.«

Ich strahle. »Verdammt. Wir stecken in der Klemme!«

»Also, sobald wir wieder sauber sind und 'n bisschen Pomade im Haar haben, werden wir uns hundert Prozent besser fühlen.«

Jetzt lachen wir beide. Ich seufze glücklich und Graham lächelt zufrieden. »Siehst du? Wir haben denselben Lieblingsfilm. Unser Sex wird galaktisch.«

Ich grinse. »Nächste Frage.«

»Was hasst du?«

»Untreue und die meisten Gemüsesorten.«

Graham lacht. »Heißt das, du lebst von Chicken Nuggets und Pommes?«

»Ich liebe Obst. Und Tomaten. Aber grünes Gemüse ist nicht so mein Ding. Ich hab mir wirklich Mühe gegeben, mich an den Geschmack zu gewöhnen, aber letztes Jahr habe ich es aufgegeben und beschlossen zu akzeptieren, dass ich es einfach nicht mag. Dann muss ich mir die Vitamine eben woanders holen.«

»Machst du Sport?«

»Nur im Notfall«, gebe ich zu. »Ich bin gerne draußen, aber nicht, um Sport zu machen.«

»Ich laufe gern«, sagt Graham. »Das macht den Kopf frei. Und ich esse wahnsinnig gern Gemüse, und zwar alle Arten ... außer Tomaten.«

»Oh-oh, es sieht nicht gut für uns aus, Graham.«

»Im Gegenteil. Es könnte nicht besser sein. Du isst meine Tomaten und ich esse den Rest der Gemüsebeilage von deinem Teller. Dadurch muss nichts weggeworfen werden. Wir passen perfekt zusammen.«

Ich finde es gut, dass er das so sieht. »Was noch? Filme und Essen kratzen ja gerade mal an der Oberfläche.«

»Wir könnten über unsere politischen und religiösen Einstellungen sprechen, aber das heben wir uns vielleicht lieber auf, bis wir richtig verliebt sind. So was läuft gerne mal aus dem Ruder.«

Es klingt wie ein Witz, aber zugleich auch todernst. Jedenfalls gebe ich ihm recht, dass wir diese Themen lieber verschieben sollten. Solche Diskussionen können sogar für Leute gefährlich werden, die sich grundsätzlich gut verstehen.

Graham tastet unter dem Kissen nach meiner Hand und verschränkt seine Finger mit meinen. Ich versuche, mir nicht anmerken zu lassen, wie hingerissen ich bin. »Hast du einen Lieblingsfeiertag?«, fragt er.

»Ich mag alle Feiertage. Aber Halloween finde ich besonders toll.«

»Das hätte ich jetzt nicht erwartet. Was gefällt dir daran so gut? Die Süßigkeiten oder dass man sich verkleidet?«

»Beides, aber hauptsächlich das Verkleiden.«

»Und was war bis jetzt dein bestes Kostüm?«

»Hm …« Ich denke kurz nach. »Ich bin mal mit drei Freundinnen als *Milli Vanilli* gegangen. Zwei haben geredet, die anderen beiden haben die dazupassenden Lippenbewegungen gemacht.«

Graham prustet vor Lachen und rollt sich auf den Rücken. »Das ist genial!«

»Verkleidest du dich an Halloween?«

»Früher schon, klar, aber in den letzten Jahren mit Sasha nicht mehr. Sie hat immer voll auf Klischee gemacht. Sexy Cheerleaderin. Sexy Krankenschwester. Sexy Nonne.« Er schüttelt den Kopf. »Nicht, dass ich was dagegen hatte. Wer Lust hat, sexy rumzulaufen, kann das machen, kein Problem. Aber sie wollte nicht, dass ich mich auch verkleide. Ich glaube, sie hatte Angst, dass sie sonst nicht im Mittelpunkt steht. Und Paar-Kostüme wollte sie schon gar nicht.«

»Das ist bitter. So viele verpasste Gelegenheiten.«

»Ja, oder? Dabei hätte ich mich doch als ihr sexy Quarterback verkleiden können!«

»Falls wir an Halloween noch Kontakt haben, können wir ja im Sexy-Partnerlook gehen.«

»*Falls* wir noch Kontakt haben? Quinn! Halloween ist in zwei Monaten. Da wohnen wir wahrscheinlich schon längst zusammen.«

Ich verdrehe die Augen. »Könnte es sein, dass du dir deiner Anziehungskraft ein bisschen zu sicher bist?«

»Könnte sein, ja.«

»Ich verstehe dich nicht. Die meisten Typen wollen sofort Sex. Aber du bringst mich an unserem ersten Abend ins Bett, ohne mich anzurühren, und dann tauchst du sechs Monate später wieder auf und zwingst mich dazu, mit dir zu reden, statt mit mir zu schlafen. Was ist los … muss ich mir Sorgen machen?«

»Täusch dich mal nicht in mir«, sagt Graham mit hochgezogener Augenbraue. »Ich stehe auf Sex. Sehr sogar. Aber wir haben eine ganze Ewigkeit vor uns. Es gibt keinen Grund, sich zu hetzen.«

Ich stütze mich auf den Ellbogen und sehe ihn an, kann aber nicht erkennen, ob er das ernst meint oder einen Witz macht. »Das mit dem Sex geht von mir aus klar«, sage ich. »Aber jetzt schon an die Ewigkeit zu denken, halte ich für etwas überstürzt.«

Graham schiebt einen Arm unter mich und zieht meinen Kopf an seine Brust. »Wie du willst, Quinn. Für dich tue ich gern ein paar Monate so, als wären wir keine Seelenverwandten. Kein Problem. Ich kann ziemlich gut schauspielern.«

Jetzt ist klar, dass er mich verarscht. »Seelenverwandte! So was gibt es doch gar nicht.«

»Natürlich nicht«, stimmt er mir sofort zu. »Wir sind nicht seelenverwandt. An so was wie Schicksal oder Seelenverwandtschaft glauben nur totale Deppen.«

»Ich meine das ernst.«

»Ich auch.«

»Du bist ein Idiot.«

Er drückt seine Lippen in meine Haare. »Was ist heute eigentlich für ein Tag?«

Es ist schwer, seinen sprunghaften Gedanken zu folgen. Ich hebe den Kopf und sehe ihn an. »Der 8. August. Warum?«

»Ich will nur sichergehen, dass ich das Datum, an dem uns das Universum wieder zusammengeführt hat, niemals vergesse.«

Ich lege meinen Kopf wieder auf seine Brust. »Du übertreibst es echt ein bisschen. Pass auf, dass du mich nicht vergraulst.«

Mein Kopf wippt auf seinem Brustkorb, als er lacht. »Nein, die Gefahr besteht, glaube ich, nicht. Warte es ab, Quinn. In exakt zehn Jahren werde ich mich um Punkt Mitternacht im Bett zu dir umdrehen und ›Siehst du, ich hab es dir ja gesagt‹ ins Ohr flüstern.«

»Bist du so ein Rechthaber?«

»Der schlimmste von allen.«

Ich pruste laut. Er bringt mich ziemlich oft zum Lachen. Als mir irgendwann die Lider schwer werden und ich immer wieder gegen ein Gähnen ankämpfen muss, habe ich immer noch ungefähr eine Million Fragen, die ich ihm vor dem Einschlafen gern stellen würde. Mit Graham im Bett zu liegen und zu reden, ist seltsamerweise fast entspannender als schlafen.

Irgendwann steht er auf und geht in die Küche, um Wasser zu holen. Als er zurückkommt, schaltet er das Licht aus, legt sich hinter mich und umarmt mich. Ich blinzle in die Dunkelheit hinein. So habe ich mir den Abend seit unserer Begegnung im Restaurant und dem plötzlichen Auftauchen bei mir zu Hause wirklich nicht vorgestellt. Ich war davon ausgegangen, dass es ihm vor allem um Sex geht.

So kann man sich in Menschen täuschen.

Ich schließe die Augen und lege meine Arme auf seine. »Und ich dachte, du würdest einen Witz machen, als du gesagt hast, dass wir heute keinen Sex haben werden«, flüstere ich.

Er lacht leise. »Das fällt mir nicht so leicht, wie du vielleicht denkst.« Er schiebt sich näher an mich heran, um mir zu beweisen, wie ernst er das meint, und es stimmt, ich kann ihn durch seine Jeans hindurch deutlich spüren.

»Oh Mann, das muss wahnsinnig ungemütlich für dich sein.«
Ich kichere. »Bist du sicher, dass du deine Hose nicht doch lieber
ausziehen willst ...«

Er schmiegt sich noch fester an mich und drückt mir einen
Kuss hinters Ohr. »Ich hatte es noch nie in meinem Leben gemütlicher.«

Ich spüre, wie ich in der Dunkelheit rot anlaufe. Ein paar Minuten lang liege ich still da und lausche auf seine Atemzüge, die immer regelmäßiger werden. Als ich schon beinahe weggedämmert
bin, flüstert er: »Und ich hatte schon Angst, du würdest mir ent-
wischen.«

Ich lächle. »Das kann ich immer noch.«

»Tu's nicht.«

Ich will gerade sagen »*Werde ich nicht*«, als er sich über mich
beugt und mein Gesicht ein Stück zu sich dreht, damit er mich
küssen kann. Der Kuss ist genau richtig. Nicht zu kurz, aber auch
nicht so intensiv, dass er zu mehr führen würde. Es ist der perfekte Kuss für den perfekten Moment.

Zehn

»Noch zwei Lippenstifte«, verkündet Gwenn. Sie fährt mit dem leuchtend roten Stift über meine Oberlippe und malt dabei so großzügig über die Ränder hinaus, dass sie an meiner Nase anstößt.

»Du machst das echt sehr professionell«, sage ich lachend.

Wir sind zum Abendessen bei Grahams Eltern. Graham sitzt auf dem Boden und spielt mit Adeline, der fünfjährigen Tochter seiner Schwester Caroline. Die dreijährige Gwenn kniet neben mir auf der Couch und schminkt mich hingebungsvoll. Grahams Eltern sind in der Küche und kochen.

Die Sonntage verbringen wir meistens bei seiner Familie. Ich fand diese Tradition immer schon schön, aber in letzter Zeit bin ich noch lieber bei ihnen. Ich kann nicht genau sagen, warum sich zwischen Graham und mir alles so viel leichter anfühlt, wenn wir mit den anderen zusammen sind, aber es ist definitiv so. Es fällt mir leichter zu lachen. Es fällt mir leichter, glücklich auszusehen. Es fällt mir sogar leichter, Grahams Liebe zuzulassen.

Mir ist aufgefallen, dass ich mich ihm gegenüber in der Öffentlichkeit anders verhalte, als wenn wir allein sind. Zu Hause ziehe ich mich zurück. Ich weiche ihm und seinen Zärtlichkeiten aus, weil daraus leicht mehr wird. Seit ich angefangen habe, mich vor dem Sex zu fürchten, fürchte ich mich auch vor allem, was dazu führen könnte.

Aber wenn wir unter Menschen sind, wo seine Zärtlichkeiten zu nichts führen können, genieße ich sie. Dann sehne ich mich sogar danach. Ich mag es, wenn er mich berührt. Wenn er mich küsst. Ich liebe es, mich auf der Couch an ihn zu kuscheln. Fällt ihm auf, dass ich viel zurückhaltender bin, wenn wir zu zweit sind? Zumindest hat er mich noch nie darauf angesprochen.

»Fertig«, erklärt Gwenn und müht sich ab, die Kappe auf den Lippenstift zu schieben.

Graham sieht zu mir hoch. »Oh Mann, Quinn. Du siehst … wow!«

Ich lächle Gwenn an. »Hast du mich schön geschminkt, ja?« Sie beginnt zu kichern. Ich stehe auf, gehe ins Bad und muss laut lachen, als ich mein Spiegelbild sehe.

Übrigens bin ich mir ziemlich sicher, dass blauer Lidschatten nur hergestellt wird, damit Dreijährige die Lider erwachsener Frauen damit bemalen können. Ich bin gerade dabei, mir das Gesicht zu waschen, als Graham reinkommt. Er lehnt in der Tür, sieht mich an und schüttelt grinsend den Kopf.

»Was denn? Gefalle ich dir etwa nicht?«

Er tritt hinter mich und küsst mich auf die Schulter. »Du bist wunderschön, Quinn. Immer.«

Ich trockne mir das Gesicht ab und bin eigentlich fertig, aber Grahams Lippen sind immer noch auf meiner Schulter und wandern dann sanft meinen Nacken empor. Das Wissen, dass dieser Kuss nicht zu Sex führen und damit nicht in den ewigen Teufelskreis von SexHoffnungVernichtung münden wird, ermöglicht es mir, mich so fallen zu lassen, wie ich es bei uns zu Hause niemals könnte.

Gott, ist das krank. Aber ich will jetzt nicht darüber nachdenken, warum ich mich hier auf Graham einlassen kann und zu Hause nicht, weil er es anscheinend auch nicht tut, sondern sich ganz auf seinen Kuss konzentriert.

Er drückt mich von hinten gegen das Waschbecken und lässt seine Hand erst über meine Hüfte und dann nach vorn über meinen Oberschenkel gleiten. Ich klammere mich am Rand des Beckens fest und beobachte uns im Spiegel. Er hebt den Blick und sieht mich unverwandt an, während er mein Kleid hochschiebt.

Es ist fast zwei Monate her, seit er das letzte Mal versucht hat, mich zu verführen. So lange haben wir noch nie nicht miteinander geschlafen. Nachdem sein letzter Versuch in so einem Desaster endete, hat er wahrscheinlich darauf gewartet, dass ich den ersten Schritt tue. Aber ich habe ihn nicht getan.

Es ist so lange her, dass er mich auf diese Weise berührt hat, dass ich viel intensiver reagiere als sonst.

Ich schließe die Augen, als seine Hand in meinen Slip gleitet. Mein ganzer Körper überzieht sich mit Gänsehaut, und ich sehne mich so sehr nach der Berührung seines Munds und seiner Finger, dass ich leise aufstöhne.

Die Badezimmertür steht offen, und es könnte jederzeit jemand in den Flur kommen, aber genau das gibt mir die Sicherheit, dass Graham nicht weiter als bis zu einem bestimmten Punkt gehen wird. Was es mir wiederum ermöglicht, mich ganz meiner Lust hinzugeben.

Er dringt mit einem Finger in mich ein und streicht mit dem Daumen gleichzeitig federzart über meine Klitoris. Das Gefühl ist so überwältigend, dass mein Kopf nach hinten an seine Schulter sinkt. Graham dreht mein Gesicht zu sich, und ich keuche leise auf, als er seine Lippen auf meine legt. An der hungrigen Ungeduld seines Kusses spüre ich, wie verzweifelt er darum bemüht ist, alles aus diesem Moment herauszuholen, bevor ich ihn wieder wegschiebe.

Graham küsst und streichelt mich bis zum Höhepunkt, und selbst als ich bebend in seinen Armen liege, hört er nicht auf, mich zu küssen und zu streicheln, bis der Moment ganz vorüber ist.

Langsam zieht er die Hand aus meinem Slip und taucht mit seiner Zunge ein letztes Mal tief zwischen meine Lippen. Schwer atmend, die Hände um den Rand des Waschbeckens gekrallt, stehe ich da, als er mich noch einmal auf die Schulter küsst und dann mit einem so stolzen Grinsen aus dem Badezimmer geht, als hätte er gerade die Welt erobert.

Ich brauche ein paar Minuten, bis ich mich wieder gefangen habe. Nachdem ich mir etwas kaltes Wasser ins Gesicht gespritzt habe, gehe ich ins Wohnzimmer zurück. Graham liegt auf der Couch und schaut Fernsehen. Er rückt zur Seite, um mir Platz zu machen, und ich kuschle mich an ihn. Während wir fernsehen, küsst er immer mal wieder meine Schläfe. Es fühlt sich an wie früher. Und ich tue so, als wäre alles gut. Tue so, als wäre jeder Tag in unserem Leben so wie die Sonntage bei seinen Eltern, wo alle Schwere von uns abfällt. Wenn wir hier sind, gibt es nur Graham und mich. Hier schaffe ich es, nicht darüber nachzudenken, was für ein Mängelexemplar von Frau ich bin.

Nach dem Abendessen bieten Graham und ich seinen Eltern an, die Küche aufzuräumen. Das Radio läuft im Hintergrund, während wir am Becken stehen. Ich spüle, er trocknet ab. Er erzählt von der Arbeit und ich höre zu. Als ein Ed-Sheeran-Song kommt, greift Graham nach meinen Händen, die voller Schaum sind, zieht mich an sich und beginnt mit mir zu tanzen. Wir umarmen uns fest und bewegen uns kaum, wiegen uns nur leicht zur Musik – seine Arme um meine Taille, meine um seinen Nacken geschlungen. Er drückt die Stirn an meine, und obwohl ich weiß, dass er mich ansieht, halte ich die Augen geschlossen und tue so, als wäre unser gemeinsames Glück ungetrübt. Kurz vor dem Ende des Songs kommt Caroline in die Küche, die in ein paar Wochen ihr drittes Kind erwartet.

In der einen Hand trägt sie einen Pappteller, die andere presst sie sich ins Kreuz und verdreht lachend die Augen, als sie uns sieht. »Gott, Leute, ihr könnt einen echt neidisch machen. Man will gar nicht wissen, was ihr zu Hause so treibt, wenn ihr hier schon die Hände nicht voneinander lassen könnt.« Sie wirft den Teller in den Müll. »Wahrscheinlich seid ihr eins von diesen sagenhaften Paaren, die auch nach jahrelanger Ehe immer noch mindestens zweimal täglich übereinander herfallen.« Kopfschüttelnd geht sie wieder ins Wohnzimmer.

Als wir allein sind, sieht Graham mich stumm an. Natürlich hat ihn die Bemerkung seiner Schwester nachdenklich gemacht. Ich weiß genau, dass er kurz davor ist, mich zu fragen, warum ich zu Hause nie so mit ihm bin wie jetzt gerade.

Aber er sagt nichts, sondern reicht mir stattdessen ein Küchentuch, damit ich mir die Hände abtrocknen kann. »Sollen wir nach Hause fahren?«

Ich nicke, obwohl ich spüre, dass es sofort wieder losgeht. Dass sich in meinem Magen Anspannung breitmacht. Die Angst davor, er könnte das, was gerade zwischen uns passiert ist, zu Hause fortsetzen wollen.

Ich habe es nicht verdient, dass er bei mir bleibt. Es liegt nicht daran, dass ich ihn nicht liebe. Oder vielleicht ja doch? Wenn ich ihn *richtiger* lieben würde, könnte ich es vielleicht gar nicht über mich bringen, ihn immer wieder abzuweisen.

Auf der Heimfahrt presse ich die Schläfe an die kalte Scheibe des Seitenfensters. »Ich habe auf einmal ziemlich krasse Kopfschmerzen«, lüge ich, obwohl ich mich unendlich mies fühle, allen Ernstes die lahmste Ausrede der Welt zu verwenden.

Zu Hause sagt Graham, dass ich mich lieber gleich ins Bett legen soll. Fünf Minuten später bringt er mir ein Glas Wasser und eine Kopfschmerztablette. Er schaltet das Licht aus, als er aus dem Zimmer geht, und ich weine in der Dunkelheit um das, was ich aus unserer Beziehung gemacht habe.

Das Herz meines Mannes ist mein sicherer Hafen, aber vor seiner Nähe fürchte ich mich.

Elf

Noch bevor ich am nächsten Morgen die Augen öffne, spüre ich die Wärme seines Körpers neben mir und freue mich, dass er immer noch da ist. Seine Hand tastet übers Laken und findet meine unter dem Kissen. Er verschränkt unsere Finger miteinander. »Guten Morgen.«

Jetzt mache ich die Augen auf und kann gar nicht anders, als zu lächeln. Graham streicht mir mit dem Daumen der anderen Hand zart über die Wange.

»Und? Was habe ich verpasst, während ich geschlafen habe? Hast du geträumt?«

Das ist mit Abstand das Süßeste, was ich jemals von einem Mann gehört habe. Ich weiß nicht, ob das gut ist oder schlecht. »Tatsächlich hatte ich einen ziemlich verrückten Traum. Du hast auch mitgespielt.«

Er lässt meine Hand los, stützt sich auf den Ellbogen und sieht mich an. »Echt? Erzähl.«

»In meinem Traum standest du in einem Taucheranzug vor meiner Wohnungstür und hast gesagt, dass ich auch schnell meine Tauchausrüstung anziehen soll, weil wir nachher noch mit Haien schwimmen würden. Als ich gesagt habe, dass ich mich vor Haien fürchte, hast du gesagt: ›Aber Quinn. Die Haie sind doch in Wirklichkeit Kätzchen!‹ Und dann hab ich gesagt: ›Aber ich hab Angst vor dem Meer.‹ Und du hast gesagt: ›Aber Quinn. Das Meer ist doch in Wirklichkeit ein Park.‹«

Graham lacht. »Und wie ging es dann weiter?«

»Ich habe dann natürlich auch meinen Taucheranzug angezogen. Aber du bist mit mir weder ans Meer noch in einen Park gefahren, sondern zu deiner Mutter, um mich ihr vorzustellen. Und ich habe mich total geschämt und war stinksauer, weil ich in einem Taucheranzug am Mittagstisch sitzen musste.«

Graham lässt sich lachend ins Kissen zurückfallen. »Das ist der sensationellste Traum in der Geschichte aller Träume.«

Ich strahle, und in diesem Moment wünsche ich mir, ich könnte ihm für den Rest meines Lebens jeden einzelnen meiner Träume erzählen.

Es ist total schön, wie er sich wieder zu mir dreht und mich ansieht, als gäbe es keinen Menschen, mit dem er jetzt lieber im Bett liegen würde. Und dann beugt er sich vor und drückt seinen Mund auf meinen. Ich würde am liebsten den ganzen Tag mit ihm hier liegen bleiben, aber er richtet sich wieder auf und verkündet: »Ich hab Hunger. Hast du was zu essen da?«

Ich nicke. Bevor er aus dem Bett steigen kann, ziehe ich ihn noch einmal zu mir runter und gebe ihm einen Kuss auf die Wange. »Weißt du was, Graham? Ich mag dich.« Und dann stehe ich auf und gehe ins Bad.

»Natürlich magst du mich, Quinn!«, ruft er mir hinterher. »Ich bin ja auch dein Seelenverwandter.«

Ich schließe lachend die Tür. Und dann schaue ich in den Spiegel und unterdrücke einen Schrei. Meine Wimperntusche ist pandamäßig verlaufen. Auf meiner Stirn ist über Nacht ein Pickel gewachsen. Und meine Haare sind zerrauft, aber nicht auf die sexy-verschlafene Art, sondern so, als hätten Ratten sich darin ein Nest gebaut.

Ich stöhne und rufe: »Ich geh schnell mal unter die Dusche.«

»Dann mach ich uns in der Zwischenzeit Frühstück«, ruft Graham aus der Küche zurück.

Viel wird er vermutlich nicht finden. Da ich kaum mehr koche, seit ich wieder Single bin, habe ich nie viele Vorräte im Haus. Ich stelle mich unter die Dusche und lasse das Wasser laufen. Natürlich weiß ich nicht, ob Graham vorhat, nach dem Frühstück noch zu bleiben, will mich aber lieber für alle Eventualitäten vorbereiten.

Nach ein paar Minuten höre ich Grahams Stimme direkt neben mir. »Quinn?«

Ich zucke zusammen und halte mich an der Duschstange fest, um nicht auszurutschen, lasse sie aber sofort los, als der Vorhang aufgezogen wird und Graham in die Dusche späht. Er schaut mir zwar nur ins Gesicht, aber ich kreuze trotzdem die Arme vor der Brust.

»Du hast praktisch nichts Essbares da. Nur Cracker und eine Schachtel mit uralten Cornflakes.« Er tut so, als würde ihn meine Nacktheit völlig ungerührt lassen. »Soll ich uns was holen?«

»Äh … okay.« Ich bin ziemlich sprachlos über seine Unverfrorenheit. »Der Wohnungsschlüssel liegt auf der Küchentheke.«

Graham grinst und beißt sich auf die Unterlippe. Jetzt wandert sein Blick doch langsam meinen Körper hinunter. »Oh Mann … Quinn …«, flüstert er. Dann zieht er den Vorhang mit einem Ruck zu und sagt: »Bin gleich wieder zurück.« Bevor er aus dem Bad geht, höre ich ein unterdrücktes »*Fuck*«.

Ich kann nicht anders, als zu lächeln. Ich liebe es, dass er mir das Gefühl gibt, unwiderstehlich zu sein.

Ich drehe mich wieder um, schließe die Augen und lasse mir das heiße Wasser aufs Gesicht prasseln. Es fällt mir schwer, Graham einzuschätzen. Er wirkt fast schon unverschämt selbstbewusst, aber das gleicht er dadurch aus, dass er sich mir gegenüber extrem respektvoll verhält. Er ist witzig und schlagfertig und legt beim Flirten ein unglaubliches Tempo vor, aber alles, was er sagt und tut, fühlt sich aufrichtig an.

Aufrichtig.

Ja. Wenn ich ihn mit einem Wort beschreiben müsste, dann mit diesem.

Interessanterweise ist das eine Eigenschaft, die mir im Zusammenhang mit Ethan niemals in den Sinn gekommen wäre. Ehrlich gesagt hatte ich immer den Verdacht, dass seine scheinbare Perfektion nur eine Rolle war. Als hätte man ihm beigebracht, immer das Richtige zu sagen, aber es käme nicht wirklich aus seinem tiefsten Inneren. Als würde er der Außenwelt immer nur eine perfekte Fassade zeigen.

Bei Graham habe ich dagegen das Gefühl, dass er schon sein Leben lang genau der ist, der er wirklich ist.

Ob ich durch ihn wieder lernen könnte, einem anderen Menschen zu vertrauen? Ich hatte Angst, dass ich mich nach Ethan nie mehr auf jemanden einlassen könnte.

Ich steige aus der Dusche, trockne mich ab und ziehe mir ein T-Shirt und eine Yogahose an. Erst mal was Bequemes, und falls Graham vorhat, irgendwas zu unternehmen, kann ich mich immer noch richtig anziehen.

Als ich aus dem Bad komme und nach meinem Handy greife, das auf dem Nachttisch liegt, sehe ich, dass ich mehrere neue Nachrichten habe.

Hier ist Graham. Dein Seelenverwandter. Ich hab deine Nummer aus deinem Handy und meinen Kontakt bei dir eingespeichert.

Was willst du zum Frühstück? McDonald's? Starbucks? Donuts?

Bist du immer noch unter der Dusche?

Möchtest du Kaffee?

Ich krieg das Bild von dir unter der Dusche nicht aus dem Kopf.

Okay, ich besorge uns Bagels.

Ich bin gerade dabei, meine feuchten Handtücher im Bad aufzuhängen, da höre ich den Schlüssel im Schloss. Ich gehe ins Wohnzimmer, wo Graham am Tisch steht und Tüten auspackt. Er hat ziemlich viel eingekauft. *Unfassbar* viel.

»Du hast auf meine Nachrichten nicht reagiert, und ich wusste nicht, was du willst, deswegen habe ich zur Sicherheit alles geholt.«

Mein Blick wandert über einen Karton Donuts und das komplette Frühstücksangebot von McDonald's und Chick-fil-A. Bagels hat er auch besorgt. Und Kaffee von Starbucks.

»Ist das ein Versuch, die Frühstücksszene aus *Pretty Woman* nachzustellen, wo Richard Gere alles von der Speisekarte kommen lässt?«, frage ich lächelnd und setze mich an den Tisch.

Er runzelt die Stirn. »Wie? Du meinst, das hat vor mir schon mal jemand gemacht?«

Ich nehme mir einen Donut mit Zuckerglasur und beiße hinein. »Sorry. Du musst schon ein bisschen einfallsreicher sein, wenn du mich beeindrucken willst.«

Er setzt sich mir gegenüber, zieht den Deckel von einem Starbucks-Becher und leckt die Schlagsahne ab. »Schade. Dann muss ich die weiße Stretchlimo wohl abbestellen, die heute Nachmittag vor deiner Feuertreppe warten sollte.«

Ich lache. »Danke, dass du Frühstück besorgt hast.«

Er lehnt sich zurück und drückt den Deckel wieder auf den Becher. »Was hast du denn heute noch so vor?«

Ich zucke mit den Schultern. »Na ja. Es ist Samstag. Arbeiten muss ich jedenfalls nicht.«

»Ich weiß noch nicht mal, was du beruflich machst.«

»Nichts Tolles. Ich bin Texterin in einer Werbeagentur.«

»Es gibt nichts an dir, was ich nicht toll finde, Quinn.«

Ich gehe auf sein Kompliment nicht ein. »Und du?«

»Nichts Tolles. Ich arbeite als Steuerberater in einer Kanzlei.«

»Dann bist du also ein Mathe-Genie, was?«

»Am liebsten wäre ich ja Astronaut geworden, aber die Vorstellung, die Erdatmosphäre zu verlassen, macht mir irgendwie zu viel Angst. Zahlen sind ungefährlicher, also hab ich mich dafür entschieden.« Er greift nach einer der Papiertüten und holt ein Buttermilchbrötchen heraus. »Ich finde, wir sollten heute Abend Sex haben.« Er beißt in das Brötchen. »Und zwar die ganze Nacht lang«, sagt er mit vollem Mund.

Ich verschlucke mich fast an dem Bissen, den ich gerade im Mund habe, ziehe den zweiten Kaffeebecher zu mir heran und trinke einen Schluck. »Ach echt, ja? Und was ist an heute so anders als gestern?«

Er reißt ein Stück von seinem Brötchen ab und wirft es sich in den Mund. »Gestern wollte ich noch den Anstand wahren.«

»Dann ist deine Anständigkeit nur Fassade?«

»Nein, ich bin wirklich ein anständiger Typ. Aber ich finde dich auch extrem hübsch und würde dich gern noch mal nackt sehen.« Er lächelt mich an. Diesmal ist sein Lächeln beinahe schüchtern und so süß, dass ich gar nicht anders kann, als auch zu lächeln.

»Es gibt Männer, die von ihren Freundinnen betrogen werden und danach nie mehr mit offenen Karten spielen. Du wirst betrogen und entscheidest dich für brutale Ehrlichkeit.«

Er lacht, aber das Thema Sex scheint damit beendet zu sein. Stattdessen konzentrieren wir uns erst mal schweigend auf unser Frühstück.

»Was hast du eigentlich mit deinem Verlobungsring gemacht?«, fragt er irgendwann.

»Den habe ich Ethans Mutter geschickt.«

»Und was ist aus dem geworden, den ich hier gelassen habe?«

Ich lächle ein bisschen verlegen. »Den habe ich behalten. Manchmal trage ich ihn. Ich mag ihn.«

Graham sieht mich einen Moment lang stumm an. »Möchtest du wissen, was ich behalten habe?«

Ich nicke.

»Die Zettel aus den Glückskeksen.«

Es dauert einen Moment, bis ich kapiere, wovon er spricht. »Die von unserem chinesischen Essen im Gang vor Ethans Tür?«

»Genau die.«

»Du hast sie aufgehoben?«

»Na klar.«

»Warum?«

Er schiebt seinen Becher in einem kleinen Kreis auf der Tischplatte herum. »Wenn du wüsstest, was auf der Rückseite stand, würdest du das nicht fragen.«

Ich lehne mich zurück und sehe ihn misstrauisch an. Zufällig kenne ich diese Sorte Glückskekse sehr genau, schließlich haben Ethan und ich oft genug beim Chinesen bestellt. Ich weiß, was auf der Rückseite steht, weil ich es immer merkwürdig fand. Normalerweise sind auf die Zettel hinten immer unterschiedliche Zahlenkombinationen gedruckt, aber bei dieser Sorte ist es nur eine einzelne Ziffer. »Da steht einfach nur eine Zahl drauf.«

»Korrekt.« Grahams Augen funkeln.

Ich sehe ihn mit schräg gelegtem Kopf an. »Und? Stand auf beiden dieselbe Zahl, oder was?«

Sein Blick wird sehr ernst. »Genau. Und zwar die Zahl Acht.«

Ich sehe ihn verständnislos an, dann begreife ich. Gestern Abend hat er mich nach dem Datum gefragt. Es war der 8. August.

Der 8.8.

Der Tag, an dem wir uns wiedergetroffen haben.

»Im Ernst?«

Grahams Miene bleibt einen Moment lang reglos, dann lacht er. »War nur ein Witz. Auf deinem Zettel stand eine Sieben und auf meinem eine Fünf, glaube ich.« Er steht auf, sammelt die leeren Tüten ein und geht zur Küchenzeile. »Ich habe sie aufgehoben, weil ich ein Ordnungsfanatiker bin und es nicht mag, wenn

Zeug auf dem Boden rumliegt. Danach hab ich sie vergessen und erst wieder entdeckt, als ich abends zu Hause meine Taschen ausgeräumt habe.«

Ich frage mich, was von der Geschichte stimmt. »Aber du hast die Zettel wirklich behalten?«

Graham wirft unseren Abfall in den Treteimer. »Natürlich.« Er kommt zum Tisch zurück, zieht mich vom Stuhl, schlingt die Arme um meine Taille und küsst mich. Es ist ein süßer Kuss, der nach Karamell und Puderzucker schmeckt. Danach hält er mich ein Stück von sich weg, küsst mich auf die Wange und drückt mich an sich. »Du weißt schon, dass ich dich nur ärgern will, oder? Ich glaube nicht wirklich, dass wir den Rest unseres Lebens zusammen verbringen. *Noch* nicht.«

Es gefällt mir, von ihm geärgert zu werden. Sehr sogar. Als ich gerade den Mund öffne, um etwas zu sagen, klingelt sein Handy.

»Sekunde.« Graham zieht es aus der Jeans, wirft einen Blick darauf und geht sofort ran. »Hey, Allerliebste. Was gibt's?« Er hält das Mikro zu und flüstert. »Nur meine Mutter. Flipp nicht aus.«

Ich lache und überlasse ihn seinem Telefonat, während ich die Reste unseres Frühstücks zusammenpacke. Er hat so viel gekauft, ich weiß nicht mal, ob alles in meinen Kühlschrank passt.

»Nichts Besonderes«, sagt Graham im Hintergrund. »Und Dad? Ist er golfen?« Er wirkt total unverkrampft und fröhlich. Wenn ich mit meiner Mutter telefoniere, bin ich angespannt und verdrehe ständig die Augen. »Abendessen? Cool. Sehr gerne. Kann ich meine Freundin mitbringen?« Er hält das Handy wieder zu und sieht mich an. »Hol schon mal deinen Taucheranzug aus dem Schrank, Quinn.«

Keine Ahnung, ob ich lachen oder sauer sein soll. Ich weiß noch nicht mal seinen Nachnamen und will seine Eltern nicht kennenlernen. »Auf keinen Fall!«, sage ich unhörbar, aber sehr entschieden und schüttle den Kopf.

Er zwinkert mir zu. »Sie heißt Quinn«, sagt er ins Telefon und sieht mich an, während er weiterredet. »Ja, es ist was ziemlich Ernstes. Wir kennen uns jetzt schon eine ganze Weile.«

Ich schnaube. Dieser Kerl ist wirklich unglaublich.

»Moment, ich frag sie.« Diesmal hält er das Handy nicht zu, spricht aber viel lauter, als er müsste. »Baby!«, ruft er, als wäre ich in einem anderen Zimmer. »Möchtest du Kuchen oder lieber einen Crumble zum Nachtisch?«

Ich gehe auf ihn zu und stelle mich dicht vor ihn hin, damit er sieht, wie ernst es mir ist. »Wir hatten noch nicht mal ein richtiges Date«, zische ich. »Ich will deine Mutter noch nicht kennenlernen, Graham.«

Er bedeckt das Telefon wieder mit der Hand und zeigt zum Tisch. »Hallo? Wir hatten gerade vier Dates«, flüstert er. »Chick-fil-A, McDonald's, Donuts, Starbucks ...« Er hebt das Handy wieder ans Ohr. »Lieber Kuchen. Gut. Dann kommen wir so gegen sechs zu euch?« Kurze Pause. »Alles klar. Ich dich auch. Bis später.«

Er steckt das Handy in die Tasche. Ich sehe ihn wütend an, aber das halte ich nicht lang durch, weil er mich packt und kitzelt, bis ich lachen muss. Als ich total außer Atem bin, zieht er mich an sich.

»Du wirst es nicht bereuen, Quinn. Wenn meine Mom einmal für dich gekocht hat, willst du nie mehr woanders essen.«

Ich seufze schwer. »Du bist ganz anders, als ich es mir vorgestellt hatte.«

Er presst sein Kinn auf meinen Kopf. »Ist das gut oder schlecht?«

»Ganz ehrlich? Ich weiß es nicht.«

Zwölf

Als ich in die Straße einbiege, in der Caroline mit ihrer Familie wohnt, steht nur Grahams Wagen in der Einfahrt. Ich bin erleichtert, dass außer uns anscheinend niemand da ist.

Gestern ist das neue Baby gekommen. Es war eine Hausgeburt, ein Junge. Seit Graham der erste, der in der Familie geboren wurde.

Caroline ist die einzige seiner Schwestern, die in Connecticut geblieben ist. Tabitha wohnt mit ihrer Frau in Chicago. Ainsley, die Anwältin ist, hält es nirgendwo lange aus. Sie reist genauso gern und viel in der Welt herum wie Ava und Reid. Manchmal beneide ich sie ein bisschen um ihre Unabhängigkeit, aber ich hatte eben immer andere Prioritäten.

Graham und ich haben ein sehr enges Verhältnis zu Carolines beiden Töchtern. Abgesehen von den Sonntagen, die wir fast immer zusammen verbringen, unternehmen wir öfter auch mal alleine etwas mit den beiden, machen Ausflüge oder gehen ins Kino, damit Caroline und ihr Mann Zeit für sich haben. Nachdem jetzt ein Säugling im Haus ist und Caroline bestimmt erst einmal ziemlich eingespannt sein wird, kümmern wir uns wahrscheinlich noch häufiger um die beiden.

Ich sehe Graham wahnsinnig gern dabei zu, wenn er sich mit den Mädchen beschäftigt. Er hat immer irgendwelche verrückten Spielideen, und es gibt nichts Schöneres für ihn, als sie zum Lachen zu bringen. Gleichzeitig nimmt er sie aber auch als eigenständige Persönlichkeiten ernst und beantwortet geduldig auch noch die tausendste »Und warum?«-Frage. Er bemüht sich immer, ehrlich mit ihnen zu sein, und würde sich nie über sie lustig machen. Obwohl sie erst drei und fünf sind, redet er mit ihnen auf Augenhöhe. Caroline macht immer Witze darüber, dass jeder zweite Satz von den beiden mit »Aber Onkel Graham hat gesagt ...« anfängt.

Es macht mich glücklich, dass er so eine schöne Beziehung zu seinen Nichten hat, und ich freue mich, ihn jetzt bald auch mit seinem kleinen Neffen zu erleben. Wenn ich ihn beobachte, kommt mir natürlich oft auch der Gedanke, was für ein großartiger Vater er wäre, aber ich lasse mir meine Traurigkeit nie anmerken, weil ich sein Verhältnis zu seiner Familie auf keinen Fall belasten möchte.

Auch jetzt trainiere ich im Rückspiegel mein Lächeln, bevor ich aussteige und reingehe. Es ist schon bitter. Eigentlich war ich von Natur aus immer fröhlich und optimistisch, aber mittlerweile muss ich mir jedes Lächeln hart erarbeiten.

Vor der Haustür zögere ich kurz, weil ich nicht weiß, ob ich einfach reingehen oder lieber klingeln soll. Andererseits möchte ich Caroline oder das Baby nicht aufwecken, falls sie schlafen, also drücke ich vorsichtig die Tür auf. Im vorderen Teil des Hauses ist alles still. Im Wohnzimmer sehe ich zwar ein paar unausgepackte Babygeschenke, aber es ist niemand da. Ich stelle das Geschenk von mir und Graham, das ich besorgt habe, auf den Couchtisch und gehe dann durch die Küche in den hinteren Teil des Hauses, in dem Caroline und ihre Familie sich meistens aufhalten. Es ist ein Anbau, den sie sich einige Zeit nach Gwenns Geburt geleistet haben.

Die eine Hälfte des großen Raums nimmt eine gemütliche Couchlandschaft mit Fernseher ein, die andere dient als Spielzimmer für die Mädchen.

Ich sehe Graham schon von der Küche aus. Er hält seinen Neffen im Arm, der in eine Decke gewickelt ist. Eigentlich ein wunderschönes Bild, wie er den Neugeborenen liebevoll wiegt, und doch versetzt es mir einen schmerzhaften Stich, ihn so zu sehen.

Ich frage mich, was ihm wohl durch den Kopf geht. Bereut er vielleicht gerade, eine Frau geheiratet zu haben, die ihm keine eigenen Kinder schenken kann?

Ich bin für die beiden nicht zu sehen, weil Graham mir den Rücken zukehrt und Caroline wahrscheinlich auf der Couch sitzt. »Wie toll du selbst mit einem Säugling umgehen kannst«, sagt sie bewundernd. »Du bist echt ein Naturtalent.«

Ich warte mit angehaltenem Atem auf seine Reaktion, aber er blickt nur schweigend auf seinen Neffen.

Im nächsten Moment sagt Caroline etwas, das mich so trifft, dass ich mich kurz an der Wand abstützen muss. »Du bist wirklich der geborene Vater, Graham.«

Ich weiß genau, dass sie das niemals gesagt hätte, wenn sie wüsste, dass ich es hören kann.

Diesmal antwortet Graham.

»Ich weiß«, sagt er leise und sieht zu ihr. »Es macht mich auch verdammt fertig, dass es bei uns noch nicht geklappt hat.«

Ich presse mir eine Hand auf den Mund, weil ich Angst vor dem habe, was sonst herauskommen könnte. Dass ich laut keuche oder aufschluchze oder … mich übergebe.

Im nächsten Moment sitze ich wieder im Auto. Ich trete aufs Gas. Weg. Nur weg. Ich hätte es nicht geschafft, den beiden gegenüberzutreten und so zu tun, als hätte ich nichts mitbekommen. Die paar Sätze, die ich gehört habe, bestätigen meine allerschlimmsten Befürchtungen. Warum hat Caroline das Thema angesprochen? Warum hat Graham ihr gegenüber sofort zugegeben, wie sehr es ihn mitnimmt? Warum sagt er mir nie, wie es ihm wirklich damit geht?

Tief in meinem Innersten habe ich es ja die ganze Zeit geahnt, aber zum ersten Mal habe ich jetzt eine Bestätigung. Ich habe nicht nur Grahams Erwartungen, sondern auch die seiner Familie enttäuscht. Was seine Schwestern wohl zu ihm sagen, wenn ich nicht dabei bin? Seine Mutter? Was ist ihnen wichtiger –

dass er eines Tages Vater sein kann oder dass er mit mir zusammenbleibt?

Ich fühle mich so nutzlos. Ich schäme mich. Als würde ich durch meine Unfruchtbarkeit nicht nur Graham etwas vorenthalten, sondern seiner gesamten Familie. Als würde ich ihnen allen die Chance nehmen, ein Kind lieben zu dürfen, das Graham haben könnte … mit einer anderen als mir.

Mein Schluchzen wird so heftig, dass ich rechts ranfahren muss. Ich atme tief durch, wische mir die Tränen aus dem Gesicht und versuche mich zusammenzureißen. Ich muss vergessen, was ich gehört habe. Für immer. Mit zitternden Fingern greife ich nach meinem Handy und schreibe Graham eine Nachricht.

Ganz schlimmer Stau. Hat keinen Zweck, mich da durchzuquälen. Sag Caroline bitte, dass ich morgen vorbeikomme.

Nachdem ich sie losgeschickt habe, lehne ich mich zurück und versuche das eben Gehörte aus meinem Kopf zu verdrängen, aber es läuft in Dauerschleife.

»Du bist wirklich der geborene Vater, Graham.«

»Ich weiß. Es macht mich auch verdammt fertig, dass es bei uns noch nicht geklappt hat.«

* * *

Als Graham zwei Stunden später endlich von Caroline nach Hause kommt, bin ich dabei, den Kühlschrank zu schrubben, was ich immer tue, wenn ich gestresst bin. Graham deponiert seinen Schlüsselbund, seinen Geldbeutel und eine Wasserflasche auf der Theke und kommt dann zu mir, um mich mit einem Kuss zu begrüßen. Ich richte mich kurz auf, und es fällt mir noch schwerer als sonst, mir ein Lächeln abzuringen.

»Wie war es bei Caroline?«

Er greift um mich herum in den Kühlschrank nach einer Cola. »Schön.« Er nimmt einen Schluck. »Der Kleine ist echt süß.«

Das sagt er ganz beiläufig, obwohl er doch vorhin zugegeben hat, wie traurig es ihn macht, keine eigenen Kinder zu haben.

»Hast du ihn auch schon im Arm gehabt?«

»Nein.« Graham schüttelt den Kopf. »Er hat die ganze Zeit geschlafen und ich wollte ihn nicht wecken.«

Warum belügt er mich?

Ich wende den Blick ab, um mir nicht anmerken zu lassen, dass es mich innerlich vor Schmerz zerreißt, aus seinem eigenen Mund gehört zu haben, wie unglücklich es ihn macht, dass er noch nicht Vater geworden ist.

Warum bleibt er trotzdem bei mir?

Ich drücke die Kühlschranktür zu, obwohl ich die Seitenfächer noch nicht sauber gemacht habe, aber ich halte es nicht mehr aus, mich wie eine Versagerin zu fühlen und den unausgesprochenen Vorwurf im Raum zu spüren. »Dann setze ich mich noch mal an den Computer. Ich muss heute noch total viel machen, weil ein Projekt fertig werden muss. Essen steht in der Mikrowelle, falls du Hunger hast.« Ich gehe zum Arbeitszimmer. Als ich die Tür öffne, werfe ich noch einmal einen Blick über die Schulter.

Graham steht mit hängendem Kopf da, die Handflächen auf die Theke gepresst. Er bleibt fast eine ganze Minute reglos so stehen, dann stößt er sich mit Gewalt ab, als wäre er wegen irgendetwas wütend. Oder auf irgendjemanden.

Bevor ich die Tür zuziehen kann, schaut er zu mir. Unsere Blicke treffen sich. Wir sehen uns ein paar Sekunden lang an, und es ist das erste Mal, seit ich ihn kenne, dass ich das Gefühl habe, er wäre ein völlig Fremder. Ich habe absolut keine Ahnung, was gerade wirklich in ihm vorgeht.

Ich weiß, dass das der Moment ist, in dem ich ihn fragen sollte, was er über all das denkt. Was er über uns denkt. Der Moment, in dem ich ihm sagen müsste, was ich denke. Der Moment, in dem wir offen und ehrlich darüber sprechen sollten, ob jetzt vielleicht der Augenblick gekommen ist, die Schatulle zu öffnen.

Aber statt meinen Mut zusammenzunehmen und endlich die Wahrheit auszusprechen, siegt die Feigheit. Ich wende den Blick ab und schließe die Tür.

Der Tanz geht weiter.

Dreizehn

In jeder Minute, die ich heute mit ihm verbracht habe, hat er mich mehr überrascht als in der davor.

Jedes Mal wenn er etwas sagt, wenn er mich anlächelt oder mich berührt, habe ich nur einen Gedanken: »Wie zum Teufel konnte Sasha diesen Mann mit *Ethan* betrügen?«

Tja, ihr Pech – mein Glück.

Das Haus, in dem er aufgewachsen ist, ist genau so, wie ich es mir vorgestellt habe. Voller Geschichten und Gelächter und mit Eltern, die ihn anschauen, als wäre er ein Geschenk des Himmels. Er ist das jüngste von insgesamt vier Kindern und ihr einziger Sohn. Seine Schwestern habe ich heute leider nicht kennengelernt, weil zwei von ihnen in anderen Bundesstaaten leben und die einzige, die noch hier wohnt, keine Zeit hatte, zum Essen zu kommen.

Äußerlich kommt Graham eindeutig nach seinem Vater, einem kräftigen Mann mit melancholischem Blick und einem großartigen Humor. Seine Mutter ist zierlicher als ich, strahlt aber eine ungeheure Souveränität und Selbstsicherheit aus.

Sie ist nett, trotzdem ist da auch eine gewisse Wachsamkeit in ihrem Blick. Ich könnte mir vorstellen, dass sie Sasha wirklich gemocht hat und sich Sorgen macht, ihr Sohn könnte womöglich noch einmal an die Falsche geraten. Sie hat jetzt schon ein paarmal versucht, durch mehr oder weniger dezente Fragen mehr über uns herauszufinden, aber Graham erzählt ihr nur Unsinn.

»Seid wann seid ihr denn zusammen?«

Er legt mir einen Arm um die Schulter und sagt: »Schon eine ganze Weile.«

Einen Tag.

»Und hat Graham deine Eltern schon kennengelernt, Quinn?«

»Wir waren schon ein paarmal bei ihnen. Supernette Leute.«

Nie. Und sie sind furchtbar.

Seine Mutter lächelt. »Und wo habt ihr euch kennengelernt?«

»In dem Bürohaus, in dem auch meine Kanzlei ist«, behauptet er.

Ich weiß nicht mal, wo er arbeitet.

Graham findet das alles wahnsinnig lustig. Und ich muss mir auch das Lachen verbeißen, obwohl ich ihn jedes Mal in den Oberschenkel kneife oder ihm den Ellbogen in die Seite ramme, wenn er die nächste erfundene Story zum Besten gibt. Zum Beispiel, dass wir uns im Gang vor seiner Kanzlei kennengelernt hätten – am Süßigkeitenautomaten.

»Ihre Tüte Twizzlers steckte fest, also habe ich einen Dollar in die Maschine gesteckt und mir auch eine gekauft, damit ihre rausfällt. Aber es war wie verhext. Quinn, erzähl du doch mal, wie die verrückte Geschichte dann weiterging.« Er sieht mich erwartungsvoll an, und ich bin gezwungen, seine Lüge weiterzuspinnen.

Diesmal kneife ich ihn so fest, dass er das Gesicht verzieht. »Seine Tüte ist auch stecken geblieben.«

Graham lacht. »Unfassbar, oder? Wir haben an dem Tag zwar beide keine Twizzler bekommen, aber dafür habe ich sie dann zum Mittagessen eingeladen. Tja, und der Rest ist Geschichte.«

Ich beiße mir auf die Wange, um nicht laut loszuprusten.

Zumindest bei einer Sache hat Graham nicht gelogen. Seine Mutter kocht wirklich irrsinnig gut, sodass ich die meiste Zeit damit beschäftigt bin zu genießen.

Als sie in die Küche geht, um die Sahne für den Kuchen zu schlagen, sieht Graham mich an. »Soll ich dir in der Zwischenzeit das Haus zeigen?«

Er greift nach meiner Hand und führt mich aus dem Esszimmer. Sobald wir außer Hörweite sind, versetze ich ihm einen kleinen Schubs. »Bist du vollkommen verrückt? Du hast deinen Eltern mindestens zwanzig Lügengeschichten aufgetischt!«

Er nimmt meine Hände und zieht mich an sich. »Aber es waren sehr lustige Lügengeschichten, oder?«

Ich versuche, streng zu schauen, muss aber lachen. »Dein Glück.«

Graham beugt sich vor und gibt mir einen Kuss. »Was willst du? Die normale Tour durchs Haus oder die Spezialführung in den Keller, um mein Jugendzimmer zu besichtigen?«

»Das fragst du noch?«

Er öffnet eine Tür und knipst das Licht an. Auf dem Weg nach unten kommen wir an einem verblichenen Poster des Periodensystems vorbei, das an der Wand hängt. Unten angekommen macht Graham ein anderes Licht an, und wir schauen in ein Zimmer, das aussieht, als wäre die Zeit stehen geblieben, seit der Junge ausgezogen ist, der hier einmal gewohnt hat. Ich komme mir vor, als wäre ich durch ein geheimes Portal direkt in den Kopf von Graham Wells gelangt. Während des Abendessens hat seine Mutter ihn aus Spaß einmal streng mit vollem Namen angeredet, weshalb ich jetzt wenigstens schon mal weiß, wie mein angeblicher fester Freund heißt.

»Alles noch genau wie damals.« Er kickt gegen einen Basketball, der am Boden liegt und ziemlich platt ist, weshalb er nicht wirklich weit wegrollt. »Wenn ich über Nacht bleibe, schlafe ich immer noch hier. Dabei hasse ich dieses Zimmer. Da kommen jedes Mal wieder Erinnerungen an die Highschool in mir hoch.«

»War das für dich keine schöne Zeit?«

Er macht eine ausholende Geste in den Raum und grinst. »Na ja … Ich war ein ziemlicher Nerd, der sich mehr für Mathe und Naturwissenschaften interessiert hat als für Mädchen. Und jetzt frag mich noch mal, ob das für mich keine schöne Zeit war.«

Auf der Kommode stehen Preise und Fotos von Graham als

Sieger bei diversen Mathe- und Forschungswettbewerben. Ein Sportpokal ist nicht dabei. Ich greife nach einem gerahmten Foto, das Graham mit seinen drei älteren Schwestern zeigt. Die Mädchen sehen der Mutter ähnlich und sind alle eher zierlich, was den Jungen mit der Zahnspange in ihrer Mitte noch schlaksiger und hochgeschossener wirken lässt. »Wow.«

»Ja.« Er steht jetzt direkt hinter mir und schaut mir über die Schulter. »Ich bin der lebende Beweis dafür, dass aus hässlichen Kindern doch noch ganz ansehnliche Erwachsene werden können.«

Ich stelle das Bild wieder auf die Kommode und lache. »Kaum wiederzuerkennen.«

Graham lässt sich aufs Bett fallen, auf dem eine Star-Wars-Überdecke liegt. Er lehnt sich zurück und beobachtet mich, während ich durchs Zimmer gehe und mir alles ansehe. »Hab ich dir schon gesagt, wie schön ich dich in deinem Kleid finde?«

Ich schaue an mir herab. Dass ich heute die Eltern eines Typen kennenlernen würde, den ich selbst praktisch nicht kenne, hat mich auch deswegen überfordert, weil ich kaum saubere Sachen im Schrank hatte. Ich habe mich dann für ein schlichtes blaues Baumwollkleid entschieden und einen weißen Pulli darübergezogen. Als ich zu Graham ins Wohnzimmer kam, salutierte er, als wäre ich Matrosin bei der Navy. Ich habe mich sofort umgedreht und wollte mich umziehen, aber er hat mich am Handgelenk zurückgehalten und gesagt, dass ich supersüß aussähe.

»Doch, das hast du schon mal erwähnt«, sage ich.

Sein Blick wandert langsam über meinen Körper. »Wobei ich, wenn ich ganz ehrlich bin, schon ein bisschen enttäuscht bin, dass du nicht deinen Taucheranzug angezogen hast.«

»Dir erzähle ich nie wieder einen Traum.«

Graham lacht. »Ich bestehe darauf. Von jetzt an will ich jeden Morgen deine Träume hören.«

Ich lächle, dann drehe ich mich wieder um und betrachte die

Urkunden, die an den Wänden hängen. Er hat wirklich eine Menge Preise bekommen. »Kann es sein, dass du hochbegabt bist?« Ich werfe ihm über die Schulter einen Blick zu. »Ich meine, so *richtig* hochbegabt?«

Er zuckt die Achseln. »Allerhöchstens ein bisschen höher begabt als der Durchschnitt. Wenn man bei den Mädchen keine Chance hat, hat man massenhaft Zeit, um zu lesen und zu lernen.«

Verrückt. Wenn man ihn sich jetzt so ansieht, würde man glauben, dass er als Schüler mindestens Quarterback gewesen ist und natürlich die hübscheste Cheerleaderin gedatet hat.

»Heißt das, du hattest nie eine Freundin, während du an der Highschool warst?«, frage ich ungläubig.

Graham schüttelt grinsend den Kopf. »Ich bin erst im zweiten Collegejahr entjungfert worden. Da war ich neunzehn. Meinen ersten richtigen Kuss habe ich mit achtzehn bekommen.« Er setzt sich auf, rutscht zur Bettkante und schiebt die Hände zwischen die Knie. »Du bist auch das erste Mädchen, das ich hier mit runterbringe.«

»Das glaube ich nicht! Was ist mit Sasha?«

»Sie war ein paarmal zum Abendessen hier, aber ich habe ihr nie mein Zimmer gezeigt. Keine Ahnung, warum.«

»Klar. Das erzählst du wahrscheinlich allen Mädchen, die du in deinen Keller lockst. Und dann verführst du sie auf der Star-Wars-Decke.«

»Mach mal die oberste Schublade von der Kommode auf«, sagt er. »Ich schwöre dir, dass du da drin immer noch das Kondom findest, das ich dort als Sechzehnjähriger für alle Fälle deponiert habe.«

Ich öffne die Schublade und wühle zwischen alten Quittungen, Schulunterlagen, Stiften und losen Münzen, bis ich ganz hinten tatsächlich ein Kondom entdecke. »Oje«, sage ich lachend, als ich es zwischen den Fingern drehe und das seitlich aufgedruckte

Datum lese. »Das ist seit drei Jahren abgelaufen.« Graham sieht mich nachdenklich an, als würde er sich fragen, wie verlässlich die Verfallsdaten bei Kondomen sind. »Sorry, aber das muss ich leider aus dem Verkehr ziehen«, sage ich und schiebe es mir vorne in den BH.

Grahams Blick ist voller Verlangen. Und ich mag es, so angeschaut zu werden. Ich weiß, dass es Leute gibt, die mich ganz hübsch finden, manchmal fühle ich mich sogar schön. Aber bevor ich ihn kennengelernt habe, habe ich mich noch nie wirklich sexy gefühlt.

Graham winkt mich mit dem Zeigefinger näher. Er hat wieder dieses Glitzern in den Augen. Dasselbe Glitzern wie an dem Abend beim Mexikaner, als er mein Knie berührt hat. Und auch diesmal wird mir heiß.

Ich gehe ein paar Schritte auf ihn zu, bleibe aber noch auf Abstand. »Komm zu mir, Quinn.« Seine raue Stimme erzeugt ein Ziehen in meiner Brust und meinem Bauch.

Ich komme noch einen Schritt näher. Er streckt die Hand aus, umfasst meine Hüfte und zieht mich zu sich. Mein ganzer Körper bedeckt sich mit Gänsehaut.

Graham sieht zu mir auf und ich sehe zu ihm hinunter. Sein Bett ist nicht besonders hoch, was bedeutet, dass sein Mund gefährlich nah auf Höhe meines Slips ist. Ich schlucke, als die Hand, die er um mein Bein geschlungen hat, unter meinem Kleid ganz langsam meinen Schenkel hinaufgleitet.

Auf das, was diese Berührung in mir auslöst, bin ich absolut nicht vorbereitet. Ich schließe die Augen und muss mich mit beiden Händen auf Grahams Schultern stützen, weil meine Knie so weich werden, dass ich ins Schwanken gerate. Als er die Lippen auf mein Kleid drückt, mache ich die Augen wieder auf und sehe ihn an.

Er hält meinen Blick fest, während seine andere Hand meinen anderen Schenkel hinaufwandert, und auf einmal bin ich nur noch Herzschlag, spüre das Pochen im gesamten Körper, überall gleichzeitig.

Und dann schiebt Graham mein Kleid sehr langsam Stück für Stück höher. Sobald meine Schenkel frei liegen, presst er einen Kuss auf die nackte Haut. Ich greife in seine Haare und keuche leise auf, als seine Lippen weich über meinen Slip gleiten.

OhmeinGott.

Ich spüre die intensive Hitze seines Mundes, als er mich küsst. Es ist ein ganz zarter Kuss, den er vorne auf meinen Slip drückt, aber das ändert nichts daran, dass seine Wirkung so durchschlagend ist, dass ich ihn tief in meinem Innersten spüre. Ich verkralle die Finger in seinen Haaren und biege mich seinem Mund entgegen, während er mit beiden Händen meinen Po umfasst und mich dichter an sich zieht. Seine Küsse werden drängender, leidenschaftlicher, und bevor er mir den Slip herunterziehen kann, breitet sich, komplett unerwartet, ein Zittern in meinem Körper aus, und ich explodiere.

Wimmernd will ich mich von ihm lösen, aber er zieht mich wieder an seinen Mund zurück und küsst mich durch den Stoff hindurch so drängend, bis ich die Fingernägel in seine Schultern grabe, damit ich nicht zu Boden sinke. Kurz darauf bebt mein gesamter Körper, das Zimmer scheint sich um sich selbst zu drehen, und ich muss mir auf die Unterlippe beißen, um einen Schrei zu unterdrücken.

Meine Arme zittern und meine Beine sind schwach, als Graham den Mund von mir löst und wieder zu mir aufsieht. Es kostet mich alle Kraft, den Blickkontakt zu halten, als er mein Kleid noch ein Stückchen weiter hochschiebt, seine Lippen auf meinen Bauch drückt und seine Hände um meine Taille legt. Ich bin völlig außer Atem und ein bisschen erschrocken über das, was gerade passiert ist. Darüber, wie schnell es passiert ist. Und darüber, dass ich mehr will. Dass ich die Kondompackung aufreißen, ihm das Kondom überstreifen und ihn in mich aufnehmen will.

Anscheinend kann Graham Gedanken lesen. »Glaubst du, dass das Kondom wirklich nicht mehr benutzt werden kann?«, fragt er atemlos.

Ich setze mich rittlings auf ihn und spüre deutlich, wie ernst es ihm mit dieser Frage ist, während ich sanft mit den Lippen über seine streiche. »Ich glaube, das Verfallsdatum ist nur eine Empfehlung«, flüstere ich rau.

Das scheint Graham zu überzeugen. Er packt mich am Hinterkopf, seine Zunge gleitet zwischen meine Lippen, und er küsst mich stöhnend, schiebt die Finger in meinen BH und holt das Kondom heraus. Er hält gerade so lange in seinem Kuss inne, um die Packung mit den Zähnen aufzureißen. Dann hebt er mich von seinem Schoß, dreht sich mit mir zusammen um und drückt mich auf seine Star-Wars-Decke. Ich streife meinen Slip fieberhaft ab, während Graham seine Jeans aufknöpft.

Kniend zieht er das Kondom über, und bevor ich Zeit habe, ihn mir anzusehen, hat er sich auch schon über mich gebeugt.

Wieder küsst er mich so, dass mir schwindelig wird, und dringt dann langsam in mich ein. Das Gefühl ist so unfassbar, dass ich aufstöhne. Vielleicht ein bisschen zu laut.

»Schsch«, zischt er mit leisem Lachen an meinem Mund. »Die denken doch, dass ich dir das Haus zeige und nicht das Paradies auf Erden.«

Ich muss auch lachen, aber dann stößt er zu und ich halte die Luft an.

»Jesus! Quinn!«, keucht er an meinem Hals und stößt erneut zu, bis wir beide zu laut werden. Er hält einen Moment inne. Uns in die Augen sehend, atmen wir tief durch und versuchen zur Ruhe zu kommen, aber kaum beginnt er wieder, sich langsam in mir zu bewegen, bricht ein Stöhnen aus mir hervor. Graham legt seinen Mund auf meinen und bringt mich mit einem tiefen Kuss zum Schweigen.

Abwechselnd küsst er mich und sieht mich an – beides mit

einer Intensität, die ich so noch nie erlebt habe. Jedes Mal wenn er in mich eindringt und sich aus mir herauszieht, schweben seine Lippen die ganze Zeit nur wenige Millimeter über meinen und berühren sie immer wieder kurz, während wir beide krampfhaft versuchen, möglichst leise zu sein. Sein Blick ist jetzt unverwandt auf mich gerichtet.

Als er kommt, küsst er mich.

Seine Zunge ist tief in meinem Mund, und dass er den Höhepunkt erreicht, merke ich nur daran, dass er die Luft anhält und für ein paar Sekunden in mir erstarrt. Seinem Gesicht ist deutlich anzusehen, wie viel Mühe es ihn kostet, nicht laut aufzustöhnen.

Ich spüre unter meinen Händen, die auf seinem Rücken liegen, wie sich seine Muskeln anspannen. Er bricht den Blickkontakt auch nicht ab, als er sich schließlich von meinen Lippen losreißt.

Ich warte darauf, dass er sich erschöpft auf mich fallen lässt, aber das tut er nicht. Stattdessen stützt er sich weiter auf die Unterarme und sieht mich an, als hätte er Angst, er könnte etwas verpassen. Irgendwann senkt er den Kopf und küsst mich wieder. Als er sich aus mir zurückzieht, legt er sich nicht auf mich, sondern lässt sich langsam zur Seite sinken und zieht mich mit sich, ohne unseren Kuss zu unterbrechen.

Im nächsten Moment liege ich auf ihm und streiche durch seine Haare, und wir küssen uns so innig, dass ich fast vergesse, wo ich bin.

Als wir Luft holen müssen, legt er eine Hand an meine Wange, sieht mich schweigend an und küsst mich dann wieder, als könnte er sich nicht von mir losreißen. Mir geht es genauso. Ich wünschte, wir wären woanders … bei mir … bei ihm … total egal wo, nur nicht an einem Ort, wo wir aufhören müssen zu tun, was wir gerade tun.

Ich bin sexuell nicht unerfahren, aber was zwischen Graham und mir passiert, ist absolut neu für mich. Ich kenne dieses Gefühl nicht, nicht zu wollen, dass es vorbei ist, nachdem es vorbei ist.

Dieses Gefühl, mit dem anderen verschmelzen, eins mit ihm werden, ihm noch viel näher kommen zu wollen. Und vielleicht geht es Graham genauso wie mir. In dem Blick, mit dem er mich zwischen unseren Küssen ansieht, lese ich jedenfalls mehr Verwirrung als Routine.

Sekundenlang schauen wir uns einfach nur in die Augen. Keiner spricht. Es kann sein, dass er mir nichts zu sagen hat, aber in meinem Fall liegt es eindeutig daran, dass ich zu viel fühle, um sprechen zu können. Der Sex mit ihm war unglaublich. Kurz und heftig, aber unglaublich schön.

Und was jetzt gerade in mir vorgeht … ihn zu küssen … dass ich nicht aufhören kann, ihn anzusehen … Ich weiß nicht, ob das nur eine Facette von Sex ist, die ich so noch nie erlebt habe, oder ob es tiefer geht. Vielleicht ist Sex nicht die intimste Erfahrung, die zwei Menschen miteinander teilen können, womöglich gibt es da noch eine ganz andere Stufe der Verbundenheit, von der ich bisher nicht wusste, dass sie existiert.

Graham drückt seine Stirn auf meine, schließt die Augen und löst sich seufzend von mir, als müsste er die Lider geschlossen halten, um sich von mir trennen zu können. Er richtet sich auf und hilft mir auf die Füße. Während ich nach meiner Unterhose suche, entsorgt er das Kondom und knöpft sich seine Jeans wieder zu.

Schweigend und ohne uns anzusehen, streichen wir unsere Kleidung glatt. Er hebt die leere Kondomhülle vom Boden auf und wirft sie in den Mülleimer neben dem Schreibtisch.

Jetzt stehen wir uns gegenüber. Ich halte die Arme vor der Brust gekreuzt, und er schaut mich an, als könnte er nicht glauben, dass das, was wir in der letzten Viertelstunde erlebt haben, tatsächlich passiert ist. Und ich wünschte, es könnte gleich noch mal passieren.

Graham öffnet den Mund, als wollte er etwas sagen, aber dann schüttelt er nur den Kopf, macht einen Schritt auf mich zu, umfasst mein Gesicht und küsst mich noch einmal. Es ist ein drängender, hungriger Kuss, so als wäre er noch längst nicht fertig mit mir. Und ich erwidere ihn mit derselben Gier. Nach einiger Zeit beginnt er mit mir zusammen rückwärts aus dem Zimmer Richtung Treppe zu gehen. Wir trennen uns, um Luft zu holen, er lacht und drückt seine Lippen in meine Haare.

Wir sind erst auf der zweiten Stufe, als mir einfällt, dass ich gar nicht in den Spiegel geschaut habe. Ich hatte gerade Sex mit diesem Mann und muss gleich wieder seinen Eltern gegenübersitzen und so tun, als wäre nichts gewesen. Panisch streiche ich mir über die Haare und zupfe an meinem Kleid herum. »Wie sehe ich aus?«

Graham grinst. »Als hättest du gerade Sex gehabt.«

Ich will ihm einen Stoß versetzen, aber er ist schneller als ich, greift nach meiner Hand und dreht mich mit dem Rücken zur Wand. Er kämmt mir mit den Fingern durch die Haare und reibt mit dem Daumen die unter meinen Augen verschmierte Wimperntusche weg.

»Du siehst wunderschön aus, Quinn. Und so, als hätte ich nichts weiter getan, als dir unser Haus zu zeigen.« Er drückt mir einen Kuss auf die Lippen, und obwohl ich mir ziemlich sicher bin, dass es von seiner Seite aus nur ein kurzer Kuss werden soll, nehme ich sein Gesicht in beide Hände und halte ihn fest. Ich kann nicht genug von Graham bekommen. Ich will so schnell wie möglich mit ihm zurück in meine Wohnung, in mein Bett. Ich will ihn weiterküssen. Ich will nicht nach oben gehen und so tun, als würde ich Nachtisch essen wollen, obwohl ich in Wirklichkeit nur Graham will.

»Quinn«, flüstert er, packt mich um die Handgelenke und drückt mich gegen die Wand. »Was glaubst du, wie schnell du ein Stück Kuchen essen kannst?«

Es ist beruhigend, dass wir offensichtlich dieselben Prioritäten haben.

»Verdammt schnell.«

Vierzehn

Obwohl Graham sich jeden Donnerstag nach der Arbeit mit seinen Kollegen in einer Bar trifft, ist er sehr kontrolliert und trinkt nie mehr als ein oder zwei Bier. Wirklich betrunken habe ich ihn noch nie erlebt, wahrscheinlich weil er immer noch solche Schuldgefühle wegen des Todes seines besten Freunds Tanner hat. Ich habe immer gedacht, dass er nicht gern betrunken ist, weil dieser Zustand in ihm unendliche Traurigkeit hervorruft. So wie der Sex mit ihm in *mir* mittlerweile automatisch unendliche Traurigkeit hervorruft.

Was ihn heute wohl traurig macht?

Durchs Küchenfenster sehe ich, wie ihn ein Mann, vermutlich einer seiner Kollegen, zum Haus schleppt. Graham schwankt so sehr, dass der andere sich seinen Arm um die Schultern gelegt hat, um ihn zu stützen. Er musste noch nie nach Hause gefahren werden.

Als ich den beiden die Tür öffne, schaut Graham auf und strahlt mich an. »Quinn!« Er zeigt auf mich und dreht den Kopf dann zu dem Mann, der ihn gebracht hat. »Quinn, das ist mein guter Freund Morris. Ein wirklich echt guter Freund. Er hat mich hergebracht.« Morris lächelt schief.

»Freut mich, Morris. Vielen Dank, dass du ihn hergefahren hast.« Ich ziehe Graham ins Haus und lege mir seinen Arm um die Schulter. »Wo steht sein Wagen?«

Morris zeigt mit dem Daumen hinter sich, wo gerade jemand Grahams Wagen in die Einfahrt fährt. Ich erkenne den Mann am Steuer, ein weiterer Kollege von Graham. Bradley, wenn ich mich richtig erinnere.

Graham ist so unsicher auf den Beinen, dass er sich mit beiden Händen an mir festhält. Bradley steigt aus, kommt zur Tür und gibt mir den Autoschlüssel. »Heute haben wir ihn zum ersten Mal dazu überreden können, mehr als seine zwei üblichen Bier zu trinken«, sagt er zu mir. »Dein Mann kann ja wirklich viel, aber Trinken gehört nicht dazu.«

Morris lacht. »Nein, trinkfest ist echt was anderes.« Die beiden verabschieden sich und gehen zu Morris' Wagen. Ich trete ins Haus und schließe die Tür.

»Ich wollte ja ein Taxi nehmen, aber die haben es mir nicht erlaubt.« Graham lässt mich los und wankt ins Wohnzimmer, wo er sich schwer auf die Couch fallen lässt. Normalerweise würde ich die Situation witzig finden und darüber lachen, aber ich befürchte, er hat sich deswegen so betrunken, weil ihm der Besuch bei Caroline und seinem neugeborenen Neffen so zugesetzt hat. Vielleicht ist er auch einfach so unglücklich in unserer Ehe, dass er seine Gefühle für eine Weile betäuben musste.

Ich gehe in die Küche und hole ihm ein großes Glas kaltes Wasser. Als ich es ihm bringe, setzt er sich auf, trinkt einen Schluck und strahlt mich wieder an. Seine Augen leuchten richtig. So glücklich hat er schon lange nicht mehr ausgesehen. Jetzt, wo ich ihn betrunken erlebe, wird mir plötzlich bewusst, wie traurig er aussieht, wenn er nüchtern ist. Ich habe nicht bemerkt, wie diese neue Traurigkeit immer mehr von ihm Besitz ergriffen hat. Wahrscheinlich ist mir das nicht aufgefallen, weil Traurigkeit wie ein Spinnennetz ist. Man sieht sie oft erst, wenn man sich schon darin verfangen hat, und dann muss man kämpfen und um sich schlagen, um sich wieder daraus zu befreien.

Wie lange versucht Graham schon, sich daraus zu befreien? Ich selbst habe den Kampf bereits vor Jahren aufgegeben und lasse mittlerweile einfach zu, dass sich das Netz immer fester um mich zusammenzieht.

»Quinn …« Graham legt den Kopf zurück und sieht mich an.

»Du bist so verdammt schön. Komm her.« Er greift nach meinem Handgelenk und will mich zu sich ziehen. Ich erstarre und stemme mich dagegen. Mir wäre am liebsten, wenn er so betrunken wäre, dass er einfach auf dem Sofa einschlafen würde. Stattdessen ist er nur so betrunken, dass er vergessen hat, dass er nach seinem letzten Versuch, sich mir zu nähern, im Gästezimmer geschlafen hat. So betrunken, dass er vergessen hat, dass es zwischen uns schon seit einiger Zeit nicht mehr gut läuft.

Er beugt sich vor und umschlingt meine Taille. Diesmal gebe ich nach und lasse mich neben ihn fallen. Sein Kuss ist betrunken, aber schön. Dann drückt er mich sanft nach hinten auf den Rücken und hält meine Arme über meinem Kopf fest. Seine Zunge und seine Lippen fühlen sich so gut an, dass ich meinen Widerstand vergesse. Ich erlaube mir, mich in dem Kuss zu verlieren, erlaube ihm, mein Schlafshirt nach oben zu schieben und seine Hose aufzuknöpfen. In seinen Augen sehe ich etwas, das ganz anders ist als das, was ich empfinde. Es liegt ein Strahlen darin, das weit entfernt von der Niedergeschlagenheit ist, die bei mir inzwischen zum Dauerzustand geworden ist.

Dass all seine Traurigkeit mit einem Mal wie weggeblasen ist, verblüfft mich so sehr, dass ich seine Berührungen zulasse, auch wenn ich sie nicht mit derselben Fiebrigkeit erwidern kann.

In den ersten Jahren unserer Ehe hatten wir fast täglich Sex, aber auf die Donnerstagabende, an denen er später nach Hause kam, habe ich mich immer ganz besonders gefreut.

Oft habe ich mir extra etwas Verführerisches angezogen und ihn im Bett erwartet. Manchmal hatte ich auch einfach nur eins seiner T-Shirts an und saß im Wohnzimmer vor dem Fernseher. Eigentlich war es völlig egal, was ich anhatte. Graham kam zur Tür rein und ein paar Minuten später war ich sowieso nackt.

Wir haben so oft miteinander geschlafen, dass ich jeden Quadratmillimeter seines Körpers kenne. Ich kenne jeden Laut, den er von sich gibt, und weiß genau, was er zu bedeuten hat. Ich weiß, dass Graham es mag, über mir zu knien, aber auch nichts dagegen hat, wenn ich oben bin. Ich weiß, dass er mir gern in die Augen sieht beim Sex und dass er es liebt, mich dabei zu küssen. Ich weiß, dass er Sex am Morgen gut findet, spät in der Nacht aber noch besser. In sexueller Hinsicht sind wir perfekt aufeinander eingespielt.

Und trotzdem haben wir jetzt schon zwei volle Monate überhaupt keinen Sex mehr gehabt … wenn man von der kleinen Episode im Badezimmer seiner Eltern einmal absieht.

Seitdem hat er keinen Versuch mehr unternommen, und wir haben auch nie über das gesprochen, was passiert ist, als wir das letzte Mal miteinander geschlafen haben. Zum ersten Mal seit Jahren habe ich nicht auf meinen Eisprung geachtet und festgestellt, wie unglaublich entspannend das war. Nach diesen zwei Monaten muss ich ehrlich zugeben, dass ich nichts gegen ein Leben ganz ohne Sex einzuwenden hätte, weil es endlich den Druck von mir nehmen und mir die monatliche Enttäuschung ersparen würde.

Es ist schwierig, meinen Wunsch nach weniger Sex mit meinem Bedürfnis nach Nähe zu Graham zu vereinbaren. Ich versuche, meine Gefühle auf eine rein emotionale Ebene zu verlagern. Wenn ich mich ihm körperlich nähere, endet das nie gut. Ich sehne mich zwar nach seiner Berührung, aber lasse ich sie zu, führt das fast zwangsläufig zu Sex. Ich sehne mich danach, seine Lippen zu spüren, aber wenn ich ihn zu lange küsse, führt das zu Sex. Ich sehne mich nach unseren verspielten Flirts, aber wenn ich mich zu sehr darauf einlasse, führt das zu Sex.

Ich wünschte, wir könnten miteinander glücklich sein ohne diese eine Sache, von der ich weiß, dass sie grundlegender Bestandteil seines Glücks ist, aber eben zugleich grundlegender Bestandteil meiner Traurigkeit. Andererseits bringt Graham so viele Opfer für mich, dass ich denke, ich sollte ihm auch welche bringen. Ich wünschte mir so sehr, Sex wäre für mich kein Opfer.

Aber es ist zu einem geworden. Und heute Nacht werde ich es erbringen. Graham hat schon viel zu lang darauf verzichten müssen und hat sich noch nicht mal beklagt. Ich lege mein rechtes Bein über die Rückenlehne der Couch und stelle das andere auf den Boden, als er in mich eindringt. Sein warmer Atem streicht meine Kehle hinab, während er sich in mir bewegt.

Welches Datum haben wir heute? Den 13. Dann ist in vierzehn Tagen der ...?

»Quinn«, flüstert er an meinen Lippen. Ich halte die Augen geschlossen und versuche, an gar nichts zu denken, während ich ihm erlaube, mich zu benutzen. »Küss mich, Quinn.« Ich öffne den Mund, aber nicht die Augen. Die Arme habe ich über den Kopf gehoben und zähle an den Fingern ab, wie viele Tage seit meiner letzten Periode vergangen sind. Wann hatte ich meinen Eisprung? Graham greift nach meiner rechten Hand und will, dass ich ihn umarme. Er gräbt sein Gesicht in meine Haare und hebt mein linkes Bein an. Ich rechne immer noch und komme zu dem Ergebnis, dass meine fruchtbaren Tage definitiv vorbei sind.

Den Eisprung hatte ich vor fünf Tagen.

Das bedeutet, dass das, was wir hier machen, ganz bestimmt zu nichts führen wird. Ich kann ein enttäuschtes Seufzen nicht unterdrücken. Es kostet mich so viel Kraft, mich auf den Sex mit ihm einzulassen, und ist einfach niederschmetternd zu wissen, dass der Sex völlig sinnlos ist. Warum passiert es diesen und nicht letzten Donnerstag? Letzte Woche wäre ideal gewesen.

Graham hält abrupt in der Bewegung inne. Ich warte darauf, dass er kommt, spüre aber keinerlei Körperspannung. Als er den Kopf hebt, öffne ich die Augen. Er sieht mit zusammengezogenen Brauen auf mich herab. »Kannst du nicht wenigstens so tun, als hättest du Lust auf mich? Manchmal habe ich das Gefühl, ich hätte Sex mit einer Leiche.«

Er schließt kurz die Augen, als würde ihm im selben Moment klar, wie brutal seine Worte für mich klingen müssen.

Dann löst er sich aus mir, während mir die Tränen über die Wangen laufen.

Ich spüre seinen heißen Atem an meinem Hals, aber jetzt widert er mich an. Es widert mich an, den Alkohol darin zu riechen, der ihn dazu gebracht hat, so etwas zu mir zu sagen. »Runter von mir.«

»Es tut mir leid. Bitte ... Quinn.«

Ich stemme eine Hand gegen seinen Brustkorb und versuche, ihn von mir zu schieben. »Geh verdammt noch mal runter von mir!«

Er rutscht zur Seite, legt aber eine Hand auf meine Schulter und will, dass ich ihn ansehe. »Quinn ... Ich habe das nicht so gemeint. Ich bin betrunken, ich ... Es tut mir wirklich leid.«

Ich springe von der Couch auf und stürme aus dem Wohnzimmer, ohne mir seine weiteren Entschuldigungen anzuhören. Stattdessen stelle ich mich unter die Dusche und wasche ihn von mir ab, während ich zugleich meine Tränen wegspüle.

Kannst du nicht wenigstens so tun, als hättest du Lust auf mich?

Ich fühle mich so gedemütigt.

Manchmal habe ich das Gefühl, ich hätte Sex mit einer Leiche.

Wütend wische ich mir mit beiden Händen die Tränen aus dem Gesicht. Natürlich fühlt es sich für ihn so an, als würde er mit einer Leiche schlafen. Weil er es tut. Ich habe mich seit Jahren nicht mehr lebendig gefühlt. Ich bin innerlich langsam verrottet und jetzt ist der Verwesungsprozess auf meine Ehe übergegangen und lässt sich nicht mehr verbergen.

Und Graham hält es nicht mehr mit mir aus.

Als ich aus dem Bad ins Schlafzimmer komme, liegt er nicht im Bett, wie ich erwartet hatte. Wahrscheinlich ist er so betrunken, dass er auf der Couch eingeschlafen ist. Obwohl mich seine Worte wahnsinnig verletzt haben, beschließe ich nachzusehen, ob alles okay ist.

Ich gehe durch die Küche ins Wohnzimmer und keuche erschrocken auf, als er mich am Arm festhält. Ich habe in der Dunkelheit nicht bemerkt, dass er an der Theke steht.

Mein erster Impuls ist, mich wütend loszureißen, aber es ist schwierig, auf jemanden wütend zu sein, der nichts als die Wahrheit gesagt hat. Der Mond wirft gerade genug Licht durchs Fenster, um mich die Traurigkeit sehen zu lassen, die in seinen Blick zurückgekehrt ist. Graham sagt nichts, zieht mich nur an sich und umarmt mich.

Nein … er *umklammert* mich.

Seine Finger krallen sich in den Stoff meines T-Shirts, während er mich an sich presst. Ich spüre, wie sehr er bereut, was er gesagt hat, und auch dass er weiß, dass es keine Worte der Entschuldigung gibt. Stattdessen drückt er mich nur schweigend an sich. Jede Entschuldigung ist zu diesem Zeitpunkt sinnlos. Mit einer Entschuldigung lässt sich Bedauern über etwas ausdrücken, was man getan hat, aber ungeschehen machen lässt es sich nicht.

Ich stehe still und lasse mich umarmen, bis der Keil, den die verletzten Gefühle zwischen uns getrieben haben, so deutlich zu spüren ist, dass es nicht mehr geht. Nachdem ich mich aus seinen Armen gewunden habe, senke ich den Blick und höre in mich hinein. Möchte ich ihm noch irgendetwas sagen? Möchte er mir noch irgendetwas sagen? Als wir beide stumm bleiben, drehe ich mich um und gehe ins Schlafzimmer. Graham folgt mir, aber wir kriechen nur ins Bett, drehen uns den Rücken zu und zögern das Unausweichliche noch etwas weiter hinaus.

Fünfzehn

Ich habe es geschafft, den Kuchen in fünf Bissen hinterzuschlingen.

Als Grahams Eltern sich verwundert erkundigten, weshalb wir es plötzlich so eilig hätten, hat er behauptet, wir hätten Karten für eine Feuerwerksshow und müssten dringend los, um das »Große Finale« nicht zu verpassen. Ich war sehr erleichtert, dass sie die Anspielung nicht verstanden haben.

Auf der Fahrt zu mir reden wir wenig. Graham erzählt mir, wie gern er in der Dunkelheit mit runtergelassenem Wagenfenster unterwegs ist. Er stellt die Anlage lauter, greift nach meiner Hand und hält sie, bis wir bei mir vor der Tür stehen.

Ich schließe auf und bin schon im Wohnzimmer, bis ich merke, dass er mir nicht gefolgt ist. Als ich mich umdrehe, lehnt er am Türrahmen, als hätte er nicht vor, mit reinzukommen. Auf einmal sieht er sehr ernst aus.

»Alles okay?«, frage ich.

Graham nickt zwar, aber das überzeugt mich nicht. Sein Blick huscht durch den Raum und ich bin plötzlich verunsichert. Den ganzen Tag hat er mir eine lustige Seite von sich gezeigt, an die ich mich schon gewöhnt hatte. Jetzt spüre ich wieder die Intensität und Ernsthaftigkeit, die er auch ausstrahlen kann.

Er stößt sich von der Tür ab und fährt sich durch die Haare. »Vielleicht ist das alles ja … zu viel auf einmal. Vielleicht geht es zu schnell.«

Mir steigt sofort Hitze in die Wangen, aber es ist keine gute Hitze. Es ist die Art von Hitze, die man spürt, wenn man so wütend ist, dass es in der Brust brennt.

»Machst du Witze?« Ich sehe ihn fassungslos an. »Du warst derjenige, der mich gezwungen hat, deine Eltern kennenzulernen, bevor ich auch nur deinen Nachnamen gekannt habe!« Ich presse mir eine Hand an die Stirn, komplett fassungslos darüber, dass er jetzt auf einmal einen Rückzieher machen will. *Nachdem* wir Sex hatten. Ich lache über meine eigene Dummheit. »Das ist jetzt echt nicht wahr!« Wütend gehe ich auf ihn zu und will ihn in den Flur schieben und die Tür zuschlagen, aber er fasst mich um die Taille.

»Nicht!« Er schüttelt heftig den Kopf. »Nein.« Er nimmt mein Gesicht in beide Hände, küsst mich und geht dann wieder in den Hausflur zurück, bevor ich verstehe, was überhaupt passiert. »Es ist nur ... *Gott!* Ich weiß nicht, wie ich es ausdrücken soll.« Er legt den Kopf in den Nacken und stöhnt laut auf, dann beginnt er im Flur auf und ab zu laufen. Er wirkt genauso zerrissen wie an dem Abend, an dem ich ihn zum ersten Mal gesehen habe. Damals ist er vor Ethans Apartment so auf und ab getigert.

Jetzt bleibt er stehen, dreht sich zu mir und stützt sich mit beiden Händen am Türrahmen ab. »Wir haben einen Tag zusammen verbracht, Quinn. *Einen Tag.* Er war absolut perfekt und wir hatten extrem viel Spaß und du bist wunderschön. Ich will dich umarmen und in dein Bett tragen und die ganze Nacht in dir sein und morgen auch und übermorgen und das ist ...« Er fährt sich durch die zerzausten Haare und massiert seinen Nacken. »Aber ich hab einfach wahnsinnige Angst, dass ich, wenn ich jetzt nicht die Bremse reinhaue, vollkommen am Boden zerstört bin, falls sich herausstellt, dass du nicht dasselbe fühlst.«

Ich brauche ungefähr zehn Sekunden, bis ich begreife, was er da gerade gesagt hat. Bevor ich ihm antworten kann, dass er absolut recht hat, dass es viel zu früh ist und dass alles zu schnell geht, habe ich schon etwas anderes gesagt. »Ich weiß genau, was du meinst. Mir macht das auch totale Angst.«

Seine Augen leuchten. »Ja?«

»Hast du so was schon mal gefühlt. So schnell?«

»Nie. Noch nicht mal annähernd.«

»Ich auch nicht.«

Graham streicht mir durch die Haare, legt eine Hand um meine Taille und zieht mich an sich. An meinen Lippen flüstert er: »Willst du, dass ich gehe?«

Ich antworte mit einem Kuss.

Wir ziehen beide nicht eine Sekunde lang in Zweifel, was als Nächstes passieren wird. Da ist nicht der Hauch eines Zögerns. Graham stößt die Tür mit dem Fuß zu, und wir verschwenden keinen einzigen Gedanken daran, dass irgendetwas vielleicht zu schnell gehen könnte, als wir uns auf dem Weg zum Schlafzimmer die Kleider vom Leib reißen.

Und die einzige Frage, die er mir irgendwann stellt, lautet: »Willst du jetzt vielleicht mal oben sein?«

Eigentlich würde ein einziges »Ja« zur Antwort genügen, aber er hört mein »Ja!« noch mindestens fünfmal, bis wir uns irgendwann erschöpft voneinander lösen.

Jetzt liegt er auf dem Rücken und ich neben ihm, die Beine um seine geschlungen und so fest an ihn geschmiegt, als wären rechts und links von uns nicht noch jeweils mindestens sechzig Zentimeter Platz auf der Matratze. Ich zeichne mit dem Zeigefinger Kreise auf seine Brust. Wir schweigen, aber nicht, weil wir uns nichts zu sagen hätten. Wahrscheinlich denken wir beide darüber nach, wie radikal sich unser Leben innerhalb von nur zwei Tagen verändert hat. Das muss man innerlich erst mal sortieren.

Graham streicht meinen Arm entlang und drückt mir einen Kuss in die Haare. »Hat Ethan eigentlich um dich gekämpft?«

»Ja, ein paar Wochen lang.« Ich muss nicht extra erwähnen, dass er damit keinen Erfolg hatte. »Und Sasha?«

Er nickt. »Sie hat nicht locker gelassen. Einen Monat lang hat sie ungefähr dreimal am Tag angerufen. Meine Mailbox war voll von ihren Nachrichten.«

»Du hättest dir eine andere Nummer zulegen sollen.«

»Das ging nicht. Die Nummer war doch das Einzige, was du von mir hattest, um Kontakt aufzunehmen.«

Ich lächle. »Wahrscheinlich hätte ich dich nie angerufen«, gebe ich zu. »Ich hab den Zettel mit deiner Nummer an der Wand kleben lassen, weil es irgendwie ein gutes Gefühl war, sie zu haben. Aber ich war mir sicher, dass es falsch wäre, mich bei dir zu melden. Die Umstände, unter denen wir uns kennengelernt haben, waren einfach zu krank, als dass zwischen uns etwas Gutes entstehen könnte.«

»Glaubst du das immer noch?«

Ich krabble auf ihn, und seine gerunzelte Stirn glättet sich, als er lächelt. »Jetzt gerade ist es mir komplett egal, wie wir uns kennengelernt haben. Die Hauptsache ist, *dass* wir uns kennengelernt haben.«

Graham küsst mich auf die Mundwinkel und verschränkt unsere Finger ineinander. »Ich dachte, du wärst wieder mit Ethan zusammen und würdest dich deswegen nicht melden.«

»Ich hätte ihn nie mehr zurückgenommen«, sage ich. »Auf gar keinen Fall. Erst recht nicht, nachdem er auch noch versucht hat, Sasha die Schuld an allem zuzuschieben. Er hat es so dargestellt, als hätte sie sich ihm an den Hals geworfen und er hätte gar keine Chance gehabt, sich zu wehren. Er hat sie sogar als Schlampe bezeichnet. Danach habe ich kein Wort mehr mit ihm geredet.«

Graham schüttelt den Kopf. »Sasha ist keine Schlampe. Eigentlich ist sie wirklich in Ordnung, nur eben auch ganz schön egoistisch.« Er rollt mich auf den Rücken. »Ich bin mir sicher, die beiden haben das nur gemacht, weil sie gedacht haben, dass es niemals rauskommt.«

Ich begreife nicht, wie er so gelassen darüber reden kann. Ich war in den Wochen danach unfassbar wütend und habe die Sache total persönlich genommen, so als hätten die beiden das Ganze nur gemacht, um uns zu demütigen. Graham betrachtet es so, als hätten sie sich aufeinander eingelassen, obwohl wir ihnen eigentlich wichtiger waren.

»Habt ihr noch Kontakt?«

»Was? Nein!«, sagt er mit einem Lachen. »Nur weil ich sie nicht für einen Dämon aus der Hölle halte, heißt das nicht, dass ich jemals noch irgendwas mit ihr zu tun haben möchte.«

Ich lächle, weil ich genau weiß, was er meint.

Graham gibt mir einen Kuss auf die Nasenspitze und lehnt sich ein Stückchen zurück, um mich anzusehen. »Warst du im Nachhinein erleichtert, dass es so gekommen ist? Oder vermisst du ihn?«

Ich habe nicht den Eindruck, dass er das aus Eifersucht fragt. Ich glaube, er interessiert sich tatsächlich einfach dafür, wie es in meinem Leben danach weitergegangen ist. »Eine Weile habe ich natürlich schon getrauert«, antworte ich ehrlich. »Aber je mehr Zeit vergangen ist und je mehr ich über alles nachgedacht habe, desto klarer ist mir geworden, dass wir eigentlich kaum Gemeinsamkeiten hatten.« Ich drehe mich zur Seite und stütze den Kopf in die Hand. »Oberflächlich betrachtet vielleicht schon, aber hier«, ich lege meine andere Hand auf mein Herz, »hat was gefehlt. Ich war verliebt in ihn, aber ich glaube nicht, dass es die Art von Liebe war, die man braucht, um eine Ehe durchzustehen.«

Graham lacht. »Du sagst das so, als wäre eine Ehe so was wie ein Hurrikan der Stärke fünf.«

»Nicht die ganze Zeit über, das nicht. Aber ich bin davon überzeugt, dass es in jeder Ehe Zeiten gibt, die sich sehr gut mit einem Hurrikan vergleichen lassen. Und ja, ich glaube nicht, dass Ethan und ich diese Zeiten überlebt hätten.«

Graham schaut nachdenklich zur Decke. »Ich weiß, was du meinst. Bei uns hat es auch nicht gepasst. Ich bin mir sicher, dass ich Sasha auf lange Sicht enttäuscht hätte.«

»Du sie enttäuscht? Wie kommst du denn darauf?«

Graham sieht mich an. »Na ja, sie hätte es so gesehen.« Er streicht mir etwas von der Wange.

»Aber das wäre dann ihr Fehler gewesen, nicht deiner.«

Graham lächelt. »Weißt du noch, was in deinem Glückskeks stand?«

Ich zucke mit den Schultern. »Das ist schon so lange her. Irgendwas über Makel und ein Wort war falsch.«

Graham lacht. »*Wenn du das Licht immer nur auf deine Makel richtest, liegen all deine Perfektheiten im Schatten.*‹«

Ich fand es schon total schön, als er gesagt hat, er hätte die Zettel aufgehoben, aber noch schöner finde ich es, dass er meinen Spruch noch auswendig weiß.

»Wir haben alle Makel und Fehler, Hunderte davon. Und genau wie in dem Spruch richten wir manchmal zu viel Licht darauf. Aber es gibt auch Leute, die das Licht auf die Makel anderer richten, um so von ihren eigenen Unvollkommenheiten abzulenken. Das kann so weit gehen, dass sie nur noch die Fehler der anderen sehen, bis alles andere aus dem Blickwinkel gerät und wir für sie nichts anderes mehr sind als ein einziger fetter Fehler.«

Graham sieht mich an. Obwohl das, was er gerade gesagt hat, irgendwie ziemlich deprimierend ist, wirkt er nicht deprimiert.

»Sasha ist so ein Mensch. Wenn ich mit ihr zusammengeblieben wäre, hätte sie nur meine Fehler gesehen und wäre irgendwann von mir enttäuscht gewesen. Sie war gar nicht in der Lage, sich auf das Positive in anderen Menschen zu konzentrieren.«

Gut, dass ihm das erspart geblieben ist. Es hätte mir leid für ihn getan, wenn er in einer unglücklichen Beziehung gelandet wäre. Mir wird klar, dass ich genau diesem Schicksal selbst auch nur ganz knapp entronnen bin. Ich betrachte meine Hände und merke, dass ich mir unbewusst über den nackten Ringfinger reibe.

»Ethan war auch so. Aber das ist mir erst bewusst geworden, als wir nicht mehr zusammen waren. Ich habe gemerkt, dass ich ohne ihn glücklicher bin, als ich es mit ihm war.« Ich sehe Graham an. »Dabei habe ich so lange geglaubt, er wäre gut für mich. Ich komme mir im Nachhinein total naiv vor. Menschenkenntnis gehört anscheinend nicht zu meinen Stärken.«

»Sei nicht so streng mit dir«, sagt Graham. »Jetzt weißt du ja, worauf es ankommt. Dass jemand der Richtige für dich ist, erkennst du daran, dass er dich nicht verunsichert, indem er dich auf deine Fehler aufmerksam macht, sondern dich stark macht, weil er vor allem deine guten Eigenschaften sieht.«

Ich schlucke. Hoffentlich bekommt Graham nicht mit, wie heftig mein Herz gerade schlägt. Und dann höre ich mich einen Satz sagen, der echt erbärmlich ist. »Das hast du wirklich ... schön gesagt.«

Graham sieht mich einen Moment lang eindringlich an, dann schließt er die Augen und presst seinen Mund auf meinen. Unser Kuss ist nicht lang, aber so intensiv, dass es mir den Atem verschlägt, als wir unsere Lippen voneinander lösen. Ich senke den Blick und atme tief ein, bevor ich Graham wieder ansehe und grinse, um dem Moment etwas von seiner Angespanntheit zu nehmen. »Ich fasse es nicht, dass du den Glückskeks-Zettel aufgehoben hast.«

»Ich fasse es nicht, dass du den Zettel mit meiner Handynummer aufgehoben hast.«

Ich lache. »Okay, eins zu eins.«

Graham streicht mit dem Daumen über meine Lippen. »Was, glaubst du, ist dein größter Schwachpunkt? Was würdest du gern ändern?«

Ich küsse die Spitze seines Daumens. »Zählen Familienangehörige auch als Schwachpunkte?«

»Nein.«

Ich denke nach. »Es gibt viele Dinge, die ich gern ändern würde, aber was ich wirklich gern könnte, wäre, in andere Menschen reinzuschauen, zu wissen, was sie wirklich denken.«

»Ich glaube nicht, dass es so viele Leute gibt, die wissen, was andere wirklich denken. Sie bilden sich meistens nur ein, es zu wissen.«

»Kann sein.«

Graham zieht mein linkes Bein zu sich heran und plötzlich ist da wieder dieses Glitzern in seinem Blick. Er beugt sich zu mir, streicht mit seinen Lippen über meine und neckt mich mit der Zungenspitze. »Du kannst gleich anfangen zu üben«, flüstert er. »Was denke ich gerade?« Er lehnt sich zurück und betrachtet meinen Mund.

»Du denkst darüber nach, dass du gern nach Idaho ziehen und eine Kartoffelfarm kaufen würdest.«

Er lacht. »Verrückt! Genau das habe ich gerade gedacht, Quinn.« Er rollt sich auf den Rücken und zieht mich mit sich, sodass ich auf ihm sitze.

»Was ist mit dir? Was würdest du gern ändern?«

Das Lächeln verschwindet aus seinem Gesicht und da ist wieder diese Traurigkeit in seinen Augen. Wenn Graham traurig schaut, sieht er trauriger aus als jeder andere, den ich kenne. Dafür strahlt er aber auch mehr vor Glück als alle anderen, wenn er glücklich ist.

Er verschränkt seine Finger mit meinen und drückt sie. »Ich habe vor vielen Jahren mal einen Fehler gemacht, der nicht wiedergutzumachen ist.« Seine Stimme ist leise, und daran merke ich, dass er am liebsten nicht darüber reden würde. Dass er es trotzdem tut, berührt mich. »Ich war damals neunzehn und abends mit meinem besten Freund Tanner unterwegs. Sein Bruder Alex war auch dabei. Er war sechzehn. Wir waren auf einer Party, und weil ich von uns dreien am wenigsten getrunken hatte, habe ich uns nach Hause gefahren. Es waren nur vier Kilometer ...«

Graham drückt meine Hand noch fester und atmet aus. Dass er mich nicht ansieht, lässt mich ahnen, dass die Geschichte nicht gut ausgegangen ist, und das tut mir unendlich leid. Ist das der Grund für die tiefe Traurigkeit, die ich schon bei unserer ersten Begegnung gespürt habe?

»Wir waren noch einen knappen Kilometer von zu Hause entfernt, da ist seitlich ein Truck in uns reingebrettert. Tanner war sofort tot. Alec wurde aus dem Wagen geschleudert und hat mit mehreren Knochenbrüchen überlebt. Ich war nicht schuld, der Truckfahrer hatte ein Stoppzeichen übersehen. Aber weil ich Alkohol im Blut hatte, musste ich eine Nacht in der Zelle verbringen und habe eine Anzeige wegen Fahrens unter Alkoholeinfluss bekommen. Letztendlich haben sie mich wegen Gefährdung eines Minderjährigen verurteilt, aber die Strafe ist zur Bewährung ausgesetzt worden, weil ich keine Vorstrafen hatte.« Graham seufzt schwer. »Ist das nicht komplett krank? Es ging vor Gericht nicht darum, dass ich am Steuer des Wagens saß, in dem mein bester Freund ums Leben gekommen ist, sondern nur um die Verletzungen seines Bruders.«

Ich sehe ihn stumm an und fühle mich unendlich hilflos. Es tut mir so leid, dass er so etwas mit sich herumtragen muss. »Das klingt, als hättest du Schuldgefühle, weil du nicht bestraft wurdest.«

Jetzt sieht Graham mich wieder an. »Ich fühle mich jeden Tag schuldig, weil ich am Leben sein darf und Tanner nicht.«

Ich kann förmlich spüren, wie viel Überwindung es ihn gekostet hat, mir diese schreckliche Geschichte zu erzählen. Umso mehr beeindruckt es mich, dass er es getan hat. Ich ziehe seine Hand an meine Lippen und küsse sie.

»Ich gebe mir Mühe, es rational zu betrachten«, sagt Graham. »Das macht es etwas leichter. Es hätte genauso gut sein können, dass Tanner am Steuer gesessen hätte und ich auf der Beifahrerseite. Wir hatten an dem Abend beide getrunken und trotzdem beschlossen, das Auto nicht stehen zu lassen. Dass wir beide einen Fehler gemacht haben, ändert aber nichts am Ergebnis. Ich lebe und er ist tot. Und natürlich habe ich mich tausendmal gefragt, ob ich dem Truck nicht vielleicht hätte ausweichen können, wenn ich nicht betrunken gewesen wäre. Hätte ich mir damals nicht eingebildet, fahrtüchtig zu sein, wäre Tanner heute womöglich noch am Leben. Das sind so die Gedanken, die mich umtreiben.«

Ich mache noch nicht einmal den Versuch, etwas Tröstendes zu sagen. Es gibt Dinge, die einfach nur traurig sind, ganz egal, aus welchem Blickwinkel man sie betrachtet. Ich streiche über Grahams Wange, über seine traurigen Augenwinkel und über die Narbe unter seinem Schlüsselbein, die er mir gestern gezeigt hat. »Ist die von dem Unfall?«

Er nickt stumm.

Ich beuge mich vor, lege meine Lippen auf die Narbe und hauche Küsse darauf, bevor ich mich wieder aufrichte und ihm in die Augen sehe. »Es tut mir so leid, dass dir das passiert ist.«

Er ringt sich ein Lächeln ab, das so schnell wieder weg ist, wie es erschienen ist.

»Danke.«

Ich küsse ihn auf die Wange. »Es tut mir leid, dass du deinen besten Freund verloren hast.«

Graham atmet hörbar aus, dann umarmt er mich fest. »Danke.«

Ich küsse ihn auf den Mund. »Es tut mir so leid«, flüstere ich.

Graham rollt mich auf den Rücken und legt sich sanft auf mich. Eine Hand in meinen Nacken gelegt, den Daumen an meiner Wange, hält er den Blick auf mich geheftet, während er erneut mit mir verschmilzt. Sein Mund schwebt über meinem, und sobald sich meine Lippen stöhnend öffnen, taucht seine Zunge tief in mich ein. Er küsst mich genau so, wie er mich liebt. Ruhig. Rhythmisch. Entschlossen.

Sechzehn

Als ich das erste Mal geträumt habe, Graham hätte mich betrogen, bin ich mitten in der Nacht schweißgebadet im Bett hochgeschossen. Ich habe panisch nach Luft geschnappt, weil ich in meinem Traum so heftig geschluchzt habe, dass ich das Gefühl hatte zu ersticken. Graham ist sofort wach geworden und hat mich in den Arm genommen. Aber ich war so wahnsinnig wütend und enttäuscht, dass ich ihn von mir gestoßen habe, weil sich der Traum so realistisch angefühlt hat, als hätte er mich wirklich betrogen. Graham hat mich umarmt und geküsst, bis ich mich wieder beruhigt hatte, dann hat er gelacht. Und dann hat er mich geliebt.

Am nächsten Tag hat er mir Blumen geschickt. Auf der Karte, die im Strauß steckte, stand: »*Es tut mir leid, was ich dir in deinem Albtraum angetan habe. Bitte vergib mir heute Nacht im Traum.*«

Die Karte habe ich aufgehoben. Die Erinnerung daran bringt mich zum Lächeln. Manche Männer schaffen es nicht mal, sich für Dinge zu entschuldigen, die sie im wahren Leben getan haben. Meiner entschuldigt sich sogar für etwas, was er bloß in meinem Traum gemacht hat.

Ob er sich heute Abend auch entschuldigt?

Die Frage ist: Hat er etwas getan, wofür er sich entschuldigen müsste?

Es ist schwer zu erklären, weil ich nicht weiß, woher es kommt, aber ich habe ein ganz merkwürdiges Gefühl. Es hat angefangen, nachdem er so betrunken nach Hause gekommen war, dass er sich am nächsten Morgen an nichts mehr erinnern konnte. Es ist stärker geworden, als er letzten Donnerstagabend nach Hause gekommen ist und kein bisschen nach Bier gerochen hat. Obwohl mir die Sache mit Ethan definitiv nachhängt, wie meine Träume beweisen, habe ich an Grahams Treue nie gezweifelt. Trotzdem kam mir sein Verhalten irgendwie seltsam vor. Er ist früher nach Hause gekommen als sonst und hat mich zur Begrüßung zum ersten Mal nicht geküsst, sondern ist sofort im Schlafzimmer verschwunden, um sich umzuziehen. Seitdem ist mein Misstrauen nicht mehr gewichen.

Und heute war ich mir plötzlich ganz sicher. Die Erkenntnis traf mich wie ein Schlag in den Magen, der mir für einen Augenblick den Atem raubte. Es war, als könnte ich ganz deutlich die Schuldgefühle spüren, die er in dem Moment hatte, obwohl ich nicht wusste, wo er gerade war. Natürlich weiß ich, dass das unmöglich ist. Die Verbindung zwischen zwei Menschen kann gar nicht so eng sein, dass sie die Gefühle des anderen quasi telepathisch aus der Ferne spüren können. Vielleicht habe ich ja schon länger geahnt, was los ist, es aber nicht wahrhaben wollen. Und dann ist es immer mehr in mein Bewusstsein vorgedrungen, bis ich es vor mir selbst nicht mehr leugnen konnte.

So schlimm wie in letzter Zeit stand es um unsere Beziehung noch nie. Graham und ich reden kaum noch miteinander. Berührungen finden sowieso nicht mehr statt. Und doch bewegen wir uns in unserem Haus in der üblichen Routine und tun so, als wäre alles wie immer. Es ist, als hätte Graham an dem Abend, an dem er betrunken nach Hause gekommen ist, aufgehört, Opfer für uns zu bringen. Abschiedsküsse sind selten geworden. Zur Begrüßung bekomme ich gar keinen Kuss mehr. Er ist jetzt auf das Niveau hinabgestiegen, auf dem ich mich schon seit einiger Zeit befinde. Entweder hat er wegen irgendetwas Schuldgefühle oder er hat den Kampf um unsere Beziehung aufgegeben.

Ist es nicht genau das, was ich tief in mir die ganze Zeit wollte? Dass er endlich aufhört, um etwas zu kämpfen, was ihn langfristig doch nur unglücklich macht?

Ich trinke zwar selten Alkohol, habe für Notfälle aber immer eine Flasche Wein im Haus. Das jetzt fühlt sich definitiv nach Notfall an. Ich schenke mir in der Küche ein Glas ein und lasse die Uhr nicht aus den Augen, während ich es leere.

Mit dem zweiten Glas setze ich mich ins Wohnzimmer auf die Couch und halte den Blick auf die Einfahrt gerichtet.

Ich brauche den Wein, um mein Misstrauen zu besänftigen. Die Hand, mit der ich das Glas halte, zittert. Mein Magen ist wie zugeschnürt, als hätte ich einen meiner Albträume.

Ich sitze mit angezogenen Beinen in der rechten Ecke der Couch, der Fernseher ist stumm. Das Haus dunkel. Ich starre immer noch nach draußen, als sein Wagen schließlich um halb acht in der Einfahrt hält. Die Scheinwerfer gehen aus. Ich kann Graham durchs Fenster sehen, aber er sieht mich nicht.

Er umklammert mit beiden Händen das Lenkrad und bleibt im Wagen sitzen, als wäre alles besser, als zu mir ins Haus zu gehen. Ich trinke noch einen Schluck Wein und sehe, wie er seine Stirn aufs Lenkrad drückt.

Eins, zwei, drei, vier, fünf …

Fünfzehn Sekunden sitzt er so da. Fünfzehn Sekunden voller Angst. Oder voller Reue. Ich weiß nicht, was in ihm vorgeht.

Dann lässt er das Lenkrad los und richtet sich auf. Er sieht in den Rückspiegel und wischt sich über den Mund. Rückt seine Krawatte zurecht. Reibt sich über den Hals. *Bricht mir das Herz.* Seufzt so schwer, dass ich es sehen kann, und steigt dann endlich aus.

Als er durch die Tür kommt, bemerkt er mich im ersten Moment nicht. Er wendet sich Richtung Küche, von wo es in den hinteren Teil des Hauses mit unserem Schlafzimmer geht. Aber dann dreht er sich doch noch einmal um und jetzt sieht er mich.

Das Weinglas an den Lippen, trinke ich noch einen Schluck, den Blick unverwandt auf ihn gerichtet. Er erwidert meinen Blick schweigend und fragt sich vermutlich, warum ich in der Dunkelheit sitze. Warum ich allein in der Dunkelheit sitze. Allein Wein trinke. Sein Blick wandert von mir zum Fenster, vor dem sein Wagen steht. Ihm wird klar, dass ich alles, was er eben getan hat, klar und deutlich gesehen haben muss. Er fragt sich, ob ich gesehen habe, wie er sich ihre Spuren vom Mund gewischt hat und von seinem Hals. Er fragt sich, ob ich gesehen habe, wie er sich die Krawatte gerichtet hat. Ob ich gesehen habe, wie er seine Stirn aus Angst oder aus Reue auf das Lenkrad gepresst hat. Als er den Blick vom Wagen wendet, schaut er nicht mich an. Er schaut zu Boden.

»Wie heißt sie?« Irgendwie gelingt es mir, ihm diese Frage zu stellen, ohne verächtlich zu klingen. Der Tonfall ist derselbe, in dem ich ihn frage, wie sein Tag gelaufen ist.

Wie war dein Tag, Liebling?

Wie heißt deine Geliebte, Liebling?

Trotz meines freundlichen Tonfalls antwortet Graham nicht.

Er hebt den Blick, bis er meinen trifft, bleibt aber stumm.

Mein Magen krampft sich zusammen und mir wird speiübel. Ich bin schockiert darüber, wie wütend mich sein Schweigen macht. Ich bin schockiert darüber, dass es in Wirklichkeit noch viel mehr wehtut als in meinen Albträumen. Ich hätte nicht geglaubt, dass es noch schlimmer sein könnte.

Und dann sitze ich plötzlich nicht mehr, sondern stehe mit erhobenem Arm da, das Glas in der Hand. Aber ich will es nicht auf ihn schleudern, das nicht. Auch wenn ich ihn gerade mit jeder Faser hasse, ist er hier nicht der alleinige Schuldige. Wenn ich das Glas auf mich selbst schleudern könnte, würde ich es tun. Aber weil das nicht geht, schleudere ich es auf unser Hochzeitsfoto, das hinter Graham an der Wand hängt.

Das Glas zersplittert, der Wein spritzt und ich frage noch einmal: »Verdammt, Graham. Wie heißt sie?«

Jetzt ist meine Stimme nicht mehr freundlich. Grahams Gesicht bleibt reglos. Er schaut nicht auf das Hochzeitsfoto, er schaut nicht auf den Wein, der sich wie eine Blutlache auf dem Boden ausbreitet. Er schaut nicht auf seine Füße. Er schaut mir direkt in die Augen. »Andrea.«

Danach wendet er den Blick ab. Er will nicht sehen, was seine brutale Ehrlichkeit mit mir anrichtet.

Ich denke an den Moment zurück, in dem Ethan aus der Tür kam, nachdem klar war, dass er mich betrogen hatte. An den Moment, in dem Graham mein Gesicht in seinen Händen hielt. Den Moment, in dem er sagte: »Wir dürfen jetzt keine Gefühle zeigen, okay? Das wäre das Schlimmste. Du darfst nicht ausrasten, Quinn. Du darfst nicht weinen.«

Damals war es einfacher. Als Graham noch auf meiner Seite war. Wenn man allein ist, ist es nicht so einfach.

Ich falle auf die Knie, aber Graham ist nicht da, um mich aufzufangen. Nachdem er ihren Namen gesagt hat, ist er aus dem Raum gegangen.

Ich tue all das, was er mir geraten hat, nicht zu tun. Ich zeige Gefühle. Ich raste aus. Ich heule.

Ich krieche auf den Scherbenhaufen zu, den ich angerichtet habe. Ich die Splitter zusammen, die ich durch den Tränenschleier kaum sehen kann. Ich greife tränenblind nach einem Stapel Servietten, um den Wein vom Parkett aufzusaugen.

Die Dusche rauscht. Anscheinend beseitigt er die Spuren von Andrea, während ich die Spuren des Rotweins beseitige. Dass mir Tränen übers Gesicht laufen, ist nichts Neues, aber es ist eine andere Art von Tränen. Ich weine nicht über etwas, das nicht sein wird. Diesmal weine ich über etwas, das war und nie mehr zurückkommen wird.

Ich hebe eine Scherbe auf, rutsche zur Wand und lehne mich dagegen. Ich strecke die Beine aus und betrachte das Stück Glas. Und dann drehe ich meine andere Hand und presse die Scherbe in den Ballen. Sie durchschneidet die Haut, ich drücke noch fester und sehe, wie sie immer tiefer eindringt, wie das Blut quillt.

In meiner Brust spüre ich einen viel schlimmeren Schmerz. Viel, viel schlimmer.

Irgendwann lasse ich die Scherbe fallen. Ich wische das Blut mit einer Serviette weg, ziehe die Beine an, umschlinge meine Knie und presse mein Gesicht darauf. Ich schluchze immer noch, als Graham ins Zimmer zurückkommt. Ich umfasse meine Beine fester, als er sich neben mich setzt. Ich spüre seine Hand in meinen Haaren, spüre seine Lippen. Seine Arme um meine Schultern. Er zieht mich an sich.

Ich möchte ihn anschreien, möchte auf ihn einschlagen, vor ihm wegrennen. Aber alles, was ich tun kann, ist, meine Knie noch fester zu umschlingen und mich noch mehr in mich zusammenzukauern, während ich schluchze.

»Quinn.« Er hält mich in den Armen, drückt sein Gesicht in meine Haare. Seine Stimme ist voller Qual, als er meinen Namen sagt. Ich habe diesen Namen noch nie so gehasst. Ich halte mir die Ohren zu, weil ich seine Stimme jetzt nicht hören will. Aber er sagt sowieso nichts mehr. Nicht einmal, als ich mich aus seiner Umarmung winde, aufstehe, in unser Schlafzimmer gehe und die Tür abschließe.

Siebzehn

Unzertrennlich.

Das beschreibt, was wir sind.

Mittlerweile ist es zweieinhalb Monate her, dass ich ihm an dem Abend im Restaurant angeblich diesen »Blick« zugeworfen habe.

Obwohl wir, wenn wir nicht gerade arbeiten, jede wache Minute zusammen verbringen, vermisse ich ihn, sobald er mal nicht da ist. Ich habe mich in meinem ganzen Leben noch nie so sehr auf einen anderen Menschen eingelassen. Ich hätte nicht gedacht, dass das überhaupt möglich ist. Aber es fühlt sich nicht an, als wären wir auf ungesunde Art aufeinander fixiert, weil Graham mir meinen Raum lässt, wenn ich ihn brauche. Ich habe nur nicht das Gefühl, diesen Raum zu brauchen. Graham ist nicht besitzergreifend oder überfürsorglich. Und ich bin nicht eifersüchtig und klammere auch nicht. Es ist einfach so, dass mir die Zeit, die wir miteinander verbringen, wie eine berauschende Auszeit vom normalen Leben erscheint, und dieses Gefühl will ich auskosten, wann immer es geht.

In den letzten zehn Wochen haben wir nur eine einzige Nacht getrennt voneinander verbracht. Ava und Reid hatten einen schlimmen Streit, weshalb sie bei mir übernachtet hat. Wir haben uns mit Süßigkeiten und Fastfood vollgestopft, über Männer gelästert und hatten – so deprimierend der Anlass auch war – einen Riesenspaß, aber fünf Minuten nachdem sie zur Tür raus war, habe ich mir mein Handy gegriffen und Graham angerufen. Zwanzig Minuten später klingelte es an meiner Tür. Einundzwanzig Minuten später fielen wir übereinander her.

Seit zehn Wochen besteht unser Leben praktisch aus nichts anderem als aus Sex, Lachen, Sex, Essen, Sex, Lachen und noch mehr Sex.

Graham macht schon Witze darüber, dass wir wahrscheinlich bald genug davon haben, aber der Punkt scheint zumindest heute längst noch nicht erreicht zu sein.

»Jesus, Quinn«, stöhnt er an meinem Hals, als er sich erschöpft auf mich sinken lässt. »Das ist Wahnsinn.« Er ist völlig außer Atem, genau wie ich.

Eigentlich war das so nicht geplant. Es ist Halloween und Ava und Reid machen eine Party, auf die wir eingeladen sind, aber Graham fand mich in meinem ultrakurzen T-Shirt-Kleid so unwiderstehlich, dass er die Hände nicht von mir lassen konnte. Wir haben es noch in den Hausflur geschafft, aber vor dem Aufzug übermannte es uns und Graham musste mich ins Apartment zurücktragen, weil wir sonst wegen exhibitionistischer Aktivitäten verhaftet worden wären.

Graham hat auf der Partnerkostümierung bestanden, die ich im August vorgeschlagen hatte, deshalb gehen wir als sexy Versionen von uns selbst. Unser Kostüm besteht hauptsächlich daraus, dass wir beide viel Haut zeigen. Ich bin zusätzlich noch krass geschminkt. Grahams Aufgabe wird vor allem darin bestehen, den ganzen Abend an mir rumzufummeln.

Aber jetzt liegen unsere sexy Klamotten auf dem Boden und mein Minikleid hat einen Riss, der vorher nicht da war. Warum braucht der bescheuerte Aufzug auch immer so lang?

Graham beugt sich über mich und haucht mir Küsse auf den Hals, bis ich eine Gänsehaut habe. »Wann darf ich eigentlich endlich mal deine Mutter kennenlernen?«

Meine Partystimmung ist schlagartig dahin. »Nie? Jedenfalls nicht, wenn ich es irgendwie verhindern kann.«

Graham stützt sich auf die Ellbogen und schaut mich an. »Ach komm, so schlimm kann sie nicht sein.«

Ich lache sarkastisch. »Du sprichst von der Frau, die Wörter wie *Vermählung* auf meine Hochzeitseinladungen geschrieben hat.«

»Hast du mich anhand meiner Eltern beurteilt?«

Ich habe seine Eltern sofort geliebt. »Nein, aber ich habe sie an dem Tag kennengelernt, an dem wir zusammengekommen sind. Da kannte ich dich noch nicht gut genug, um dich zu beurteilen.«

»Oh doch, du kanntest mich, Quinn. Du wusstest nichts über mich, aber du *kanntest* mich.«

»Ach, glaubst du, ja?«

Er lacht. »Ja. Als wir uns bei Ethan im Hausflur gesehen haben, haben wir uns sofort erkannt. Es gibt Menschen, die begegnen sich und erkennen sich instinktiv – da spielen äußerliche Faktoren keine Rolle, weil sie daran vorbei direkt in das Innere des anderen sehen.« Er beugt sich zu mir runter und drückt einen Kuss auf die Stelle, wo mein Herz schlägt. »Ich wusste am ersten Abend, an dem ich dir begegnet bin, alles über dich. Nichts könnte etwas an der Meinung ändern, die ich mir sofort über dich gebildet habe. Auch nicht das, was ich über die Frau denke, die dich großgezogen hat.«

Ich möchte ihn küssen. Oder heiraten. Oder gleich noch mal mit ihm schlafen.

Ich entscheide mich dafür, ihn zu küssen, löse mich aber relativ schnell wieder von ihm, weil ich Angst habe, dass wir heute sonst nie mehr aus diesem Bett rauskommen und ich ihm womöglich sage, dass ich ihn liebe. Der Satz liegt mir schon die ganze Zeit auf der Zunge, und es ist schwerer, ihn immer wieder runterzuschlucken, als ihn einfach auszusprechen. Aber ich will nicht die Erste sein, die ihn sagt. Jedenfalls noch nicht.

Deswegen stehe ich auf und pflücke unsere Klamotten vom Boden. »Na gut. Nächste Woche stelle ich dir meine Mutter vor.« Ich werfe ihm seine Sachen zu. »Aber heute lernst du erst mal meine Schwester kennen. Zieh dich an. Wir sind schon viel zu spät.«

Als ich fertig bin, sitzt Graham immer noch auf dem Bett.

»Und dein Slip?«, fragt er.

Mein Kleid ist wirklich extrem kurz. Normalerweise würde ich mich so nie aus dem Haus trauen. Ich betrachte den Slip, der auf dem Boden liegt, und stelle mir vor, wie verrückt es Graham machen würde, wenn er wüsste, dass ich unter dem Minikleid nichts anhabe. Ich zucke mit den Schultern und grinse. »Der passt nicht zu meinem Kostüm.«

Graham schüttelt den Kopf. »Du bringst mich um, Quinn.« Er steht auf und zieht sich an, während ich ins Bad husche und mein Make-up auffrische.

Wir schaffen es zur Tür raus. Wir schaffen es durch den Hausflur. Aber dann müssen wir auf den Aufzug warten und der kommt und kommt nicht …

»Ihr seid zu spät!«, sagt Ava streng, als sie uns die Tür öffnet. Sie trägt einen elegant-spießigen Hosenanzug und hat sich die Haare mit Haarspray auftoupiert. Sobald wir im Haus sind, schlägt sie die Tür hinter uns zu, sieht sich um und kreischt: »Reid!« Er steht direkt neben ihr. »Oh.« Sie zeigt auf Graham. »Da ist er.«

Reid schüttelt Graham die Hand. »Hey, Graham. Freut mich, dich kennenzulernen.«

Ava betrachtet Graham und mich von Kopf bis Fuß. »Schamlos!«, schnaubt sie. »In diesem Aufzug hier aufzukreuzen!« Dann rauscht sie ohne ein weiteres Wort davon.

»Huch?« Ich sehe Reid an. »Was hat sie denn?«

Reid lacht. »Ich habe ihr gleich gesagt, dass keiner die Verkleidung erkennt.«

»Was stellt sie denn dar? Eine alte Zicke?«

Reid lächelt etwas verlegen, dann beugt er sich zu uns und flüstert: »Eure Mutter.«

Graham lacht. »Das heißt, dass sie normalerweise nicht so … unangenehm ist?«

Ich verdrehe die Augen und greife nach seiner Hand. »Komm. Ich muss dir meine Schwester noch mal vorstellen.«

Als wir Ava schließlich finden, verhält sie sich Graham gegenüber zum Glück für einen kurzen Moment normal und nett, bleibt aber den Rest des Abends strikt in ihrer Rolle. Das Lustige ist, dass keiner der anderen Gäste eine Ahnung hat, wer sie sein soll. Nur wir vier kennen das Geheimnis, was es noch lustiger macht, wenn sie wieder mal jemandem sagt, er würde erschöpft aussehen, oder sich darüber beklagt, wie anstrengend Kinder seien.

Irgendwann kommt sie zu Graham und fragt: »Wie viel verdienst du? Hast du Vermögen?« Seine Antwort fällt offenbar unbefriedigend aus, denn sie sagt: »Falls ihr vorhaben solltet zu heiraten, bestehe ich auf einem Ehevertrag.«

Sie spielt unsere Mutter so überzeugend, dass ich erleichtert bin, als sich die Party irgendwann auflöst, weil ich mir ziemlich sicher bin, dass ich es nicht viel länger ausgehalten hätte.

Jetzt stehe ich in der Küche und trockne ab, während sie abspült. »Hattet ihr nicht mal eine Spülmaschine?«

Ava deutet wortlos auf einen Kühlschrank mit Glastür.

»Ist das … ein Weinkühlschrank? An der Stelle, wo eure Spülmaschine stand?«

»Ganz genau«, sagt sie.

»Aber … warum?«

»Das ist der Nachteil, wenn man einen Franzosen heiratet. Reid ist ein ausreichender Vorrat an richtig temperiertem Wein wichtiger als eine Spülmaschine. Und der Platz hat nur für eins von beidem gereicht.«

»Aber das ist ja schrecklich, Ava!«

Sie zuckt mit den Schultern. »Ich war einverstanden, nachdem er versprochen hat, dass er dafür immer abspült.«

»Und warum spülen wir dann ab?«

Ava seufzt. »Weil du einen neuen Freund hast, in den sich mein Mann offensichtlich schockverliebt hat.«

Sie hat recht. Graham und Reid haben sich sofort prächtig verstanden und hängen jetzt schon den ganzen Abend zusammen, als wären sie allerbeste Kumpels. Ich lasse den letzten Teller ins Spülwasser gleiten. »Reid hat mir vorhin gesagt, dass er Graham tausendmal netter findet als Ethan.«

»Dann sind wir schon zu zweit«, sagt Ava.

»Zu dritt.« Als wir in der Küche fertig sind, gehe ich ins Wohnzimmer, wo Graham gerade dabei ist, Reid mit großen Gesten irgendeine Geschichte zu erzählen. Ich glaube, ich habe ihn noch nie so aufgedreht gesehen. Reid liegt vor Lachen fast am Boden. Graham sieht mich, und das Lächeln, das sich auf seinem Gesicht ausbreitet, lässt einen warmen Schauer durch meinen Körper rieseln. Dann richtet er seine Aufmerksamkeit wieder auf Reid, und als ich mich umdrehe, steht Ava hinter mir und grinst.

»Er ist in dich verliebt.«

»Schsch.« Ich gehe in die Küche zurück und sie folgt mir. »Dieser *Blick*.« Sie greift nach einem Pappteller und fächelt sich Luft zu. »Der Mann ist hoffnungslos verliebt in dich. Er will dich heiraten und Kinder mit dir machen.«

Jetzt kann ich mein breites Lächeln nicht mehr unterdrücken. »Gott. Ich hoffe es so.«

Ava drückt den Rücken durch und streicht ihren Hosenanzug glatt. »Nun ja, Quinn. Er sieht ganz passabel aus, das gebe ich zu, aber als deine Mutter muss ich sagen, dass du sicher eine bessere Partie machen könntest. Wo bleibt eigentlich mein Martini?«

Ich verdrehe die Augen. »Bitte hör auf.«

Achtzehn

Ich weiß nicht, ob Graham die Nacht im Gästezimmer oder auf der Couch verbracht hat, bin mir aber ziemlich sicher, dass er nicht viel geschlafen hat. Ich versuche mir vorzustellen, wie er aussieht mit seinen traurigen Augen. Wie er sich durch die Haare fährt. Immer wieder überkommt mich Mitleid, aber dann versuche ich mir diese Andrea vorzustellen und wie sie durch die traurigen Augen meines Manns aussah, als er sie geküsst hat.

Weiß sie, dass Graham verheiratet ist? Weiß sie, dass er eine Frau zu Hause hat, die schon seit Jahren vergeblich versucht, schwanger zu werden? Eine Frau, die sich nach seinem Geständnis die ganze Nacht und den ganzen nächsten Tag im Schlafzimmer eingeschlossen und im Bett verkrochen hat. Eine Frau, die sich schließlich aufgerappelt hat und aufgestanden ist, um ihre Koffer zu packen. Eine Frau, die ... *nicht mehr kann.*

Ich will hier weg sein, bevor er nach Hause kommt.

Ich habe meine Mutter nicht angerufen, um ihr zu sagen, dass ich erst mal eine Weile bei ihr bleibe. Wahrscheinlich rufe ich sie gar nicht an, sondern fahre einfach hin. Mir graut so sehr davor, es ihr zu sagen, dass ich es so lange wie möglich aufschiebe.

»Ich habe dich gewarnt«, wird sie sagen. *»Du hättest Ethan heiraten sollen«,* wird sie sagen. *»Betrügen tun sie dich sowieso alle irgendwann. Bei Ethan wärst du wenigstens eine reiche betrogene Ehefrau gewesen.«*

Ich schließe die Schlafzimmertür auf und gehe ins Wohnzimmer. Grahams Wagen steht nicht in der Einfahrt. Ich streife durchs Haus und frage mich, ob es etwas gibt, das ich mitnehmen möchte. Meine Gedanken wandern zu dem Tag zurück, an dem ich alles von Ethan aus meiner Wohnung geräumt habe. Ich wollte nichts mehr mit ihm zu tun haben.

Um mich herum stehen Erinnerungen, die Graham und ich im Laufe der Jahre angesammelt haben. Ich wüsste nicht mal, womit ich anfangen sollte, wenn ich etwas mitnehmen wollte. Deswegen fange ich gar nicht erst an. Ich gehe zurück ins Schlafzimmer und packe nur ein paar Sachen zum Anziehen ein.

Als ich den Koffer vom Bett hieve, fällt mein Blick auf die Holzschatulle im untersten Regalbrett. Ich hole sie mir und setze mich damit aufs Bett. Sie ist abgeschlossen, aber mir fällt ein, dass Graham den Schlüssel für das kleine Vorhängeschloss auf die Unterseite geklebt hat, damit wir ihn nicht verlieren. Ich drehe die Schatulle um und fahre mit dem Fingernagel unter den Klebestreifen, um ihn zu lösen. Es ist so weit …

»Quinn.«

Der Klang seiner Stimme lässt mich zusammenzucken. Aber ich sehe ihn nicht an. Ich kann ihn jetzt nicht ansehen. Also halte ich den Blick gesenkt und schabe am Klebestreifen, bis der Schlüssel abgeht.

»Quinn!«

Graham klingt jetzt panisch. Ich sitze wie erstarrt da und warte darauf, dass er sagt, was er sagen muss – was auch immer das sein wird. Er kommt ins Zimmer, setzt sich neben mich aufs Bett und umfasst meine Hand, die den Schlüssel hält. »Ich habe dir das Schlimmste angetan, was ich dir nur antun konnte. Aber bitte gib mir eine Chance, wenigstens zu versuchen, es irgendwie wiedergutzumachen, bevor du die Schatulle öffnest.«

Der Schlüssel schneidet in mein Fleisch.

Er kann ihn behalten.

Ich drehe seine Hand um, lege den Schlüssel hinein und schließe sie zur Faust. Währenddessen sehe ich ihm fest in die Augen. »Ich mache die Schatulle nicht auf«, sage ich. »Aber nur, weil mir mittlerweile scheißegal ist, was drin ist.«

Als ich von zu Hause weggegangen, in den Wagen gestiegen und losgefahren bin, war in mir alles wie betäubt. Ich weiß nicht, ob ich Trauer empfunden habe. Jetzt parke ich in der Einfahrt und starre durch die Frontscheibe. Auf die riesige Villa im viktorianischen Stil, die meiner Mutter mehr bedeutet als alles andere. Einschließlich ihrer Töchter.

Wobei sie das natürlich nie laut gesagt hat. Dass sie nie wirklich den Wunsch hatte, Mutter zu sein, würde sie niemals offen zugeben. Das könnte ja ihren Ruf ruinieren. Es ist so verdammt ungerecht, dass jemand wie sie problemlos – ungewollt – schwanger werden und ein Kind zur Welt bringen konnte. Sogar zwei Kinder. Über die sie sich nicht gefreut hat. Meine Schwester und ich mussten uns jahrelang anhören, dass wir an ihren hässlichen Schwangerschaftsstreifen schuld seien und an den Babypfunden, die sie nie mehr losgeworden ist. Wenn wir zu anstrengend waren, rief sie die Nanny an, deren Nummer sie auf Kurzwahltaste eins eingespeichert hatte. »*Die Mädchen wachsen mir über den Kopf, Roberta*«, klagte sie. »*Ich halte das keine Minute länger aus. Bitte kommen Sie, so schnell Sie können. Ich brauche dringend ein bisschen Erholung im Spa.*«

Ich lehne mich zurück und schaue zu dem Fenster hoch, hinter dem einmal mein Zimmer lag. Mittlerweile ist der Raum ein Lager für leere Schuhkartons. Ich weiß noch, wie ich mit Graham an diesem Fenster gestanden und in den Garten hinausgeschaut habe. Das war an dem Tag, an dem ich ihm meine Mutter vorgestellt habe.

Ich werde niemals vergessen, was er damals gesagt hat, weil es so ehrlich war und so schön. In dem Moment habe ich mich endgültig in ihn verliebt.

Ist es nicht bezeichnend, dass die schönste Erinnerung, die ich an dieses Haus habe, nichts mit meiner Mutter zu tun hat, sondern mit Graham ... dem Mann, der mich betrogen hat? Die Vorstellung, wieder hier wohnen zu müssen, ist mir auf einmal unerträglich. Noch unerträglicher als die Vorstellung, wieder nach Hause zurückzufahren. Nein, ich will und kann meiner Mutter jetzt nicht gegenübertreten und mir ihre selbstgerechten Sprüche anhören. Ich muss meine Probleme erst mal selbst lösen.

Entschlossen lege ich den Rückwärtsgang ein, aber es ist zu spät. Die Haustür geht auf und sie tritt hinaus, um zu sehen, wer in der Einfahrt steht. Ich lasse seufzend den Kopf gegen die Nackenstütze fallen. Fluchtversuch missglückt.

»Quinn!«, ruft sie.

Ich steige aus und gehe auf sie zu. Sie hält die Tür auf, aber wenn ich dieses Haus betrete, werde ich mich gefangen fühlen, deswegen setze ich mich auf die oberste Treppenstufe und sehe in den Garten.

»Möchtest du nicht reinkommen?«

Ich schüttle nur den Kopf, schlinge die Arme um meine Knie und fange an zu weinen.

Sie setzt sich neben mich. »Was ist denn los?«

In Momenten wie diesen wünschte ich mir eine Mutter, die wirkliches Mitgefühl hätte, wenn ich weine. Meine tut nur das, was man in solchen Situationen eben tut, und streicht mir verkrampft über den Rücken.

Ich sage nichts von Graham. Die ersten Minuten schluchze ich zu sehr, um überhaupt etwas sagen zu können, und als ich mich so weit beruhigt habe, dass ich wieder Luft bekomme, platze ich mit etwas heraus, das sich viel schlimmer anhört, als es gemeint ist.

»Warum hat Gott jemandem wie dir Kinder gegeben und mir gibt er keine?« Die Hand meiner Mutter erstarrt in der Bewegung. Ich hebe sofort den Blick. »Entschuldige. Das sollte nicht herzlos klingen.«

Es scheint sie aber auch nicht verletzt zu haben. Sie zuckt nur mit den Schultern. »Vielleicht kann Gott ja nichts dafür«, sagt sie. »Vielleicht liegt es einfach daran, dass die Fortpflanzungsorgane bei der einen Frau funktionieren und bei der anderen nicht.«

Das wäre jedenfalls einleuchtender.

»Woher weißt du, dass ich nie Kinder haben wollte?«, fragt sie.

Ich lache freudlos. »Weil du es gesagt hast? Mehr als einmal.«

Kann es sein, dass ihr Blick wirklich schuldbewusst wirkt, als sie ihn abwendet und in den Garten schaut?

»Ich habe davon geträumt zu reisen«, sagt sie. »Dein Vater und ich hatten vor, nach unserer Heirat erst mal für fünf Jahre ins Ausland zu gehen und dort zu leben, bevor wir uns irgendwo niederlassen. Wir wollten andere Kulturen kennenlernen und unseren Horizont erweitern, um nicht zu sterben, ohne die Welt gesehen zu haben. Aber dann haben wir eines Nachts nicht aufgepasst und daraus wurde dann deine Schwester Ava.« Sie sieht mich an. »Es stimmt. Ich habe nie davon geträumt, Kinder zu haben, Quinn. Aber ich habe alles getan, was ich konnte, um euch eine gute Mutter zu sein. Ich bin sehr froh, dich und Ava zu haben, auch wenn es mir schwerfällt, es euch zu zeigen.« Sie greift nach meiner Hand und drückt sie. »Mein Lebenstraum hat sich nicht erfüllt, aber ich habe wirklich nach besten Kräften versucht, das, was ich stattdessen bekommen habe, so gut wie möglich zu machen.«

Ich nicke und wische mir eine Träne aus dem Auge. Ich kann nicht glauben, dass sie es tatsächlich zugibt. Und dass ich hier sitze und es irgendwie okay finde zu hören, dass meine Schwester und ich nicht das waren, was sie sich vom Leben gewünscht hat. Ihre Ehrlichkeit rechne ich ihr hoch an. Ich hätte niemals erwartet, sie einmal sagen zu hören, dass sie froh ist, mich und Ava zu haben. Ich drehe mich zu ihr und umarme sie. »Danke.«

Sie erwidert meine Umarmung etwas steif und nicht so, wie ich meine Tochter umarmen würde, wenn ich eine hätte. Aber sie sitzt neben mir und wir reden und sie umarmt mich. Das ist mehr, als ich je erwartet hatte.

»Bist du sicher, dass du nicht doch reinkommen willst? Ich könnte uns Tee machen.«

Ich schüttle den Kopf. »Es ist schon spät. Ich sollte nach Hause fahren.«

Meine Mutter nickt. Ich spüre ihr Zögern, aber es ist auch offensichtlich, dass sie nicht weiß, was sie noch sagen oder tun könnte, ohne dass die Situation total verkrampft wird. Irgendwann steht sie seufzend auf, verabschiedet sich von mir und geht rein. Ich bleibe sitzen, weil ich noch nicht nach Hause will.

Hier will ich aber auch nicht bleiben.

Am schönsten wäre es, wenn ich nirgendwohin müsste.

Neunzehn

DAMALS

»Du fehlst mir total.« Ich versuche, nicht zu quengelig zu klingen. Zum Glück kann er meinen Schmollmund am Telefon nicht sehen.

»Morgen sehen wir uns wieder«, sagt er. »Versprochen. Ich hab bloß ein bisschen Angst, dass ich dich zu sehr in Beschlag nehme und du nur zu nett bist, um mir zu sagen, dass ich nerve.«

»Keine Sorge. Ich bin brutal ehrlich und sage immer, was ich denke. Wenn ich fände, dass ich mehr Zeit für mich brauche, würde ich es dir sagen.« Das ist die Wahrheit, und ich weiß auch, dass er mir diese Zeit sofort geben würde.

»Ich komme dich nach der Arbeit abholen und dann lerne ich endlich deine Mutter kennen.«

Ich seufze. »Okay. Aber bevor wir zu ihr fahren, brauche ich unbedingt ein bisschen Entspannungssex, sonst überlebe ich das nicht. Mich stresst allein schon der Gedanke.«

»Wenn du darauf bestehst.« Graham lacht, und ich kann förmlich hören, dass er am liebsten gleich zu mir rüberkommen würde. Ich liebe sein Lachen, vor allem weil es je nach Situation unterschiedlich klingt. Am liebsten mag ich es, wenn ich ihm morgens erzähle, was ich geträumt habe. Er findet meine Träume wahnsinnig komisch, und sein Lachen ist dann immer ein bisschen heiser, weil er noch verschlafen ist.

»Wir sehen uns morgen …«, sagt er leise, und ich höre die Sehnsucht in seiner Stimme.

»Schlaf gut.« Ich lege schnell auf. Abschiede am Telefon sind ein bisschen heikel, weil das »Ich liebe dich« immer noch nicht ausgesprochen wurde und ich jedes Mal Angst habe, er könnte es sagen. Ich will aber nicht, dass er es mir das erste Mal am Telefon sagt, weil ich möchte, dass er mich dabei ansieht.

Die nächsten Stunden verbringe ich mit dem Versuch, mich daran zu erinnern, wie ich mein Leben vor Graham verbracht habe. Ich dusche ohne ihn, schaue ohne ihn fern und scrolle ohne ihn durch mein Handy. Eigentlich hatte ich mir vorgestellt, dass das zur Abwechslung vielleicht mal ganz nett werden könnte, aber ich finde es hauptsächlich öde.

Merkwürdig. Mit Ethan war ich vier Jahre zusammen und habe wahrscheinlich durchschnittlich nur ein oder zwei Abende pro Woche mit ihm verbracht. Ich fand es damals schön, so viel Zeit für mich zu haben, selbst in der Anfangsphase. Klar war ich gern mit ihm zusammen, aber ich konnte auch sehr gut allein sein.

Bei Graham ist das anders. Ich langweile mich schon nach zwei Stunden zu Tode. Irgendwann schalte ich den Fernseher und die Lampe aus, starre in die Dunkelheit und versuche meinen Kopf ganz leer zu machen, damit ich schnell einschlafen und von ihm träumen kann.

* * *

Der Wecker klingelt, aber ich kann mich dem grellen Tageslicht noch nicht stellen, deswegen taste ich blind nach einem Kissen und leg es mir übers Gesicht. Normalerweise macht Graham den Wecker aus, wodurch ich ein paar Minuten gewinne, um gemütlich aufzuwachen. Aber heute ist er nicht da, deswegen muss ich vernünftig sein und mich zusammenreißen, sonst endet das Piepsen nie.

Ich rapple mich stöhnend hoch und will gerade nach dem Wecker greifen, als es abrupt still wird. Jetzt öffne ich doch die Augen. Graham dreht sich lächelnd zu mir um. Er liegt mit nacktem Oberkörper neben mir und sieht so aus, als wäre er auch gerade erst aufgewacht.

»Hey.« Er drückt mir einen Kuss auf die Lippen. »Ich hab nicht schlafen können. Irgendwann habe ich dann aufgegeben und beschlossen, zu dir zu kommen.«

Ich lächle, obwohl ich um diese Zeit eigentlich noch gar nicht lächeln kann. »Du hast mich vermisst.«

Graham zieht mich an sich. »Echt komisch«, sagt er. »Früher hatte ich überhaupt kein Problem damit, allein zu sein. Aber seit ich dich habe, fühle ich mich alleine viel zu allein.«

Manchmal sagt er so süße Sachen, dass ich sie am liebsten aufschreiben würde, um sie nie zu vergessen. Aber dann tue ich es doch nicht, weil mein Bedürfnis, ihn sofort in mir zu spüren, noch größer ist als mein Bedürfnis, einen Stift und Papier zu suchen.

Und genau so ist es auch jetzt. Statt aufzuschreiben, was er gesagt hat, lieben wir uns. Als wir danach keuchend nebeneinanderliegen, dreht er sich zu mir. »Was habe ich verpasst, während du geschlafen hast?«

Ich schüttle den Kopf. »Nein, den Traum kann ich dir nicht erzählen. Der war echt zu verrückt.«

Graham stützt sich auf den Ellbogen, und ich sehe ihm an, dass er nicht lockerlassen wird. »Na gut«, seufze ich und drehe mich auf den Rücken. »Wir waren bei dir zu Hause. Aber deine Wohnung war nicht deine Wohnung, sondern ein winziges Drecksloch in Manhattan. Ich bin vor dir aufgestanden, weil ich nett sein und Frühstück machen wollte. Du hattest eine Schachtel Lucky Charms da, also habe ich beschlossen, dir welche ans Bett zu bringen. Als ich sie in die Schale schütten wollte, sind lauter kleine Comedians mit Mikro in der Hand rausgepurzelt.«

»Moment mal«, unterbricht Graham mich. »*Comedians*? Du meinst Menschen, die Witze erzählen?«

»Ich hab ja gesagt, dass der Traum verrückt war. Die haben alle durcheinandergeredet und lahme Witze gerissen. Ich war megasauer, weil ich dir doch Frühstück machen wollte, und auf einmal krabbeln Hunderte winzige Typen in deiner Küche rum und erzählen Deine-Mutter-Witze. Als du aufgewacht und in die Küche gekommen bist, war ich vollkommen fertig. Ich bin schluchzend hin und her gerannt und hab versucht, die Witzeerzähler mit einem Einmachglas zu zerdrücken. Du bist ganz ruhig geblieben, hast von hinten die Arme um mich gelegt und gesagt: ›Reg dich nicht auf, Quinn. Wir machen uns einfach Toast zum Frühstück.‹

Graham lacht so sehr, dass er sein Gesicht ins Kopfkissen drücken muss, um sein Lachen zu ersticken. Ich stoße ihn in die Seite. »So, und jetzt versuch mal, das zu analysieren, Klugscheißer.«

Er zieht mich an sich und küsst mich auf die Schläfe. »Ist doch klar. Der Traum bedeutet, dass es besser ist, wenn ich mich in Zukunft ums Frühstück kümmere.«

Sehr gute Analyse.

»Worauf hast du Lust? French Toast? Pancakes?«

Ich richte mich auf und küsse ihn. »Nur auf dich.«

»Wie? Noch mal?«

Ich nicke. »Ich will einen Nachschlag.«

Und den bekomme ich. Danach duschen wir zusammen, trinken zusammen Kaffee und fahren zusammen zur Arbeit. Wir haben es nicht geschafft, auch nur eine einzige Nacht getrennt voneinander zu verbringen, trotzdem glaube ich nicht, dass das bedeutet, dass wir jetzt schon zusammen wohnen. Vielleicht bedeutet es eher, dass wir nicht mehr alleine wohnen … falls es da einen Unterschied gibt. So richtig zusammenzuziehen ist ein großer Schritt. Ich glaube, wir sind beide noch nicht so weit, zugeben zu können, dass wir ihn eigentlich schon fast gegangen sind.

Wobei seine Mutter wahrscheinlich denkt, wir würden längst zusammenwohnen, weil sie glaubt, wir wären schon viel länger ein Paar, als wir es tatsächlich sind. Seit ich das erste Mal mit ihm bei seinen Eltern gewesen bin, verbringen wir mindestens einen Abend pro Woche bei ihnen. Zum Glück erzählt er mittlerweile keine Lügengeschichten mehr, sonst würde ich es echt anstrengend finden, mir all die erfundenen Fakten merken zu müssen.

Ich mag seine Mutter wahnsinnig gern und sein Vater bezeichnet mich jetzt schon als »Schwiegertochter«. Das finde ich okay. Obwohl wir erst drei Monate zusammen sind, bin ich mir jetzt schon sicher, dass er irgendwann mein Mann sein wird. So ist das eben, wenn man seinen zukünftigen Ehemann trifft. Irgendwann heiratet man ihn.

Und davor muss man ihm leider irgendwann seine zukünftige Schwiegermutter vorstellen.

Das ist der Programmpunkt, der heute ansteht. Nicht weil ich möchte, dass die beiden sich kennenlernen, sondern weil es nur gerecht ist, nachdem ich Grahams Mutter jetzt schon so gut kenne.

Zeigst du mir deine, zeig ich dir meine.

* * *

»Warum bist du denn so nervös?« Graham legt beruhigend die Hand auf mein Knie. Das Knie, mit dem ich hektisch auf und ab wippe, seit wir ins Auto gestiegen sind. »Ich bin derjenige, der deine Mutter kennenlernen muss. Wenn hier einer nervös sein sollte, dann ich.«

Ich drücke seine Hand. »Wenn du sie erst mal erlebt hast, wirst du mich verstehen.«

Graham lacht, hebt meine Hand an die Lippen und küsst sie. »Glaubst du, dass sie mich schrecklich findet?«

Wir sind gerade in die Straße eingebogen, in der ich früher gewohnt habe. Gleich werden die beiden aufeinandertreffen. »Du bist nicht Ethan. Sie findet dich jetzt schon schrecklich.«

»Dann hast du ja noch weniger Grund, nervös zu sein. Wenn sie mich sowieso schon schrecklich findet, kann ich sie ja nicht mehr enttäuschen.«

»Dass sie dich schrecklich findet, ist mir egal. Ich habe Angst, dass *du* sie schrecklich findest.«

Graham schüttelt lachend den Kopf, als fände er das absurd. »Ich könnte niemals den Menschen schrecklich finden, der dich zur Welt gebracht hat!«

Das sagt er jetzt …

Ich beobachte sein Gesicht, als er in die Einfahrt biegt und den Blick über das riesige Anwesen wandern lässt, in dem ich meine Jugend verbracht habe. Ich spüre, was ihm durch den Kopf geht, und dann höre ich es auch, weil er es im nächsten Moment ausspricht.

»*Hier* bist du aufgewachsen?«

»Du solltest von dem Haus, in dem meine Mutter wohnt, nicht auf mich schließen.«

Graham parkt und zieht den Zündschlüssel ab. »Es ist nur ein Haus, Quinn. Es definiert dich nicht.« Er setzt sich schräg hin, sodass er mich ansehen kann, und legt eine Hand über meine Rückenlehne. »Und weißt du, was dich auch nicht definiert? Deine Mutter.« Er beugt sich zu mir und küsst mich, dann greift er über mich hinweg und öffnet die Tür. »Na los. Bringen wir es hinter uns.«

Meine Mutter erwartet uns nicht an der Tür, also mache ich mich auf die Suche nach ihr und finde sie schließlich in der Küche. Als sie uns hört, dreht sie sich um. Bevor sie etwas sagt, mustert sie Graham erst mal von oben bis unten. Graham breitet in dem Moment die Arme aus, um sie zu umarmen, in dem sie ihm die Hand zur Begrüßung hinstreckt. Kurz wirkt er verunsichert, fängt sich aber schnell.

Graham hat alles richtig gemacht. Hat sie herzlich begrüßt, die Einrichtung bewundert, beim Essen vor Charme gesprüht, höflich ihre Fragen beantwortet, ein bisschen von seiner Familie erzählt, vor allem aber Interesse an unserer gezeigt, über ihre verkrampft witzigen Bemerkungen gelacht und ihre subtilen Beleidigungen ignoriert. Und obwohl er sich hervorragend schlägt, sehe ich in ihrem Blick nichts als Verachtung. Sie muss ihre Gedanken nicht einmal aussprechen, weil sie ihr klar und deutlich am Gesicht abzulesen sind – trotz Botox.

Sie findet es peinlich, dass er bloß einen Honda Accord fährt.

Sie findet es geschmacklos, dass er zu seiner ersten Begegnung mit ihr in T-Shirt und Jeans aufgetaucht ist.

Sie findet es erbärmlich, dass er nur Steuerberater ist und nicht einer der Millionäre, deren Buchhaltung er macht.

Sie findet es unverzeihlich, dass er Graham ist und nicht Ethan.

»Quinn?«, sagt sie, als sie aufsteht, um die Teller in die Küche zu bringen. »Zeig deinem Bekannten doch das Haus, während ich das Dessert vorbereite.«

Meinem *Bekannten*.

Sie tut uns nicht einmal den Gefallen, uns mit Worten als Paar anzuerkennen.

Ich bin erleichtert, das Esszimmer verlassen zu können, auch wenn es nur für ein paar Minuten ist. Als meine Mutter mit dem Tablett in die Küche geht, nehme ich Grahams Hand und zeige ihm als Erstes den »Salon«, was eine andere Bezeichnung für »Wohnzimmer, in dem niemand sitzen darf« ist. Ich deute auf die von Bücherregalen gesäumten Wände und flüstere: »Ich hab sie noch nie eins davon lesen sehen. Sie tut nur gern so, als wäre sie gebildet.«

Graham grinst. Vor einer Wand mit gerahmten Fotos bleibt er stehen. Die meisten zeigen unsere Mutter, Ava und mich. Nach ihrer zweiten Heirat hat sie die meisten Bilder unseres Vaters aussortiert. Nur eins hat sie behalten, auf dem Ava auf seinem einen Knie sitzt und ich auf dem anderen. Als würde Graham spüren, welches Bild ich ansehe, nimmt er genau dieses von der Wand.

»Ihr seht euch jetzt viel ähnlicher als damals.«

Ich nicke. »Wenn wir zusammen unterwegs sind, werden wir immer gefragt, ob wir Zwillinge sind. Dabei finden wir selbst gar nicht, dass wir uns so wahnsinnig ähnlich sehen.«

»Wie alt warst du, als dein Vater gestorben ist?«

»Vierzehn.«

»Fast noch ein Kind«, sagt er. »Hattet ihr ein enges Verhältnis?« Ich betrachte das Bild noch einmal. »Ja und nein. Er war wenig zu Hause, weil er so viel gearbeitet hat. Wir haben ihn immer nur an ein paar Abenden in der Woche gesehen, aber er hat das meiste aus der wenigen Zeit rausgeholt.« Obwohl mich die Erinnerung traurig macht, lächle ich. »Ich stelle mir gern vor, dass wir uns jetzt näher wären, wenn er noch leben würde. Er war schon älter, als er Vater geworden ist, wahrscheinlich konnte er mit kleinen Mädchen nicht so viel anfangen. Aber ich denke, als Erwachsene hätten wir uns gut verstanden.«

Graham hängt das Bild wieder an die Wand. Er sieht sich die anderen Fotos genau an und streicht über mein Kindergesicht, als könnte er dadurch mehr über mich erfahren. Anschließend will ich ihm den Wintergarten zeigen, aber als wir in der Eingangshalle an der Treppe vorbeikommen, hält er mich zurück. »Zuerst will ich dein Zimmer sehen.«

Seiner Stimme ist deutlich anzuhören, woran er denkt, und die Vorstellung, dass wir hier das wiederholen könnten, was wir bei seinen Eltern getan haben, erregt mich. Ich greife nach seiner Hand und ziehe ihn mit mir die Treppe hinauf. Es ist sicher ein Jahr oder sogar noch länger her, dass ich das letzte Mal oben war. Ich bin gespannt, was er zu meinem alten Zimmer sagt. Nachdem ich seins gesehen hatte, hatte ich das Gefühl, viel über ihn erfahren zu haben.

Ich öffne die Tür und lasse ihm den Vortritt, aber als ich das Licht einschalte, steigt eine Welle der Enttäuschung in mir empor. Aus dem, was wir uns vorgestellt hatten, wird wohl nichts.

Meine Mutter hat alle Möbel in eine Ecke geschoben, um Platz für leere Schuhkartons zu schaffen, die an zwei Wänden vom Boden bis zur Decke gestapelt sind. Meine sämtlichen Bilder, Poster und sonstigen Andenken hat sie in Kisten gepackt.

»Sieht aus, als hätte sie Platz für ihre Sachen gebraucht«, sage ich leise.

Graham streicht mir tröstend über den Rücken. »Die arme Frau lebt in so einem winzigen Häuschen«, sagt er. »Ist doch klar, dass sie allen Raum nutzen muss.«

Ich lache, obwohl mir zum Weinen zumute ist. Er zieht mich an sich und umarmt mich fest, während ich die Augen schließe. Es ärgert mich, dass ich mich so gefreut habe, ihm mein altes Zimmer zu zeigen, und es macht mich traurig zu wissen, dass meine Mutter mich niemals so lieben wird, wie Grahams Mutter ihren Sohn liebt. Es gibt zwei Gästezimmer in diesem Haus, die kaum genutzt werden, und trotzdem hat sie entschieden, ausgerechnet mein Zimmer zur Abstellkammer umzufunktionieren. Ich schäme mich vor Graham.

Ich straffe die Schultern und hoffe, dass er mir nicht anmerkt, wie nahe mir das geht. Aber natürlich merkt er es doch.

»Hey.« Er streicht mir die Haare aus dem Gesicht. »Alles okay?«

»Ja. Es ist nur … Ich weiß auch nicht. Als ich deine Eltern und deine Schwestern kennengelernt habe, war das wie ein zusätzliches Geschenk für mich. Ich weiß, wie meine Mutter ist, aber irgendwie hatte ich gehofft, dass … es vielleicht heute trotzdem schön wird und ich dir damit auch ein Geschenk machen kann.« Ich lache verlegen. »Wunschdenken.«

Er soll nicht sehen, wie enttäuscht ich bin, deshalb wende ich mich ab und gehe zum Fenster. Graham stellt sich hinter mich und umfasst meine Taille.

»Die meisten Menschen sind Produkte ihrer Umgebung, Quinn. Ich komme aus einer glücklichen Familie und habe Eltern, die eine gesunde und stabile Beziehung führen. Wenn man so aufwächst, ist davon auszugehen, dass man als Erwachsener ziemlich normal wird.« Er dreht mich sanft zu sich, legt mir die Hände auf die Schultern und sieht mich ernst an. »Heute habe ich erlebt, wie du aufgewachsen bist. Und jetzt bewundere ich dich noch mehr als vorher. Es ist eine echte Leistung, dass du bist, wie du bist. Dass du es geschafft hast, ganz aus dir selbst heraus zu einer emotional so klugen, großzügigen, tollen Frau zu werden.«

Die wenigsten Menschen sind in der Lage, den exakten Zeitpunkt zu benennen, an dem sie angefangen haben, einen anderen Menschen zu lieben.

Ich schon.

Es ist gerade eben passiert.

Vielleicht ist es Zufall – vielleicht spürt Graham es auch – , jedenfalls presst er genau in diesem Moment seine Lippen auf meine Stirn und sagt: »Ich liebe dich, Quinn.«

Ich schlinge die Arme um ihn und bin unendlich dankbar, ihn zu haben. Jeden kleinsten Teil von ihm. »Und ich liebe dich.«

Zwanzig

Ich schalte den Motor aus, stemme die Knie gegen das Lenkrad und schiebe mich in meinem Sitz nach hinten. Das Haus liegt dunkel da, nur in der Küche brennt Licht. Es ist gleich Mitternacht. Graham schläft wahrscheinlich schon, weil er morgen arbeiten muss.

Als ich heute Morgen aufgewacht bin, habe ich irgendwie halb damit gerechnet, dass er vor dem Schlafzimmer steht, an die Tür klopft und mich um Verzeihung bittet. Ich war wütend und enttäuscht, als ich festgestellt habe, dass er wie immer zur Arbeit gefahren war. Unsere Ehe löst sich in ihre Bestandteile auf, er hat zugegeben, dass er sich mit einer anderen Frau trifft, ich habe mich die ganze Nacht in unser Schlafzimmer eingeschlossen … und er wacht am nächsten Morgen auf, zieht sich an und fährt ins Büro.

Diese Andrea ist sicher eine Kollegin. Wahrscheinlich wollte er sie warnen für den Fall, dass ich ausraste und in der Kanzlei auftauche, um ihr eine Szene zu machen.

Da kennt er mich schlecht. Auf diese Frau bin ich nicht sauer. Sie hat mir keine Treue geschworen. Sie ist mir gegenüber genauso wenig zu irgendetwas verpflichtet wie ich ihr. Ich bin nur auf einen Menschen in diesem Szenario sauer. Und das ist mein Ehemann.

Die Vorhänge im Wohnzimmer bewegen sich. Kurz überkommt mich der Impuls, mich zu ducken, aber ich weiß ja, wie gut man vom Haus aus die Einfahrt sehen kann. Graham hat mich längst entdeckt, also ist es sinnlos, mich zu verstecken. Kurz darauf geht die Haustür auf und er kommt auf den Wagen zu.

Er hat die Pyjamahose an, die ich ihm letztes Jahr zu Weihnachten geschenkt habe. Dazu trägt er – wie so oft – zwei verschiedenfarbige Socken. Eine schwarz, die andere weiß. Ich fand immer schon, dass das eigentlich gar nicht zu ihm passt. Sonst ist er in jeder Hinsicht perfekt organisiert, aber aus irgendeinem Grund ist es ihm völlig egal, ob seine Socken zusammenpassen oder nicht. Für Graham sind Socken eine praktische Notwendigkeit, kein modisches Accessoire.

Ich drehe den Kopf weg, als er die Beifahrertür öffnet und sich neben mich setzt. In dem Moment, in dem er die Tür zuzieht, ist es, als würde er mir die Luftzufuhr abdrücken. Mir wird so eng in der Brust, dass ich die Scheibe runterlasse, um atmen zu können.

Er riecht so gut. Warum ist das so? Obwohl er mir das Herz gebrochen hat, ist die Information darüber wohl nie beim Rest von mir angekommen, sonst müsste mich alles an ihm anwidern. Wenn die Wissenschaftler mal herausfinden würden, wie man das Herz mit dem Gehirn gleichschalten kann, gäbe es nicht so viel Kummer in der Welt.

Ich warte auf seine Entschuldigung. Auf die Ausreden. Vielleicht sogar auf eine Schuldzuweisung. Graham atmet tief ein und fragt: »Warum haben wir uns eigentlich nie einen Hund zugelegt?«

Ich fahre zu ihm herum. Er hat sich zu mir gedreht, das Gesicht seitlich an die Nackenstütze gelegt. Er sieht mich sehr ernst an, als hätte er mir gerade nicht eine komplett absurde Frage gestellt. Seine Haare sind nass. Wahrscheinlich hat er gerade geduscht.

Seine Augen sind gerötet. Ich weiß nicht, ob es daran liegt, dass er schlecht geschlafen hat oder ob er geweint hat, und er fragt mich, warum wir uns nie einen *Hund* zugelegt haben?

»Willst du mich verarschen, Graham?«

»Entschuldige bitte.« Er schüttelt den Kopf. »Das war nur so ein Gedanke, den ich hatte. Ich wusste nicht, ob es einen Grund hat.«

Das ist das erste »Entschuldige bitte«, seit er zugegeben hat, dass er mich betrogen hat, und es hat nichts damit zu tun, dass er mich betrogen hat. Das ist so untypisch. Alles. Dass er mich betrügt, passt überhaupt nicht zu ihm. Es ist, als säße ein Fremder neben mir. »Wer bist du? Was hast du mit meinem Mann gemacht?«

Er wendet den Blick ab, lehnt sich zurück und legt den Unterarm über die Augen. »Der ist wahrscheinlich gerade mit meiner Frau unterwegs. Ist schon eine ganze Weile her, dass ich sie zuletzt gesehen habe.«

So stellt er sich das also vor? Ich habe geglaubt, er würde zu mir rauskommen, um diese Qual ein bisschen erträglicher für mich zu machen, und stattdessen macht er mich nur noch wütender. Ich ertrage es nicht, ihn anzusehen, und schaue aus dem Fenster ins Nichts. »Weißt du, dass ich dich gerade hasse, Graham? So wirklich richtig hasse?« Eine Träne läuft über meine Wange.

»Du hasst mich nicht«, sagt er leise. »Um mich zu hassen, müsstest du mich lieben. Aber das tust du nicht mehr. Dafür bin ich dir schon viel zu lange gleichgültig.«

Ich wische die Träne weg. »Wenn du mir das sagen musst, um vor dir zu rechtfertigen, dass du mit einer anderen Frau geschlafen hast, bitte schön. Ich möchte auf keinen Fall, dass du dich schuldig fühlst.«

»Ich habe nie mit ihr geschlafen, Quinn. Wir haben uns nur … es ist nie so weit gekommen. Ich schwöre.«

Damit habe ich nicht gerechnet.

Er hat nicht mit ihr geschlafen? Ich denke kurz nach. Macht das einen Unterschied für mich? Tut es weniger weh? Nein. Bin ich weniger wütend auf ihn? Nein. Die Wut ist dieselbe. Es geht darum, dass er hinter meinem Rücken mit einer fremden Frau etwas Intimes geteilt hat. Ob es ein tiefes Gespräch war, ein Kuss oder ein dreitägiger Sexmarathon, ist egal. All das kann man als gleich schlimmen Betrug empfinden, wenn einer der Beteiligten der eigene Partner ist.

»Ich habe nie mit ihr geschlafen«, wiederholt er leise. »Aber das sage ich nicht, weil ich hoffe, dass es für dich dadurch erträglicher ist. Ich gebe zu, dass ich daran gedacht habe, es zu tun.«

Ich presse mir eine Hand auf den Mund, um ein Schluchzen zu unterdrücken. Aber das gelingt mir nicht, weil alles, was er sagt … alles, was er tut … nicht das ist, was ich von ihm in dieser Situation erwartet hätte. Ich brauche Trost. Ich möchte, dass er mir die Angst nimmt. Stattdessen macht er alles nur noch schlimmer.

»Raus aus meinem Wagen.« Ich entriegle die Türen, obwohl sie nicht verriegelt sind. Ich will, dass er geht. Weit weg. Mit versteinerter Miene umklammere ich das Lenkrad und warte darauf, dass er aussteigt. Ich starte den Wagen. Graham rührt sich nicht. Ich sehe ihn an.

»Steig aus, Graham. *Bitte*. Steig jetzt aus meinem Wagen.« Ich drücke meine Stirn gegen das Lenkrad. »Ich ertrage es gerade nicht einmal, dich anzuschauen.« Mit zusammengekniffenen Augen warte ich darauf, dass er endlich die Tür aufmacht, aber stattdessen verstummt der Motor. Graham zieht den Schlüssel aus dem Zündschloss.

»Ich gehe nirgendwohin, bevor du nicht jedes Detail kennst«, sagt er.

Fassungslos schüttle ich den Kopf, wische mir die Tränen aus dem Gesicht, reiße die Tür auf und will selbst aussteigen, aber er hält meine Hand fest.

»Schau mich an.« Er zieht mich zu sich, sodass ich nicht aussteigen kann. »*Quinn, schau mich an!*«

Er hat mich noch nie angebrüllt. Das ist das erste Mal, dass ich überhaupt erlebe, dass er die Stimme erhebt. Graham ist noch nie laut geworden – jetzt brüllt er so, dass das Innere des Wagens vibriert und ich erstarre.

»Ich muss dir sagen, warum es passiert ist. Wenn ich fertig bin, kannst du entscheiden, wie du dich dazu verhältst, aber bitte lass mich erst reden, Quinn.«

Ich ziehe die Tür wieder zu und lehne mich zurück. Obwohl ich die Augen schließe, quellen mir weiter Tränen unter den Lidern hervor. Ich will nichts hören, aber gleichzeitig denke ich, dass ich die Details wissen muss, weil ich Angst habe, dass in meiner Vorstellung sonst alles noch schlimmer sein wird.

»Beeil dich«, flüstere ich. Ich weiß nicht, wie lange ich es aushalte, hier zu sitzen, ohne komplett zusammenzubrechen.

Er holt tief Luft, und es dauert einen Moment, bis er redet. »Sie arbeitet erst seit ein paar Monaten in der Kanzlei.«

Seine Stimme klingt erstickt. Er versucht, die Fassung zu bewahren, aber ich höre ihm an, wie sehr er es bereut. Das ist das Einzige, was meinen Schmerz etwas lindern kann. Zu wissen, dass er auch leidet.

»Wir hatten ein paarmal miteinander zu tun, aber für mich war sie nur eine Kollegin, nichts weiter. Ich habe keine Frau je so angeschaut wie dich, Quinn. Ich will nicht, dass du denkst, dass es so angefangen hat.«

Ich spüre, dass er mich ansieht, halte die Augen aber weiter geschlossen. Mein Puls rast, und ich muss gegen das Bedürfnis ankämpfen auszusteigen, weil ich es in dem engen Wagen nicht mehr aushalte. Aber ich weiß, dass Graham das nicht zulassen wird, bevor ich mir nicht alles angehört habe, also konzentriere ich mich darauf, so ruhig wie möglich zu atmen, während er redet.

»Aber sie ist mir aufgefallen. Nicht weil ich fand, dass sie so toll aussieht oder so faszinierend ist, sondern weil … Sie hat mich in ihren Gesten und ihrer ganzen Art irgendwie an dich erinnert.«

Ich schüttle den Kopf und öffne den Mund, aber bevor ich etwas sagen kann, flüstert er: »Lass mich bitte zu Ende erzählen.« Ich schließe den Mund wieder und beuge mich vor, die Arme über dem Lenkrad gekreuzt. Die Stirn auf meine Arme gepresst, bete ich, dass es schnell vorbei ist.

»Bis letzte Woche ist nichts zwischen uns passiert. Am Mittwoch haben wir ein Projekt zusammen bearbeitet und saßen deshalb einen großen Teil des Tages zusammen in meinem Büro und ... ich habe gemerkt, dass ich mich ... zu ihr hingezogen gefühlt habe. Aber nicht, weil sie etwas hatte, was du nicht hast, sondern weil ... weil sie mich so sehr an dich erinnert hat.«

In mir tobt so viel, was ich ihm jetzt gerne ins Gesicht brüllen würde, aber ich halte mich zurück.

»Sie hat mich so an dich erinnert, dass ich mich nach dir gesehnt habe. Deswegen bin ich früher nach Hause gefahren. Ich dachte, wir könnten vielleicht mal wieder essen gehen oder irgendetwas machen, worauf du Lust hast. Was dich zum Lächeln bringt. Ich hätte mir so sehr gewünscht, dass du mich vielleicht fragst, wie mein Tag war, oder mir irgendwie gezeigt hättest, dass du Interesse an mir hast. Aber als ich die Tür aufgeschlossen habe, bist du aus dem Wohnzimmer gegangen ... Ich weiß, dass du mich gehört hast. Ich hatte nicht das Gefühl, dass du dich darüber freust, dass ich schon zu Hause bin. Stattdessen hast du dich in dein Arbeitszimmer verzogen, als würdest du mir aus dem Weg gehen.«

Jetzt bin ich nicht nur voller Wut, sondern auch voller Scham. Kann es sein, dass ich selbst gar nicht gemerkt habe, wie oft ich ihm aus dem Weg gegangen bin?

»Am Mittwochabend hast du ganze zwei Wörter zu mir gesagt. Zwei. Weißt du noch, welche das waren?«

Ich nicke, ohne den Kopf zu heben. »Gute Nacht.«

Ich höre die Tränen in seiner Stimme, als er sagt: »Ich war so wütend auf dich. Zu versuchen, dich zu verstehen, ist manchmal wie eine vertrackte Rätselaufgabe, Quinn. Ich hatte es so satt, mir tausendmal zu überlegen, wie ich mich dir gegenüber verhalten soll. Ich war so verdammt wütend auf dich. Als ich am Donnerstag zur Arbeit gegangen bin, habe ich dir nicht mal einen Abschiedskuss gegeben.«

Ja, das ist mir aufgefallen.

»Am Donnerstag haben wir das Projekt beendet, und ich hätte

nach Hause fahren sollen, aber ich bin … geblieben. Wir haben geredet. Lange geredet und dann … dann habe ich sie geküsst.« Graham fährt sich mit beiden Händen übers Gesicht. »Das hätte ich niemals tun dürfen. Ich hätte sofort aufhören müssen, aber … ich konnte nicht. Weil ich die ganze Zeit die Augen geschlossen hatte und mir vorgestellt habe, sie wäre du.«

Ich hebe den Kopf von den Armen und sehe ihn an. »Dann ist es also meine Schuld, ja? Ist es das, was du mir sagen willst?« Jetzt richte ich mich auf und drehe mich zu ihm. »Du bekommst von mir nicht die Aufmerksamkeit, die du dir wünschst, und deswegen suchst du dir jemanden, der dich an mich erinnert? Solange du dir einredest, sie wäre ich, ist es kein echter Betrug. Ja?« Ich verdrehe die Augen und lasse mich in den Sitz zurückfallen. »Graham Wells, der erste Mann der Welt, der einen Weg gefunden hat, mit moralischer Berechtigung eine Affäre zu haben.«

»Quinn …«

Ich lasse ihn nicht ausreden. »Anscheinend hattest du kein besonders schlechtes Gewissen, wenn du das ganze verdammte Wochenende Zeit hattest, darüber nachzudenken, und dann am Montag zur Arbeit bist und es gleich noch mal gemacht hast.«

»Es ist nur zweimal passiert. Letzten Donnerstag und gestern Abend. Mehr war nicht zwischen uns. Das schwöre ich dir.«

»Und wenn ich es nicht gemerkt hätte? Wenn ich dich nicht gezwungen hätte, es zuzugeben? Wäre es dann nie mehr passiert?«

Graham fährt sich über den Mund und massiert sich den Kiefer. Er schüttelt fast unmerklich den Kopf, und ich hoffe, dass das nicht die Antwort auf meine Frage ist. Ich hoffe, er schüttelt ihn nur, weil er selbst nicht begreift, was er getan hat.

»Ich weiß nicht, was ich darauf sagen soll.« Er sieht zum Seitenfenster hinaus. »Niemand hat es verdient, so etwas erleben zu müssen. Besonders du nicht. Als ich heute Abend nach Hause gefahren bin, habe ich mir geschworen, dass es nie mehr passieren wird. Aber ich hätte vorher auch nie geglaubt, dass ich in der Lage wäre, überhaupt so etwas zu tun.«

Ich sehe zur Wagendecke, presse eine Hand auf meine Brust und atme tief durch. »Warum hast du es dann getan?« Meine Frage ist ein Schluchzen.

Graham dreht sich zu mir, umfasst mein tränennasses Gesicht und fleht mich stumm an, ihn anzusehen. Als ich es schließlich tue und seinen verzweifelten Blick sehe, muss ich noch heftiger schluchzen. »Wir leben unseren Alltag, als wäre alles in Ordnung, aber das ist es nicht, Quinn. Unsere Beziehung ist schon seit Jahren kaputt, und ich habe keine Ahnung, wie ich sie kitten soll. Ich suche nach Lösungen. Das ist mein Job. Das ist das, was ich kann. Aber ich weiß nicht, wie ich das mit dir und mir lösen soll. Jeden Tag, wenn ich nach Hause komme, hoffe ich, dass es besser wird. Aber du hältst es ja nicht mal mehr aus, mit mir im selben Raum zu sein. Du erträgst es nicht, wenn ich dich berühre. Du erträgst es nicht, wenn ich mit dir darüber reden will. Ich tue so, als würde ich das, von dem du nicht möchtest, dass ich es bemerke, nicht bemerken, weil ich es nicht noch schlimmer für dich machen will, als es sowieso schon ist.« Er stößt geräuschvoll Luft aus, die er angehalten hat. »Ich gebe dir nicht die Schuld daran. Wie könnte ich? Es ist meine Schuld. Ganz allein meine. Ich habe das getan. Ich habe Scheiße gebaut. Aber ich habe es nicht getan, weil ich sie so anziehend fand. Ich habe es getan, weil ich dich vermisse. Jeden verdammten Tag. Wenn ich in der Kanzlei bin, vermisse ich dich. Wenn ich zu Hause bin, vermisse ich dich. Wenn du neben mir im Bett liegst, vermisse ich dich. Ich vermisse dich sogar, wenn ich in dir bin.«

Er presst seinen Mund auf meinen und ich schmecke seine Tränen. Vielleicht sind es ja auch meine. Dann löst er sich mit einem Ruck von mir und legt seine Stirn an meine. »Ich vermisse dich, Quinn. Du fehlst mir so schrecklich. Du sitzt direkt vor mir und bist trotzdem nicht da. Ich weiß nicht, wo du hingegangen bist oder wann du gegangen bist, und ich habe keine Ahnung, wie ich dich zurückholen kann. Ich fühle mich so allein. Wir leben zusammen. Wir essen zusammen. Wir schlafen zusammen. Aber ich habe mich in meinem ganzen Leben nie einsamer gefühlt.«

Er lässt mich los, dreht sich weg und bedeckt sein Gesicht mit beiden Händen, während er versucht, ruhiger zu werden. Ich habe ihn noch nie so aufgelöst gesehen.

Ich bin diejenige, die ihn ganz langsam zermürbt hat. Die ihn zu jemandem gemacht hat, der nicht wiederzuerkennen ist. Die ihm etwas vorgespielt hat, ihn hat glauben lassen, dass es Hoffnung gibt, dass ich mich eines Tages wundersamerweise in die Frau zurückverwandle, in die er sich verliebt hat. Aber ich kann nicht mehr so werden, wie ich einmal war. Wir sind die, zu denen das Leben uns macht.

»Graham.« Ich wische mir mit dem Ärmel die Tränen aus dem Gesicht. Er schweigt und rührt sich erst nicht, aber irgendwann wendet er sich mir doch zu und sieht mich mit seinem traurigen, untröstlichen Blick an. »Ich bin nirgendwohin gegangen. Ich war die ganze Zeit da. Aber du kannst mich nicht sehen, weil du nach der suchst, die ich mal war. Es tut mir leid, dass ich nicht mehr die bin, als die du mich kennengelernt hast. Vielleicht geht es mir irgendwann ja wieder besser. Vielleicht auch nicht. Aber ein guter Mann liebt seine Frau in guten wie in schlechten Zeiten. Ein guter Mann steht in Krankheit und Gesundheit zu seiner Frau, Graham. Ein guter Mann – ein Mann, der seine Frau wirklich liebt – würde sie nicht betrügen und das dann damit entschuldigen, dass er sich einsam gefühlt hat.«

Grahams Miene verrät keine Regung. Er sitzt stumm und starr da wie aus Stein gemeißelt. Nur seine Kiefer mahlen unablässig. Dann wendet er mir den Kopf zu und verengt die Augen.

»Du denkst, ich würde dich nicht lieben, Quinn?«

»Ich weiß, dass du mich geliebt hast. Aber ich glaube nicht, dass du auch den Menschen liebst, zu dem ich geworden bin.«

Graham dreht sich ganz zu mir, beugt sich vor und sieht mir direkt in die Augen. Seine Stimme ist hart. »Ich habe dich von dem Moment an, in dem ich dich zum allerersten Mal gesehen habe, jede einzelne Sekunde jedes einzelnen Tages geliebt. Ich liebe dich heute mehr als an dem Tag, an dem wir geheiratet haben. Ich liebe dich, Quinn. Verdammt, ich liebe dich so!«

Dann fährt er herum, reißt die Wagentür auf, steigt aus und schlägt sie mit aller Kraft zu. Der ganze Wagen zittert. Er geht aufs Haus zu, aber bevor er an der Tür ist, fährt er noch einmal herum und zeigt wütend mit dem Zeigefinger auf mich. »Ich liebe dich, Quinn!«

Er brüllt es. Er ist wütend. So wütend.

Als er an seinem Wagen vorbeikommt, versetzt er der Stoßstange mit dem Fuß einen Tritt. Er tritt noch mal zu und dann noch mal und noch mal und hört nur kurz auf, um zu brüllen: »Ich liebe dich!«

Mit beiden Fäusten hämmert er auf sein Auto ein, immer und immer wieder, bis er schließlich, den Kopf in den Armen vergraben, auf der Motorhaube zusammenbricht und eine ganze Minute lang so bleibt. Das Einzige, was sich bewegt, sind seine Schultern. Ich sitze ganz starr. Ich glaube, ich atme nicht einmal.

Schließlich stemmt Graham sich hoch und reibt sich mit seinem T-Shirt übers Gesicht. Er dreht sich zu mir um. Ein Wrack. »Ich liebe dich«, sagt er leise und schüttelt den Kopf. »Ich habe dich immer geliebt, Quinn. Egal, wie oft ich mir gewünscht habe, es nicht zu tun.«

Einundzwanzig

DAMALS

Aus nachvollziehbaren Gründen bitte ich meine Mutter nie um irgendwelche Gefallen. Genau deshalb habe ich nicht sie, sondern meinen Stiefvater angerufen, um ihn zu fragen, ob ich das Wochenende mit Graham im Strandhaus auf Cape Cod verbringen darf. Er selbst fährt kaum noch hin und behält es nur, um es zu vermieten. Den Sommer über ist es praktisch immer ausgebucht, aber in den kälteren Monaten wie jetzt im Februar steht es meistens leer. Es hat mich einiges gekostet, meinen Stolz zu überwinden und ihn zu bitten, es uns zu überlassen, aber es ist mir wesentlich leichter gefallen, als meine Mutter zu fragen. Seit ich offiziell mit Graham zusammen bin, hat sie mir zu verstehen gegeben, ich hätte eine wesentlich bessere Partie machen können. Diese »bessere Partie« würde natürlich ein eigenes Strandhaus besitzen, sodass ich nicht andere Leute anbetteln müsste.

Als wir ankamen, ist Graham erst mal eine gefühlte Stunde lang im Haus herumgelaufen und hat sich kaum mehr eingekriegt.

Quinn, schau dir diese Aussicht an!

Quinn, schau dir diese riesige Badewanne an!

Quinn, hast du den Kamin gesehen?

Quinn, hier gibt es sogar Kajaks!

Mittlerweile hat er es geschafft, seine Begeisterung auf Normalmaß runterzuschrauben und nicht immer wieder in Jubelrufe auszubrechen. Wir haben gerade zu Abend gegessen und ich habe geduscht, während er auf der Terrasse in der eisernen Schale Feuer gemacht hat. Der Februar ist dieses Jahr sehr mild, trotzdem klettern die Temperaturen tagsüber kaum über zehn Grad und sinken nachts oft unter null. Ich bringe uns eine Decke raus und kuschle mich neben Graham auf das Outdoor-Sofa.

Er zieht mich noch näher an sich heran und schlingt einen Arm um mich, sodass ich den Kopf an seine Brust lehnen kann. Es ist kalt hier draußen, aber durch die Wärme seines Körpers und des prasselnden Feuers lässt es sich gut aushalten. Ich finde es sogar richtig gemütlich.

Wie er so dasitzt und der Brandung lauscht, strahlt Graham eine innere Ruhe aus, die ich so an ihm bisher noch nicht erlebt habe. Er betrachtet das Meer mit der Ehrfurcht, die es verdient hat, als wären in seinem Wasser die Antworten auf alle Fragen des Lebens verborgen.

»Was für ein perfekter Tag«, sagt er leise.

Ich lächle. Wie schön, dass ein perfekter Tag für ihn ein Tag mit mir ist. Mittlerweile sind wir ein halbes Jahr zusammen. Wenn ich ihn ansehe, überkommt mich oft ein so überwältigendes Glücksgefühl, dass ich Ethan und Sasha am liebsten einen Dankesbrief schreiben würde. Graham ist das Beste, was mir je passiert ist.

Überrascht stelle ich fest, dass gerade die Tatsache, dass ich mit jemandem so glücklich sein und ihn so lieben kann, eine unterschwellige Angst in mir erzeugt, die ich vorher so nicht gekannt habe. Die Angst, ihn zu verlieren. Die Angst, ihm könnte etwas passieren. Ich stelle mir vor, dass es so ist, wenn man Kinder hat. Dass das wahrscheinlich die allergrößte, schönste und tiefste Liebe ist, die man jemals erleben kann, und zugleich auch die, die einen am verletzlichsten macht.

»Möchtest du mal Kinder?«, platzt es aus mir heraus. Typisch, dass ich in einem so harmonischen, entspannten Moment eine Frage stelle, die für unsere gemeinsame Zukunft entscheidend sein könnte.

»Unbedingt. Und du?«

»Ja. Viele.«

Graham lacht. »Wie viele sind für dich viele?«

»Ich weiß nicht. Mehr als eins, weniger als fünf?« Ich hebe den Kopf von seiner Schulter und sehe ihn an. »Ich glaube, ich wäre eine gute Mutter. Und – ohne angeben zu wollen – ich bin mir ziemlich sicher, dass meine Kinder die tollsten Kinder aller Zeiten wären.«

»Daran zweifle ich keine Sekunde.«

Ich schmiege den Kopf wieder an seine Schulter. Er umfasst meine Hand, die an seinem Herz liegt.

»Wolltest du immer schon Mutter werden?«

Ich nicke. »Ja. Ich freue mich total darauf, eine große Familie zu haben. Ich hab mir immer einen Beruf gewünscht, in dem ich von zu Hause aus arbeiten kann, damit ich viel Zeit mit meinen Kindern verbringen kann. Peinlich, oder? Das hab ich noch nie so offen zugegeben.«

»Das ist nicht peinlich.«

»Doch, klar. Das klingt, als wäre ich ein Hausmütterchen und keine Karrierefrau oder Feministin.«

Graham schiebt mich sanft von sich und steht auf, um Holz zu holen. Er legt zwei frische Scheite ins Feuer und setzt sich wieder. »Du solltest werden, was dich glücklich macht. Ob das jetzt Generalin, Anwältin, Managerin oder Mutter ist, spielt doch keine Rolle. Aber auf keinen Fall solltest du dich für das, was du sein willst, schämen.«

Ich liebe ihn. Ich liebe ihn so sehr.

»Ich will ja auch nicht nur Mutter sein. Irgendwann möchte ich auch ein Buch schreiben.«

»Die Fantasie dafür hast du jedenfalls. Deine verrückten Träume sind der Beweis.«

Ich lache. »Vielleicht sollte ich anfangen, sie aufzuschreiben.«

Graham lächelt unergründlich. Ich will ihn gerade fragen, was er denkt, da sagt er es mir schon.

»Frag mich noch mal, ob ich Kinder will.«

»Warum? Fällt deine Antwort jetzt anders aus?«

»Mach's einfach. Frag mich noch mal.«

»Möchtest du Kinder?«

Er strahlt mich an. »Nur mit dir. Ich will nur Kinder, wenn ich sie mit dir haben kann. Mit dir will ich richtig viele Kinder haben. Ich will sehen, wie dein Bauch wächst, und ich will sehen, wie du unsere Babys das erste Mal im Arm hältst und wie du weinst, weil du so wahnsinnig glücklich bist. Und abends will ich an der Tür vom Kinderzimmer stehen und sehen, wie du unsere Kinder in den Schlaf wiegst und ihnen was vorsingst. Nichts würde mich glücklicher machen, als dich irgendwann zur Mutter machen zu dürfen.«

Ich küsse ihn auf die Schulter. »Du sagst immer so schöne Sachen. Ich würde mich auch gern so gut ausdrücken können wie du.«

»Du bist hier die Texterin. Du bist diejenige, die gut mit Sprache umgehen kann.«

»Ich finde ja auch, dass ich schreiben kann. Wahrscheinlich könnte ich aufschreiben, was ich für dich fühle, aber ich könnte es nie so spontan in Worte fassen wie du.«

»Dann mach das«, sagt er. »Schreib mir einen Liebesbrief. Ich hab noch nie einen bekommen.«

»Das glaube ich dir nicht.«

»Doch. Wirklich. Dabei habe ich mir immer einen gewünscht.«

Ich lache. »Echt? Solche kitschigen Wünsche hast du? Okay, dann schreibe ich dir einen.«

»Aber bitte einen, der länger ist als nur eine Seite. Und es soll ehrlich drinstehen, was du gedacht hast, als du mich das erste Mal gesehen hast. Und was du gefühlt hast, als du dich in mich verliebt hast. Und könntest du bitte auch ein bisschen Parfüm draufsprühen? Das haben die Mädchen aus meiner Klasse immer gemacht.«

»Sonst noch irgendwelche Wünsche?«

»Du könntest noch ein Nacktfoto von dir dazutun. Dagegen hätte ich auch nichts.«

Das lässt sich vielleicht einrichten.

Graham zieht mich auf seinen Schoß und legt die Decke um uns, sodass wir ganz darin eingewickelt sind. Er hat eine dünne Pyjamahose an, durch die ich sehr genau spüre, was er gerade für Gedanken hat. »Hast du schon mal bei zehn Grad draußen Sex gehabt?«

Ich grinse an seinen Lippen. »Nein. Aber ich würde es sehr gern mal ausprobieren und – stell dir vor – genau aus dem Grund hab ich vorhin nach dem Duschen den Slip weggelassen.«

Graham schiebt seine Hände unter meinen Po und stöhnt, als er mein langes T-Shirt nach oben schiebt. Ich stelle mich auf die Zehen und hebe meine Hüften etwas an, damit er sich aus der Hose befreien kann, dann lasse ich mich langsam wieder auf ihn sinken und nehme ihn in mich auf. Wir lieben uns, in die Decke gehüllt, das unendliche Rauschen des Atlantiks im Hintergrund. Der perfekte Moment, am perfekten Ort, mit dem perfekten Menschen. Und ich weiß schon jetzt ganz genau, dass ich ihm in meinem Liebesbrief genau diesen Moment beschreiben werde.

Zweiundzwanzig

JETZT

Er hat eine andere Frau geküsst.

Ich will gerade auf »Senden« klicken, als mir einfällt, dass in Italien jetzt früher Morgen ist. Und weil ich nicht möchte, dass Ava beim Aufwachen als Allererstes so eine Nachricht von mir lesen muss, lösche ich sie wieder.

Graham ist vor einer halben Stunde im Haus verschwunden, ich bin im Wagen geblieben. Der Schmerz sitzt so tief, dass ich mich nicht rühren kann. Ich weiß nicht, ob es seine Schuld ist oder meine, ob womöglich keiner von uns daran schuld ist oder wir beide zusammen. Ich weiß nur, dass er mich verletzt hat, weil ich ihn verletzt hatte. Das rechtfertigt zwar in keinster Weise, was er getan hat, aber etwas nicht entschuldigen zu können, heißt nicht, dass man es nicht trotzdem verstehen kann.

Und jetzt sind wir beide so verletzt, dass ich nicht weiß, wie es weitergehen soll. Es spielt keine Rolle, wie groß die Liebe zu einem anderen Menschen ist – wenn die Bereitschaft zu verzeihen nicht genauso groß ist, wird sie bedeutungslos.

Ich frage mich, ob wir jetzt auch an diesem Punkt wären, wenn ich in der Lage gewesen wäre, ein Kind zu bekommen. Ob unsere Ehe zu dem geworden wäre, was sie heute ist, wenn ich in den letzten Jahren nicht so todunglücklich gewesen wäre. Wenn Graham nicht die ganze Zeit Rücksicht auf meine Gefühle hätte nehmen müssen.

Aber wie soll man das wissen? Vielleicht wäre es so oder so dazu gekommen. Vielleicht hätte ein Kind unsere Ehe auch nicht retten können. Statt ein unglücklicher Mann und eine unglückliche Frau zu werden, wären wir dann eben eine unglückliche Familie geworden. Eins der vielen Paare, das nur wegen der Kinder zusammenbleibt.

Ich wüsste gern, wie viele Beziehungen noch bestehen würden, wenn diejenigen Paare keine Kinder hätten. Wie viele Leute bleiben wirklich glücklich bis an ihr Lebensende zusammen, wenn sie keine Kinder haben, die alles zusammenhalten?

Vielleicht sollten wir uns ja tatsächlich einen Hund anschaffen und schauen, ob uns das retten kann. Jetzt verstehe ich, warum Graham das gesagt hat. Natürlich weiß er, was der eigentliche Grund für unser Problem ist. Er leidet genauso darunter wie ich.

Als es kalt wird, gehe ich irgendwann doch ins Haus und kauere mich auf die Couch. So wie Graham vorhin rumgebrüllt und auf der Motorhaube rumgehämmert hat, sind garantiert alle Nachbarn aufgewacht. Jetzt ist alles wieder still, aber die Stille zwischen Graham und mir ist ohrenbetäubend. Ich kann mich auf keinen Fall einfach so neben ihn ins Bett legen. Abgesehen davon könnte ich sowieso nicht schlafen.

Was sollen wir nur machen? Eine Paartherapie haben wir schon hinter uns. Wir hatten gehofft, mit professioneller Hilfe etwas Druck rausnehmen zu können, weil es dann vielleicht auch eher mit einem Baby klappen würde. Tatsächlich haben wir uns während dieser Zeit wieder angenähert, aber der Grund war hauptsächlich der, dass wir den Therapeuten beide so bescheuert fanden. Er wollte uns ständig bloß zeigen, was mit uns nicht stimmt. Aber das ist nicht das Problem, wir kennen unsere Schwächen. Graham genauso wie ich. Mein Problem ist, dass ich keine Kinder bekommen kann und dass mich das unglücklich macht. Grahams Problem ist, dass er daran nichts ändern kann, was wiederum ihn unglücklich macht. Keine Gesprächstherapie der Welt kann dafür sorgen, dass ich schwanger werde. Deswegen haben wir es ziemlich schnell wieder aufgegeben. Die Sitzungen haben zu viel Geld gekostet, das wir nicht hatten.

Vielleicht ist das einzige Heilmittel in unserem Fall ja tatsächlich eine Scheidung. Verrückt, dass ich allen Ernstes daran denke, mich von dem Menschen zu trennen, den ich liebe. Aber ich kann den Gedanken einfach nicht abschütteln, dass Graham kostbare Zeit mit mir vergeudet und ich uns letztlich beide unglücklich mache. Bestimmt wäre er erst mal traurig, wenn ich weg wäre, aber irgendwann würde er eine andere Frau kennenlernen. Ein Mann wie er bleibt nicht allein. Er würde sich verlieben und könnte sich endlich seinen Traum erfüllen, Vater zu werden. Dann wäre er wieder in den Kreislauf des Lebens eingereiht, aus dem ich ihn gerissen habe. Wenn ich mir Graham mit einem eigenem Kind vorstelle, macht mich das glücklich ... selbst wenn die Mutter in dem Bild nicht ich wäre.

Ich habe die ganze Zeit darauf gehofft, dass doch noch ein Wunder passiert. Man hört immer wieder von Frauen, die jahrelang vergeblich alles getan haben, um ein Baby zu bekommen, und in dem Moment, in dem sie schon aufgegeben hatten – zack: schwanger!

Diese Wunder haben mir die Hoffnung gegeben, dass Graham und ich vielleicht auch eins erleben würden. Unser ganz persönliches Wunder, das unsere Beziehung retten würde.

Ich möchte ihn so gern dafür hassen, dass er eine andere Frau geküsst hat, aber das kann ich nicht, weil mir bei aller Wut klar ist, dass ich die Schuld nicht allein auf ihn schieben darf. Ich habe ihm in der letzten Zeit mehr als genug Gründe geliefert, mich zu verlassen. Angefangen damit, dass wir praktisch keinen Sex mehr hatten ... Aber tief in mir weiß ich, dass das nicht der Grund war. Graham würde mir zuliebe sein ganzes Leben lang auf Sex verzichten, wenn es sein müsste.

Nein, es ist passiert, weil er uns aufgegeben hat.

Während meines Studiums habe ich einmal für eine Hausarbeit zwei über Achtzigjährige interviewt, die seit sechzig Jahren verheiratet waren. Die beiden hatten deutlich spürbar eine ganz besondere Verbindung miteinander, die mich überrascht hat. Irgendwie war ich davon ausgegangen, dass man seinen Partner nach sechzig Jahren unweigerlich satthaben müsste, aber so, wie die beiden sich anschauten, merkte man, dass sie trotz all der Zeit nie den Respekt voreinander verloren hatten und sich gegenseitig immer noch toll fanden.

Meine abschließende Frage an sie lautete: »Was ist das Geheimnis einer perfekten Ehe?«

»Unsere Ehe ist nie perfekt gewesen. Keine Ehe ist perfekt«, sagte der alte Mann ernst. »Es gab Zeiten, da haben wir uns aufgegeben. Meistens war ich derjenige, der uns aufgegeben hatte. Das Geheimnis, warum unsere Ehe immer noch funktioniert, liegt darin, dass wir uns nie *gleichzeitig* aufgegeben haben.«

Ich war damals wahnsinnig berührt von der Ehrlichkeit seiner Antwort. Und jetzt habe ich das Gefühl, dass ich das, wovon der alte Mann damals gesprochen hat, gerade selbst erlebe. Dass es passiert ist, weil Graham uns aufgegeben hat. Er ist kein Superheld. Er ist ein Mensch. Niemand würde es so lange ertragen, aus dem Leben seiner Partnerin ausgeschlossen zu werden, wie Graham es ertragen hat. Er ist in unserer Verbindung immer der Starke gewesen. Ich war die Schwache.

Aber jetzt hat sich das Blatt gewendet. Graham ist – im wahrsten Sinn des Wortes – *schwach geworden.*

Das Problem ist nur, dass ich uns auch aufgegeben habe. Ich fürchte, wir haben tatsächlich beide gleichzeitig den Glauben an uns als Paar verloren, und ab diesem Punkt gibt es keinen Weg zurück. Ich könnte ihm verzeihen und versprechen, mir in Zukunft mehr Mühe zu geben, aber ich weiß nicht, ob das die richtige Entscheidung wäre.

Wozu um etwas kämpfen, das sowieso keine Zukunft hat? Wie lange können sich zwei Menschen an eine Vergangenheit klammern, in der beide glücklich waren, um damit eine Gegenwart zu rechtfertigen, in der beide unglücklich sind?

Ich habe keinen Zweifel daran, dass Graham und ich ursprünglich perfekt füreinander waren. Aber das bedeutet nicht, dass wir bis in alle Ewigkeit perfekt füreinander bleiben. Im Moment sind wir jedenfalls weit davon entfernt.

Ich schaue zur Wanduhr und wünschte, die Zeiger würden sich magisch drehen, sodass schon übermorgen wäre. Ich ahne, dass der morgige Tag sogar noch trauriger wird als der heutige.

Weil Graham und ich morgen eine Entscheidung treffen müssen.

Wir werden darüber reden müssen, ob wir vielleicht an einem Punkt angekommen sind, an dem wir die Schatulle öffnen sollten.

Bei dem Gedanken dreht sich mir förmlich der Magen um. Ein scharfer Stich durchfährt mich und mir wird schlagartig speiübel. Beide Hände ins T-Shirt gekrallt, beuge ich mich vor und atme tief durch. Kann ein gebrochenes Herz so wehtun? Aber trotz des fast unerträglichen Schmerzes weine ich nicht. Ich habe in den letzten vierundzwanzig Stunden genug geweint.

Ich stehe auf und wanke ins Schlafzimmer. Als ich die Tür öffne, bin ich überrascht. Ich hatte geglaubt, Graham würde schlafen, stattdessen sitzt er aufrecht im Bett und hält ein Buch im Schoß. Wir sehen uns nur kurz an, dann lege ich mich auf meine Seite ins Bett und drehe ihm den Rücken zu. Ich glaube, wir sind jetzt beide zu erschöpft, um noch über irgendetwas zu reden. Er liest weiter sein Buch, ich liege mit geschlossenen Augen da und versuche einzuschlafen. Aber allein das Wissen, dass er neben mir liegt, macht es mir unmöglich zu entspannen. Mein Gedankenkarussell kreist in Endlosschleife. Die Minuten vergehen. Er hört sicher an meinem Atem, dass ich wach bin. Irgendwann klappt er das Buch zu und legt es auf den Nachttisch.

»Ich habe heute gekündigt.«

Ich sage nichts. Starre nur an die Wand.

»Ich weiß, dass du denkst, ich wäre heute Morgen zur Arbeit

gefahren und hätte dich einfach allein gelassen, nachdem du dich im Schlafzimmer eingeschlossen hast.

Er hat recht. Genau das habe ich gedacht.

»Ich bin aber nur hingefahren, um zu kündigen. Ich kann nicht weiter in einer Kanzlei arbeiten, in der ich den schlimmsten Fehler meines Lebens gemacht habe. Nächste Woche suche ich mir einen neuen Job.«

Ich schließe die Augen und ziehe mir die Decke bis zum Kinn. Er knipst die Nachttischlampe aus und zeigt mir damit, dass er keine Antwort von mir erwartet. Nachdem er sich umgedreht hat, stoße ich einen unhörbaren Seufzer der Erleichterung aus. Ich bin froh, dass er die Entscheidung getroffen hat, nicht weiter mit dieser Andrea zusammenzuarbeiten. Er hat uns also doch noch nicht ganz aufgegeben. Er glaubt daran, dass es immer noch eine Chance gibt, unsere Ehe wieder zu dem zu machen, was sie einmal war.

Aber was, wenn er sich irrt? Er tut mir leid, denn dann wäre alles umsonst gewesen.

Graham schafft es irgendwie, einzuschlafen oder zumindest überzeugend so zu tun.

Ich wälze mich schon seit einer Stunde schlaflos herum. Der Schmerz in meinem Bauch wird immer schlimmer und hinter meinen Lidern prickeln Tränen. Nach einer Weile stehe ich auf und nehme eine Tablette, die aber nicht hilft. Kann eine emotionale Verletzung wirklich so heftige körperliche Schmerzen hervorrufen? Irgendetwas stimmt nicht. Das dürfte nicht so wehtun. Wieder schießt ein Stich durch mich hindurch; der Schmerz ist so extrem, dass ich mich stöhnend zusammenkrümme. Ich balle die Fäuste und ziehe die Knie an den Bauch, als mit einem Mal ein Schwall warmer Flüssigkeit aus mir herausströmt.

»Graham!« Ich greife erschrocken nach ihm, aber da hat er sich schon umgedreht und das Licht angeknipst. Wieder der Schmerz, so intensiv diesmal, dass ich nach Luft schnappe.

»Quinn?«

Seine Hand liegt auf meiner Schulter. Ich ziehe die Decke weg. Was er sieht, lässt ihn sofort aufspringen. Es wird hell im Zimmer. Er hebt mich hoch, sagt mir, dass alles gut wird, trägt mich. Ich sitze neben ihm im Auto. Häuser fliegen an uns vorbei. Auf meiner Stirn steht kalter Schweiß. Alles ist voller Blut.

»Graham.«

Ich habe unaussprechliche Angst. Er greift nach meiner Hand und drückt sie. »Alles okay, Quinn. Wir sind gleich da. Wir sind gleich da.«

Danach versinkt alles in Nebel.

Bruchstückhaft dringen einzelne Details zu mir durch. Gleißend helles Licht über meinem Kopf. Grahams Hand auf meiner. Wörter, die ich nicht hören will. *Fehlgeburt. Blutung. Not-OP.*

Wörter, die Graham ins Telefon sagt, wahrscheinlich zu seiner Mutter, während er meine Hand hält. Er flüstert, weil er glaubt, ich würde schlafen. Das tue ich auch. Ein Teil von mir schläft, aber der größere Teil bekommt alles mit. Ich weiß, dass er nicht von etwas spricht, das passieren wird, sondern von etwas, das bereits passiert ist. Die Operation steht mir nicht bevor. Ich habe sie hinter mir.

Graham legt das Handy weg, beugt sich über mich, drückt seine Lippen auf meine Stirn und flüstert meinen Namen. »Quinn?«

Ich öffne die Augen und sehe in seine. Sie sind gerötet und zwischen seinen Brauen steht eine tiefe Falte, die mir nie aufgefallen ist. Sie muss neu sein, vielleicht durch das entstanden, was gerade geschieht. Werde ich jetzt jedes Mal daran denken müssen, wenn ich diese Falte sehe?

»Was ist passiert?«

Die Falte vertieft sich. Graham streichelt mir über den Kopf und zögert. Dann bestätigt er, was ich schon geahnt habe. »Du hattest eine … Fehlgeburt.« Sein Blick wandert über mein Gesicht und bereitet sich auf meine Reaktion vor – wie auch immer sie ausfallen wird.

Wie merkwürdig, dass mein Körper es nicht fühlt. Mir ist klar, dass ich starke Schmerzmittel bekommen habe, aber ich müsste doch spüren, dass da Leben in mir war, das jetzt nicht mehr da ist. Oder? Ich lege eine Hand auf meinen Bauch und begreife nicht, dass ich nichts gemerkt habe. Wie lange bin ich schwanger gewesen? Wann hatten wir das letzte Mal Sex? Das ist über zwei Monate her. Eher drei.

»Graham«, flüstere ich. Er nimmt meine Hand und drückt sie. Ich weiß, dass ich jetzt am Boden zerstört sein müsste, dass Erleichterung das falsche Gefühl ist. Aber aus irgendeinem Grund spüre ich die Verzweiflung nicht, die ich in diesen Moment empfinden sollte. Ich spüre Hoffnung. »Ich war schwanger? Es … hat doch noch geklappt?«

Ich weiß nicht, wie ich es schaffe, mich auf das einzig Positive meiner Lage zu konzentrieren, aber nachdem ich jahrelang permanent das Gefühl gehabt habe, versagt zu haben, kann ich gar nicht anders, als das als Zeichen zu sehen. Ich war schwanger! Wir haben unser Wunder bekommen. Ein Teilwunder wenigstens.

Eine Träne löst sich aus Grahams linkem Auge und fällt auf meinen Arm. Ich beobachte, wie sie langsam herunterrinnt. Mein Blick wandert wieder zu Grahams Gesicht, und ich erkenne, dass er nicht in der Lage ist, auch nur das kleinste bisschen Gute in alldem zu sehen.

»Quinn …«

Und dann fällt noch eine Träne. In den vielen Jahren, die ich ihn jetzt schon kenne, habe ich ihn noch nie so unglücklich gesehen. Ich schüttle den Kopf. Ich will das, vor dem er solche Angst hat, es mir zu sagen, nicht hören. Ich will es nicht wissen, egal, was es ist.

Graham drückt wieder meine Hand, und in seinem Blick liegt

so tiefe Verzweiflung, dass ich mich von ihm abwenden muss. »Als wir gestern herkamen, da …«

Ich will es nicht hören, aber meine Ohren nehmen gnadenlos alles auf, was er sagt.

»Du hast wahnsinnig stark geblutet.«

Ich höre ein lautes *Nein*. Immer wieder. *Nein*. Und ich weiß nicht, ob es aus meinem Mund kommt oder nur in meinem Kopf widerhallt.

»Es gab keine andere Möglichkeit, als deine …«

Ich rolle mich zu einer Kugel, umschlinge meine Knie, presse die Augen zu. Als er sagt, dass meine Gebärmutter entfernt werden musste, weine ich. *Schluchze.*

Graham legt sich zu mir ins Bett, schlingt seine Arme um mich und hält mich, während der letzte Funken Hoffnung erlischt, der noch zwischen uns war.

Dreiundzwanzig

DAMALS

Es ist unser letzter Abend im Strandhaus. Morgen fahren wir nach Connecticut zurück. Graham muss wegen eines Meetings nachmittags wieder in der Kanzlei sein, und ich habe noch einen Haufen Wäsche zu waschen, bevor ich Dienstag wieder arbeiten gehe. Wir würden beide am liebsten noch länger bleiben. Es war so friedlich und wunderschön mit Graham, dass ich mich jetzt schon darauf freue, mit ihm zurückzukommen. Und wenn ich meiner Mutter den ganzen nächsten Monat jeden noch so absurden Wunsch erfüllen muss, damit wir wieder hierherkommen können – für ein so absolut perfektes Wochenende bin ich gern bereit, selbst diesen Preis zu zahlen.

Heute ist es noch ein bisschen kälter als die beiden letzten Abende, was es irgendwie noch gemütlicher macht. Ich habe die Heizung im Haus aufgedreht. Wir bibbern jetzt schon seit ein paar Stunden an der Feuerstelle und kuscheln uns nachher zum Aufwärmen ins Bett. Das ist eine so schöne Routine, die ich niemals satthaben werde.

Ich komme aus der Küche, wo ich uns heiße Schokolade gemacht habe, reiche Graham seinen Becher und setze mich wieder neben ihn.

»Okay«, sagt er. »Du bist dran.«

Heute Morgen hat er erfahren, dass ich den Atlantik zwar gern anschaue, aber noch nie auch nur einen Fuß ins Wasser gesetzt habe. Das hat ihn auf die Idee gebracht, mir den ganzen Tag Fragen zu stellen, um noch mehr Unbekanntes aus mir herauszukitzeln. Mittlerweile ist ein Spiel daraus geworden und wir wechseln uns mit den Fragen ab.

An unserem allerersten Abend damals hat er gesagt, dass er ungern mit anderen über Religion oder Politik diskutiert. Aber jetzt sind wir seit sechs Monaten zusammen, und es wird langsam Zeit, dass wir uns auch in dieser Hinsicht kennenlernen. »Wir haben noch nie über Religion gesprochen«, sage ich. »Auch nicht über Politik. Sind das immer noch Tabuthemen?«

Graham hält sich den dampfenden Becher an die Lippen und saugt einen Marshmallow aus dem Kakao. »Was willst du wissen?«

»Bist du Republikaner oder Demokrat?«

Ohne zu überlegen, sagt er: »Weder noch. Ich kann mit Extremisten – egal auf welcher Seite – nichts anfangen, deswegen entscheide ich von Fall zu Fall.«

»So einer bist du also.«

Er neigt den Kopf. »Was für einer?«

»Einer, der in Gesprächen immer dieselbe Meinung vertritt wie der andere, nur um keinen Konflikt heraufzubeschwören.«

Graham hebt eine Braue. »Vertu dich da mal nicht. Ich habe sehr klare Meinungen, Quinn.«

Ich ziehe die Beine an und drehe mich zu ihm. »Dann lass mal hören.«

»Was willst du wissen?«

»Alles«, provoziere ich ihn. »Wie du zu den Waffengesetzen stehst. Zur Einwanderungsfrage. Zu Abtreibung. Zu allem.«

Er grinst, und ich liebe das Funkeln, das in seinen Augen zu sehen ist, als er tief Luft holt, um zu einer Antwort anzusetzen. Süß, dass ihm unser Spiel solchen Spaß macht.

»Okay, also los …« Er stellt seinen Becher auf dem kleinen Beistelltisch ab. »Ich bin nicht der Meinung, dass wir grundsätzlich allen Bürgern verbieten sollten, eine Waffe zu besitzen. Aber ich bin der Meinung, dass es ihnen verdammt schwer gemacht werden sollte, eine zu bekommen. Ich bin der Meinung, dass Frauen selbst entscheiden sollen, was sie mit ihrem Körper machen, allerdings nur innerhalb der ersten drei Monate oder wenn ein medizinischer oder juristischer Notfall vorliegt. Ich bin absolut der Meinung, dass der Staat die Pflicht hat, für finanziell benachteiligte Bürger zu sorgen, finde aber auch, dass es gleichzeitig ausreichend Angebote dafür geben muss, dass diese Menschen langfristig wieder auf die eigenen Beine kommen. Ich halte es für falsch, die Grenzen dichtzumachen, sondern bin der Ansicht, dass wir es Immigranten ermöglichen müssen, auf legalem Weg in unser Land zu kommen und hier zu leben, solange sie gemeldet sind und Steuern zahlen. In meinen Augen ist eine lebensrettende medizinische Versorgung ein Menschenrecht, kein Luxus, der nur den Reichen vorbehalten sein sollte. Jeder, der möchte, sollte die Möglichkeit haben zu studieren. Die Kosten dafür sollten zunächst vom Staat übernommen und nach Studienabschluss über einen Zeitraum von zwanzig Jahren zurückgezahlt werden. Ich finde, dass Profisportler zu viel verdienen und Lehrer zu wenig. Die NASA ist meiner Meinung nach unterfinanziert. Cannabis sollte legalisiert werden. Menschen sollen lieben dürfen, wen sie wollen, und WLAN sollte überall für alle frei verfügbar sein.« Er greift nach seinem Kakao und trinkt einen Schluck. »Und? Liebst du mich noch?«

»Sogar noch mehr als vor zwei Minuten.« Ich presse einen Kuss auf seine Schulter und er schlingt einen Arm um mich und zieht mich an sich.

»Uff. Ich hatte schon Angst, dass gleich alles vorbei ist.«

»Wiege dich nicht zu sehr in Sicherheit«, warne ich ihn. »Wir haben noch nicht über Religion gesprochen. Glaubst du an Gott?«

Graham löst den Blick von meinem und schaut aufs Meer. Er streichelt mit dem Daumen meine Schulter und denkt einen Moment nach. »Früher nicht.«

»Aber jetzt schon?«

»Ja. Jetzt schon.«

»Was ist passiert, dass du deine Meinung geändert hast?«

»Ein paar Dinge.« Er nickt in Richtung Atlantik. »Dieser Anblick zum Beispiel. Wie kann etwas so Großes und Ehrfurchteinflößendes existieren, wenn es nicht von etwas noch Größerem und Ehrfurchteinflößenderem erschaffen wurde?«

Wir blicken zusammen aufs Wasser. Als Graham wissen will, woran ich glaube, zucke ich mit den Schultern.

»Meine Mutter hat uns nicht besonders religiös erzogen, aber ich habe immer daran geglaubt, dass es irgendetwas geben muss, das größer ist als wir. Ich weiß nur nicht, was es ist. Was ja vermutlich niemand mit Sicherheit weiß.«

»Stimmt. Deswegen heißt es *Glauben*.«

»Und wie kann ein nüchterner Mathematiker seinen Glauben mit der Wissenschaft vereinbaren?«, frage ich.

Er grinst, als würde er sich freuen, über dieses Thema reden zu können. Ich finde es toll, dass Grahams innerer Nerd immer noch da ist und von Zeit zu Zeit zum Vorschein kommt.

»Weißt du, wie alt die Erde ist, Quinn?«

»Nein. Aber ich wette, du wirst es mir gleich sagen.«

»Viereinhalb *Milliarden* Jahre!« Seiner Stimme ist anzuhören, wie sehr ihn das Thema fasziniert. »Weißt du, wie lange es her ist, dass der Homo sapiens auf der Erde erschienen ist?«

»Keine Ahnung.«

»Uns Menschen gibt es erst seit zweihunderttausend Jahren«, sagt er. »Zweihunderttausend gegen viereinhalb Milliarden Jahre. Das muss man sich mal vorstellen.« Er nimmt meine Hand und legt sie sich auf den Oberschenkel. »Hier. Wenn man jedes einzelne Exemplar jeder einzelnen Spezies, die seit Entstehung der Erde existiert hat, auf deiner Hand darstellen würde, wäre die Menschheit mit bloßem Auge nicht mal zu erkennen, so kurz gibt es uns erst.« Er streicht über meine Hand und deutet auf eine winzige Sommersprosse. »Sämtliche Menschen, die je gelebt haben, mit all ihren Problemen und Sorgen, wären zusammengenommen noch nicht mal so groß wie diese Sommersprosse.« Er tippt darauf. »Du wärst nicht zu sehen, ich auch nicht … nicht mal Beyoncé!«

Ich lache.

»Gemessen an der Zeit, die es die Erde schon gibt, sind wir komplett bedeutungslos. Wir sind noch gar nicht lang genug hier, um uns irgendetwas auf uns einzubilden. Und trotzdem tun wir so, als würde alles nur um uns kreisen. Wir regen uns über die banalsten Dinge auf und stressen uns wegen irgendwelcher Problemchen, die dem Universum egal sind, dabei sollten wir der Evolution lieber dankbar sein, dass sie unserer Spezies die Chance gegeben hat, überhaupt so was wie Probleme zu haben. Irgendwann wird die Menschheit nämlich nicht mehr existieren. Die Geschichte wiederholt sich, wir sterben aus, und dann werden ganz andere Lebewesen auf der Erde zu Hause sein. Du und ich – wir sind Vertreter einer Spezies, die rückblickend viel weniger beeindruckend sein und vor allem weniger nachhaltig gelebt haben wird als die Dinosaurier. Wir haben nur unser Verfallsdatum noch nicht erreicht.«

Er verschränkt seine Finger mit meinen. »Angesichts unserer Bedeutungslosigkeit fand ich es immer schwer, an Gott zu glauben. Ich fand immer, die Frage müsste eher lauten: ›*Könnte ein Gott an mich glauben?*‹ Auf dieser Erde ist in den viereinhalb Milliarden Jahren ihres Bestehens so viel passiert, dass Gott wahrscheinlich einen Scheiß auf mich und meine Probleme geben würde. Aber in den letzten Monaten habe ich meine Meinung dazu geändert. Ich finde keine andere Erklärung dafür, dass du und ich auf demselben Planeten geboren wurden, derselben Spezies angehören, im selben Jahrhundert leben, im selben Land, demselben Bundesstaat, derselben Stadt und dann auch noch aus demselben Grund in demselben Hausflur vor derselben Tür aufeinandertreffen. Wenn Gott nicht an mich glauben würde, hieße das, dass unsere Begegnung bloß ein Zufall wäre. Mir das vorzustellen, fällt mir allerdings noch viel schwerer, als daran zu glauben, dass eine höhere Macht das alles genau so arrangiert hat.«

Wow.

Mir stockt der Atem.

Graham hat schon so viele schöne Dinge zu mir gesagt, aber das ist nicht nur schön – das ist pure Poesie. Das ist mehr als ein Ausdruck seiner Intelligenz – dass er klug ist, steht für mich außer Frage –, das ist ein Geschenk. Graham gibt mir dadurch einen Sinn. Mir, die ich mich noch nie zuvor für irgendjemanden besonders bedeutungsvoll oder gar lebenswichtig gefühlt habe.

»Ich liebe dich sehr, Graham Wells.« Mehr kann ich nicht sagen, weil nichts, was ich mir ausdenken könnte, mit dem mithalten kann. Deswegen versuche ich es gar nicht.

»Liebst du mich genug, um mich zu heiraten?«

Ich setze mich auf und starre ihn an.

Ist das ein ernst gemeinter Antrag?

Das kann er nicht geplant haben. Dazu kam die Frage zu spontan. Graham sieht mich weiter lächelnd an, aber wahrscheinlich lacht er gleich, und dann ist klar, dass ihm das bloß so rausgerutscht ist. Er hat ja auch keinen Ring.

»Graham …«

Er schiebt seine Hand unter die Decke, und als er sie wieder herauszieht, hält er einen Ring zwischen den Fingern. Keine edle Verpackung, kein Samtkästchen, kein großes Spektakel. Es ist nichts weiter als ein Ring. Ein Ring, den er offenbar seit Längerem in der Tasche mit sich herumgetragen hat, während er auf den richtigen Moment gewartet hat. Also war dieser Antrag sehr wohl geplant.

Ich lege beide Hände an den Mund. Sie zittern, weil ich mit so etwas überhaupt nicht gerechnet hatte und weil ich sprachlos bin und weil ich Angst habe, nicht antworten zu können, aber irgendwie schaffe ich es, »Oh mein Gott« zu flüstern.

Graham zieht meine linke Hand von meinem Mund und hält

den Ring an meinen Finger, ohne ihn mir überzustreifen. Stattdessen neigt er den Kopf, damit ich ihn anschaue. Sein Blick ist offen und voller Hoffnung. »Ich möchte, dass du meine Frau wirst, Quinn. Lass uns gemeinsam Hurrikans der Stärke fünf durchstehen.«

Noch bevor er den Satz beendet hat, nicke ich. Ich nicke, weil ich weiß, dass ich weinen müsste, wenn ich versuchen würde, »Ja« zu sagen. Ich kann nicht glauben, dass er es tatsächlich geschafft hat, dieses wunderschöne, perfekte Wochenende noch perfekter zu machen.

Er atmet mit einem erleichterten Lachen aus, und als er mir den Ring über den Finger streift, beißt er sich auf die Lippe, als würde er sich nicht anmerken lassen wollen, dass ihn Rührung überkommt.

»Ich habe lange überlegt, was für einen Ring ich dir schenken sollte«, sagt er. »Aber als der Juwelier mir gesagt hat, dass ein Ehering für eine Verbindung steht, die kein Ende hat, wollte ich den Kreis nicht mit einem Stein durchbrechen. Ich hoffe, er gefällt dir.«

Es ist ein schmaler, schlichter goldener Ring. Er spiegelt nicht wider, wie viel Geld Graham hat oder nicht hat. Er spiegelt seinen Glauben daran wider, wie lang unsere Ehe halten wird. Eine Ewigkeit.

»Er ist perfekt, Graham.«

Vierundzwanzig

JETZT

»… es sich um eine zervikale Schwangerschaft gehandelt«, erklärt die Ärztin. »Ein sehr seltenes Phänomen. Tatsächlich liegt das Risiko, dass sich das befruchtete Ei im Zervikalkanal unterhalb des inneren Muttermunds, also im Gebärmutterhals, einnistet, bei weniger als einem Prozent.«

Graham drückt meine Hand. Ich liege in meinem Krankenhausbett und wünsche mir nichts mehr, als dass die Ärztin endlich geht, damit ich wieder schlafen kann. Die Schmerzmittel machen mich so benommen, dass ich mich gar nicht auf das konzentrieren kann, was sie sagt. Ich weiß aber auch, dass ich nicht zuhören muss, weil Graham das für mich tut. »Zwei Wochen Bettruhe« ist das Letzte, was ich höre, bevor ich die Augen schließe.

Graham ist zwar der Mathematiker von uns beiden, aber ich ahne, dass meine Gedanken in der nächsten Zeit um diese Wahrscheinlichkeit von weniger als einem Prozent kreisen werden. Das bedeutet, dass meine Chance, nach so vielen Jahren unermüdlicher Versuche, schwanger zu werden, größer war als das Risiko, schwanger zu werden und dann eine Fehlgeburt zu haben, weil sich das Ei an der falschen Stelle eingenistet hat.

»Gibt es einen Grund, warum es passiert ist?«, fragt Graham.

»Höchstwahrscheinlich ist es eine Folge der Endometriose«, antwortet die Ärztin und geht ins Detail, aber ich blende ihre Stimme aus, drehe den Kopf in Grahams Richtung und öffne die Augen. Er sieht die Ärztin an und hört ihr aufmerksam zu. Ich sehe, wie besorgt er ist. Seine rechte Hand liegt auf seinem Mund, die linke hält meine.

»Könnte …« Er wirft mir einen kurzen Blick zu und in seinen

Augen liegt Angst. »Könnte die Fehlgeburt auch durch eine extreme Stresssituation ausgelöst worden sein?«

»Wenn eine zervikale Schwangerschaft nicht rechtzeitig entdeckt wird, kommt es zwangsläufig zu einem Abort«, antwortet die Ärztin. »Und leider sind die heftigen Blutungen in den meisten Fällen nicht zu stillen, sodass an einer Hysterektomie kein Weg vorbeiführt.«

Die OP ist jetzt neunzehn Stunden her. Ich begreife erst in diesem Moment, dass Graham die letzten neunzehn Stunden in dem Glauben gelebt hat, womöglich schuld zu sein. Dass er geglaubt hat, die Sache mit Andrea und der darauffolgende Streit könnten die Blutung ausgelöst haben.

Nachdem die Ärztin den Raum verlassen hat, streiche ich mit dem Daumen über seine Hand. Es ist nur eine winzige Geste, und sie kostet mich Überwindung, weil ich immer noch wütend auf ihn bin. »Du hast definitiv Grund, dir Vorwürfe zu machen, aber das hier gehört nicht dazu.«

Graham sieht mich einen Moment lang mit leerem Blick an, als wäre seine Seele gebrochen. Dann lässt er meine Hand los, steht auf und geht aus dem Zimmer. Seine Augen sind gerötet, als er nach einer halben Stunde wiederkommt.

Er hat ein paarmal geweint, seit wir uns kennen. Aber vor gestern Abend habe ich ihn nie weinen sehen, sondern es immer erst hinterher mitbekommen.

In den nächsten Stunden weicht Graham nicht von meiner Seite und sorgt dafür, dass ich alles habe, was ich brauche. Meine Mutter kommt zu Besuch, aber ich stelle mich schlafend. Als Ava anruft, bitte ich Graham, sogar auch ihr zu sagen, ich würde schlafen. Die Zeit vergeht. Es wird Abend, dann Nacht. Ich versuche, nicht darüber nachzudenken, was passiert ist, aber sobald ich die Augen schließe, rotieren meine Gedanken. Ich wünschte, ich hätte gewusst, dass ich schwanger war, auch wenn klar ist, dass ich das Kind nicht hätte austragen können. Ich kann mir nicht verzeihen, dass ich nicht intensiver in mich hineingehorcht und es gemerkt habe, weil ich mich dadurch um das Glück gebracht habe, mich über die Schwangerschaft zu freuen. Hätte ich doch nur mehr auf meinen Körper geachtet, dann wäre ich vielleicht auf die Idee gekommen, dass ich schwanger sein könnte. Ich hätte einen Test gemacht, der positiv gewesen wäre, und dann hätten Graham und ich wenigstens eine Zeit lang das Gefühl auskosten können, Eltern zu werden. Auch wenn es nur ganz kurz gewesen wäre.

So krass es klingt: Ich wäre sofort bereit, das alles noch einmal durchzumachen, nur um bewusst erleben zu dürfen – selbst wenn es nur für einen Tag gewesen wäre –, wie es ist, schwanger zu sein. Was für eine grausame Ironie, dass wir es so viele Jahre vergeblich probiert haben, und in dem Moment, in dem es endlich klappt, habe ich eine Fehlgeburt und zusätzlich muss mir auch noch die Gebärmutter herausgenommen werden, sodass wir uns nicht einmal damit trösten können, vielleicht eine zweite Chance zu bekommen.

Es ist einfach so verdammt unfair und tut so verdammt weh. Körperliche Schmerzen werden mich wohl auch noch eine ganze Weile begleiten. Wegen der starken Blutung konnten die Ärzte die Gebärmutter nicht auf vaginalem Weg entfernen, sondern mussten die Bauchdecke öffnen, was bedeutet, dass es einige Zeit dauern wird, bis die Wunde verheilt ist. Ich muss ein paar Tage im Krankenhaus bleiben und danach zu Hause Bettruhe einhalten.

Und das ausgerechnet jetzt, wo zwischen Graham und mir alles ungeklärt ist. Es sieht aus, als müssten wir die Entscheidung, wie es mit uns weitergeht, erst mal auf Eis legen. Ich bin jetzt nicht in der Lage, mit ihm über unsere Beziehung zu diskutieren. Wahrscheinlich wird es Wochen dauern, bis wieder halbwegs Normalität in unser Leben eingekehrt ist.

So normal, wie sich ein Leben eben anfühlen kann, wenn man keine Gebärmutter mehr hat.

»Kannst du nicht schlafen?«, fragt Graham, der im Sessel neben meinem Bett sitzt. Er sieht erschöpft aus, aber ich weiß, dass er nicht nach Hause fahren wird, solange ich hier sein muss. »Soll ich dir was zu trinken holen?«

Ich schüttle den Kopf. »Ich habe keinen Durst.« Im Zimmer ist es dunkel, nur die Lampe an der Wand über mir brennt und taucht Graham in ihren hellen Schein, als säße er einsam im Scheinwerferlicht auf einer Bühne.

Ich sehe ihm an, wie gern er mich trösten würde, andererseits ist da der zwischen uns schwelende Konflikt. Aber davon lässt er sich nicht abhalten. »Darf ich mich zu dir legen?«, fragt er und kommt zu mir, noch bevor ich den Kopf schütteln kann. Sehr vorsichtig legt er sich neben mich und achtet darauf, nicht am Infusionsschlauch zu ziehen, als er einen Arm unter mich schiebt und mir einen Kuss in die Haare drückt. Ich war mir nicht sicher, ob ich ihn so nah bei mir haben will, aber jetzt spüre ich, dass es doch tröstlicher ist, gemeinsam traurig einzuschlafen als allein.

* * *

»Ich setze mich sofort in den Flieger«, verkündet Ava, ehe ich auch nur die Chance habe, »Hallo« zu sagen.

»Nein, das machst du nicht. Mir geht es gut.«

»Quinn, ich bin deine Schwester. Ich will bei dir sein.«

»Nein«, sage ich resolut. »Das schaffe ich schon. Du bist schwanger. Ich will nicht, dass du einen ganzen Tag lang in einem Flugzeug sitzt.« Sie seufzt schwer. »Außerdem habe ich mir überlegt, dass ich vielleicht stattdessen euch besuchen könnte.« Das ist gelogen. Die Idee ist mir gerade eben erst gekommen. Aber ich könnte mir vorstellen, dass ich nach der zweiwöchigen Bettruhe, wenn ich halbwegs wieder auf dem Damm bin, dringend eine Auszeit von zu Hause brauche.

»Im Ernst? Meinst du, das erlauben sie dir? Was glaubst du, wann du fliegen darfst?«

»Ich frage die Ärztin bei der nächsten Gelegenheit.«

»Aber bitte sag so was nicht, wenn du es nicht auch ernst meinst.«

»Ich meine es total ernst. Ich glaube, das würde mir guttun.«

»Und was ist mit Graham? Der hat ja wahrscheinlich seine ganzen Urlaubstage aufgebraucht, um sich um dich kümmern zu können.«

Ich habe bisher mit niemandem über unsere Ehekrise gesprochen und darüber, dass er eine andere Frau geküsst und danach seinen Job gekündigt hat. Noch nicht einmal mit Ava.

»Ich komme allein.« Sie schweigt, woran ich merke, dass sie spürt, dass irgendetwas los ist. Aber ich will warten, bis wir uns sehen, und ihr erst dann alles erzählen.

»Okay«, sagte sie. »Dann sprich mit deiner Ärztin und sag mir Bescheid, wann du kommen kannst.«

»Das mache ich. Ich liebe dich.«

»Ich liebe dich auch.« Als ich das Handy weglege und aufblicke, steht Graham in der Tür. Ich warte darauf, dass er mir sagt, dass er es für keine gute Idee hält, so bald nach der OP eine große Reise zu machen. Er schaut auf den Kaffeebecher in seiner Hand, dann fragt er: »Du fliegst zu Ava?«

Er sagt *du*, nicht *wir*. Mein schlechtes Gewissen regt sich, andererseits muss er verstehen, dass ich Raum und Zeit brauche, um das alles zu verarbeiten.

»Erst wenn die Ärzte mir das Okay geben. Aber ja. Ich will sie sehen.«

Er schaut immer noch auf den Becher, dann nickt er. »Kommst du wieder zurück?«

»Natürlich.«

Natürlich.

Ich höre selbst, dass das nicht sonderlich überzeugt klingt, aber wohl doch überzeugend genug, um ihn wissen zu lassen, dass das jetzt nicht die endgültige Trennung bedeutet. Es ist nur eine Auszeit.

Er schluckt schwer. »Wie lange willst du bleiben?«

»Ich weiß es nicht. Ein paar Wochen vielleicht.«

Graham nickt, nimmt einen Schluck Kaffee und macht die Tür zu. »Wir haben noch Bonusmeilen. Wenn du mir sagst, wann du fliegen willst, buche ich den Flug.«

Fünfundzwanzig

DAMALS

Ich kann mich nicht erinnern, dass die Hochzeitsvorbereitungen bei Ethan und mir so stressig gewesen sind.

Das könnte auch daran liegen, dass ich damals sehr wenig mit den Vorbereitungen zu tun hatte, weil ich zugelassen habe, dass meine Mutter die Sache in die Hand nahm. Aber das hier ist etwas anderes. Ich möchte unsere Hochzeitstorte zusammen mit Graham aussuchen. Ich will mit Graham besprechen, wo unsere Trauung stattfinden soll, wen wir dazu einladen und um welche Uhrzeit wir uns versprechen, für den Rest unseres Lebens, in guten wie in schlechten Zeiten, füreinander da zu sein. Aber es ist zwecklos. Ganz egal, wie oft ich meiner Mutter schon gesagt habe, dass sie nicht einfach irgendwelche Dinge über meinen Kopf hinweg entscheiden kann, mischt sie sich ständig in alles ein.

»Ich will doch nur, dass das der schönste Tag deines Lebens wird, Quinn«, verteidigt sie sich.

»Graham kann sich das doch gar nicht leisten, deswegen würde ich es gern übernehmen«, sagt sie.

»Denk auf jeden Fall daran, einen Ehevertrag aufzusetzen«, mahnt sie. »Wer weiß, ob dein Stiefvater dir nicht etwas hinterlässt. Das ist dann dein Vermögen und du musst es schützen.«

Bei ihr hört es sich an, als wäre eine Ehe eine Geschäftsvereinbarung und kein Liebesbündnis. Dabei habe ich kein Vermögen, das ich in irgendeiner Weise schützen müsste, und rechne auch nicht mit einer Erbschaft. Abgesehen davon bin ich mir absolut sicher, dass Graham mich nicht wegen irgendwelchem Geld heiratet, das mir mein Stiefvater vielleicht irgendwann hinterlassen könnte. Er würde mich auch heiraten, wenn ich bis zum Hals verschuldet wäre.

Mittlerweile habe ich gar keine Lust mehr, groß zu heiraten. Am liebsten würde ich mich bei Graham ausheulen, aber dann müsste ich ihm erzählen, warum genau meine Mutter mich in den Wahnsinn treibt, und ich will nicht, dass er erfährt, was für grauenhafte Dinge sie über ihn sagt.

Gerade habe ich eine Nachricht von ihr bekommen.

Das mit dem Buffet solltest du noch mal überdenken, Quinn. Evelyn Bradbury hat einen Koch für ihre Hochzeit engagiert. Das hat so viel mehr Stil.

Ich verdrehe die Augen und lege mein Handy mit dem Display nach unten auf den Tisch. Als ich den Schlüssel in der Tür höre, springe ich schnell auf, stelle mich vor den Spiegel und bürste mir die Haare, weil ich nicht möchte, dass Graham sieht, wie sehr mir das alles an die Nieren geht. Allein sein Anblick reicht schon, um mich zum Lächeln zu bringen. Meine schlechte Laune ist wie weggeblasen. Graham schlingt von hinten die Arme um mich und küsst mich auf den Nacken. »Hey, meine Schöne.« Er strahlt mich im Spiegel an.

»Hey, mein Schöner.«

Er dreht mich um und küsst mich auf den Mund.

»Wie war dein Tag?«

»Gut. Wie war deiner?«

»Auch gut.« Ich schiebe ihn ein Stück von mir, weil er mich so intensiv ansieht und ich Angst habe, dass er mir vielleicht anmerkt, dass es mir nicht so gut geht. Dann würde er mich fragen, was los ist, und ich müsste ihm sagen, wie sehr diese Hochzeit mich stresst.

Ich drehe mich wieder zum Spiegel und hoffe, dass er ins Wohnzimmer oder in die Küche oder irgendwo anders hingeht, wo er mich nicht weiter so forschend mustern kann, wie er es jetzt tut.

»Was macht dir Sorgen?« Manchmal finde ich es wirklich schrecklich, dass er mich jetzt schon in- und auswendig kennt. Außer wenn wir Sex haben. »Warum kannst du eigentlich nicht wie andere Männer sein und keine Ahnung haben, was in mir vorgeht?«

Er zieht mich lächelnd wieder an sich. »Wenn ich nicht wüsste, was in dir vorgeht, wäre ich einfach nur ein Mann, der dich liebt. Aber ich bin mehr. Ich bin dein Seelenverwandter, und deswegen fühle ich alles, was du fühlst.« Er küsst mich auf die Stirn. »Sag schon. Warum bist du traurig, Quinn?«

Ich seufze erschöpft. »Ach ... meine Mutter.«

Graham führt mich ins Schlafzimmer, wo wir uns beide aufs Bett setzen. Ich lasse mich nach hinten fallen und starre an die Decke. »Sie versucht unsere Hochzeit in die Hochzeit zu verwandeln, die sie für mich und Ethan geplant hat. Sie fragt nicht mal, was ich möchte, sondern trifft einfach irgendwelche Entscheidungen und sagt mir erst hinterher Bescheid.«

Graham legt sich neben mich, stützt den Kopf in eine Hand und legt mir die andere auf den Bauch.

»Gestern hat sie verkündet, dass sie eine Anzahlung für einen Saal im Douglas Whimberly Plaza geleistet hat. Sie kommt überhaupt nicht auf den Gedanken, uns vielleicht vorher zu fragen, wo wir überhaupt feiern wollen. Sie denkt, wenn sie alles zahlt, hat sie auch das Recht, alles zu entscheiden. Heute hat sie mir geschrieben, dass die Einladungen schon gedruckt sind.«

Graham verzieht das Gesicht. »Bedeutet das, dass das Wort *Vermählung* drinsteht?«

Ich lache. »Wenn es nicht drinstehen würde, wäre ich ehrlich geschockt.« Ich drehe ihm den Kopf zu und schiebe die Unterlippe vor. »Ich will keine große *Hochzeitsfeierlichkeit* mit den Freundinnen meiner Mutter im Superedel-Bonzen-Plaza.«

»Was willst du dann?«

»Ehrlich gesagt weiß ich im Moment nicht mal, ob ich überhaupt eine Hochzeitsfeier will.« Graham runzelt besorgt die Stirn, weshalb ich schnell klarstelle: »Ich meine nicht, dass ich dich nicht heiraten will. Ich will dich nur nicht auf der Traumhochzeit meiner Mutter heiraten.«

»Keine Panik«, beruhigt er mich. »Wir heiraten erst in fünf Monaten. Du hast noch massenhaft Zeit, dich durchzusetzen und sicherzustellen, dass du genau das bekommst, was du willst. Falls es für dich einfacher ist, kannst du ihr auch gerne sagen, dass ich keine Lust auf das Plaza habe. Dann kann sie mich dafür hassen, dass ich ihr ihre Traumhochzeit verdorben habe, und du bist nicht die Böse.«

Warum ist Graham nur so perfekt? »Das würde dir echt nichts ausmachen, wenn ich es auf dich schiebe?«

Er lacht. »Quinn, deine Mutter hasst mich doch sowieso schon. So gebe ich ihr wenigstens einen Grund dafür und wir haben alle was davon.« Er zieht seine Schuhe aus. »Haben wir heute Abend eigentlich irgendwas vor?«

Ich setze mich auf. »Wenn du Lust hast, können wir zu Ava und Reid. Die schauen sich per Pay-TV irgendeinen Boxkampf an und haben uns eingeladen.«

Graham steht auf und legt seine Krawatte ab. »Das klingt doch gut. Ich muss nur noch ein paar Mails schreiben, aber in einer Stunde wäre ich fertig.«

Ich sehe ihm hinterher, als er aus dem Zimmer geht. Dann lasse ich mich wieder aufs Bett fallen und lächle, weil es tatsächlich so aussieht, als hätte er innerhalb von zwei Minuten mein größtes Problem gelöst. Wobei klar ist, dass diese Taktik, so gut sie klingt, nicht funktionieren wird, weil Mom sagen wird, wer nicht für die Hochzeit zahlt, hat auch kein Mitspracherecht.

Aber immerhin hat er versucht, mein Problem zu lösen. Das ist das Einzige, was zählt. Graham ist bereit, die Schuld für etwas auf sich zu nehmen, für das er nicht verantwortlich ist, nur um das Verhältnis zwischen mir und meiner Mutter nicht zu belasten.

Ich kann nicht fassen, dass ich diesen Mann in fünf Monaten heiraten werde. Ich kann nicht fassen, dass ich den Rest meines Lebens mit ihm verbringen werde. Selbst wenn dieses Leben im Douglas Whimberly Plaza beginnen sollte, umgeben von Leuten, die ich kaum kenne und die mich nicht interessieren, inmitten von Tabletts voll rohen Rindfleischscheibchen, Ceviche und anderen sündhaft teuren »Delikatessen«, die niemandem schmecken, aber von allen gegessen werden, weil sie gerade hip sind.

Es ist nicht schlimm, dass unsere Hochzeit wahrscheinlich nicht perfekt wird. Das sind nur ein paar qualvolle Stunden, gefolgt von einer Ewigkeit purer Seligkeit.

Ich nehme mir fest vor, tapfer zu sein, um die nächsten fünf Monate halbwegs unbeschadet zu überleben, dann gehe ich ins Bad, um mich fertig zu machen. Zum Glück verstehe ich mich mit Grahams Freundeskreis und er sich mit meinem, sodass wir öfter etwas zusammen unternehmen, aber am häufigsten sehen wir eigentlich Ava und Reid. Ich seufze, als ich daran denke, dass die beiden es richtig gemacht haben. Sie sind einfach nach Las Vegas geflogen, um zu heiraten, sodass unsere Mutter gar keine Chance hatte, irgendwelche Einladungen drucken zu lassen oder einen Saal zu buchen oder eine Torte nach ihrem Geschmack zu bestellen. Ich war die Einzige, die davon wusste, und habe die beiden insgeheim um ihre Entscheidung beneidet.

Als Graham ins Bad kommt, knöpfe ich mir gerade die Jeans zu. »Bist du so weit?«, fragt er.

»Gleich. Ich muss nur noch Schuhe anziehen.«

Graham folgt mir zum Kleiderschrank. Er lehnt an der Tür, während ich nach meinen Turnschuhen suche. Zur Arbeit gehe ich immer im Businesslook und trage meistens Schuhe mit Absätzen, weshalb ich über jede Gelegenheit froh bin, mich ganz normal anziehen zu können. Graham steht mit verschränkten

Armen da und sieht mir zu. Um seine Mundwinkel spielt ein Grinsen, das in mir den Verdacht aufkeimen lässt, dass er irgendwas vorhat.

»Was ist?«

Er steckt die Hände in die Taschen seiner Jeans. »Wie fändest du es, wenn ich die letzte halbe Stunde damit verbracht hätte, unsere Hochzeitspläne zu ändern?«

Ich richte mich auf. »Wie ... wie meinst du das?«

Er holt tief Luft. Dass er so offensichtlich nervös ist, macht wiederum mich nervös.

»Mir ist es ziemlich egal, wie wir heiraten, Quinn. Das Wichtigste für mich ist, dass du danach meine Frau bist. Und wenn ...«, er macht einen Schritt auf mich zu, »... wenn du das genauso siehst, frage ich mich, warum wir noch lange warten sollen. Lass uns einfach gleich heiraten. Dieses Wochenende.« Bevor ich etwas sagen kann, greift er nach meinen Händen und drückt sie fest. »Ich habe gerade über eine Agentur das Strandhaus gebucht und auch schon einen Pfarrer gefunden, der Zeit hätte, uns dort zu trauen. Er bringt sogar einen Trauzeugen mit. Nur du und ich, Quinn. Wir könnten morgen Nachmittag am Strand heiraten und morgen Abend am Feuer sitzen, wo ich um deine Hand angehalten habe. Wir grillen Marshmallows und stellen uns Fragen, um uns noch besser kennenzulernen, und danach haben wir wilden Sex und dann schlafen wir und wachen am Sonntag als Ehepaar wieder auf.«

Ich bin fast so sprachlos wie in dem Moment, in dem er mich gefragt hat, ob ich seine Frau werden will. Und genau wie vor drei Monaten bin ich viel zu aufgeregt und geschockt, um »Ja« zu sagen. Ich kann wieder nur nicken. Heftig nicken. Und dann lache ich laut und umarme ihn und küsse ihn.

»Das ist perfekt! Absolut perfekt. Ich liebe dich. Das ist perfekt.«

Ich ziehe meinen Koffer aus dem Schrank und fange sofort an

zu packen. Wir beschließen, niemanden einzuweihen. Noch nicht mal seine Mutter.

»Die können wir morgen anrufen. Wenn wir verheiratet sind«, sagt Graham.

Ich kann gar nicht aufhören zu strahlen, auch wenn ich weiß, dass meine Mutter einen Anfall bekommt, wenn ich ihr morgen sage, dass wir schon verheiratet sind. »Meine Mutter bringt uns um.«

»Ja, kann gut sein. Aber es ist leichter, um Entschuldigung zu bitten als um Erlaubnis.«

Sechsundzwanzig

JETZT

Morgen bin ich schon drei Wochen bei Ava. Grahams Stimme habe ich das letzte Mal gehört, als er mich zum Flughafen gebracht hat. Letzte Woche hat er angerufen, aber ich bin nicht ans Handy gegangen. Ich habe ihm geschrieben, dass ich noch Zeit brauche, um nachzudenken. Er hat geantwortet: *Ruf mich an, wenn du so weit bist.* Seitdem hat er sich nicht mehr gemeldet, und ich bin immer noch nicht so weit, ihn anzurufen.

Trotz meiner Traurigkeit fühle ich mich bei Ava und Reid sehr wohl. Ich weiß nicht, ob es daran liegt, dass alles so neu und exotisch für mich ist, oder daran, dass meine Probleme so weit weg sind. Gesehen habe ich noch nicht besonders viel von Italien, weil ich mich nur langsam erhole. Die OP-Narbe tut manchmal noch weh und ich bin so schwach wie noch nie in meinem Leben. Aber es ist total schön und entspannend bei Ava und Reid, weshalb es mir nichts ausmacht, die meiste Zeit zu Hause zu verbringen und mich zu schonen. Ich bin froh, endlich mal wieder richtig Zeit mit meiner Schwester zu haben, sodass es mir trotz aller schrecklichen Umstände fast gut geht.

Gleichzeitig vermisse ich Graham. Den Graham, mit dem ich verheiratet war, als ich noch eine glücklichere Version meiner selbst gewesen bin. Am Anfang unserer Beziehung haben wir besser zueinandergepasst als jetzt. Wie Puzzlestücke, die im Laufe der Jahre ihre Form verändert haben – ich mehr als Graham. Aber auch wenn ich inzwischen glaube, dass ich am Scheitern unserer Beziehung letztlich eine größere Schuld trage als er, ändert das nichts daran, dass ziemlich klar ist, wie es mit uns weitergehen wird.

Der Tapetenwechsel war genau das, was ich mir gewünscht und gebraucht habe. Ich habe mit Ava offen über alles gesprochen. Meine Schwester hat die tolle Eigenschaft, anderen zuzuhören, statt Ratschläge zu geben. Die brauche ich auch nicht. Ratschläge ändern nichts an meinen Gefühlen. Ratschläge ändern nichts daran, dass jetzt endgültig feststeht, dass ich niemals eigene Kinder bekommen werde. Ratschläge ändern nichts daran, dass Graham gesagt hat, es mache ihn verdammt fertig, dass es bei uns einfach nicht klappt. Ratschläge sind nur gut für das Ego desjenigen, der sie gibt. Statt mir Ratschläge zu geben, lenkt Ava mich ab. Nicht nur von Graham, sondern auch von unserer Mutter. Von meinem Job. Von der Unfruchtbarkeit. Von Connecticut. Von meinem bisherigen Leben.

»Und die da?« Ava hält eine Farbkarte aus dem Baumarkt in die Höhe.

Ich schüttle den Kopf. »Zu … kanariengelb.«

Sie schaut auf die Rückseite der Karte und lacht. »Gut erkannt. Genauso heißt sie auch. *Canary.*«

Reid geht zum Herd, hebt den Deckel vom Topf und schnuppert an der Pastasoße. Ich sitze mit Ava, die gerade die Wandfarbe für das Kinderzimmer aussucht, an der Theke. »Wenn wir wüssten, was es wird, wäre es einfacher, eine passende Farbe auszusuchen«, sagt Reid. Er setzt den Deckel wieder auf, angelt eine Nudel aus dem zweiten Topf, probiert sie, nickt zufrieden und schaltet dann den Herd aus.

»Nichts da!« Ava rutscht von ihrem Hocker. »Wir waren uns einig, dass wir uns überraschen lassen. Es sind nur noch zehn Wochen. Das hältst du aus.« Sie nimmt drei Teller aus dem Schrank und deckt den Tisch. Ich hole Besteck und Servietten, während Reid die Pasta abgießt und zusammen mit der Soße zum Tisch bringt.

Keiner der beiden hat mir bisher das Gefühl gegeben, ich würde ihre Gastfreundschaft womöglich überstrapazieren, trotzdem sollte ich wohl langsam wieder an meine Abreise denken. Drei Wochen sind eine lange Zeit. »Ich schaue morgen mal, ob ich für Ende der Woche einen Rückflug bekomme«, sage ich und lade mir Spaghetti auf den Teller.

»Aber denk bitte nicht, du wärst uns lästig«, sagt Reid sofort. »Ich finde es schön, dass du hier bist. Außerdem kann ich dann beruhigter wegfahren.«

Reid ist zwei bis drei Tage pro Woche geschäftlich unterwegs und lässt die hochschwangere Ava nicht gern allein. »Ich wüsste nicht, wieso meine Anwesenheit beruhigend sein sollte. Ava ist viel mutiger als ich.«

»Das stimmt«, sagt sie. »An Halloween sind wir mal Freddy Krueger auf der Straße begegnet, und als er seine Messerfinger nach uns ausgestreckt hat, hat Quinn mich aus lauter Angst in seine Richtung geschubst und ist davongerannt.«

»Stimmt nicht«, sage ich. »Ich habe dich in die Richtung von Jason Voorhees geschubst.«

»Jedenfalls wäre ich fast ermordet worden«, sagt Ava.

»Kommst du dann in zwei Monaten noch mal her, wenn das Baby da ist?«

»Natürlich.«

»Dann bring doch nächstes Mal Graham mit«, sagt Reid. »Der fehlt mir hier.«

An dem Blick, den Ava mir zuwirft, erkenne ich, dass sie Reid nichts von unseren Problemen erzählt hat, wofür ich ihr sehr dankbar bin.

Während ich Spaghetti auf die Gabel drehe, denke ich darüber nach, wie einsam ich mich gefühlt habe, als Ava und Reid aus Connecticut weggezogen sind. Mir wird zum ersten Mal klar, dass das für Graham auch nicht einfach gewesen sein kann. Reid und er haben sich super verstanden, er hat also einen richtig guten Kumpel verloren. Vielleicht sogar seinen engsten Freund seit Tanner. Trotzdem hat er nie auch nur ein Wort darüber verloren, weil meine Traurigkeit unser Haus vom Boden bis zur Decke gefüllt hat, sodass für seine Traurigkeit kein Platz mehr gewesen ist. Was Graham mir wohl noch alles nicht erzählt hat, weil er mich nicht mit seinen Sorgen belasten wollte?

Nach dem Essen spüle ich ab. Reid und Ava sitzen am Tisch und besprechen weiter Einrichtungsideen fürs Kinderzimmer, als es an der Tür klingelt.

»Wer kann das sein?«, fragt Ava. »Um diese Zeit? Komisch.«

Reid nickt. »Absolut.«

»Bekommt ihr nie Besuch?«

Reid schiebt seinen Stuhl zurück und steht auf. »Jedenfalls keinen unerwarteten. Wir haben zwar ein paar Bekannte, aber die kennen wir nicht so gut, dass sie spontan vorbeikommen würden.« Er geht zur Tür und Ava und ich schauen ihm gespannt hinterher.

Es ist jemand, mit dem ich als Allerletztes gerechnet hätte.

Die Hände im Spülwasser, stehe ich wie erstarrt da, als Reid mit Graham in die Küche zurückkommt. Reid trägt seinen Koffer und Grahams Blick schweift durch den Raum.

Als er mich entdeckt, ist es, als würde sich sein gesamter Körper entspannen. Reid strahlt und blickt erwartungsvoll zwischen uns hin und her. Aber wir stürmen nicht aufeinander zu und fallen uns in die Arme. Wir sehen uns nur schweigend an. Ein bisschen zu lang. Lang genug für Reid, um die Anspannung zu spüren.

Er räuspert sich und greift wieder nach Grahams Koffer. »Ich äh … ich stell den mal ins Gästezimmer.«

»Ich helfe dir«, sagt Ava und steht schnell auf. Als die beiden im Flur verschwunden sind, löse ich mich schließlich so weit aus meiner Schockstarre, dass ich die Hände aus dem Spülwasser nehmen und an einem Küchenhandtuch abtrocknen kann. Graham geht einen Schritt auf mich zu.

Mein Herz hämmert gegen meine Rippen. Mir ist nicht bewusst gewesen, *wie sehr* ich ihn vermisst habe, aber ich glaube nicht, dass das der Grund ist, warum mein Herz so heftig schlägt. Es schlägt, weil seine Anwesenheit Konfrontation bedeutet. Und Konfrontation bedeutet Entscheidung. Ich weiß nicht, ob ich dafür schon bereit bin. Das ist der einzige Grund, warum ich mich einen halben Erdball von ihm entfernt im Haus meiner Schwester verschanzt habe.

»Hey«, sagt er. Es ist so ein schlichtes Wort, aber es fühlt sich bedeutungsschwerer an als alles, was er je zu mir gesagt hat. So ist das wohl, wenn man fast drei Wochen lang nicht mit seinem Mann gesprochen hat.

»Hey«, antworte ich zurückhaltend. Und die Umarmung, die ich ihm schließlich gebe, fällt noch zurückhaltender aus. Sie ist so flüchtig, dass ich sie am liebsten wiederholen und ganz anders machen würde, aber stattdessen greife ich ins Spülbecken und ziehe den Stöpsel. »Das ist … eine Überraschung.«

Graham nickt und lehnt sich neben mich an die Spüle. Er sieht sich kurz in der offenen Küche und im angrenzenden Wohnzimmer um, bevor er seinen Blick wieder auf mich richtet. »Wie geht es dir?«

Ich nicke. »Ganz gut. Es tut immer noch manchmal weh, aber ich habe mich hier echt gut erholt.« Überraschenderweise fühle ich mich wirklich gut. »Ich hatte damit gerechnet, dass ich in ein tiefes schwarzes Loch fallen würde, aber wahrscheinlich hatte ich mich schon damit abgefunden, dass meine Gebärmutter nutzlos ist, deswegen macht es auch keinen Unterschied mehr, dass sie jetzt weg ist.«

Graham sieht mich stumm an und scheint nicht zu wissen, wie er darauf reagieren soll. Eigentlich hatte ich keine Reaktion erwartet, aber sein Schweigen macht mich trotzdem wütend. So wütend, dass ich schreien möchte. Ich weiß nicht, was er hier will. Ich weiß nicht, was ich sagen soll. Ich bin wütend, dass er ohne Vorwarnung einfach so hier aufgetaucht ist, und wütend, dass ich mich freue, ihn zu sehen.

Ich drehe mich um, wische mir mit dem Unterarm über die Stirn und presse meinen Rücken an die Arbeitsplatte.

»Was willst du hier, Graham?«

Er kommt einen Schritt näher und sieht mich ernst an. »Ich halte das keinen Tag länger aus, Quinn.« Seine Stimme ist leise, fast flehend. »Du musst eine Entscheidung treffen. Entweder verlässt du mich oder du kommst mit mir nach Hause.« Er streckt die Arme aus und zieht mich an sich. »Komm mit mir nach Hause«, wiederholt er flüsternd.

Ich schließe die Augen und atme seinen Geruch ein. Wie gerne würde ich sagen, dass ich ihm verzeihe. Dass ich ihm nicht vorwerfe, was passiert ist.

Dass er eine andere Frau geküsst hat, ist schlimm für mich, keine Frage. Es ist das Schlimmste, was er mir je angetan hat. Aber ich bin nicht unschuldig daran, dass es so weit gekommen ist.

Meine Sorge ist nicht, ob ich ihm verzeihen kann. Meine Sorge ist, wie es weitergehen soll, *nachdem* ich ihm verziehen habe. Wir hatten schon Probleme, bevor er eine andere Frau geküsst hat. Und diese Probleme lösen sich nicht in Luft auf, wenn ich ihm verzeihe. An dem Abend, an dem ich das Baby verloren habe, haben Graham und ich uns nur wegen dieser Küsse gestritten. Aber wenn wir heute Abend die Schleusen öffnen, dann … geht es um alles. Dann müssen wir über das Problem reden, das der Grund für alle anderen Probleme ist und das zu dem Problem geführt hat, wegen dem ich hierhergeflohen bin. Das ist das Gespräch, vor dem ich mich schon so lange drücke.

Das Gespräch, vor dem ich mich jetzt nicht mehr drücken kann, weil er um die halbe Welt geflogen ist, um mich damit zu konfrontieren.

Ich löse mich von ihm und sehe ihn an, aber bevor er etwas sagen kann, kommen Reid und Ava zurück. »Wir gehen noch mal um den Block, ein Eis essen«, sagt Ava und zieht ihre Jacke an.

Reid öffnet die Haustür. »Ich schätze, wir sind in einer Stunde zurück.«

Die Tür fällt zu und Graham und ich stehen allein in ihrem Haus – Tausende Meilen von unserem Zuhause entfernt, wo wir uns so lange so bequem aus dem Weg gehen konnten.

»Du bist sicher müde vom Flug«, sage ich. »Willst du dich vielleicht erst mal hinlegen? Oder was essen?«

»Mir geht es gut«, sagt er schnell.

Ich nicke, weil mir bewusst wird, dass es sich nicht mehr länger vermeiden lässt. Das Gespräch steht jetzt unmittelbar bevor. Er möchte vorher noch nicht einmal etwas essen oder trinken. Und mir bleibt nur, so zu tun, als würde ich darüber nachdenken, ob ich mit ihm reden oder einfach wegrennen will, um es noch weiter aufzuschieben. Die Anspannung zwischen uns war noch nie so groß, während wir schweigend abwarten, wer den ersten Schritt tut.

Schließlich geht Graham zum Esstisch. Ich folge ihm und setze mich ihm gegenüber. Er legt die Arme verschränkt vor sich auf die Tischplatte und schaut mich an.

Er sieht so gut aus. Wenn ich mich in den letzten Jahren von ihm abgewendet habe, dann nie, weil ich mich körperlich nicht von ihm angezogen gefühlt hätte. Das war nie das Problem. Selbst jetzt nach der anstrengenden Reise finde ich ihn noch anziehender als an dem Tag, an dem ich ihn kennengelernt habe. In der Beziehung haben Männer Glück. Mit dreißig oder vierzig sehen sie sogar noch männlicher und attraktiver aus als auf dem Höhepunkt ihrer Jugend.

Außerdem hat Graham immer sehr auf sich geachtet. Er steht jeden Morgen zur selben Zeit auf und geht laufen. Ich finde das toll, nicht nur, dass er in Form bleiben will, sondern auch, dass er anderen gegenüber nie ein Wort darüber verliert. Graham ist nicht der Typ, der irgendwem etwas beweisen muss oder sein tägliches Lauftraining zum Weitpinkelwettbewerb mit seinen Freunden macht. Er läuft für sich selbst und für niemand anderen und dafür liebe ich ihn.

Wie er mir jetzt gegenübersitzt, muss ich daran denken, wie er mir am Morgen nach unserer Hochzeit gegenübersaß. Sehr müde. Wir hatten beide kaum geschlafen, und er sah aus, als wäre er über Nacht fünf Jahre gealtert, die Haare verstrubbelt, die Augen leicht geschwollen vom Schlafmangel. Aber wenigstens sah er damals *glücklich* und müde aus.

Jetzt sieht er nur traurig und müde aus.

Graham presst Handflächen und Fingerspitzen aneinander und legt sie an die Lippen. Er wirkt nervös, scheint aber definitiv bereit, es hinter sich zu bringen. »Also. Was denkst du?«

Ich hasse dieses Gefühl in mir. Als wären all meine Befürchtungen und Ängste zu einer Flipperkugel zusammengedrückt, die jetzt in mir herumklackert, von meinem Herzen abprallt, meinen Lungenflügeln, meinem Magen, meiner Kehle. Die meine Hände so zittern lässt, dass ich sie ineinander verschränke, um sie ruhigzustellen.

»Ich denke nach«, beantworte ich seine Frage. »Ich denke darüber nach, wo du Fehler gemacht hast und wo ich welche gemacht habe.« Ich atme schnell aus. »Ich denke darüber nach, wie richtig sich das mit uns lange angefühlt hat und wie sehr ich mir wünschte, es würde sich immer noch so anfühlen.«

»Wir können wieder dahin zurück, Quinn. Ich weiß, dass wir das können.«

Er klingt so hoffnungsvoll. Und so naiv.

»Wie?«

Aber er hat keine Antwort. Vielleicht liegt es ja daran, dass er im Gegensatz zu mir nicht das Gefühl hat, kaputt zu sein. Alles, was in unserer Ehe kaputtgegangen ist, hat mit mir zu tun, und das kann Graham nicht richten. Wenn er unser Sexleben irgendwie wieder zum Laufen bringen könnte, würde ihm das wahrscheinlich reichen, um ein paar weitere Jahre durchzuhalten.

»Denkst du, wir sollten öfter miteinander schlafen?« Graham

sieht fast beleidigt aus, als ich das frage. »Das würde dich doch glücklicher machen, oder?«

Er beschreibt mit dem Zeigefinger eine unsichtbare Linie auf dem Tisch und hält den Blick gesenkt. »Es wäre gelogen zu behaupten, ich wäre mit unserem Sexleben in den letzten Jahren glücklich gewesen. Aber das war weiß Gott nicht das Einzige, von dem ich mir wünschen würde, es wäre anders. Ich wünsche mir vor allem – mehr als alles andere –, dass du meine Frau sein willst.«

»Nein, du möchtest, dass ich die Frau bin, die ich früher war. Ich glaube nicht, dass du mich so willst, wie ich jetzt bin.«

Graham sieht mich einen Moment lang an. »Vielleicht hast du recht. Ist es so verwerflich, dass ich die Zeiten vermisse, in denen ich noch davon überzeugt war, dass du mich liebst? In denen du dich noch gefreut hast, mich zu sehen? In denen du mit mir geschlafen hast, weil du Lust auf mich hattest, und nicht, weil du schwanger werden wolltest?« Er beugt sich vor, den Blick fest auf mich geheftet. »Wir können keine Kinder bekommen, Quinn. Und weißt du was? Für mich ist das okay. Ich habe dich nicht wegen der potenziellen Kinder geheiratet, die wir eines Tages vielleicht bekommen hätten. Ich habe mich in dich verliebt und dich geheiratet, weil ich den Rest meines Lebens mit dir verbringen will. Das war das Einzige, worum es mir ging. Aber allmählich ahne ich, dass das bei dir nicht so war und du mich vielleicht aus anderen Gründen geheiratet hast.«

»Das ist nicht fair«, sage ich leise. Graham kann mir nicht ernsthaft unterstellen, ich hätte ihn nicht geheiratet, wenn ich gewusst hätte, dass wir keine Kinder haben können. Genauso wenig kann er jetzt behaupten, er hätte mich auch dann geheiratet, wenn er es vorher gewusst hätte. Kein Mensch kann mit Sicherheit voraussagen, wie er sich in einer Situation verhalten würde, in der er noch nie gewesen ist.

Graham steht auf, geht zum Kühlschrank und nimmt eine Flasche Wasser heraus. Während er trinkt, bleibe ich stumm sitzen. Ich warte darauf, dass er zurückkommt und weiterredet, weil ich noch nicht bereit bin, irgendwie zu reagieren. Erst muss ich genau wissen, was in ihm vorgeht, bevor ich entscheide, was ich dazu sagen kann. Was ich tun kann. Nachdem er sich wieder gesetzt hat, greift er über die Tischplatte und legt seine Hand auf meine.

»Ich würde dir niemals auch nur die kleinste Mitverantwortung an dem geben, was ich getan habe«, sagt er sehr ernst. »Ich habe diese Frau geküsst und das hätte ich nicht tun dürfen. Ganz klar. Dass es passiert ist, ist allerdings nur eines der Probleme, die wir haben, und ich bin nicht an allen Problemen schuld. Aber ich kann nichts tun und dir vor allem nicht helfen, solange du mir nicht sagst, was in dir vorgeht.« Er zieht meine Hand näher zu sich und umfasst sie mit seinen. »Ich weiß, dass du in den letzten Wochen meinetwegen durch die Hölle gegangen bist, und du musst mir glauben, dass mir das wahnsinnig leidtut. Mehr, als du ahnst. Trotzdem frage ich dich: Meinst du, du kannst mir verzeihen, dass ich dir das schlimmste überhaupt Vorstellbare angetan habe? Wenn ja, glaube ich daran, dass wir alles andere auch irgendwie überstehen können. Ich *weiß*, dass wir es können.«

In seinem Blick liegt so viel Hoffnung. Und die nehme ich ihm sogar ab, wenn er allen Ernstes glaubt, die Tatsache, dass er eine andere Frau geküsst hat, wäre das Schlimmste, was mir je passiert ist.

Wenn ich nicht so aufgebracht wäre, würde ich jetzt lachen. Ich ziehe meine Hand weg.

Ich stehe auf.

Ich versuche, Luft zu holen, aber ich habe nicht gewusst, dass Wut sich in der Lunge festsetzt.

Als ich schließlich in der Lage bin zu antworten, spreche ich sehr ruhig und bedächtig, denn wenn es etwas gibt, das Graham verstehen sollte, dann das, was ich ihm jetzt sagen werde. Ich beuge mich zu ihm vor, stütze mich auf die Tischplatte und sehe ihm fest in die Augen.

»Dass du glaubst, was du mit dieser Frau gemacht hast, wäre das Schlimmste, was mir je passiert ist, beweist, dass du keine Ahnung hast, was ich durchgemacht habe. Du hast keine Ahnung, wie es ist, keine Kinder bekommen zu können. Und das liegt daran, dass *du* Kinder bekommen kannst, Graham. *Ich* nicht. Das darfst du nicht verwechseln. *Du* kannst mit einer anderen Frau schlafen und mit ihr ein Kind bekommen. Ich kann nicht mit einem anderen Mann schlafen und ein Kind bekommen.« Ich drücke mich vom Tisch ab und drehe ihm den Rücken zu. Eigentlich hatte ich vor, mich kurz zu sammeln, bevor ich weiterrede, aber anscheinend brauche ich das nicht, ich drehe mich nämlich sofort wieder zu ihm um. »Und ich habe immer so gern mit dir geschlafen, Graham. Es hatte nichts damit zu tun, dass ich dich nicht mehr begehrt habe. Es ging um das, was danach kam. Dass du diese Frau geküsst hast, ist mir egal. Das ist nichts gegen den Schmerz, den ich Monat für Monat für Monat erlebt habe, wenn wir miteinander geschlafen haben und das Einzige, was dabei rausgekommen ist, ein Orgasmus war. Ein *Orgasmus! Toll!* Aber wie hätte ich dir das sagen können? Wie hätte ich dir sagen sollen, dass ich deine Umarmungen und deine Küsse und Berührungen immer weniger ertragen habe, weil sie zwangsläufig das Vorspiel zum schlimmsten Tag meines Lebens waren, den ich, verdammt noch mal, alle achtundzwanzig Tage erleben musste!« Ich dränge mich an ihm vorbei. »Scheiß auf dich und diese Frau, Graham. Eure Affäre ist mir scheißegal!«

Ohne mich noch einmal umzudrehen, gehe ich zum Spülbecken. Ich will ihn jetzt nicht anschauen. Ich habe noch nie so ehrlich ausgesprochen, was ich fühle, und habe Angst vor dem, was das in ihm auslöst. Gleichzeitig habe ich auch Angst, dass es mir vielleicht egal ist, was es in ihm auslöst.

Ich weiß nicht, warum ich ihn mit etwas konfrontiere, das jetzt sowieso keine Rolle mehr spielt. Ich kann nie mehr schwanger werden, das ist ein für alle Mal vorbei. Was bringt es da noch, sich Dinge an den Kopf zu werfen, die Schnee von gestern sind?

Ich gieße mir ein Glas Wasser ein, trinke und versuche, mich zu beruhigen.

Ein paar stille Sekunden vergehen, bevor Graham aufsteht. Er kommt zu mir, lehnt sich mir gegenüber an die Theke und überkreuzt die Füße. Als ich den Mut aufbringe, ihm in die Augen zu sehen, überrascht mich sein Blick. Obwohl das, was ich gerade gesagt habe, ziemlich krass war, sieht er nicht aus, als würde er mich hassen.

Wir starren uns an, voll von Gefühlen, die wir nie so lange in uns hätten aufstauen dürfen. Graham wirkt nicht feindselig, aber er kommt mir völlig ausgepowert vor – als wären meine Wörter von eben Stecknadeln gewesen, mit denen ich Löcher in ihn gestochen hätte, durch die alle Energie aus ihm entwichen ist.

An seiner erschöpften Miene erkenne ich, dass er jetzt endgültig aufgegeben hat. Ich kann es ihm nicht verdenken. Warum sollte man weiter um jemanden kämpfen, der seinerseits nicht mehr um einen kämpft?

Graham schließt die Augen und massiert sich mit Daumen und Zeigefinger den Nasenrücken. Er atmet ein paarmal tief durch, verschränkt dann die Arme vor der Brust und schüttelt den Kopf, als würde er endlich etwas begreifen, was er nie begreifen wollte.

»Ganz egal, wie viel Mühe ich mir gebe … ganz egal, wie sehr ich dich liebe … das, was du dir immer von mir gewünscht hast, kann ich nicht sein, Quinn. Ich kann niemals der Vater deiner Kinder sein.«

Aus meinem Augenwinkel fällt eine Träne. Und noch eine, aber ich bleibe steif stehen, als er einen Schritt auf mich zumacht.

»Wenn unsere Ehe nur das wäre … wenn das alles wäre, was sie je sein würde … wenn da nur du und ich wären – würde dir das genügen, Quinn? Genüge ich dir?«

Ich bin geschockt.

Sprachlos.

Sehe ihn ungläubig an. Bin unfähig zu antworten. Nicht, weil ich es nicht könnte. Ich kenne die Antwort auf seine Frage. Ich habe sie immer gekannt. Aber ich sage nichts, weil ich nicht weiß, ob ich sie beantworten *sollte*.

Die folgende Stille führt zum größten Missverständnis, das es in unserer Ehe je gegeben hat. Grahams Kiefermuskeln verhärten sich. Seine Augen verhärten sich. Alles – sogar sein Herz – verhärtet sich. Er wendet den Blick von mir ab, weil mein Schweigen für ihn etwas anderes bedeutet als für mich.

Er dreht sich um und geht aus der Küche. Wahrscheinlich will er seinen Koffer holen. Ich zwinge mich, ihm nicht hinterherzurennen und ihn anzuflehen, er solle bleiben. Am liebsten würde ich vor ihm auf die Knie fallen und ihm sagen, dass ich, hätte man mich an unserem Hochzeitstag gezwungen, mich für ein Leben mit Kindern oder mit ihm zu entscheiden, mich ohne jedes Zögern für ihn entschieden hätte. Ich kann nicht glauben, dass unsere Ehe an diesen Punkt gekommen ist. An den Punkt, an dem mein Schweigen Graham zu der Überzeugung kommen lässt, dass er mir nicht genügt. Nein! Das ist nicht das Problem.

Das Problem ist, dass er so viel mehr haben könnte … *wenn ich nicht wäre*. Ich atme zitternd aus, drehe mich um und stütze mich auf die Arbeitsplatte. Zu wissen, was ich ihm antue, schmerzt so, dass ich am ganzen Körper zittere.

Als Graham wiederkommt, hat er nicht seinen Koffer geholt. Er hat etwas anderes geholt.

Die Holzschatulle.

Er hat die Schatulle mitgebracht?

Jetzt stellt er sie neben mich auf die Theke. »Wenn du mich nicht davon abhältst, mache ich sie jetzt auf.«

Ich beuge mich vor, lege die Arme auf die Theke und berge mein Gesicht darin. Ich halte ihn nicht davon ab. Ich kann nur weinen. So weinen, wie ich es aus meinen Träumen kenne. Ein Weinen, das so wehtut, dass ich noch nicht mal ein Geräusch von mir geben kann.

»Quinn …« Grahams Stimme hat beinahe etwas Flehendes. Ich kneife die Augen fest zu. »Quinn.« Jetzt flüstert er meinen Namen. Als ich weiter schweige, höre ich, wie er die Schatulle zu mir schiebt. Höre, wie er den Schlüssel ins Vorhängeschloss steckt. Höre, wie er es aufschließt und abnimmt. Aber statt es auf die Theke zu legen, schleudert er es gegen die Wand.

Er ist auf einmal voller Wut.

»Schau mich an.«

Ich schüttle den Kopf. Ich will ihn jetzt nicht anschauen. Ich will mich nicht daran erinnern, wie es war, als wir vor Jahren zusammen vor der Schatulle saßen und den Deckel zugeklappt haben.

Er fährt mit einer Hand durch meine Haare, beugt sich zu mir und bringt seine Lippen dicht an mein Ohr. »Der Deckel wird nicht von selbst aufgehen, und falls du denkst, dass ich ihn öffne, irrst du dich.«

Dann ist seine Hand weg. Seine Lippen sind weg. Er schiebt die Schatulle zu mir hin, bis sie meinen Arm berührt.

Es gab bisher nur wenige Situationen, in denen ich vor ihm so sehr geweint habe wie jetzt. Die drei Male, als es mit der In-Vitro-Fertilisation nicht geklappt hat. Der Abend, an dem er mir gestanden hat, dass er die andere Frau geküsst hat. Und zuletzt, als ich erfahren habe, dass sie mir die Gebärmutter entfernt haben. Jedes Mal hat Graham mich in die Arme genommen. Sogar als er der Grund für meine Tränen war.

Diesmal ist der Schmerz schlimmer als je zuvor. Er ist so übermächtig, dass ich nicht weiß, ob ich stark genug bin, ihn ganz allein durchzustehen.

Und als würde Graham das spüren, schließt er die Arme um mich. Zieht mich liebevoll, fürsorglich und selbstlos, wie er ist, an sich, obwohl wir doch im Krieg sind und an gegenüberliegenden Fronten stehen. Ich presse mein Gesicht an seine Brust und es zerreißt mich.

Zerreißt mich in tausend Teile.

In meinem Kopf spielen immer wieder nur die gleichen Sätze in Dauerschleife, seit ich sie gehört habe.

»Du bist der geborene Vater, Graham.«

»*Ich weiß. Es macht mich auch verdammt fertig, dass es bei uns noch nicht geklappt hat.*«

Ich drücke einen Kuss auf Grahams Brust und flüstere an seinem Herzen ein stummes Versprechen. *Eines Tages wird es bei dir klappen, Graham. Eines Tages wirst du es verstehen.*

Dann löse ich mich von ihm.

Und öffne die Schatulle.

Es ist so weit.

Wir beenden den Tanz.

Siebenundzwanzig

Es ist jetzt fünf Stunden her, dass wir uns an einem einsamen Strand in Gegenwart von zwei Menschen, die wir erst ein paar Minuten kannten, das Jawort gegeben haben. Und ich verspüre keine Reue.

Nicht den kleinsten Hauch.

Ich bereue es nicht, mit Graham übers Wochenende ins Strandhaus gefahren zu sein. Ich bereue es nicht, ihn fünf Monate vor unserem geplanten Hochzeitstermin geheiratet zu haben. Ich bereue es nicht, meiner Mutter erst hinterher per Nachricht für ihre Hilfe bei den Vorbereitungen gedankt zu haben, die jetzt allerdings nicht mehr nötig seien, weil wir bereits geheiratet hätten. Ich bereue es nicht, dass wir, statt im Douglas Whimberly Plaza feudal zu dinieren, Hot Dogs über dem Feuer gegrillt und Kekse zum Nachtisch gegessen haben.

Ich kann mir auch nicht vorstellen, dass ich jemals irgendetwas von dem, was wir heute getan haben, bereuen werde. Etwas so Perfektes kann niemals zu etwas werden, das man bereut.

Graham schiebt die Balkontür auf. Vor drei Monaten war es zu kalt, um draußen zu sitzen, aber heute Abend ist es perfekt. Vom Wasser her kommt eine milde Brise, die mir das Haar aus dem Gesicht weht. Graham setzt sich neben mich und zieht mich an sich. Ich kuschle mich an ihn.

Er beugt sich ein Stück vor und legt sein Handy neben meins auf die Brüstung. Gerade war er drinnen, um mit seiner Mutter zu telefonieren und ihr beizubringen, dass es keine Hochzeitsfeier geben wird.

»War sie sehr enttäuscht?«, frage ich.

»Sie behauptet, sie würde sich für uns freuen, aber ich habe ihr natürlich schon angemerkt, dass sie gern dabei gewesen wäre.«

»Hast du jetzt ein schlechtes Gewissen?«

Er lacht. »Überhaupt nicht. Sie hat mit meinen Schwestern schon zwei Hochzeiten erlebt und plant gerade die dritte. Ich könnte mir eher vorstellen, dass sie insgeheim vielleicht sogar ein bisschen froh ist, sich diesmal nicht kümmern zu müssen. Meine Schwestern machen mir da schon mehr Sorgen.«

An die hatte ich noch gar nicht gedacht. Ava habe ich gestern auf der Fahrt hierher eine Nachricht geschickt, aber sie war anscheinend die Einzige, die es vorher erfahren hat. Dabei hatten wir sie und Grahams drei Schwestern erst letzte Woche gefragt, ob sie unsere Brautjungfern sein wollen. »Wie haben sie reagiert?«

»Ich habe es ihnen noch gar nicht erzählt«, gesteht er. »Aber ich wette zehn Dollar darauf, dass sie es schon wissen. Meine Mutter hat sie garantiert sofort angerufen und die vier halten gerade eine Telefonkonferenz ab.«

»Sie freuen sich bestimmt für dich. Gut, dass sie an Ostern meine Mutter kennengelernt haben. Jetzt haben sie sicher vollstes Verständnis dafür, dass wir es so gemacht haben.«

Mein Telefon vibriert. Graham beugt sich vor, greift danach, hält es mir hin und wirft dabei einen Blick darauf. Als ich sehe, dass es eine Nachricht von meiner Mutter ist, versuche ich ihm das Handy wegzunehmen, aber er hält es fest und liest die ganze Nachricht, bevor er es mir gibt.

»Was meint sie damit?«

Ich lese und mir wird kurz übel. »Nichts, worüber wir uns aufregen sollten.« *Bitte frag nicht nach, Graham.*

Leider lässt er nicht locker. »Warum schreibt sie so was?«

Ich schaue auf mein Handy. Auf ihre schreckliche Nachricht.

Du glaubst, er hatte es so eilig, weil er es nicht erwarten
konnte, dass du seine Frau wirst? Hör auf zu träumen,
Quinn. Das war ein perfekter Schachzug, um sich vor der
Unterschrift zu drücken.

»Vor welcher Unterschrift?«, fragt Graham.

Ich lege eine Hand auf sein Herz und suche nach Worten, aber
die sind heute aus irgendeinem Grund noch schwerer zu finden
als während der letzten drei Monate, in denen ich es vermieden
habe, mit ihm über dieses Thema zu reden.

»Sie ist der Meinung, wir hätten einen Ehevertrag aufsetzen
sollen.«

»Wozu?«, fragt Graham. Ich höre seiner Stimme an, wie verletzt er ist.

»Sie denkt, dass unser Stiefvater sein Testament ändern könnte, um mir und Ava etwas zu vermachen. Vielleicht hat er das
auch schon getan, keine Ahnung. Jedenfalls würde es erklären,
warum es ihr so wahnsinnig wichtig war, dass ich mit dir darüber
spreche.«

»Und warum hast du nicht mit mir gesprochen?«

»Ich hatte es ja vor. Es ist nur … ich finde nicht, dass es nötig ist,
Graham. Ich weiß, dass du mich nicht deswegen heiraten wolltest. Und selbst wenn Moms Mann mir irgendwann Geld hinterlassen sollte, fände ich es total okay, wenn wir beide etwas davon
hätten.«

»Ach, Quinn.« Er legt den Daumen unter mein Kinn und
hebt mein Gesicht leicht an, sodass ich ihn ansehen muss. »Dein
Bankkonto interessiert mich wirklich nicht, und es tut mir leid,
dass deine Mutter dir mit solchen fiesen Unterstellungen das Leben schwermacht. Aber trotzdem hat sie auch recht. Wir hätten
einen Ehevertrag aufsetzen sollen, bevor du mich heiratest. Ich
verstehe nicht, warum du nie mit mir darüber gesprochen hast.
Ich hätte sofort unterschrieben. Ich arbeite in der Buchhaltung,

Quinn. Sobald Geld im Spiel ist, sollte man sich vertraglich absichern. Das ist nur vernünftig.«

Ich weiß nicht, was ich erwartet hatte, jedenfalls sicher nicht, dass er meiner Mutter recht gibt. »Oh. Na ja … okay, dann hätte ich wohl mit dir darüber reden sollen. Ich hatte ein bisschen Angst davor, weil ich dachte, dass das bestimmt kein angenehmes Gespräch wird.«

»Ich bin dein Mann. Ich möchte dir das Leben leichter machen, nicht schwerer.« Er küsst mich, aber unser Kuss wird vom erneuten Vibrieren meines Handys unterbrochen.

Die nächste Nachricht meiner Mutter. Bevor ich sie lesen kann, nimmt Graham mir das Telefon ab und tippt etwas ein.

Graham hat vorgeschlagen, nachträglich einen Ehevertrag zu unterzeichnen. Sag deinem Anwalt, er soll einen aufsetzen. Problem gelöst.

Er legt das Handy auf die Brüstung und dann – genau wie an unserem allerersten Abend beim Mexikaner – versetzt er ihm einen Schubs. Noch bevor es unten in den Sträuchern landet, kommt auf seinem eigenen Handy eine Nachricht an. Und gleich danach noch eine. Und noch eine.

»Deine Schwestern!«

Grinsend versetzt er auch seinem Handy einen Schubs. Wir sehen uns an und lachen.

»Jetzt werden wir nicht mehr gestört«, sagt er. Dann steht er auf und greift nach meiner Hand. »Komm mit rein. Ich hab was für dich.«

Ich springe begeistert auf. »Wirklich? Etwa ein Hochzeitsgeschenk?«

Graham zieht mich hinter sich her ins Schlafzimmer. »Setz dich schon mal.« Er zeigt aufs Bett. »Ich bin gleich wieder da.«

Ich lasse mich im Schneidersitz in der Mitte des Betts nieder und warte gespannt. Immerhin ist es das erste offizielle Geschenk, das ich von ihm als meinem Ehemann bekomme – das ist schon was Besonderes. Wann hatte er überhaupt Zeit, mir etwas zu besorgen? Wir wussten ja bis gestern gar nicht, dass wir heute herkommen und heiraten würden.

Graham kommt mit einer Holzschatulle in den Händen ins Zimmer zurück. Ich weiß nicht, ob sie selbst das Geschenk ist oder irgendetwas, das sich darin befindet, jedenfalls ist die Schatulle allein schon wunderschön. Sie ist aus dunklem Mahagoni mit einem sehr hübschen – handgeschnitzten? – Muster im Deckel.

»Hast du die selbst gemacht?«

»Vor ein paar Jahren, ja«, sagt er. »Ich hatte zu Hause in der Garage eine kleine Werkstatt. Ich arbeite gerne mit Holz.«

»Das wusste ich gar nicht.«

Graham lächelt. »So kann es gehen, wenn man seinen Mann noch nicht mal ein Jahr kennt, bevor man ihn heiratet.« Er setzt sich mir gegenüber aufs Bett und hört nicht auf zu lächeln, was mich noch neugieriger macht. Aber statt mir die Schatulle zu geben, klappt er den Deckel auf und nimmt einen Umschlag heraus, der … mir sehr bekannt vorkommt.

»Kennst du den noch?«

Er hält mir den Umschlag hin. Als wir das letzte Mal im Strandhaus waren, hat Graham mich um einen Liebesbrief gebeten. Sobald wir wieder zu Hause waren, habe ich mich einen ganzen Abend lang hingesetzt, um ihn zu schreiben. Sogar mit Parfüm besprüht habe ich ihn und auch das gewünschte Nacktfoto von mir dazugelegt.

Ich hatte mich schon gewundert, warum Graham nie etwas dazu gesagt hat. Aber dann waren wir so mit Hochzeitsvorbereitungen beschäftigt, dass ich gar nicht mehr daran gedacht habe. Ich drehe den Umschlag, auf dem Grahams Name steht, um. Er ist noch ungeöffnet. »Wie? Du hast ihn gar nicht gelesen?«

Statt zu antworten, nimmt er einen zweiten Briefumschlag aus der Schatulle, auf dem mein Name steht, und hält ihn mir hin. »Du hast mir auch einen Liebesbrief geschrieben?« Ich greife danach.

»Den allerersten meines Lebens«, sagt er. »Ich glaube, dafür ist er sogar ganz gut geworden.«

Ich grinse und will den Zeigefinger unter die Lasche schieben, um ihn zu öffnen, aber Graham nimmt ihn mir vorher aus der Hand.

»Nicht! Du darfst ihn noch nicht lesen.« Er drückt sich den Umschlag an die Brust und sieht aus, als wäre er bereit, ihn mit seinem Leben zu verteidigen.

»Warum nicht?«

»Weil …«, er legt beide Briefe wieder in die Schatulle, »jetzt noch nicht der richtige Zeitpunkt dafür ist.«

»Du hast mir einen Brief geschrieben, den ich nicht lesen darf?«

Graham scheint es Spaß zu machen, mich zappeln zu lassen. »Du musst Geduld haben. Wir schließen die Schatulle ab und machen sie erst an unserem fünfundzwanzigsten Hochzeitstag wieder auf.« Er greift nach einem kleinen Vorhängeschloss, das er durch den dafür vorgesehenen Bügel schiebt.

»Graham!« Ich lache. »Das ist das schlimmste Geschenk aller Zeiten! Du hast mir fünfundzwanzig Jahre Folter geschenkt!«

Er grinst nur.

Auch wenn ich das Geschenk extrem frustrierend finde, ist es gleichzeitig das Tollste, was sich jemals jemand für mich ausgedacht hat. Ich beuge mich vor und schlinge die Arme um Grahams Nacken. »Ich bin zwar ein bisschen sauer, dass ich meinen Brief jetzt noch nicht lesen darf«, flüstere ich, »aber das ist ein echt geniales Hochzeitsgeschenk. Und du bist der genialste Mann, den ich kenne, Mr Wells.«

Er küsst mich auf die Nasenspitze. »Ich freue mich, dass es dir gefällt, Mrs Wells.«

Ich küsse ihn auf den Mund, dann richte ich mich auf und streiche über den geschnitzten Deckel der kleinen Schatulle. »Wobei es schon ein bisschen schade ist, dass du mein Nacktfoto erst in fünfundzwanzig Jahren zu sehen bekommst. Ich will nicht angeben, aber ich habe da eine kleine artistische Glanzleistung vollbracht.«

Graham zieht eine Augenbraue hoch. »So, so. Eine artistische Glanzleistung?«

Ich nicke grinsend. Und dann betrachte ich die Schatulle und frage mich, was in seinem Brief wohl steht. Ich kann nicht glauben, dass ich ihn wirklich erst in fünfundzwanzig Jahren lesen darf. »Und die Wartezeit lässt sich nicht irgendwie verkürzen?«

»Vor dem fünfundzwanzigsten Hochzeitstag dürfen wir den Kasten nur im absoluten Notfall öffnen.«

»Was für eine Art von Notfall? So was wie … Tod?«

Er schüttelt den Kopf. »Nein. Das meinte ich nicht. Ein Beziehungsnotfall. So was wie … Scheidung.«

»Scheidung?« Mir läuft es kalt den Rücken runter. »Ernsthaft?«

»Die Idee ist, dass wir die Schatulle öffnen, um die Langlebigkeit unserer Liebe zu feiern, Quinn. Aber falls einer von uns beschließt, sich vom anderen scheiden lassen zu wollen – falls wir in unserer Ehe einen Punkt erreichen, an dem wir der Meinung sind, dass es anders nicht mehr geht –, dann müssen wir uns versprechen, uns erst scheiden zu lassen, nachdem wir die Schatulle geöffnet und die Briefe gelesen haben. Vielleicht kann uns ja die Erinnerung an die Liebe, die wir füreinander hatten, als wir den Deckel zugemacht haben, helfen, unsere Entscheidung noch mal zu überdenken.«

»Dann ist die Schatulle also nicht nur eine Art Erinnerungs-Zeitkapsel, sondern auch ein Ehe-Survival-Kit?«

Graham nickt. »So könnte man es nennen. Aber wir brauchen uns, glaube ich, keine Sorgen zu machen. Ich bin sehr zuversichtlich, dass wir diese Schatulle erst in fünfundzwanzig Jahren öffnen werden.«

»Ich bin mehr als zuversichtlich«, sage ich. »Ich würde sogar darauf wetten. Aber falls ich die Wette verliere und wir uns doch scheiden lassen, werde ich nicht genug Geld haben, um meine Wettschulden zu begleichen, weil du keinen Ehevertrag unterschrieben hast.«

Graham zwinkert mir zu. »Tja, blöd gelaufen. Hättest du mal lieber keinen Erbschleicher geheiratet.«

»Habe ich noch Zeit, mich umzuentscheiden?«

Graham drückt das Vorhängeschloss mit einem *Klick* zu. »Zu spät.« Er steht auf, stellt die Schatulle auf die Kommode und legt den Schlüssel daneben. »Den befestige ich morgen mit Klebstreifen auf der Unterseite, damit wir ihn nie verlieren.«

Er kommt wieder zum Bett, packt mich um die Taille, wirft mich über seine Schulter und trägt mich zurück auf den Balkon, wo er sich zusammen mit mir auf die Hollywoodschaukel sinken lässt.

Ich sitze rittlings auf ihm und umfasse sein Gesicht mit beiden Händen. »Das ist ein wirklich süßes Geschenk«, flüstere ich. »Danke.«

»Sehr gerne.«

»Ich hab nichts für dich, weil ich keine Zeit hatte, was zu besorgen. Ich wusste ja bis kurz vorher nicht, dass wir heute heiraten.«

Graham streicht mir die Haare über die Schultern und presst seine Lippen auf meine Kehle. »Ich wüsste kein Geschenk auf der Welt, für das ich dich von meinem Schoß lassen würde.«

»Und wenn ich dir einen riesigen Flatscreen gekauft hätte? Ich wette, dafür würdest du mich runterschubsen.«

Er lacht an meinem Hals. »Nein.« Seine Hand gleitet an meinem Bauch nach oben und schließt sich um meine Brust.

»Und ein neues Auto?«

Er streicht mit den Lippen langsam meine Kehle hinauf. Als

sein Mund meinen erreicht, raunt er: »Ganz bestimmt nicht.« Er will mich küssen, aber ich lehne mich zurück.

»Und wenn … ich dir ein Geschenk für Mathematiker gekauft hätte? Einen von diesen megateuren Supertaschenrechnern, die um die zweitausend Dollar kosten? Ich wette, für so einen würdest du mich sofort vom Schoß schubsen.«

Grahams Hände streichen meinen Rücken hinab. »Nicht mal dafür.« Seine Zunge gleitet zwischen meine Lippen, und er küsst mich mit so viel Nachdruck, dass mir der Kopf schwirrt. Und die nächste halbe Stunde ist das alles, was wir machen. Wie zwei total verliebte Teenager sitzen wir knutschend in der Hollywoodschaukel.

Irgendwann steht Graham auf, ohne unseren Kuss zu unterbrechen, trägt mich ins Schlafzimmer und legt mich sanft aufs Bett. Er macht das Licht aus und schiebt die Balkontür weit auf, sodass wir die Wellen hören, die gegen die Felsen branden.

Als er zum Bett zurückkommt, zieht er mich aus, zuerst ganz vorsichtig, dann immer wilder, bis er mir zuletzt mein Top förmlich vom Leib reißt. Er küsst mich auf den Mund und widmet sich dann eingehend jedem einzelnen Quadratzentimeter meines Körpers. Als er schließlich wieder zu meinem Mund zurückkehrt, schmecke ich mich selbst an seinen Lippen.

Ich rutsche an ihm herunter und revanchiere mich, bis ich nach ihm schmecke.

Als er mich danach auf den Rücken dreht und tief in mich eintaucht, fühlt es sich anders an als sonst, vollkommen neu, weil es das erste Mal ist, dass wir uns als Ehemann und Ehefrau lieben.

Er ist immer noch in mir, als sich die Sonne langsam aus dem Meer erhebt.

Achtundzwanzig

Graham rührt sich nicht, nachdem ich den Deckel der Schatulle aufgeklappt habe. Er steht nur schweigend da und sieht zu, wie ich den Umschlag herausnehme, auf dem sein Name steht. Ich schiebe ihn zu ihm hin.

Danach nehme ich den Umschlag mit meinem Namen heraus und bin überrascht, als ich darunter noch weitere Umschläge entdecke. Alle mit Datumsangabe und an mich adressiert.

»Es gab Dinge, die ich loswerden musste, die du nie hören wolltest.« Er geht mit seinem Brief auf die Terrasse hinaus. Ich nehme die Schatulle mit ins Gästezimmer und ziehe die Tür zu.

Auf dem Bett sitzend halte ich den Umschlag in den Händen, den ich als einzigen zu finden erwartet hatte. Den Brief aus unserer Hochzeitsnacht. Graham hat in der oberen rechten Ecke das Datum notiert. Ich überlege kurz, dann reiße ich alle Umschläge auf und lege die Blätter in der Reihenfolge, in der sie geschrieben worden sind, übereinander. Ich habe Angst, sie zu lesen. Aber ich habe auch zu viel Angst, sie nicht zu lesen.

Als Graham und ich die Schatulle vor all den Jahren feierlich geschlossen haben, war ich mir absolut sicher, dass wir sie auf keinen Fall vor unserem fünfundzwanzigsten Hochzeitstag öffnen müssen. Aber das war, bevor das Leben zugeschlagen hat. Bevor wir wussten, dass sich unser Wunschtraum, Kinder zu bekommen, niemals erfüllen würde. Bevor wir wussten, dass nach und nach alles immer schmerzhafter werden würde, je mehr Zeit vergehen, je mehr vernichtende Momente ich erleben würde und je öfter Graham und ich miteinander schlafen würden.

Mit zitternden Händen streiche ich die Blätter auf der Matratze glatt. Dann nehme ich die erste Seite und atme tief ein.

Ich bin auf das hier nicht vorbereitet. Ich glaube nicht, dass irgendjemand, der aus Liebe geheiratet hat, damit rechnet, dass ein Moment wie dieser jemals kommen wird. Ich spanne jeden Muskel an, als könnte ich mich so gegen das wappnen, was mich erwartet, als ich zu lesen beginne.

Liebe Quinn,

ich hatte gedacht, mehr Zeit zu haben, um an diesem Brief zu feilen. Geplant war ja, dass wir erst in ein paar Monaten heiraten, aber jetzt ging alles doch sehr viel schneller, weshalb das hier wortwörtlich ein Last-Minute-Geschenk wird. Ich bin kein besonders geübter Briefeschreiber und weiß gar nicht, ob ich es schaffe, das zu Papier zu bringen, was ich dir unbedingt sagen möchte. Zahlen liegen mir mehr als Worte, aber ich möchte dich auch nicht mit Gleichungen wie »Ich + du = Ewigkeit« langweilen.

Falls dir das zu kitschig ist, kannst du froh sein, mich erst heute kennengelernt zu haben und nicht zu unserer Schulzeit. Als Siebtklässler habe ich nämlich mal ein Gedicht verfasst, das ich meiner zukünftigen Freundin schenken wollte. Es dauerte dann allerdings noch ein paar Jahre, bis ich endlich eine hatte, und ich habe ihr mein Werk nie gegeben. Das war wahrscheinlich auch gut so. Ich hatte schon damals eine Ahnung, dass es nicht die beste Idee ist, ein Liebesgedicht zu schreiben, das sich auf die Elemente des Periodensystems reimt.

Aber bei dir habe ich das Gefühl, dass du mich so akzeptierst, wie ich bin, und mich nicht gleich uncool findest, deshalb zitiere ich jetzt wenigstens mal ein bisschen für dich daraus. Ich kann es immer noch auswendig. Jedenfalls ein paar Zeilen.

Hey, du. Wenn ich dich sehe, werde ich rot,
und es fühlt sich an, als wäre die Luft pures Jod.

Meine Schritte sind schwer, als hätte ich Beine aus Blei,
wenn du lächelst und ich geh an dir vorbei.

Deine Haut ist so weich wie das Gefieder vom Fink,
als würdest du täglich ein Bad nehmen in einer Wanne voll Zink.

Ich wünschte mir so sehr, du wärst mir hold,
für einen Kuss würde ich dir geben all mein Gold

Wahnsinn, oder? Und du bist das glückliche Mädchen, das den begnadeten Autor dieser Zeilen heute heiraten darf.

Ich glaube, es ist gut, dass du das Gedicht erst in fünfundzwanzig Jahren liest, denn ich möchte, dass du bei mir bleibst. Wenn du mir heute Nachmittag dein Jawort gegeben hast, lasse ich dich nie mehr gehen. Ich bin wie das Hotel California aus dem Song von den Eagles: You can love Graham any time you like, but you can never leave.

In zwei Stunden kommt der Priester, der uns trauen wird. Du bist oben, wo du dich für unsere Hochzeit fertig machst, und ich sitze hier auf der Terrasse vor diesem Blatt Papier.

Auf der Fahrt zum Strandhaus gestern haben wir an einem Laden für Brautmoden haltgemacht. Ich habe im Wagen gewartet, während du reingerannt bist und dein Kleid ausgesucht hast. Als du mit einer Kleiderhülle wieder rausgekommen bist, hast du mir lachend erzählt, wie geschockt die Verkäuferinnen waren, als du ihnen gesagt hast, du würdest morgen heiraten und bräuchtest dringend ein Brautkleid, weil du nicht dazu gekommen wärst, dir rechtzeitig eins zu besorgen. Leider würdest du dazu neigen, alles krankhaft bis zum letzten Moment aufzuschieben, weshalb du dir jetzt auch noch schnell einen passenden Ehemann suchen müsstest.

Ich kann es nicht erwarten, gleich am Strand zu stehen und dir entgegenzusehen, wenn du durch den Sand auf mich zukommst. Nur du in deinem Kleid, ohne Tamtam, ohne Gäste. Die einzige

Soundkulisse wird das Rauschen des Ozeans sein. Ein bisschen mulmig ist mir aber auch. Ich kann nur hoffen, dass dein Traum von letzter Nacht nicht wahr wird.

Als du heute Morgen aufgewacht bist, habe ich dich gefragt, was ich verpasst habe, während du geschlafen hast.

Du hast mir erzählt, du hättest geträumt, wie wir am Strand getraut werden. Noch bevor wir »Ja« sagen konnten, wäre ein riesiger Tsunami angerollt und hätte uns mit sich gerissen. Aber wir sind nicht ertrunken, sondern haben uns in maritime Killer verwandelt. Du wurdest zum Hai und ich zu einem Mörderwal. Wir waren immer noch ineinander verliebt, obwohl du ein Fisch warst und ich ein Säugetier. Den Rest des Traums haben wir versucht, unsere Beziehung in einem Meer voller Tiere weiterzuführen, die mit unserer interspezifischen Paarung ganz und gar nicht einverstanden waren.

Ich glaube, das ist mein bisheriger Lieblingstraum von dir. Aber zurück zu mir und meinem Brief. Ich bin ein bisschen unsicher, weil ich – wie anfangs schon erwähnt – eigentlich dachte, ich hätte noch fünf Monate Zeit. Außerdem bin ich nicht sonderlich liebesbriefschreiberfahren und habe auch nicht deine überschäumende Fantasie (die man ja allein schon an deinen Träumen erkennen kann).

Aber eigentlich müsste es mir leichtfallen, dir zu beschreiben, wie sehr ich dich liebe, weshalb ich hoffe, dass das hier seinen Zweck erfüllt und ein schönes Geschenk für dich wird.

Wo soll ich anfangen? Vielleicht am besten ganz am Anfang.

Ich könnte dir von dem Tag erzählen, an dem wir uns damals in dem Hausflur kennengelernt haben. Dem Tag, an dem ich gespürt habe, dass mein Leben vielleicht deshalb gerade aus der Bahn geworfen wird, weil das Schicksal noch etwas viel Schöneres für mich bereithält.

Aber lieber würde ich dir von dem Tag erzählen, an dem wir uns noch nicht kennengelernt haben. Das überrascht dich jetzt vielleicht, weil du dich nicht daran erinnerst. Oder dich zwar an den Tag erinnerst, aber nicht weißt, dass ich auch da war.

Ein paar Monate, bevor wir vor Ethans Apartment im Flur saßen, hat sein Vater eine Weihnachtsfeier für seine Angestellten organisiert, zu der Sasha mich mitgenommen hatte. Ich gebe zu, dass ich damals ziemlich verliebt in Sasha war, aber die Begegnung mit dir hat sich trotzdem tief in mein Gedächtnis eingegraben.

Wir beide sind uns nicht offiziell vorgestellt worden, standen aber nur ein paar Schritte voneinander entfernt. Ich wusste, dass du Ethans Freundin warst, weil Sasha mir gesagt hatte, wer ihr seid und dass Ethan wahrscheinlich bald ihr neuer Chef wird und du seine Frau.

Du hattest ein schwarzes Kleid mit schwarzen, hohen Schuhen an und die Haare zu einem Knoten hochgesteckt. Ich habe mitbekommen, wie du lachend zu jemandem gesagt hast, die anderen Gäste würden dich wahrscheinlich für eine Bedienung halten. Die Angestellten vom Catering waren nämlich auch alle schwarz angezogen und hatten sich die Haare zu Knoten gesteckt. Ich weiß nicht, ob der Service an dem Abend unterbesetzt war, erinnere mich aber, dass tatsächlich kurz darauf jemand auf dich zukam und dir sein Sektglas zum Nachfüllen hingehalten hat. Statt das Missverständnis aufzuklären, hast du dir einfach eine Flasche Sekt von der Theke geholt und bist damit herumgegangen. Als du bei mir und Sasha angekommen warst, ist Ethan auf dich zugeschossen und hat gefragt, was du da machst. Du hast achselzuckend gesagt, dass du den Gästen nur Sekt nachschenkst, aber ihm war deutlich anzusehen, dass er das komplett daneben und peinlich fand. Er hat gesagt, du sollst damit aufhören und mit ihm mitkommen, weil er dich gern jemandem vorstellen wollte. Deine Reaktion war unbezahlbar. Du hast lachend die Augen verdreht und mich dann gefragt, ob ich vielleicht noch etwas Sekt wollte. Ich habe dir lächelnd mein Glas hingehalten und du hast mir, Sasha und noch ein paar anderen Leuten nachgeschenkt. Erst als die Flasche leer war, bist du mit Ethan mitgegangen.

Abgesehen davon habe ich keine besonderen Erinnerungen an den Abend. Es war eine relativ langweilige Party, und Sasha hatte schlechte Laune, weshalb wir früh gegangen sind. Ehrlich gesagt habe ich danach auch nicht weiter über dich nachgedacht.

Aber dann kam der Tag, an dem ich dich wiedergesehen habe. Ich war wütend und vollkommen geschockt über das, was sich hinter Ethans Wohnungstür abspielte, aber als du aus dem Aufzug gestiegen und auf mich zugekommen bist, hätte ich beinahe gelächelt. Ich habe mich sofort wieder an dich erinnert und daran, wie sehr mir dein natürliches und entspanntes Auftreten auf der Party imponiert hatte. Dass es dir komplett egal gewesen war, ob die Leute wussten, dass du die Freundin von Ethan Van Kemp bist, oder dich für eine Bedienung gehalten haben. Und in dem Moment – dem schlimmsten meines Lebens, in dem dein Anblick mich trotz allem fast zum Lächeln gebracht hat – habe ich gespürt, dass alles irgendwie gut werden würde. Mir war klar, dass die Beziehung zu Sasha zerbrochen war, aber ich wusste, dass ich daran nicht zerbrechen würde.

Warum habe ich dir das eigentlich nie erzählt? Vielleicht ist mir unser »richtiges« Kennenlernen wichtiger gewesen, weil wir damals beide in derselben Situation waren. Vielleicht hatte ich auch einfach Angst, du würdest dich nicht daran erinnern, dass ich damals auch auf der Party war. Warum auch? Der Moment, in dem du mir Sekt eingeschenkt hast, hatte überhaupt keine Bedeutung.

Bis er im Nachhinein dann doch eine bekommen hat.

Ich würde mehr davon erzählen, wie es war, als wir uns im Hausflur wiederbegegnet sind, aber das hast du ja alles selbst erlebt. Ich könnte dir beschreiben, wie es war, als wir uns sechs Monate später wiedergetroffen und so ineinander verliebt haben, dass wir von da an keine einzige Sekunde mehr voneinander getrennt verbringen wollten. Ich könnte von unserer ersten gemeinsamen

Nacht schreiben. Ich könnte erzählen, wie es war, als ich dir den Heiratsantrag gemacht habe und du dich leichtsinnigerweise dazu bereit erklärt hast, dein Leben an der Seite eines Mannes zu verbringen, der niemals in der Lage sein wird, dir alles das zu geben, was du eigentlich vom Leben verdient hättest.

Aber du warst in all diesen Situationen selbst dabei, also würde ich dir nichts Neues erzählen. Außerdem bin ich mir ziemlich sicher, dass du mir in deinem Liebesbrief genau beschrieben hast, wie es war, als wir uns ineinander verliebt haben. Ich fände es schrecklich, wenn ich in meinem Brief etwas beschreiben würde, das du schon viel schöner in Wörter gefasst hast, als ich es je könnte.

Deswegen bleibt mir wohl nichts anderes übrig, als von unserer Zukunft zu schreiben.

Wenn alles so läuft, wie ich es mir wünsche, wirst du diesen Brief erst an unserem fünfundzwanzigsten Hochzeitstag lesen. Vielleicht wirst du aus Rührung ein paar Tränen vergießen und die Tinte verschmieren, danach wirst du mir einen Kuss geben, ich werde dich in die Arme nehmen und dann werden wir uns lieben.

Aber ... solltest du diese Schatulle schon vorher öffnen, weil in unserer Ehe nicht alles so gelaufen ist, wie wir uns das jetzt vorstellen, dann lass mich dir bitte zuallererst sagen, wie unendlich leid es mir tut, dass das Unvorstellbare passiert ist. Denn ich bin davon überzeugt, dass wir vorher ganz bestimmt alles in unserer Kraft Stehende getan haben, um es nicht so weit kommen zu lassen.

Ich weiß nicht, ob du dich erinnern kannst, aber wir haben uns zu einem ziemlich frühen Zeitpunkt schon mal über Beziehungskrisen unterhalten. Ich glaube, das war in der zweiten Nacht, die wir zusammen verbracht haben. Du hast gesagt, es gebe in jeder Beziehung Momente, die sich mit einem Kategorie-fünf-Hurrikan vergleichen lassen. Wir waren uns einig, dass unsere vorherigen Beziehungen so einen Kategorie-fünf-Moment nicht überlebt hätten.

Seitdem habe ich öfter darüber nachgedacht und mich gefragt, was ein Paar, das so einen Sturm überlebt, von einem Paar unterscheidet, das darin untergeht. Vielleicht habe ich eine Antwort auf diese Frage gefunden.

Hurrikans sind keine alltägliche Bedrohung. Es gibt an der Küste viel mehr Tage mit Sonnenschein und perfektem Strandwetter als schlimme Stürme.

In einer Beziehung ist das ähnlich. Es vergehen viel mehr Tage ohne Streit und Konflikte, Tage, an denen beide Partner voller Liebe füreinander sind.

Trotzdem passiert es eben auch immer wieder, dass sich das Wetter wendet. Starke Stürme sind selten, vielleicht erlebt man nur ein paar pro Jahr, aber wenn sie kommen, können sie so große Schäden anrichten, dass es unter Umständen mehrere Jahre dauert, alles wieder zu reparieren. Manche Orte bereiten sich in guten Zeiten auf solche Schlechtwettertage vor. Sie legen Vorräte an, haben Notfallpläne und sprechen sich vorher ab, um den Sturm möglichst unbeschadet zu überstehen.

Andere stecken weniger Energie in den Katastrophenschutz. Sie konzentrieren sich auf die schönen Tage, holen heraus, was herauszuholen ist, und hoffen, dass sie vom Sturm verschont bleiben. Vielleicht haben sie Glück. Wenn nicht, müssen sie bitter bezahlen.

Ich glaube, das ist der Unterschied zwischen den Beziehungen, die einen Kategorie-fünf-Moment überleben, und denen, die daran zerbrechen. Es gibt Paare, die sich ganz auf die sonnigen Tage konzentrieren, die sich in den Zeiten, in denen es perfekt läuft, alles geben. Aber wenn die Krise dann doch kommt, haben sie womöglich keine Ressourcen, um sie zu überstehen.

Ich habe nicht den geringsten Zweifel daran, dass wir extrem viele schöne Tage miteinander erleben werden. Ich weiß, dass wir unvergessliche gemeinsame Erinnerungen schaffen werden, Quinn, ganz egal, was das Leben für uns bereithält. Aber es wird mit Sicherheit auch schlechte Tage geben, traurige Tage, Tage, an denen unser Entschluss, für immer zusammenzubleiben, auf eine Probe gestellt wird.

Ich möchte, dass genau das die Tage sind, an denen du ganz besonders deutlich spürst, wie groß meine Liebe für dich ist.

Ich verspreche dir, dass ich dich, wenn es stürmt, noch mehr lieben werde, als wenn die Sonne strahlt.

Ich verspreche dir, dass ich dich, wenn es dir schlecht geht, noch mehr lieben werde, als wenn du glücklich bist.

Ich verspreche dir, dass ich dich, wenn wir arm sind, noch mehr lieben werde, als wenn wir in Geld schwimmen.

Ich verspreche dir, dass ich dich, wenn du weinst, noch mehr lieben werde, als wenn du lachst.

Ich verspreche dir, dass ich dich, wenn du krank bist, noch mehr lieben werde, als wenn du gesund bist.

Ich verspreche dir, dass ich dich, wenn du mich hasst, noch mehr lieben werde, als wenn du mich liebst.

Und ich verspreche dir ... ich schwöre dir ... dass ich dich an dem Tag, an dem du diesen Brief liest, noch mehr lieben werde als an dem Tag, an dem ich ihn schreibe.

Ich kann es nicht erwarten, den Rest meines Lebens mit dir zu verbringen. Ich kann es nicht erwarten, mein Licht auf all deine Perfektheiten zu richten.

Ich liebe dich.

So sehr.

Graham

Liebe Quinn,
diesem Brief muss ich eine kleine Entschuldigung vorausschicken. Bitte sei nicht sauer, dass ich die Schatulle entgegen unserer Abmachung aufgemacht habe, um noch einen Brief hineinzulegen. Ich

muss ihn einfach schreiben. Aber ich habe die Hoffnung, dass du dich vielleicht mehr darüber freuen als wütend sein wirst.

Okay, und nun zur Mathematik. Ich weiß, du hasst Mathe, aber ich muss dir einfach ein bisschen was vorrechnen:

Es ist jetzt auf den Tag genau ein Jahr her, dass wir beschlossen haben, eine Familie zu gründen. Das bedeutet, dass seitdem 365 Tage vergangen sind.

Innerhalb dieser Spanne von 365 Tagen haben wir ungefähr an 200 Tagen miteinander geschlafen. Durchschnittlich viermal pro Woche. Schätzungsweise 25 Prozent von diesen Tagen sind in die Zeit deines Eisprungs gefallen, das wären dann also insgesamt fünfzig Tage. Allerdings liegt die Wahrscheinlichkeit, dass eine Frau während der fruchtbaren Tage tatsächlich schwanger wird, nur bei 20 Prozent. Das entspricht dann zehn von den insgesamt fünfzig Tagen. Laut meiner Berechnung hättest du von der Gesamtsumme der 365 Tage, die seit unserem Entschluss vergangen sind, also nur an zehn Tagen schwanger werden können. Zehn Tage, Quinn. Das ist nichts.

Das ist so, als hätten wir gerade erst angefangen, es zu probieren.

Ich schreibe das nur deswegen auf, weil ich spüre, dass du anfängst, dir Sorgen zu machen. Wenn du an unserem fünfundzwanzigsten Hochzeitstag diesen Brief liest, bleiben wahrscheinlich nur noch ein paar Jahre, bis wir Großeltern werden, und meine Berechnung hat keinerlei Relevanz mehr. Aber sosehr ich mir wünsche, dass du dich an unsere perfekten Tage erinnerst, halte ich es auch für wichtig, über die nicht ganz so perfekten zu reden.

Während ich hier sitze und dir diesen Brief schreibe, liegst du neben mir auf der Couch und schläfst. Deine Füße liegen in meinem Schoß, und du zuckst immer mal wieder, als würdest du in deinem Traum hüpfen. Jedes Mal, wenn du zuckst, stößt du gegen meinen Arm und der Stift verrutscht auf dem Papier. Falls du also

Schwierigkeiten haben solltest, meine Handschrift zu entziffern, ist das deine eigene Schuld.

Normalerweise schläfst du nie auf der Couch ein, aber wir haben einen langen Abend hinter uns. Deine Mutter hat mal wieder zu einer ihrer Benefiz-Veranstaltungen geladen. Diesmal hatte sie sogar eine ganz witzige Idee. Der Abend stand unter dem Motto »Casino«, und sie hatte überall Spieltische aufstellen lassen, an denen man um Geld spielen konnte. Das kam natürlich wohltätigen Zwecken zugute, weswegen man nicht wirklich gewinnen konnte. Aber wir hatten deutlich mehr Spaß als bei den sonstigen Veranstaltungen dieser Art, wo wir mit Leuten, die wir unsympathisch finden, an Tischen sitzen und uns den ganzen Abend lang Reden von Leuten anhören müssen, die genauso unsympathisch sind und vor allem darüber reden, wie toll sie sich finden.

Wie gesagt, heute war der Abend eigentlich ganz unterhaltsam, aber ich habe dir angemerkt, wie sehr es dich anstrengt, immer wieder die gleiche Frage beantworten zu müssen. Sie fällt ganz beiläufig in harmlosen Gesprächen, aber ich merke, wie sie dich erschöpft. Oft sogar verletzt. Ständig wirst du gefragt, wann es denn bei uns mit Kindern so weit sei. Viele Leute scheinen selbstverständlich davon auszugehen, dass auf eine Heirat automatisch auch bald das erste Baby folgt. Und wenn das nicht kommt, wird nachgefragt. Die Leute denken überhaupt nicht darüber nach, wie es denjenigen damit geht, die sie das fragen, und dass sie diese Frage womöglich schon viel zu oft beantworten mussten.

Als sie dir die ersten paar Male gestellt wurde, hast du noch lächelnd gesagt, wir hätte gerade erst angefangen, es zu versuchen. Aber beim fünften oder sechsten Mal wirkte dein Lächeln schon gezwungener. Ich habe nach einiger Zeit angefangen, an deiner Stelle zu antworten, um dich aus der Schusslinie zu holen. Aber ich habe dir angesehen, dass schon die Frage allein schmerzhaft für dich war. Wie oft habe ich gedacht, dass ich am liebsten den Arm um dich legen und dich nach Hause fahren würde.

Heute habe ich zum ersten Mal Traurigkeit in deinem Blick gesehen, als dich jemand gefragt hat. Bisher warst du immer so optimistisch und positiv, obwohl du dir vielleicht schon länger Gedanken machst. Aber heute Abend habe ich gesehen, dass dir das Thema mittlerweile richtig an die Substanz geht. Als wäre das heute womöglich die letzte Veranstaltung gewesen, zu der wir gegangen sind, solange wir der Meute nicht endlich ein Baby präsentieren können.

Und ich verstehe dich. Mich zermürben diese Fragen auch. Vor allem aber bricht es mir das Herz, dich so traurig zu sehen. Ich fühle mich so … hilflos. Und das ist schrecklich. Es frustriert mich unendlich, dass ich gar nichts tun kann. Dass ich nicht dafür sorgen kann, dass du bekommst, was du dir wünschst.

Aber wir probieren es erst seit einem Jahr, Quinn. Es wird klappen. Nur eben nicht so schnell, wie wir uns das vorgestellt haben.

Ich weiß gar nicht, warum ich das alles überhaupt aufschreibe. Wenn du diesen Brief liest, wirst du längst Mutter sein. Vielleicht sogar fünffache Mutter.

Wahrscheinlich ist das einfach ein Weg für mich, meine Gefühle zu verarbeiten. Wir haben so vieles, für das wir dankbar sein können. Du hast einen Job, den du liebst. Ich habe einen Job, den ich nicht hasse. Wir unternehmen in unserer Freizeit tolle Sachen. Wir haben sehr viel Sex und lachen viel. Unser Leben ist perfekt. Ja, okay, es wäre schön, wenn du schwanger werden würdest, dann wäre unser Leben vielleicht sogar noch perfekter, aber das wird passieren. Vielleicht freuen wir uns dann sogar noch mehr, weil wir länger darauf warten mussten. Geduld wird belohnt. Und Geduld haben wir mittlerweile genug bewiesen.

Unsere Nichte Adeline ist ein wunderschönes, fröhliches Kind und findet dich viel toller als mich. Letztes Jahr hat Caroline sie zum ersten Mal bei uns übernachten lassen und seitdem schläft sie öfter bei uns. Du freust dich immer, wenn wir sie haben dürfen. Seit ich miterlebe, was für eine großartige Tante du bist, habe ich mich noch ein bisschen mehr in dich verliebt. Ich weiß, dass du darunter leidest, dass wir noch kein eigenes Baby haben, und trotzdem freust du dich so sehr für meine Schwester und gönnst ihr das Familienglück aus vollem Herzen. Dass du kein bisschen neidisch bist, bestätigt mir, was für ein starker, selbstloser Mensch du bist. Dafür liebe ich dich.

Du schläfst immer noch und jetzt schnarchst du sogar leise. Ich muss den Brief jetzt beenden und schnell mein Handy suchen, damit ich das aufnehmen kann. Du behauptest immer, du würdest nie schnarchen, aber jetzt habe ich den Beweis.

Ich liebe dich, Quinn. Und auch wenn dieser Brief ein bisschen deprimiert klingt, ist meine Liebe für dich stärker denn je. Wir erleben keinen Kategorie-fünf-Moment, das hier ist höchstens Kategorie zwei und ich liebe dich dieses Jahr noch mehr als im Jahr davor.

Ich liebe dich.

So sehr.

Graham

Liebe Quinn,

ich würde mich ja noch mal dafür entschuldigen, dass ich die Schatulle schon wieder aufgemacht habe, um einen Brief hineinzulegen, aber vielleicht sollte ich aufhören, mich zu entschuldigen. Ich habe nämlich so eine Ahnung, dass ich das im Laufe der Jahre noch öfter tun werde. Es gibt Dinge, die dich traurig machen, über die du aber offensichtlich nicht mit mir reden willst. Ich schreibe dir meine Gedanken dazu trotzdem auf, weil ich mir vorstellen könnte, dass es dich vielleicht später einmal interessiert zu lesen, wie es mir damit ging. Besonders in diesem Jahr. Unserem bisher schwersten.

Mittlerweile sind wir über fünf Jahre verheiratet und immer

noch kinderlos. Ich will nicht zu sehr auf dem Thema herumreiten, weil ich das Gefühl habe, dass es in unserem Leben sowieso schon eine viel zu große Rolle spielt, aber das ist nun mal etwas, das sich nicht verdrängen lässt. Wir haben es mit In Vitro versucht, aber nach drei Runden aufgegeben. Wir hätten sicher auch noch einen vierten Versuch gemacht, obwohl die Ärzte wenig Hoffnung hatten, aber den konnten wir uns finanziell nicht mehr leisten.

Wir haben in unserer Ehe so viel erlebt, was ich für später festhalten möchte – die Verzweiflung, die auf jeden dieser gescheiterten Versuche folgte, gehört nicht dazu. Du weißt selbst, wie schwer diese Phasen für uns waren, deswegen ist es unnötig, hier ins Detail zu gehen.

Kannst du dich noch daran erinnern, dass ich dich jahrelang jeden Morgen gefragt habe, was du geträumt hast? Ich glaube, ich höre damit jetzt erst mal auf.

Als ich letzten Sonntag wissen wollte, was ich verpasst habe, während du geschlafen hast, hast du mich mit leerem Blick angesehen und nichts gesagt. Ich dachte, du würdest überlegen, wie du mir deinen Traum am besten erzählen kannst, aber dann fiel mir auf, dass dein Kinn zitterte, und im nächsten Moment hast du dein Gesicht ins Kissen gepresst und leise angefangen zu weinen.

Ich habe mich in dem Moment so hilflos gefühlt, Quinn. Es gab nichts, das ich für dich tun konnte, außer dich in den Arm zu nehmen und zu halten, bis du dich irgendwann wieder beruhigt hattest.

Ich habe nicht noch mal gefragt, was du geträumt hast, weil ich nicht wollte, dass du dich daran erinnern musst. Vielleicht hattest du geträumt, du wärst schwanger oder wir hätten ein Baby – jedenfalls war es etwas, das dich traurig gemacht hat, als du aufgewacht bist und begriffen hast, dass es nur ein Traum war.

Das ist jetzt sechs Tage her und seitdem habe ich dich nicht mehr nach deinen Träumen gefragt. Ich will dich nicht quälen.

Ich wünsche mir, dass wir unser kleines Ritual irgendwann wieder aufnehmen, aber ich werde dich erst dann wieder nach deinen Träumen fragen, wenn sich dein größter Wunsch erfüllt hat und du Mutter geworden bist.

Es ist hart. Als wir geheiratet haben, haben wir uns nicht vorgestellt, dass es so schwierig werden würde. Ich möchte dir so gern beistehen und es leichter für dich machen, aber du bist so verdammt unabhängig, Quinn. Du tust alles, um bloß nie vor mir zu weinen. Du zwingst dich dazu, zu lächeln und fröhlich zu sein, als hättest du immer noch Hoffnung, obwohl du diese tiefe Traurigkeit mit dir herumschleppst. Die ständige Anstrengung, nach außen hin stark zu wirken, macht etwas mit dir. Sie verändert dich.

Ich habe Angst, dass du womöglich Schuldgefühle hast, weil du glaubst, du würdest mir die Chance nehmen, Vater zu werden. Dabei ist es mir gar nicht so wichtig, eigene Kinder zu haben. Wirklich nicht. Wenn du mir heute sagen würdest, dass du aufhören möchtest, es zu versuchen, wäre ich sogar erleichtert. Denn das würde bedeuten, dass du anfangen könntest, deine Traurigkeit zu verarbeiten, um irgendwann wieder wirklich fröhlich zu sein. Ich mache das nur mit, weil ich weiß, dass du dir mehr als alles andere wünschst, Mutter zu sein. Ich würde durchs Feuer gehen, um dich glücklich zu sehen. Ich würde alles geben, was ich habe, um dich wieder von innen heraus strahlen zu sehen. Wenn ich dafür bis zu meinem Lebensende auf Sex verzichten müsste, würde ich es tun. Weißt du was? Ich würde sogar für den Rest meines Lebens darauf verzichten, Käse zu essen, wenn ich dir dadurch ermöglichen könnte, deinen großen Traum zu erfüllen. Und du weißt, wie sehr ich Käse liebe.

Es gibt etwas, das ich dir niemals sagen würde, weil ich Angst hätte, du könntest es vielleicht falsch verstehen, aber die schönsten und innigsten Momente mit dir habe ich in diesem Jahr nicht zu Hause verbracht, sondern wenn wir mit Freunden unterwegs oder bei meinen Eltern waren. Sobald wir bei uns sind, ziehst du dich zurück und weichst meinen Berührungen und Zärtlichkeiten aus.

Früher konnten wir die Hände nicht voneinander lassen, aber das hat sich schleichend verändert. Mir ist bewusst, dass das daran liegt, dass Sex für uns zu einem Akt der Reproduktion geworden ist, zu etwas, das zu bestimmten Zeiten und zu einem bestimmten Zweck durchgeführt werden muss. Vielleicht empfindest du es sogar als unangenehm, mit mir zu schlafen, weil es nie das erhoffte Ergebnis bringt. Wenn wir allein sind und ich dich küsse, lässt du das mehr oder weniger über dich ergehen. Du drehst dich zwar nicht weg, aber du erwiderst meinen Kuss auch nicht wirklich.

Nur wenn du dir sicher bist, dass ein Kuss nicht zu mehr führt, kannst du ihn genießen. In der Öffentlichkeit erwiderst du meine Zärtlichkeiten und schmiegst dich richtig an mich. Der Unterschied ist subtil, aber ich spüre ihn doch deutlich.

Wahrscheinlich halten uns unsere Freunde und Bekannten für das liebevollste Paar, das sie kennen, weil wir uns immer an den Händen halten oder berühren. Wahrscheinlich stellen sie sich vor, dass wir noch zärtlicher miteinander sind, wenn wir allein sind.

In Wahrheit ist unser Liebesleben zurzeit praktisch nicht existent. Aber ich beschwere mich nicht, Quinn. Ich habe dich nicht nur wegen der guten Zeiten geheiratet. Ich habe dich nicht nur wegen der unfassbaren Chemie geheiratet, die vom ersten Augenblick zwischen uns war. Ich bin nicht so naiv zu glauben, dass zu einer Ehe nicht auch die schwierigen Zeiten gehören. Und deswegen kann ich eines mit absoluter Gewissheit sagen: Auch wenn wir eine der härtesten Phasen unserer Beziehung durchlaufen, liebe ich dich dieses Jahr noch mehr als in jedem Jahr vorher.

Ja, ich bin manchmal frustriert. Ich wollte, wir würden manchmal so wie früher spontan im Bett landen und uns einfach lieben, statt immer nur Sex nach Plan zu haben. Deshalb bitte ich dich um eins: Erinnere dich in den Momenten, in denen du mir meine Frustration anmerkst, daran, dass ich auch nur ein Mensch bin. Und obwohl ich alles tun will, um dir ein Fels in der Brandung zu sein, wenn du ihn brauchst, so sicher bin ich mir auch, dass es

Momente geben wird, in denen ich dich enttäusche. Ich möchte nur eins – dich glücklich machen, aber manchmal habe ich das Gefühl, dass ich das nicht mehr schaffe. Manchmal gebe ich mich auf.

Bitte gib du mich nicht auch noch auf.

Ich liebe dich, Quinn. Ich hoffe, das war der letzte deprimierte Brief, den ich dir jemals schreiben musste. Ich hoffe so sehr, dass ich dir nächstes Jahr einen Brief voller guter Nachrichten schreiben kann.

Bis dahin werde ich dich weiterhin durch all die schweren Zeiten begleiten, die wir durchmachen, und dich noch mehr lieben, als ich dich in den Zeiten geliebt habe, in denen alles perfekt war.

Graham

P. S. Ich weiß gar nicht, warum ich jetzt nur von den schwierigen Entwicklungen erzählt habe, dabei ist in den letzten zwei Jahren auch so viel Gutes passiert. Wir haben uns ein Haus mit großem Garten gekauft und die ersten beiden Tage dort damit verbracht, jedes einzelne Zimmer einzuweihen. Und du hast seit ein paar Monaten eine feste freie Stelle, musst nur noch an zwei Tagen pro Woche in die Agentur und kannst deine Texte ansonsten ganz in Ruhe zu Hause schreiben, was dich sehr glücklich macht. Wir überlegen, dass ich mich mit einem kleinen Kundenstamm selbstständig machen könnte. Ich arbeite gerade einen Business-Plan aus. Und Caroline hat uns eine zweite Nichte geschenkt.

Es passiert auch Gutes, Quinn.

So viel Gutes.

Liebe Quinn,

Wir haben es versucht.

Wir haben versucht, ein Baby zu bekommen. Haben versucht, ein Baby zu adoptieren. Haben versucht, so zu tun, als kämen wir damit klar. Haben versucht, es voreinander zu verbergen, wenn wir weinen.

Das ist aktuell die Essenz unserer Ehe. Wir haben viel versucht und wenig erreicht.

Ich habe wirklich daran geglaubt, dass wir gemeinsam alle Kategorie-fünf-Momente überstehen könnten, die wir im Laufe unserer Ehe durchmachen müssen, aber ich fürchte, dieses letzte Jahr war eine Krise der Kategorie sechs. Sosehr ich auch hoffe, dass ich mich irre, und sowenig ich es vor mir selbst zugeben will, habe ich doch das Gefühl, dass es sein könnte, dass wir die Schatulle bald öffnen werden. Deswegen schreibe ich diesen Brief in einem Flugzeug auf dem Weg nach Italien zu deiner Schwester. Ich kämpfe weiter um etwas, von dem ich nicht einmal weiß, ob du überhaupt willst, dass ich darum kämpfe.

Ich weiß, dass ich dich enttäuscht habe, Quinn. Vielleicht war es ja so eine Art Selbstsabotage, vielleicht bin ich aber auch einfach nicht der Mann, der ich geglaubt habe, für dich sein zu können. Keine Ahnung. Ich bin auch wahnsinnig enttäuscht von mir. Ich liebe dich so viel mehr, als es das, was ich getan habe, vermuten lässt, und könnte Seiten damit füllen, dir zu beteuern, wie unendlich leid es mir tut. Ich könnte einen ganzen Roman schreiben, der eine einzige lange Entschuldigung wäre, und könnte dir doch niemals das Ausmaß der Reue vermitteln, die ich empfinde.

Ich weiß nicht, warum ich es getan habe. Ich kann es dir nicht erklären, auch wenn ich es an dem Abend, an dem ich mich zu dir in den Wagen gesetzt habe, versucht habe. Es fällt mir auch deswegen so schwer, es in Worte zu fassen, weil ich immer noch damit beschäftigt bin, es zu verarbeiten. Ich habe es sicher nicht getan, weil ich diese Frau so wahnsinnig attraktiv gefunden hätte, dass ich mich nicht dagegen wehren konnte. Ich habe es auch nicht getan, weil wir beide zu wenig Sex hatten. Und obwohl ich versucht habe, mir einzureden, ich hätte es getan, weil sie mich an dich erinnert hat, ist mir selbst klar, wie bescheuert das klingt. Das hätte ich niemals zu dir sagen dürfen. Du hast recht. Es hört sich so an, als würde ich dir indirekt die Schuld geben, und das war niemals meine Absicht. Du hattest nichts damit zu tun.

Am liebsten würde ich mich gar nicht damit beschäftigen, aber ich muss es tun. Du kannst diesen Abschnitt überspringen, wenn du willst, aber ich muss mich dem stellen, was ich getan habe, und aus irgendeinem Grund hilft mir das Schreiben, meine Gedanken zu sortieren. Ich weiß, dass es besser wäre, direkt mit dir darüber zu sprechen, aber ich weiß auch, dass es Dinge gibt, die du nicht hören willst.

Ich habe den Verdacht, dass es eine Situation bei meiner Schwester gab, mit der alles angefangen hat. Man könnte es als »plötzliche Erkenntnis« bezeichnen, aber das klingt zu positiv für das, was ich empfunden habe. Ich rede von dem Tag, an dem wir unseren neugeborenen Neffen eigentlich zusammen besuchen wollten und an dem du dann doch nicht gekommen bist. Angeblich war zu viel Verkehr.

Ich weiß, dass das gelogen war, Quinn.

Ich weiß es, weil ich beim Rausgehen auf dem Couchtisch das Geschenk gesehen habe, das du besorgt hattest. Das bedeutet, dass du irgendwann doch da gewesen sein musst, aber nicht wolltest, dass ich es weiß.

Auf der Fahrt nach Hause habe ich die ganze Zeit darüber nachgedacht, was der Grund dafür sein könnte. Das Einzige, was ich mir vorstellen konnte, war, dass du gesehen hast, wie ich Caleb im Arm hielt. Falls es so war, hast du wahrscheinlich auch mitbekommen, was Caroline zu mir gesagt hat und was ich darauf geantwortet habe. Dass es mich verdammt fertigmacht, dass es bei uns noch nicht geklappt hat. Ich kann diesen Satz nie mehr zurücknehmen, sosehr ich es mir auch wünschen würde. Aber ich möchte auch, dass du weißt, warum ich ihn gesagt habe.

Ich war total fasziniert von Calebs Anblick, weil ich fand, dass er mir irgendwie ähnlich sah. Die Mädchen habe ich so kurz nach ihrer Geburt nicht gesehen, Caleb war der allererste Neugeborene, den ich je im Arm gehalten habe. Ich habe mich gefragt, wie es für dich wäre, mich so zu sehen. Wärst du gerührt? Oder enttäuscht, weil du denken würdest, dass ich niemals ein eigenes Kind haben werde, das ich so im Arm halten kann?

Ich glaube, Caroline hat bemerkt, wie ich Caleb anschaue, und geglaubt, ich würde so nachdenklich aussehen, weil ich gern einen eigenen Sohn hätte. In Wirklichkeit habe ich ihn angeschaut und mich gefragt, ob du mich auch weiterhin lieben könntest, falls ich niemals das sein werde, was du dir von mir wünschst.

Caroline wollte mir nur ein Kompliment machen, als sie gesagt hat, ich wäre der geborene Vater. Aber meine Antwort hatte nichts damit zu tun, dass ich mir ein Kind wünsche, sondern dass ich Angst um uns hatte. Um unsere gemeinsame Zukunft. Weil ich in diesem Moment begriffen habe, dass ich dir nie genügen werde.

Kurz danach bin ich gegangen und habe unser Geschenk auf dem Tisch gesehen. Der Gedanke, dass du doch da warst und wieder gegangen bist, war zu viel für mich. Ich wollte dich nicht darauf ansprechen, weil ich mich davor gefürchtet habe, dass du meine Ängste bestätigen würdest. Deswegen habe ich mich in den Wagen gesetzt und bin erst mal eine Weile ziellos herumgefahren. Als ich später nach Hause kam, hast du mich gefragt, ob ich Caleb im Arm gehabt hätte. Ich habe dich angelogen, weil ich sehen wollte, wie du reagierst. Ich habe gehofft, ich hätte mich getäuscht und du wärst doch nicht bei Caroline gewesen. Dass das Geschenk von jemand anderem stammte und bloß gleich verpackt war. Aber deine Reaktion zeigte mir, dass du dort gewesen warst.

Und dein heimliches Verschwinden bewies mir, dass du unser Gespräch mitgehört haben musstest. Was wiederum bedeutete, dass du auch gesehen hattest, wie ich Caleb gehalten habe. Ich habe mir plötzlich vorgestellt, dass sich dieses Bild vielleicht für immer in dein Gedächtnis eingebrannt haben könnte und dich jedes Mal unglücklich machen würde, wenn du mich ansehen und daran denken würdest, dass ich nie ein eigenes Kind haben werde. Die einzige Möglichkeit, die dir vielleicht einfallen würde, um dich diesem Gedanken nicht immer wieder aussetzen zu müssen, wäre ... mich aus deinem Leben zu verbannen.

Im Laufe unserer Ehe hat es einige Dinge gegeben, die mir Sorgen gemacht haben, aber bis zu diesem Moment hatte ich mir nie Sorgen um uns als Paar gemacht. Ich hatte so lange versucht, dir bei diesem Thema der starke Partner zu sein, den du brauchtest, aber in diesem Moment kam mir zum ersten Mal der Gedanke, dass ich dir vielleicht gar keine Stütze mehr bin. Dass ich vielleicht stattdessen zu jemandem geworden bin, der alles noch schwieriger für dich macht.

Ich habe mir so sehr gewünscht, du würdest mir ins Gesicht sagen, dass ich lüge. Ich habe mir so sehr gewünscht, du würdest mich anbrüllen, dass du genau gehört hättest, was ich zu Caroline gesagt habe. Ich habe mir so sehr gewünscht, du würdest dich mir endlich öffnen, Quinn. Aber das hast du nicht getan. Du verschließt deine Gedanken und Gefühle so tief in deinem Inneren, dass ich keine Chance habe zu erfahren, was in dir vorgeht.

Allerdings bist du nicht die Einzige, die sich verschlossen hat. Ich hätte mit dir über die Situation reden sollen. Ich hätte dich darauf ansprechen müssen, dass ich weiß, dass du bei Caroline gewesen bist. Aber irgendwann im Laufe der Jahre, die wir jetzt schon verheiratet sind, habe ich meinen Mut verloren. Ich hatte zu viel Angst vor dem, was wirklich in deinem Kopf und in deinem Herzen vorgeht, und habe dir deswegen die Möglichkeit gegeben, es weiter für dich zu behalten. Ich habe mir eingebildet, wenn ich dich nicht drängen würde, über deine wahren Gefühle zu sprechen, müsste ich mich auch nicht damit auseinandersetzen, dass unsere Ehe in

Gefahr ist. Konfrontation führt zu Aktion. Verdrängung führt zu Stillstand.

Ich war in den letzten Jahren ein Ehemann, der viel zu viel verdrängt hat, und das bereue ich.

Nachdem ich behauptet hatte, Caleb nicht im Arm gehalten zu haben, bist du in dein Arbeitszimmer verschwunden. In diesem Moment habe ich zum ersten Mal an Scheidung gedacht.

Nicht, weil ich nicht glücklich mit dir wäre. Nein. Sondern weil ich das Gefühl habe, dich nicht länger glücklich machen zu können. Ich habe das Gefühl, dass meine bloße Anwesenheit in deinem Leben dich runterzieht, immer tiefer und tiefer.

Nachdem du die Tür hinter dir zugemacht hast, habe ich mich im Wohnzimmer auf die Couch gesetzt und mich gefragt, was sich in deinem Leben zum Positiven ändern könnte, wenn ich dich verlassen würde. Wenn du nicht mehr an mich gebunden wärst, hättest du die Chance, einen Mann kennenzulernen, der schon Kinder hat, und auf diese Weise Mutter zu werden. Ich dachte, dass dich das vielleicht wieder zu einem fröhlichen, zufriedenen Menschen machen könnte.

Der Gedanke hat mich unendlich traurig gemacht, Quinn. Ich saß heulend da – direkt im Zimmer neben dir –, weil mir klar wurde, dass ich dir nicht länger Glück bringe, sondern nur zusätzlichen Schmerz.

Ich glaube, dass das jetzt schon eine ganze Weile so geht, aber aus irgendeinem Grund habe ich bis zu diesem Zeitpunkt die Augen davor verschlossen. Und selbst dann hat es noch gedauert, bis ich mir endlich eingestanden habe, dass es genau so ist.

Ich hatte das Gefühl, dich enttäuscht zu haben, Quinn. Und trotzdem wäre ich niemals in der Lage gewesen, mich von dir zu trennen. Das war mir klar. Selbst wenn ich mit Sicherheit gewusst hätte, dass du ohne mich glücklicher wärst, wäre ich zu egoistisch gewesen, dich zu verlassen. Ich weiß, was aus mir werden würde, wenn ich dich nicht mehr hätte, und das hat mir wahnsinnige Angst gemacht. Meine Angst, dich nicht mehr in meinem Leben zu haben, war stärker als mein Bedürfnis, dich glücklich zu sehen.

Und ich glaube, ich habe es deswegen getan. Weil ich wusste, dass ich es niemals schaffen würde, unsere Beziehung zu beenden, habe ich unbewusst etwas gemacht, das allem widerspricht, woran ich glaube. Ich glaube, ich dachte, dass ich mich dann so wertlos und deiner unwürdig fühlen würde, dass es leichter für mich wäre, ohne dich zu leben, weil ich wüsste, dass du etwas Besseres verdient hast.

Das ist so krank.

Ich begreife selbst nicht, wie es so weit kommen konnte. Wenn ich auf unsere Ehe zurückblicke, kann ich nicht erkennen, in welchem Moment meine Liebe für dich zu etwas wurde, dem du dich entziehen wolltest, anstatt dich danach zu sehnen.

Ich habe immer geglaubt, wenn man jemanden nur genug liebt, könnte diese Liebe alles überstehen. Solange sich zwei Menschen liebten, gäbe es nichts, das sie auseinanderreißen könnte.

Noch nicht einmal eine Tragödie.

Aber mittlerweile weiß ich, dass es Tragödien gibt, die selbst das Perfekteste zerstören können.

Du kannst eine der tollsten Stimmen aller Zeiten haben, und trotzdem reicht eine Kehlkopfverletzung, um deine Karriere für immer zu beenden. Du kannst der schnellste Läufer der Welt sein, aber eine Rückenverletzung fesselt dich für immer ans Bett. Du kannst der genialste Professor in Harvard sein, aber ein Schlaganfall kann dich jederzeit in den vorzeitigen Ruhestand schicken.

Du kannst deine Frau mehr lieben, als jemals irgendein Mann seine Frau geliebt hat, und trotzdem kann sich die Liebe dieses Paars im Laufe eines zermürbenden Kampfes gegen die Kinderlosigkeit in Verbitterung und Ablehnung verwandeln.

Aber auch wenn die Jahre der Tragödie uns ausgelaugt haben, bin ich einfach noch nicht bereit, uns jetzt schon aufzugeben. Ich weiß nicht, ob ich es besser mache oder vielleicht sogar noch schlimmer, wenn ich mit der Schatulle, deren Deckel wir in unserer Hochzeitsnacht geschlossen haben, zu dir nach Europa fliege. Ich habe keine Ahnung, ob ich dich überzeugen kann, dass mir ein Leben ohne dich sinnlos erscheint. Aber ich weiß, dass ich keinen einzigen Tag weiterleben kann, ohne nicht wenigstens zu versuchen, dir zu beweisen, wie unwichtig mir eigene Kinder sind, wenn es um unsere gemeinsame Zukunft geht. Ich brauche keine Kinder, wenn ich dich habe. Ich brauche nur dich. Ich weiß nicht, wie ich dir das begreiflich machen kann.

Aber ganz egal, wie glücklich ich in einem Leben mit dir wäre, es geht um dich und um das, was dich glücklich macht. In Europa wird die endgültige Entscheidung fallen, und ich habe eine Ahnung, dass ich nicht glücklich damit sein werde. Wenn ich dieses Gespräch mit dir für alle Zeiten aufschieben könnte, nur um dich daran zu hindern, die Schatulle aufzumachen, würde ich es tun. Aber mittlerweile ist mir klar geworden, dass genau das der Punkt ist, an dem wir uns falsch verhalten haben. Wir haben aufgehört, über die Dinge zu sprechen, die niemals hätten verschwiegen werden dürfen.

Seit unserer Hochzeitsnacht hat sich so viel zwischen uns verändert. Unsere Lebensumstände. Unsere Träume. Unsere Erwartungen. Aber das Wichtigste zwischen uns hat sich nicht verändert. Wir haben im Laufe dieser Ehe viel von uns selbst verloren, aber wir haben nie aufgehört, uns zu lieben. Das ist der stärkste Schutzschild, den ich dem Kategorie-fünf-Hurrikan entgegenstemmen kann. Ich glaube daran, dass Menschen ihre Hoffnung verlieren können oder ihre Lust oder ihre Fähigkeit, Glück zu empfinden, aber all das verloren zu haben, heißt noch lange nicht, dass man verloren hat.

Wir haben noch nicht verloren, Quinn.

Und ganz egal, was passiert ist, seit wir die Schatulle verschlossen haben, oder was passieren wird, wenn wir sie jetzt öffnen, eines verspreche ich dir: Ich werde nicht aufhören, dich zu lieben.

Ich verspreche dir, dass ich dich, wenn es dir schlecht geht, noch mehr lieben werde, als wenn du glücklich bist.

Ich verspreche dir, dass ich dich, wenn wir arm sind, noch mehr lieben werde, als wenn wir in Geld schwimmen.

Ich verspreche dir, dass ich dich, wenn du weinst, noch mehr lieben werde, als wenn du lachst.

Ich verspreche dir, dass ich dich, wenn du krank bist, noch mehr lieben werde, als wenn du gesund bist.

Ich verspreche dir, dass ich dich, wenn du mich hasst, noch mehr lieben werde, als wenn du mich liebst.

Ich verspreche dir, dass ich dich als kinderlose Frau noch mehr lieben werde, als ich dich als Mutter lieben würde.

Und ich verspreche dir ... ich schwöre dir ..., dass ich dich an dem Tag, an dem du dich dafür entscheidest, mich zu verlassen, noch mehr lieben werde als an dem Tag, an dem du durch den Sand auf mich zugekommen bist, um meine Frau zu werden.

Ich hoffe, dass du dich für den Weg entscheidest, der dich am glücklichsten macht. Und auch wenn es der ist, von dem ich gehofft hatte, du würdest ihn nicht wählen, werde ich dich immer lieben. Ganz egal, ob ich in Zukunft ein Teil deines Lebens bleibe oder nicht. Ich kenne keinen Menschen, der es mehr verdient hat, glücklich zu sein.

Ich liebe dich. Für immer.
Graham

Ich weiß nicht, wie lange ich weinend in mich zusammengesunken dasaß, nachdem ich den letzten Brief gelesen habe. Jedenfalls so lange, dass mir jetzt der Kopf wehtut und der Bauch und ich mehrere Packungen Taschentücher verbraucht habe. Ich habe so lange geweint, dass ich mich in der Traurigkeit selbst verloren habe.

Graham hält mich.

Ich weiß nicht, wann er ins Zimmer gekommen ist oder wann er sich aufs Bett gekniet oder wann er mich in seine Arme gezogen hat.

Er weiß nicht, welche Entscheidung ich getroffen habe. Er weiß nicht, ob die Worte, die ich gleich aussprechen werde, voller Zärtlichkeit sein werden oder voller Wut. Und trotzdem ist er an meiner Seite und hält mich, während ich weine, einfach nur, weil es ihm wehtut, mich weinen zu sehen.

Ich drücke einen Kuss direkt auf sein Herz. Ich weiß nicht, ob fünf Minuten vergehen oder eine halbe Stunde, aber als sich mein Schluchzen so weit beruhigt hat, dass ich etwas sagen kann, hebe ich den Kopf und sehe ihn an.

»Graham«, flüstere ich. »Ich liebe dich jetzt gerade noch ein bisschen mehr als je zuvor.«

Ich sehe, wie sich seine Augen mit Tränen füllen. »Quinn«, sagt er und hält mein Gesicht in beiden Händen. »*Quinn* ...«

Mehr kann er nicht sagen. Er weint zu sehr, um etwas anderes herauszubringen. Und dann küsst er mich und ich küsse ihn und versuche all die Küsse wiedergutzumachen, die ich ihm verweigert habe.

Ich schließe die Augen und wiederhole still für mich den Satz, der mich in seinem letzten Brief am tiefsten berührt hat.

Wir haben noch nicht verloren, Quinn.

Er hat recht. Vielleicht haben wir beide im gleichen Moment aufgegeben, aber das bedeutet nicht, dass wir die Hoffnung nicht wiedererwecken können. Ich will um ihn kämpfen. Ich will so sehr um ihn kämpfen, wie er um mich gekämpft hat.

»Verzeih mir, Quinn«, flüstert er an meiner Wange. »Alles.«

Ich schüttle den Kopf, weil ich nicht will, dass er sich für irgendetwas entschuldigt. Zugleich weiß ich aber, wie wichtig es für ihn ist, dass ich seine Entschuldigung annehme. »Es ist gut, Graham. Ich gebe dir an nichts die Schuld und alles tut mir genauso leid wie dir.«

Graham schließt die Arme um mich und hält mich. Wir bleiben so lange reglos sitzen, bis meine Tränen getrocknet sind, aber ich klammere mich trotzdem weiter an ihn und weiß genau: Ich werde alles tun, um ihn nie wieder loszulassen.

Neunundzwanzig

DAMALS

Ich könnte mir keinen schöneren Abschluss für unseren ersten Hochzeitstag vorstellen, als in eine Decke eingekuschelt auf der Terrasse zu sitzen und dem Ozean zu lauschen, der gegen die Felsen brandet. Das ist jetzt der perfekte Moment für das perfekte Geschenk.

»Ich hab was für dich«, sage ich zu Graham.

»Echt? Her damit!« Normalerweise ist er derjenige, der mich mit Geschenken überrascht. Er zieht mir die Decke weg und schiebt mich vom Sessel. Ich laufe ins Haus und komme mit einem Päckchen wieder, das ich in Weihnachtspapier gewickelt habe.

»Anderes Papier gab es hier nicht«, sage ich. »Ich hatte keine Zeit, es einzupacken, bevor wir gefahren sind, deswegen musste ich eins nehmen, das ich hier im Schrank gefunden habe.«

Er beginnt auszupacken, aber so lange halte ich es nicht aus. »Es ist eine Patchworkdecke! Selbst genäht!«

Graham lacht. »Ich wollte mich doch überraschen lassen, du Spielverderberin!« Er zieht sie aus dem Papier. »Hey, hast du die etwa aus unseren alten …?« Er zeigt auf ein Quadrat aus dem Stoff eines seiner zerrissenen Hemden.

Manchmal haben wir es so eilig, uns gegenseitig ins Bett zu zerren, dass Klamotten dabei kaputtgehen, weil wir sie uns so schnell vom Leib reißen. Es mussten bestimmt schon an die sechs Hemden von Graham dran glauben. Und er hat noch mehr Sachen von mir zerfetzt. Manchmal mache ich es sogar absichtlich, weil ich den dramatischen Effekt liebe, wenn die Knöpfe abplatzen. Ich weiß nicht mehr, wer von uns damit angefangen hat, aber mittlerweile ist es zu einer Art Ritual geworden. Ein Ritual, das auf Dauer ziemlich teuer ist. Weshalb ich beschlossen habe, ein paar der kaputten Kleidungsstücke wenigstens zu recyceln.

»Cool. Das ist das tollste Geschenk, das ich je bekommen habe.« Graham schlingt sich die Decke um die Schultern, hebt mich hoch, trägt mich nach oben ins Schlafzimmer, legt mich aufs Bett und reißt mir mein Nachthemd vom Körper. Danach richtet er sich auf und zerfetzt mit theatralischer Geste auch noch sein eigenes Shirt. Ich lache, bis er sich auf mich stürzt und mein Lachen mit einem Kuss erstickt.

Er drängt sich zwischen meine Schenkel, aber ich lege beide Hände auf seine Brust. »Warte!«, keuche ich atemlos. »Wir brauchen ein Kondom.«

Letzte Woche habe ich wegen einer hartnäckigen Bronchitis ein Antibiotikum verschrieben bekommen und deswegen mit der Pille ausgesetzt. Seitdem haben wir Kondome benutzt.

Graham springt auf und kramt in seiner Reisetasche. Aber er kommt nicht sofort zum Bett zurück, sondern betrachtet das Kondom einen Moment nachdenklich, bevor er es in die Tasche zurückwirft.

»Graham?«

Er dreht sich zu mir um, und seine Stimme ist sehr entschieden, als er sagt: »Ich möchte heute Nacht keins benutzen.«

Er will kein Kondom benutzen? Ich reagiere nicht, weil ich mir nicht sicher bin, ob ich ihn richtig verstanden habe.

Graham legt sich wieder zu mir, beugt sich über mich und küsst mich, dann stützt er sich auf einen Ellbogen und sieht mich ernst an. »Manchmal stelle ich mir vor, wie es wäre, wenn du schwanger wärst.«

»Wirklich?« Das habe ich nicht erwartet. Ich zögere einen Moment. »Aber das bedeutet ja nicht, dass du schon so weit bist, eine Familie zu gründen.«

»Ich bin es. Ich finde den Gedanken total schön.« Er rollt sich zur Seite und legt mir eine Hand auf den Bauch. »Wie wäre es, wenn du die Pille ganz absetzt?«

Ich greife nach seiner Hand und bin fast geschockt, wie sehr ich mich darüber freue, dass er das sagt. Am liebsten würde ich ihn küssen und hysterisch lachen und … ihn sofort in mir spüren. Aber so sicher ich mir grundsätzlich bin, dass ich Kinder haben möchte, kann ich diese Entscheidung nicht treffen, bevor ich mir nicht auch ganz sicher bin, dass er es wirklich will. »Meinst du das ernst?«

Der Gedanke, dass wir Eltern werden könnten, erfüllt mich mit einer so überwältigenden Liebe für ihn, dass mir eine Träne über die Wange läuft.

Graham sieht sie und lächelt, als er sie mit dem Daumen wegwischt. »Ich liebe es, dass du mich so sehr liebst, dass du manchmal vor lauter Liebe weinen musst. Und ich liebe die Vorstellung, dass der Gedanke, dass wir beide ein Kind bekommen könnten, dich zum Weinen bringt. Ich liebe es, dass du so voller Liebe bist, Quinn.«

Er küsst mich. Ich glaube, ich habe ihm noch nicht oft genug gesagt, was für ein grandioser Küsser er ist. Der beste, den ich je gehabt habe. Ich weiß nicht, was seine Küsse von denen der anderen vor ihm unterscheidet, aber sie sind einfach viel, viel besser. Manchmal habe ich Angst, er könnte eines Tages womöglich genug davon haben, mich zu küssen, weil ich nicht genug davon bekomme. Ich halte es einfach nicht aus, ihm nah zu sein, ohne ihn zu schmecken. »Du küsst wirklich genial«, flüstere ich.

Graham lacht. »Nur weil ich dich küsse.«

Heute küssen wir uns sogar noch mehr und intensiver als sonst, wenn wir uns lieben. Wir haben uns schon Hunderte von Malen geliebt. Aber diesmal fühlt es sich anders an. Zum ersten Mal steht nichts zwischen uns und der Möglichkeit, gemeinsam neues Leben zu erschaffen. Als hätte unsere Liebe ein Ziel.

Graham kommt in mir, und es ist ein unglaubliches Gefühl zu

wissen, dass aus unserer Liebe füreinander vielleicht etwas noch Größeres als diese Liebe hervorgeht. Ist das überhaupt möglich? Könnte ich einen anderen Menschen genauso oder sogar noch mehr lieben als Graham?

Der Tag heute war einfach perfekt.

Ich hatte schon einige perfekte Momente in meinem Leben, aber vollkommen perfekte Tage sind selten. Man braucht dazu das perfekte Wetter, die perfekte Gesellschaft, das perfekte Essen, das perfekte Programm, die perfekte Stimmung.

Wird es zwischen uns immer so perfekt sein? Nachdem wir jetzt beschlossen haben, eine Familie zu werden, frage ich mich, ob es womöglich einen Grad an Perfektion gibt, den wir bisher noch gar nicht erreicht haben. Wie wird sich unser Leben nächstes Jahr anfühlen, wenn wir vielleicht schon Eltern sind? Oder in fünf Jahren? In zehn? Manchmal wünschte ich mir eine Kristallkugel, mit der ich in die Zukunft sehen könnte. Ich würde so gern wissen, was wird.

Ich zeichne mit dem Finger ein unsichtbares Muster auf seine Brust und sehe zu ihm auf. »Was glaubst du, wie unser Leben in zehn Jahren aussieht?«

Graham lächelt. Er spricht gern über die Zukunft. »Im besten Fall haben wir in zehn Jahren unser eigenes Haus«, sagt er. »Nicht zu groß und nicht zu klein. Aber mit einem riesigen Garten, in dem wir mit den Kindern spielen können. Wir haben dann zwei, einen Jungen und ein Mädchen. Und du bist mit Nummer drei schwanger.«

Ich lächle und er spricht weiter.

»Du arbeitest dann ganz von zu Hause aus und nimmst nur die Aufträge an, auf die du wirklich Lust hast. Ich habe mich mittlerweile mit einem eigenen Büro selbstständig gemacht. Du fährst einen von diesen Minivans, weil wir natürlich die Art von Eltern sind, die ihre Kinder zu Fußballspielen und zum Ballett bringen.« Graham grinst. »Und wir haben die ganze Zeit Sex. Vielleicht nicht mehr ganz so oft wie jetzt, aber viel mehr als alle unsere Freunde.«

Ich lege meine Hand auf sein Herz. »Das klingt nach einem perfekten Leben, Graham.«

Tut es wirklich. Andererseits würde ich *jedes* Leben mit Graham perfekt finden.

»Aber vielleicht kommt es auch anders …«, sagt er. »Vielleicht wohnen wir dann immer noch in unserem Apartment. Vielleicht haben wir finanzielle Probleme, wechseln von einem Job zum nächsten. Vielleicht können wir keine Kinder bekommen und haben auch keinen großen Garten und keinen Minivan, sondern fahren immer noch unsere alten Schrottkisten. Vielleicht wird sich in zehn Jahren absolut nichts geändert haben und unser Leben sieht ganz genauso aus wie jetzt und wir haben nur uns, sonst nichts.«

Ich lächle genauso glücklich, wie ich gelächelt habe, als er das erste Szenario beschrieben hat. »Das klingt auch nach einem perfekten Leben.« Tut es wirklich. Solange ich Graham habe, wüsste ich nicht, warum mich dieses Leben weniger glücklich machen sollte, als es mich jetzt macht. Und jetzt gerade bin ich überglücklich.

Ich kuschle mich an seine Brust, und als ich einschlafe, bin ich vollkommen von Zuversicht erfüllt.

Dreißig

»Quinn.« Seine raue Stimme an meinem Ohr. Heute wache ich zum ersten Mal seit langer Zeit mit einem Lächeln auf. Ich öffne die Augen. Graham hat keine Ähnlichkeit mehr mit dem gebrochenen Mann, der gestern Abend in Avas und Reids Küche stand. Er presst seine Lippen auf meine Wange, dann richtet er sich auf und streicht mir eine Strähne aus dem Gesicht. »Was habe ich verpasst, während du geschlafen hast?«

Wie sehr ich diese Frage vermisst habe. Vielleicht gehört sie sogar zu den Dingen, die ich in den letzten Monaten am meisten vermisst habe. Nachdem ich jetzt weiß, dass er nur deswegen aufgehört hat, mir diese Frage zu stellen, weil er mir nicht wehtun wollte, bedeutet sie mir vielleicht sogar noch mehr. Ich streiche ihm mit dem Daumen über die Lippen. »Ich habe von uns geträumt.«

Er küsst meinen Daumen. »War es ein guter Traum oder ein schlechter?«

»Ein guter«, sage ich. »Aber nicht einer von meinen verrückten Träumen, eher eine Erinnerung.«

Graham schiebt eine Hand unter seinen Kopf und sieht mich gespannt an. »Ich will jede Einzelheit hören.«

Ich lege mich auch so auf die Seite, dass ich ihn anschauen kann. »Es war unser erster Hochzeitstag. Der Abend, an dem wir beschlossen haben, dass wir ein Kind bekommen möchten. Ich habe dich damals gefragt, wie unser Leben in zehn Jahren wohl aussehen wird. Kannst du dich erinnern?«

Graham schüttelt den Kopf. »Nur vage. Was hab ich geantwortet?«

»Du hast gesagt, dass wir Kinder haben und ich einen Minivan fahre und wir in einem Haus mit großem Garten leben würden, in dem wir mit unseren Kindern spielen.« Grahams Lächeln erstirbt. Ich streiche die Falte, die sich zwischen seinen Augenbrauen gebildet hat, mit dem Daumen glatt und wünsche mir sein Lächeln zurück. »Komisch, dass ich davon geträumt habe, weil ich jahrelang nicht mehr an dieses Gespräch gedacht habe. Aber es hat mich nicht traurig gemacht, Graham. Danach hast du nämlich gesagt, dass es sein kann, dass wir nichts von alldem haben werden. Dass wir vielleicht von einem Job zum nächsten wechseln und keine Kinder bekommen können. Und dass sich nach zehn Jahren vielleicht gar nichts zwischen uns geändert hätte, und wir hätten nur uns, sonst nichts.«

»Daran erinnere ich mich«, flüstert er.

»Weißt du noch, was ich darauf gesagt habe?«

Er schüttelt den Kopf.

»Ich habe gesagt: ›Das klingt auch nach einem perfekten Leben‹.«

Graham atmet aus, als hätte er sein Leben lang darauf gewartet, dass ich das zu ihm sage.

»Es tut mir leid, dass ich das aus den Augen verloren habe«, flüstere ich. »Dass ich *uns* aus den Augen verloren habe. Du hast mir immer genügt. Immer.«

Er sieht mich an, als hätte er meine Träume genauso sehr vermisst, wie er mich vermisst hat. »Ich liebe dich so sehr, Quinn.«

»Und ich dich.«

Er drückt seine Lippen kurz auf meine Stirn und wir liegen eng aneinandergekuschelt da.

Jedenfalls bis der Moment durch mein lautes Magenknurren unterbrochen wird.

»Sollen wir Frühstück machen?« Graham zieht mich aus dem Bett und wir schleichen uns leise in die Küche. Es ist noch nicht mal acht Uhr morgens, Ava und Reid schlafen noch. Graham und ich suchen alles zusammen, was wir brauchen, um Pancakes und Rühreier zu machen. Er schaltet den Herd an und rührt schon mal die Eier. Ich mixe den Pfannkuchenteig, als ich die Schatulle bemerke, die immer noch auf der Theke steht.

Ich stelle den Mixer ab, streiche über den Deckel und frage mich, ob der Tag heute so wäre, wie er ist, wenn Graham uns in unserer Hochzeitsnacht nicht dieses Geschenk gemacht hätte. Ich kann mich noch gut daran erinnern, wie ich ihm seinen Liebesbrief geschrieben und zuletzt das Nacktfoto in den Umschlag geschoben habe. Ob ich mich seit damals sehr verändert habe?

Ich klappe den Deckel auf, um seinen Brief herauszunehmen, als ich entdecke, dass außer den Umschlägen noch etwas in der Schatulle liegt. Die gelbe Haftnotiz, die ich sechs Monate an meiner Wand kleben hatte, und die Papierstreifen aus unseren Glückskeksen.

Ich nehme sie heraus. »Wahnsinn, dass du die wirklich die ganze Zeit aufgehoben hast. Das ist so süß.«

Graham kommt zu mir. »Süß?« Er nimmt mir einen der Streifen aus der Hand. »Das ist nicht *süß*. Das ist der Beweis, dass es wirklich so etwas wie Schicksal gibt.«

Ich schüttle den Kopf. »Auf deinem steht, dass du eine von Erfolg gekrönte Entscheidung bezüglich deiner Arbeit treffen wirst, dabei bist du an dem Tag nicht mal zur Arbeit gegangen. Was ist daran schicksalhaft?«

Er grinst. »Genau das. Wenn ich zur Arbeit gegangen wäre, hätte ich dich nie getroffen, Quinn. Ich würde sagen, das ist die vom größten Erfolg gekrönte Entscheidung, die ich in meinem ganzen Leben je getroffen habe.«

Okay, da ist tatsächlich was dran.

»Und dann ist da noch … das da.« Graham dreht seinen Papierstreifen um, hält ihn hoch und zeigt auf die Ziffer, die auf die Rückseite gedruckt ist. Eine Acht.

Ich schaue auf meinen Zettel. Auch eine Acht.

Zwei Achten. Der 8. 8. *Das Datum, an dem wir uns vor all den Jahren wiedergetroffen haben.*

»Du hast mich angelogen.« Ich sehe ihn an. »Du hast damals gesagt, es wäre nur ein Witz von dir gewesen, dass zwei Achten auf der Rückseite gestanden hätten.«

Graham nimmt mir den Glückskeksstreifen aus der Hand und legt beide wieder in die Schatulle zurück. »Ich wollte nicht, dass du dich in mich verliebst, weil es Schicksal ist«, sagt er und klappt den Deckel zu. »Ich wollte, dass du dich in mich verliebst, weil du einfach gar nicht anders konntest.«

Ich lächle. Ich liebe ihn dafür, dass er so romantisch ist. Ich liebe ihn dafür, dass er mehr an Schicksal glaubt als an Zufälle. Ich liebe ihn dafür, dass er glaubt, dass ich sein Schicksal bin.

»Graham …« Ich stelle mich auf die Zehenspitzen und küsse ihn, worauf er mit beiden Händen meinen Hinterkopf umfasst und den Kuss mit genauso viel Liebe erwidert, wie ich sie hineinlege.

Irgendwann reißt er sich von mir los. »Das Rührei verbrennt!« Ich streiche mir über die Lippen und lächle versonnen, als mir bewusst wird, dass er mich gerade geküsst hat und ich überhaupt kein Bedürfnis hatte aufzuhören. Im Gegenteil, der Kuss hätte für mich am besten noch ewig dauern können. Ich habe nicht gewusst, dass es jemals wieder so werden würde.

Kurz kommt mir der Gedanke, ob ich ihn noch einmal an mich ziehen soll, aber er hat schon angefangen, die Pancakes zu machen, die köstlich duften, also lasse ich ihn und nehme den Brief aus der Schatulle, den ich ihm damals geschrieben habe. Jetzt, wo ich das Gefühl habe, dass wir uns auf einem guten Weg befinden, möchte ich gern noch einmal lesen, was ich ihm ganz am Anfang unserer Reise geschrieben habe. Ich drehe den Umschlag um und will meinen Brief rausziehen, stelle aber fest, dass er noch zugeklebt ist.

»Graham?« Ich sehe ihn überrascht an. »Du hast deinen ja gar nicht aufgemacht!«

Graham wirft mir einen Blick über die Schulter zu. »Ich musste ihn nicht lesen, Quinn. Ich hebe ihn mir für unseren fünfundzwanzigsten Hochzeitstag auf.« Er dreht sich wieder zum Herd, als hätte er gerade eben nicht etwas gesagt, das mir mehr Zuversicht gibt als alles, was er je gesagt oder getan hat.

Ich betrachte den verschlossenen Umschlag mit einem Lächeln. Obwohl das Nacktbild sicher eine Versuchung war, scheint Graham sich seiner Liebe zu mir so sicher zu sein, dass er kein Bedürfnis hatte, meinen Brief zu lesen, um sich zusätzliche Bestätigung zu holen. Am liebsten würde ich ihm gleich noch einen schreiben und ihn zu dem hier in die Schatulle legen. Vielleicht mache ich es ja auch so wie er und füge immer mal wieder einen neuen Brief dazu, sodass wir, wenn wir die Schatulle in vielen Jahren aus den richtigen Gründen öffnen, eine ganze Woche lang nur mit Lesen beschäftigt sein werden.

»Was glaubst du, wie wir unseren fünfundzwanzigsten Hochzeitstag verbringen?«, frage ich.

»Zusammen«, sagt er ganz sachlich.

»Meinst du, wir ziehen jemals aus Connecticut weg?«

Er sieht mich an. »Willst du denn weg?«

Ich zucke mit den Schultern. »Vielleicht.«

»Manchmal denke ich schon auch darüber nach, wie es wäre, woanders zu wohnen«, gibt er zu. »Ich habe ein paar Mandanten, die ich sicher mitnehmen könnte, wenn ich mich selbstständig machen würde. Wenn ich noch ein paar dazubekäme, wäre das zumindest mal ein Anfang. Wahrscheinlich würde ich erst mal nicht so viel verdienen, aber ich wäre flexibel. Wir könnten reisen, mal ganz woanders leben. Ein, zwei Jahre. Vielleicht auch länger, wenn es uns Spaß macht.«

Ich muss an das Gespräch mit meiner Mutter denken, als ich mit ihr auf der Treppe vor dem Haus saß. Sie hat damals etwas gesagt, von dem mir mittlerweile klar geworden ist, wie wahr es ist. Ich kann meine Zeit entweder damit verschwenden, dem Traum von einem Leben nachzutrauern, das ich nie bekommen werde, oder mich darauf konzentrieren, das Leben zu genießen, das ich habe. Ich hätte so viele Möglichkeiten, tolle Dinge zu machen, wenn ich es endlich schaffen würde, mich von der Fixierung auf eine Wunschvorstellung freizumachen.

»Ich hatte so viele Träume, bevor ich mich darauf versteift habe, unbedingt Mutter werden zu müssen.«

Graham lächelt mich liebevoll an. »Ich erinnere mich gut. Du wolltest ein Buch schreiben.«

Es überrascht mich, dass er das noch weiß, weil ich schon so lange nicht mehr davon gesprochen habe. »Stimmt, wollte ich. Will ich immer noch.«

Er dreht sich wieder zum Herd, um die Pancakes zu wenden. »Was willst du sonst noch machen?«

Ich stelle mich neben ihn und lege den Kopf auf seine Schulter, er schlingt einen Arm um mich und befördert mit der anderen Hand die Pancakes auf eine Platte. »Ich möchte die Welt sehen«, sage ich leise. »Und ich würde gern eine Fremdsprache lernen.«

»Vielleicht sollten wir einfach auch nach Italien ziehen und uns in Avas Sprachkurs mit reinsetzen.«

Ich lache, aber Graham legt den Wender zur Seite und sieht mich mit leuchtenden Augen an. »Lass uns das machen, Quinn. Lass uns hierherziehen. Es gibt nichts, was uns zurückhält.«

Ich sehe ihn mit schräg gelegtem Kopf an. »Meinst du das ernst?«

»Es wäre bestimmt aufregend, mal etwas ganz anderes zu machen. Es muss ja nicht Italien sein. Wir können hinziehen, wohin du willst.«

Die Vorstellung, etwas so Verrücktes und Spontanes zu tun, lässt mein Herz wie wild schlagen.

»Ich finde es hier schön«, sage ich. »Sehr schön sogar. Und Ava hat mir gefehlt.«

Graham nickt. »Ja. Mir hat Reid auch gefehlt. Aber sag ihm das nicht.«

Ich ziehe mich neben dem Herd auf die Arbeitsfläche hoch. »Letzte Woche war ich ein bisschen im Viertel spazieren und habe ein paar Querstraßen weiter ein Haus gesehen, das zu vermieten ist. Wir könnten es ja zumindest eine Zeit lang ausprobieren.«

Graham sieht mich an, als wäre er vollkommen begeistert von der Idee. »Dann lass uns da doch nachher gleich mal vorbeigehen.«

»Okay«, sage ich und muss kichern, weil ich selbst kaum glauben kann, dass wir wirklich ernsthaft darüber reden, nach Italien zu ziehen. Ich merke, dass ich mir aus Gewohnheit auf die Wange beiße, um mein Lächeln zu verstecken, aber Graham hat es weiß Gott verdient, dass ich ihm mein Glück zeige. Und ich bin schon sehr lange nicht mehr so glücklich gewesen wie jetzt in diesem Augenblick.

Zum allerersten Mal habe ich die Hoffnung, dass vielleicht doch noch alles gut werden kann. Dass das mit *uns* wieder gut werden kann. Ich sehe Graham an, und es ist das erst Mal seit Langem, dass ich mich nicht schuldig fühle wegen etwas, das ich ihm *nicht* geben kann, sondern erkenne, wie dankbar er für das ist, was ich ihm geben kann.

»Danke«, flüstere ich. »Für alles, was du in deinen Briefen gesagt hast.«

Er stellt sich zwischen meine Beine und legt die Hände um meine Taille, ich schlinge die Arme um seinen Nacken, küsse meinen Mann und spüre seit langer Zeit wieder, wie es sich anfühlt, von Dankbarkeit erfüllt zu sein. Vielleicht verläuft mein Leben nicht in jeder Hinsicht perfekt, aber ich glaube, ich bin endlich dabei zu lernen, die Dinge wertzuschätzen, die perfekt laufen. Und das sind so viele. Mein Beruf, der mir Flexibilität ermöglicht, mein Mann mit seiner großen Familie, meine Schwester, meine Nichten, mein Neffe …

Plötzlich kommt mir ein Gedanke. Ich lehne mich zurück und sehe ihn an. »Was stand noch mal genau auf dem Zettel in meinem Glückskeks? Weißt du den Spruch noch auswendig?«

»*Wenn du das Licht immer nur auf deine Makel richtest, liegen all deine Perfektheiten im Schatten.*‹«

Es ist fast schon unheimlich, wie gut dieser Spruch auf mein Leben passt. Ich habe mich viel zu lange nur damit beschäftigt, dass ich keine Kinder bekommen kann. So sehr, dass ich meinen Mann und all die anderen Dinge in meinem Leben, die perfekt sind, aus den Augen verloren habe.

Als wir die Sprüche damals aus unseren Glückskeksen gezogen und uns gegenseitig vorgelesen haben, habe ich darüber gelacht und sie nicht ernst genommen. Aber vielleicht hat Graham recht. Vielleicht ist unsere Begegnung damals kein Zufall gewesen. Vielleicht waren wir wirklich füreinander bestimmt.

Falls ja, steht mein Seelenverwandter wohl gerade direkt vor mir.

Graham hebt die Hand und fährt zärtlich mit den Fingerspitzen meine Lippen nach. »Du hast keine Ahnung, wie viel mir dieses Lächeln bedeutet, Quinn. Ich habe es so vermisst.«

»Ganz kurz noch! Schau dir das an!« Ich ziehe an Grahams Hand und zwinge ihn – schon wieder –, stehen zu bleiben. Aber ich kann einfach nicht anders. In dieser Straße gibt es einen Laden nach dem anderen mit der wunderschönsten Kinderkleidung, die ich je gesehen habe. Max würde in den Sachen, die hier im Schaufenster ausgestellt sind, zum Niederknien aussehen.

Graham will weitergehen, aber ich stemme mich dagegen, bis er schließlich nachgibt und mir in die Boutique folgt.

»Wir waren fast schon beim Auto«, stöhnt er. »Gleich wären wir da gewesen.«

Ich drücke ihm die Tüten mit den Kinderklamotten, die ich schon gekauft habe, in die Hand und durchsuche die auf einer Kleiderstange aufgehängten Hosen nach der richtigen Größe. »Was meinst du? Soll ich ihm die grüne kaufen oder lieber die gelbe?« Ich halte beide vor mich hin.

»Gelb«, sagt er. »Definitiv gelb.«

Eigentlich finde ich die grüne ja hübscher, aber ich hänge sie trotzdem wieder zurück, weil Graham dafür belohnt werden muss, dass er so bereitwillig seine Meinung abgegeben hat. Er hasst es, shoppen zu gehen, und das ist jetzt schon der neunte Laden, in den ich ihn schleife. »Ich schwöre, das war der letzte. Jetzt fahren wir nach Hause.« Ich drücke ihm einen Kuss auf die Wange und gehe zur Kasse.

Graham zieht sein Portemonnaie aus der Tasche. »Du weißt, dass mir das nichts ausmacht, Quinn. Kauf ihm, so viel du willst. Er wird nur einmal im Leben zwei.«

Als ich der Verkäuferin die Hose hinlege, lächelt sie und sagt auf Englisch mit starkem italienischen Akzent: »Diese Hose ist mein absolutes Lieblingsstück.« Sie sieht mich an. »Wie alt ist Ihr Sohn?«

»Er ist unser Neffe. Morgen ist sein zweiter Geburtstag.«

»Ah, das ist schön«, sagt sie. »Soll ich sie als Geschenk verpacken?«

»Nein, eine Tüte reicht.«

Graham bezahlt. Als sie ihm die Kreditkarte zurückgibt, lächelt sie mich an. »Und was ist mit Ihnen? Haben Sie auch Kinder?«

Ich öffne den Mund, aber Graham kommt mir zuvor. »Wir haben sechs«, behauptet er. »Aber die sind alle schon erwachsen und aus dem Haus.«

Ich versuche, nicht laut loszuprusten. Seit wir angefangen haben, Leuten, die uns nach Kindern fragen, irgendwelchen Blödsinn zu erzählen, überbieten wir uns darin, möglichst absurde Geschichten zu erfinden. Graham gewinnt meistens. Letzte Woche hat er einer Frau gesagt, wir hätten Vierlinge. Jetzt versucht er dieser Verkäuferin auf die Nase zu binden, wir könnten in unserem Alter schon sechs erwachsene Kinder haben.

»Alles Mädchen«, füge ich hinzu. »Wir haben immer probiert, auch einen Jungen zu bekommen, aber es sollte einfach nicht sein.«

Sie sieht uns mit offenem Mund an. »Sie haben *sechs* Töchter?«

Graham nimmt die Tüte und greift nach der Quittung. »Ja. Und sogar auch schon zwei Enkelinnen.«

Er treibt es immer ein bisschen zu weit. Ich nehme ihn an der Hand, murmle ein »Grazie« in Richtung der Verkäuferin und ziehe ihn so schnell aus dem Laden, wie ich ihn hineingezerrt habe. Als wir wieder draußen auf dem Gehweg stehen, knuffe ich ihn in die Seite. »Das war aber echt zu dick aufgetragen«, schimpfe ich lachend.

Er verschränkt unsere Finger ineinander, als wir Richtung Wagen gehen. »Wir müssen unseren nichtexistenten Töchtern unbedingt Namen geben«, sagt er. »Falls jemand nach den Details fragt.«

Mein Blick fällt auf ein Gewürzregal im Schaufenster eines Küchenladens, an dem wir gerade vorbeikommen. »Coriander«, sage ich. »Sie ist die älteste.«

Graham bleibt stehen und schaut mit schräg gelegtem Kopf auf das Regal. »Parsley ist die Jüngste. Und Paprika und Cinnamon sind die älteren der beiden Zwillingspaare.«

Ich lache. »Wir haben zweimal Zwillinge bekommen?«

»Ja klar, die anderen heißen Juniper and Saffron.«

»Okay, lass mich noch mal zur Sicherheit wiederholen, ob ich mir das richtig gemerkt habe. In der Reihenfolge ihrer Geburt: Coriander, Paprika, Cinnamon, Juniper, Saffron und Parsley.«

Graham lächelt. »Fast. Saffron ist zwei Minuten vor Juniper auf die Welt gekommen.«

Ich verdrehe die Augen, Graham drückt meine Hand und wir überqueren die Straße.

Ich staune immer wieder darüber, wie viel sich verändert hat, seit wir vor zwei Jahren die Schatulle geöffnet haben. Wir standen so kurz davor, aufgrund von Umständen, auf die wir keinerlei Einfluss hatten, alles zu verlieren, was wir hatten. Dabei hätte uns das geteilte Leid eigentlich doch eher noch enger zusammenschmieden müssen. Stattdessen hat es uns auseinandergetrieben.

Vermeidung klingt erst mal nicht nach einer unbedingt negativen Eigenschaft. Aber in einer Beziehung kann es extrem großen Schaden anrichten, Dinge nicht offen anzusprechen. Graham und ich haben im Laufe der Zeit so vieles vermieden. Wir haben vermieden, über unsere Ängste zu reden. Wir haben vermieden zu besprechen, wie wir Herausforderungen gemeinsam bewältigen können. Wir haben alle Themen und Aktivitäten vermieden, die uns traurig gemacht haben. Und dadurch wurde es immer schlimmer, bis ich schließlich den Mann, mit dem ich doch mein Leben teilen wollte, mehr und mehr gemieden habe. Und genau das führte dazu, dass sich noch mehr negative Gefühle in mir aufstauten, die unausgesprochen blieben.

Zu dem Zeitpunkt, in dem wir uns entschlossen haben, die Schatulle zu öffnen, war klar, dass unsere Ehe durch kleinere Reparaturen nicht zu retten war. Sie musste von Grund auf neu aufgebaut werden und brauchte ein stabileres Fundament.

Ich hatte unser gemeinsames Leben mit konkreten Vorstellungen und Erwartungen begonnen, und als sich herauskristallisierte, dass sie sich nicht erfüllen würden, war ich zu geschockt, um reagieren zu können.

Aber zum Glück hat Graham nie aufgehört zu kämpfen und es mir dadurch ermöglicht, einen Weg zu sehen, wie ich aus dem dunklen Loch herauskomme. Dank ihm habe ich es geschafft, meine Trauer über das Unmögliche zu bewältigen. Ich habe aufgehört, mich auf das zu konzentrieren, was wir niemals miteinander haben können, und meine Kraft stattdessen auf das gerichtet, was möglich ist. Das heißt nicht, dass es nicht doch immer mal wieder wehtut, aber ich bin heute wieder glücklicher, als ich es lange Zeit gewesen bin.

Natürlich hat das Öffnen der Schatulle kein Wunder bewirkt und alle unsere Probleme mit einem Schlag in Luft aufgelöst. Es hat nichts an meinem grundsätzlichen Kinderwunsch geändert, aber es hat mich neugierig auf das gemacht, was das Leben mir abgesehen von der Mutterrolle noch für Chancen bietet. Es hat mir nicht sofort wieder zu meiner früheren sexuellen Leichtigkeit verholfen, aber ich spüre, dass sich eine Tür geöffnet hat, und lerne langsam wieder, dass körperliche Nähe nicht nur ausschließlich Hoffnung oder Vernichtung bedeutet. Es passiert manchmal immer noch, dass ich unter der Dusche stehe und heule, aber nie allein, sondern immer in Grahams Armen. Er hat mir das Versprechen abgenommen, meinen Schmerz nie mehr vor ihm zu verstecken.

Statt ihn zu verstecken, nehme ich ihn an. Ich lerne, stolz darauf zu sein, so lange gekämpft zu haben, und mich nicht dafür zu schämen. Ich versuche, es nicht persönlich zu nehmen, wenn Leute mich fragen, ob ich Kinder habe, oder wissen wollen, warum ich keine habe. Sie haben einfach keine Ahnung. Mittlerweile kann ich ihre Ignoranz sogar mit Humor nehmen. Ich hätte niemals geglaubt, dass ich jemals an einen Punkt kommen würde, an dem ich das, was mir früher so wehgetan hat, in ein Spiel verwandeln könnte. Inzwischen warte ich beinahe schon auf die Frage nach Kindern, weil ich weiß, dass Grahams Antwort mich zum Lachen bringen wird.

Ich habe auch gelernt, dass es okay ist, wenn ich mir ein bisschen Hoffnung bewahre. Ich war so lange so unglücklich und emotional erschöpft, dass ich dachte, ich könnte dem ewigen Warten und der immer wiederkehrenden Enttäuschung nur ein Ende setzen, indem ich alle Hoffnung für immer begrabe. Aber das wäre ein großer Fehler gewesen. Die Hoffnung war vielleicht das einzige Positive.

Und deswegen werde ich sie auch nie aufgeben. Ich habe mit Anwälten gesprochen und bei mehreren Adoptionsagenturen Anträge eingereicht. Graham und ich werden weiterhin versuchen, Eltern zu werden, aber das bedeutet nicht, dass ich nicht gleichzeitig auch ein erfülltes Leben haben kann.

Im Moment bin ich glücklich. Und ich weiß, dass ich auch in zwanzig Jahren glücklich sein werde, selbst wenn es dann nur uns zwei geben sollte … Graham und mich.

»Verdammt«, murmelt er, als wir am Wagen ankommen. »Wir haben einen Platten.«

Er hat recht. Der Reifen ist platter als platt. Es wäre zwecklos, ihn aufzupumpen. »Hast du einen Ersatzreifen?«, frage ich, weil es Grahams Wagen ist.

Er öffnet den Kofferraum und zieht die Bodenmatte hoch. In der dafür vorgesehenen Mulde liegen tatsächlich der Ersatzreifen und ein Wagenheber. »Gott sei Dank«, brummt er.

Ich stelle die Tüten mit den Einkäufen auf die Rückbank, während Graham den Reifen aus dem Wagen hievt. Zum Glück haben wir den Platten auf der Beifahrerseite, sodass man den Reifen vom Gehweg aus wechseln kann. Graham kniet sich davor, hantiert ein wenig mit dem Wagenheber und wirft mir dann einen verlegenen Blick zu. »Äh, Quinn …« Er kickt einen Kieselstein aus dem Weg und vermeidet Augenkontakt mit mir.

Ich lache. »Graham Wells! Sag bloß, du hast noch nie einen Reifen gewechselt?«

Er zuckt mit den Schultern. »Bei YouTube lässt sich sicher ein Tutorial finden, aber hast du nicht mal erzählt, dass Ethan dir nicht erlaubt hat, einen Reifen zu wechseln?« Er zeigt auf den Platten. »Ich lasse dich gerne ran.«

»Okay«, sage ich grinsend. »Ziehst du die Handbremse an?«

Graham beugt sich in den Wagen, während ich den Wagenheber positioniere und dann das Auto anzuheben beginne.

»Wow. Das hat irgendwie was. Sehr sexy«, sagt Graham, der jetzt an einer Laterne lehnt und mir zusieht. Ich greife nach dem Radkreuz, um die Muttern zu lösen.

Zweimal bleiben Leute stehen und fragen, ob sie helfen können, weil sie nicht erkennen, dass Graham zu mir gehört. Beide Male sagt er: »Danke, sehr nett. Aber meine Frau kann das.«

Ich lache, als mir klar wird, warum er das tut. Die ganze Zeit, während ich den Reifen wechsle, gibt er bei allen Vorbeikommenden in den höchsten Tönen mit mir an. »Sehen Sie nur! Meine Frau kann einen Reifen wechseln!«

Als ich schließlich fertig bin und er den Wagenheber und den platten Reifen in den Kofferraum packt, betrachte ich meine komplett verdreckten Hände. »Ich gehe mal schnell in den Laden da drüben und frage, ob ich mir die Hände waschen kann.«

Graham nickt und setzt sich schon mal in den Wagen. Als ich vor dem Geschäft stehe, stelle ich fest, dass es ausnahmsweise mal kein Modeladen ist, sondern eine Zoohandlung. Im Schaufenster sind Transportboxen dekoriert und auf einer Stange neben der Tür sitzt ein Papagei.

»Ciao!«, begrüßt er mich schnarrend.

Ich ziehe eine Augenbraue hoch. »Hallo?«

»Ciao!«, kreischt er wieder. »Ciao! Ciao!«

»Mehr kann er nicht sagen«, sagt die Ladenbesitzerin. »Sind Sie auf der Suche nach einem Tier oder brauchen Sie irgendwelches Zubehör?«

Ich zeige ihr meine dreckigen Hände. »Ehrlich gesagt weder noch. Ich hatte gehofft, dass ich bei Ihnen vielleicht ein Waschbecken finde.«

Die Frau deutet auf eine Tür im hinteren Bereich. »Da ist die Toilette.«

Ich gehe an Reihen mit Käfigen vorbei, in denen die unterschiedlichsten Tiere sitzen. Kaninchen und Wasserschildkröten, Kätzchen und Meerschweinchen. Viele der Käfige sind auch leer. Direkt neben der Tür zur Toilette sehe ich etwas, das mir den Atem stocken lässt.

Zwei große braune Augen. Sie schauen mich an, als wäre ich heute schon der fünfzigste Mensch, der an ihnen vorbeigeht. Und doch ist da auch ein Schimmer von Hoffnung, als wäre vielleicht ich diejenige, die ihn holen kommt. Er ist der einzige Hund im Laden. Ich hocke mich vor den Käfig.

»Hey, Kleiner«, flüstere ich und lese dann den Zettel, der in der unteren linken Ecke klebt. Unter der italienischen Beschreibung steht der Text auch noch einmal auf Englisch.

Deutscher Schäferhund, Rüde, sieben Wochen alt, sucht ein liebevolles Zuhause.

Einen Moment bleibe ich sitzen, dann zwinge ich mich, aufzustehen und in die Toilette zu gehen. Ich wasche mir die Hände, so schnell ich kann, weil ich den Gedanken nicht ertrage, dass der arme kleine Hund noch länger in diesem Käfig hocken muss.

Eigentlich bin ich kein Hundemensch – was wahrscheinlich daran liegt, dass ich noch nie einen gehabt habe. Bis gerade eben habe ich auch nicht gedacht, dass ich jemals einen haben würde, aber jetzt ahne ich, dass ich nicht ohne den Welpen aus diesem Laden gehen werde. Als ich mir die Hände abgetrocknet habe, ziehe ich mein Handy heraus und schreibe Graham eine Nachricht.

Kannst du bitte mal kurz reinkommen? Ich bin ganz hinten.
Beeil dich.

Kaum komme ich wieder aus der Toilette, richtet sich der Welpe auf und spitzt die Ohren. Er hebt eine Pfote, presst sie gegen das Gitter und setzt sich auf die Hinterbeine. Er wedelt zaghaft mit dem Schwanz, als würde er hoffen, dass ich mich noch mal mit ihm beschäftige, und gleichzeitig befürchten, dass ich danach wieder gehe und er hierbleiben muss.

»Hey.« Ich stecke meine Finger zwischen den Gitterstäben hindurch und der kleine Hund schnuppert daran und schleckt sie ab. Wir schauen uns in die Augen, und mir wird eng in der Brust, weil ich sehe, wie viel Hoffnung er hat und wie viel Angst, enttäuscht zu werden. Dieser Welpe erinnert mich an mich selbst. Daran, wie ich mich viel zu lange gefühlt habe.

Als ich Schritte hinter mir höre, drehe ich mich um. Graham kniet sich neben mich. Der Welpe schaut von mir zu ihm, und dann springt er auf und kann gar nicht anders, als wild mit dem Schwanz zu wedeln.

Ich überlege, wie ich es Graham beibringen soll. Aber ich muss gar nichts erklären. Graham sieht mich an, nickt und sagt: »Hey, kleiner Kerl. Willst du mit uns nach Hause kommen?«

* * *

»Jetzt habt ihr ihn schon seit drei Tagen«, sagt Ava. »Der arme Hund braucht endlich einen Namen.«

Sie hilft mir, den Tisch abzuräumen. Reid ist schon vor einer Stunde mit Max nach Hause, um ihn ins Bett zu bringen. Wir versuchen, ein paarmal pro Woche alle zusammen zu Abend zu essen, aber meistens treffen wir uns bei Ava und Reid, damit Max rechtzeitig ins Bett kommt. Jetzt sind wir auf einmal diejenigen mit neuem Baby, und auch wenn unseres ein Hundewelpe ist, muss man sich genauso rund um die Uhr um ihn kümmern wie um ein menschliches Kleinkind.

»Es ist so schwierig, einen guten Namen zu finden«, stöhne ich. »Ich würde ihm gern einen geben, der irgendeine Bedeutung hat, aber bis jetzt haben wir alle wieder verworfen.«

»Ihr macht es euch zu schwer.«

»Ihr habt acht Monate gebraucht, um einen Namen für euer Kind zu finden. Da sind drei Tage für einen Hundenamen ja wohl nicht zu viel.«

Ava grinst. »Eins zu null für dich.« Sie wischt die Tischplatte ab, während ich die Spülmaschine einräume und die Reste in den Kühlschrank stelle.

»Ich dachte an einen Namen, der irgendwas mit Mathematik zu tun hat, weil Graham doch so ein Mathe-Freak ist. Vielleicht eine Zahl oder so was.«

Ava lacht. »Lustig, dass du das sagst. Ich habe gerade die Unterlagen der neuen Austauschschüler auf dem Tisch, die in zwei Wochen kommen. Da ist ein Mädchen aus Texas dabei, die Seven Marie Jacobs heißt, aber gern Six genannt werden möchte.«

»Warum will sie Six genannt werden, wenn sie Seven heißt?«

Ava lacht. »Klingt ein bisschen verrückt, oder? Ich hab keine Ahnung, was dahintersteckt, aber obwohl ich diese Six noch nicht kenne, mag ich sie jetzt schon! Hey …« Sie sieht mich an, als wäre ihr gerade eine Idee gekommen. »Warum nennst du ihn nicht nach einem der Protagonisten aus deinem Buch?«

Ich schüttle den Kopf. »Daran habe ich auch schon gedacht, aber jetzt, wo das Buch fertig ist, fühlen sich die Figuren wie echte Menschen für mich an. Das klingt vielleicht komisch, aber unser Hund soll einen eigenen Namen bekommen, sonst käme es mir vor, als müsste er ihn mit jemandem teilen.«

»Doch, das kann ich schon verstehen«, sagt Ava. »Hast du eigentlich schon eine Rückmeldung von der Agentin?«

»Im Moment hat sie gerade eine Lektorin drangesetzt, die noch ein bisschen am Text feilen soll, aber demnächst will sie es dann verschiedenen Verlagen anbieten.«

»Es wäre so toll, wenn das klappt, Quinn!« Ava strahlt. »Ich kriege einen Schreianfall, wenn ich irgendwann in eine Buchhandlung gehe und dein Buch im Regal sehe!«

»Ich erst!«

Ava verabschiedet sich, als Graham zur Tür reinkommt, der mit dem Welpen noch mal kurz draußen war. »Es ist spät, ich muss los.« Sie streichelt dem Kleinen, den Graham im Arm hält, über den Kopf. »Wenn ich dich morgen wiedersehe, hast du hoffentlich einen Namen.«

Graham und ich sehen ihr hinterher und schließen dann die Tür. »Rate mal, wer gerade sogar zwei Häufchen gemacht hat, damit Mommy und Daddy ein paar Stunden Schlaf bekommen?«, sagt Graham.

»Ganz fein gemacht!« Ich nehme ihm den Kleinen aus den Armen und drücke ihn an mich. Er leckt mir übers Gesicht und schmiegt seinen Kopf in meine Armbeuge. »Oh. Er ist müde.«

»Ich auch.« Graham gähnt.

Ich lege den Welpen in seine weich ausgepolsterte Schlafbox und streichle ihn. Graham und ich kennen uns beide überhaupt nicht mit Hunden aus, haben aber in den letzten Tagen viel gelesen, um alles richtig dabei zu machen, ihn an seine Schlafbox zu gewöhnen, ihm die richtige Menge Futter zu geben und an der Stubenreinheit zu arbeiten.

Weil alle paar Stunden einer von uns mit ihm rausmuss, haben wir nicht besonders viel Schlaf bekommen. Man hat wirklich alle Hände voll zu tun, wenn man einen jungen Hund hat, und die permanente Erschöpfung macht es nicht einfacher. Aber das nehme ich gern in Kauf. Wenn der Kleine mich ansieht, könnte ich jedes Mal dahinschmelzen.

Wir lassen die Schlafzimmertür offen, damit wir es sofort mitbekommen, falls er winselt. Als wir kurz darauf im Bett liegen, schmiege ich den Kopf an Grahams Brust und seufze. »Stell dir mal vor, wie anstrengend erst ein Neugeborenes sein muss, wenn uns schon ein Welpe so fertigmacht.«

»Sag bloß, du hast die schlaflosen Nächte mit Coriander, Paprika, Cinnamon, Saffron, Juniper und Parsley schon vergessen?«

Ich lache. »Ich liebe dich.«

»Ich liebe dich auch.«

Ich rücke noch enger an ihn heran und er zieht mich noch dichter an sich. Obwohl ich völlig geschafft bin, kann ich nicht einschlafen, weil mein Kopf weiter über Hundenamen nachdenkt, auch wenn ich mir sicher bin, schon alle durchzuhaben, die es überhaupt gibt.

»Quinn«, flüstert Graham irgendwann an meinem Ohr. »Quinn, wach auf.« Ich öffne die Augen. Er zeigt über mich hinweg zum Nachttisch. »Schau doch.«

Als ich mich halb umdrehe, sehe ich, dass der Wecker gerade auf 00:00 umgeschaltet hat. Mitternacht. Graham beugt sich wieder zu meinem Ohr. »Heute ist der 8. August. Der 8. 8. Zehn Jahre später – und was ist? Wir sind glücklich verheiratet. *Ich habe es dir gesagt.*«

Ich seufze. »Warum überrascht es mich nicht, dass du das nicht vergessen hast?«

Eher wundere ich mich, warum ich nicht daran gedacht habe, aber ich war die letzten Tage so mit unserem neuen Welpen beschäftigt, dass ich überhaupt nicht aufs Datum geachtet habe.

»*August!*«, flüstere ich. »Das ist es. Das ist der perfekte Name.«